Über das Buch

Ein Jahr nach ihrem berühmten Buch *Menschen im Hotel* entstanden, erzählt Vicki Baums Roman *Zwischenfall in Lohwinckel* die Geschichte von drei mondänen Berlinern, die in der Nähe von Lohwinckel in einen Autounfall geraten und sich eine Woche lang in der Kleinstadt aufhalten müssen. Alles in dem bis dahin verträumten Städtchen, in dem nichts zu passieren scheint, gerät durch den Einbruch dreier Berühmtheiten vollkommen in Bewegung. Ehebruch, Liebesdramen, politischer Aufruhr: Schlagartig werden schwelende Konflikte und verborgene Sehnsüchte zum Leben erweckt, alles wird auf den Kopf gestellt, um am Ende wieder in seinen gewohnten Gang zurückzufallen.

Mit *Zwischenfall in Lohwinckel* legt Vicki Baum einen sehr amüsanten, unterhaltsamen, satirischen Roman in der Nachfolge von *Menschen im Hotel* vor, in dem Kleinstadt- und Großstadttypen einander gegenübergestellt und mit liebevoller Ironie gegeneinander ausgespielt werden. Das kleinstädtische Leben in den zwanziger Jahren wird sehr genau porträtiert, besitzt aber auch noch heute Gültigkeit, weil die Figuren glaubwürdig angelegt sind und sich im Grunde an dieser Lebensform wenig geändert hat. Ein kleines Juwel, das sich immer wieder zu lesen lohnt.

Die Autorin

Vicki Baum, 1888 in Wien geboren, besuchte 6 Jahre das Konservatorium in Wien, 1916 Harfenistin in Darmstadt, 1926 Zeitschriftenredakteurin im Ullstein-Verlag, Berlin. Ging 1931 zur Verfilmung nach Hollywood und blieb dort bis zu ihrem Tod 1960.

Weitere Titel bei Kiepenheuer & Witsch:

Liebe und Tod auf Bali, Roman, KiWi 60, 1984. *Hotel Shanghai,* Roman, KiWi 69, 1985. *Es war alles ganz anders,* Erinnerungen, 1987. *Menschen im Hotel,* Roman, 1988. *Der Weihnachtskarpfen,* Erzählungen, KiWi 322, 1993. *Die Karriere der Doris Hart,* Roman, KiWi 330, 1994.

W0393310

KiWi 417

Vicki Baum

Zwischenfall in Lohwinckel

Roman

Kiepenheuer & Witsch

© 1929/1930 by Vicki Baum
© renewed 1957 by Vicki Baum

© 1996 by Verlag Kiepenheuer & Witsch, Köln
Alle Rechte vorbehalten. Kein Teil des Werkes darf in irgendeiner Form (durch Fotografie, Mikrofilm oder ein anderes Verfahren) ohne schriftliche Genehmigung des Verlages reproduziert oder unter Verwendung elektronischer Systeme verarbeitet werden.
Umschlaggestaltung Manfred Schulz, Köln
Satz Jung Satzcentrum GmbH, Lahnau
Druck und Bindearbeiten Clausen & Bosse, Leck
ISBN 3-462-02539-2

Weil das Haus so alt war, gingen die Dielen in Doktor Persentheins Schlafzimmer schräg abwärts; das war eines von den Dingen, die Frau Persenthein Kummer machten. Die Betten standen schräg abwärts, und wenn man müde war, sackte man im Traum immer zum Fußende hinunter; das machte den dünnen Schlaf der Arztfrau noch leichter zerreißbar. Manchmal träumte sie von einer schiefen Fläche, auf der sie mit ungeheurer Angst ins Abgleiten gekommen war. Wenn die Nachtglocke in den Traum einbrach und sie herausholte, dann wußte sie nicht, ob sie geschlafen oder die Angst und das Gleiten im Halbwachen erlitten hatte. Sie griff in das Bett nebenan, es war leer. Sie drehte das Licht an und sah auf die Uhr. Halb drei Uhr morgens. Sie hörte das Kind in der Kammer atmen, während sie ihr großes Wolltuch umnahm und die hölzerne, knarrende, wunderliche Treppe hinuntertappte. Die Klingel an der Haustür wurde ungeduldig und dringlich. Im Ordinationszimmer brannte Licht. Elisabeth Persenthein trat auf Zehenspitzen ein, bevor sie hinging, die Haustür zu öffnen.
Doktor Persenthein lag mit den Armen und dem Kopf über der ›Münchner Medizinischen Wochenschrift‹ und war eingeschlafen. Durch sein helles, seidendünnes Haar schimmerte die Lampe auf die Kopfhaut. Der Sterilisator fing einen Reflex auf, sein Nickel spiegelte winzig den schlafenden Doktor noch einmal: die Müdigkeit in den Schultern, die großen Hände, deren Haut vom vielen Waschen rauh und gesprungen war, die langen Finger mit den kurzgeschnittenen Nägeln.
»Kola –«, sagte Elisabeth ins Zimmer hinein, gerade laut

genug, um den Mann zu wecken, aber nicht so laut, daß er erschrocken wäre. Er reagierte sogleich.

»Ich schlafe nicht«, sagte er prompt. »Es ist noch nicht spät. Ich muß nur noch den Artikel zu Ende lesen –«

Auf Derartiges pflegte Frau Persenthein nicht zu antworten. Auseinandersetzungen über durcharbeitete Nächte hatte sie sich abgewöhnt. Sie lächelte – frisch und ermunternd, wie sie meinte. Aber da auch sie müde war, und da die gespannte kleine Falte über ihrer linken Braue zuckte, war das ganze Lächeln eine etwas trübe und angestrengte Veranstaltung.

Die Klingel forderte.

»Ein Patient. Ich mache auf«, sagte Frau Persenthein.

Doktor Nikolaus Persenthein wusch sich mechanisch die Hände. »Immer bei Nacht. Diese Kaninchen! Die Tasche –«, sagte er.

Gewöhnlich war der Mensch, der mitten bei Nacht zum Doktor kam, ein Mann, ein abgehetzter und aufgeregter Arbeiter aus der Vorstadt Obanger oder ein Bauer aus einem der Dörfer hinter dem Düßwalder Forst, den die Frauen vom Krankenbett weg zum Arzt gejagt hatten. Seit drei Leute an der Grippe gestorben waren, holten sie den Doktor, wenn jemand fieberte und hustete, sie holten ihn etwas zu spät, aber sie holten ihn, und dann war ihnen auch jede Tages- und Nachtzeit recht. Frau Persenthein nahm den konfusen Bericht entgegen, während Doktor Persenthein schon das Motorrad aus dem Verschlag herausschob. Sie schaute die Tasche nach – »Omnadin? Spritze? Physostigmin?« – fragte Persenthein, der die Windjacke überzog und sich übertrieben wach gebärdete. Die Frau ließ die Tasche zuschnappen und machte sie am Motorrad fest. Vor dem Haus schauerte ein kühler Dämmerungswind an ihre bloßen Füße. Persenthein knurrte unfreundliche Dinge zu dem Mann, der mit beleidigtem Gesicht dabeistand und das üble Befinden seines Kranken zu Hause übertrieb, um die nächtliche Expedition

zu rechtfertigen. Obwohl Doktor Persenthein sich beeilte, dauerte der Abmarsch lange, denn er war ein überaus langsamer Mensch. Er bastelte noch am Motorrad herum. Er knöpfte die Windjacke noch einmal auf und zu und suchte etwas. Er öffnete die Tasche nochmals und revidierte ihren Inhalt. Schließlich schlug die Kirchenuhr drei, und das Motorrad mit dem knurrenden Doktor und dem gekränkten Mann auf dem Soziussitz knatterte durch das Stadttor und davon. Elisabeth konnte zurückkehren in das Schlafzimmer mit den schrägen Dielen und dem entzweigerissenen Traum. Daß die Dielen schräg waren und die Betten abwärts standen, kam davon, daß Persentheins in einem uralten Fachwerkhaus wohnten. Eigentlich war es gar kein Haus, sondern nur ein Anhängsel des alten Stadtturms, welcher der Angermann hieß. Das Doktorhaus wurde das Angermannshaus genannt, und sie zahlten dem Magistrat von Lohwinckel nur achthundert Mark Miete dafür. Die Hinterwand war noch ein Stück der alten Stadtmauer, aus Steinen gefügt, zwischen denen die Jahrhunderte den Mörtel lose gemacht hatten. Sooft unten ein Auto durch das Stadttor in Lohwinckel einfuhr, begann das ganze Angermannshaus zu beben. Diele, Treppe und Deckengebälk stießen Seufzerlaute aus, die leise Wehklage sehr alten Holzes, das ein paar hundert Jahre lang Lasten getragen hat. Frau Persenthein konnte in solchen Augenblicken, sonderbar starr und gesammelt, still stehen, das Beben in den Mauern mitspüren und dem merkwürdigen Klang im Gebälk nachhorchen. Ein wenig Mörtel rann dann herunter, zwischen dem Fachwerk hervor und auf die Dielen. Frau Persenthein weckte sich auf, holte das Staubtuch aus dem Verschlag, kniete hin und wischte das kleine Mörtelhäufchen fort.
»Gebense Obacht, Mutter«, pflegte der Arbeiter Lungaus zu sagen, den sie oben in der Bodenkammer wohnen hatten, »gebense Obacht, einmal kracht uns die ganze Bude überm

Kopf zusammen.« Frau Persenthein war neunundzwanzig, und Lungaus war achtundfünfzig und konnte die Frau nicht leiden, aber er nannte sie Mutter. »Im Dach hat es die ganze Nacht geknorzt –«, verkündete er mit düsterer Miene, wenn Frau Persenthein ihm sein Frühstück gab. Sie dachte zuweilen eine halbe Minute über seine Prophezeiungen nach, und dann sagte sie: »Nein, Lungaus, das hält, glaube ich.«

»Wenn ich sage –«, erwiderte Lungaus, der krank und von ungeduldiger Natur war.

»Lassen Sie nur, Lungaus. Die Mauer hat ein paar hundert Jahre gehalten, die hält auch uns noch aus. Nur der Mörtel ist ein bißchen lose«, schloß Elisabeth solche Dialoge, trug Lungaus' Milchtasse in den Spülstein, wischte geduldig das bißchen kalkigen Staub auf, den das Morgen-Bahn-Auto aus den Fugen geschüttet hatte, und brachte das Staubtuch in den Verschlag.

»Das Haus ist ein Luder, ein tückisches«, behauptete Lungaus und kam ihr nachgetappt in die Küche. An den nackten Füßen trug er Doktor Persentheins alte Pantoffeln, Doktor Persentheins verflossene Hosen beulten sich mit Flicken über seinen spitzen Knien, und um den ganzen Menschen hing stets ein bitterer Geruch. Nasses Laub im späten November riecht so. Elisabeths Nerven waren immer ein wenig irritiert, wenn die Kleidungsstücke ihres Mannes an Lungaus' Körper durch die Wohnung gespensterten. Trotzdem sagte sie freundlich: »Ja, da haben Sie recht. Das Haus hat es in sich.«

Das Haus nämlich, winklig und vertrackt, machte unendliche Arbeit, es war schwer in Ordnung zu halten, schwer zu lüften, schwer zu heizen. Es kostete wenig Miete, fraß aber auf hinterhältige Weise eine Menge Geld auf. Reparaturen gab es immer und immer. Elektrisches Licht hatte man legen, dann eine Wasserleitung einbauen lassen – der Doktor brauchte fließendes Wasser im Ordinationszimmer. Und als man fließendes Wasser hatte, gab es keine Ruhe, bevor er nicht im

Keller eine Art kleiner Badeanstalt errichtet hatte: Salzbäder für rachitische Kinder, Kohlensäurebäder – und zuletzt sogar eine Art Inhalatorium. Die ganze Bevölkerung der Vorstadt Obanger vergnügte sich in diesen Bädern, sie kosteten den Arzt eine Menge, und die Krankenkasse zahlte so gut wie nichts dafür. Aber Kola war ein Sonderling, und die Bäder gehörten zu seiner Idee, einer Idee, von der noch die Rede sein wird ... Lungaus nahm Platz auf der Kohlenkiste, ließ die Beine baumeln, die Pantoffeln fielen von ihnen ab wie reife Früchte, und die großen Zehenballen kamen zum Vorschein; er schaute zu, wie die Frau Feuer im Herd ansteckte.
»Kleinholz müßte man mal wieder machen«, bemerkte er.
»Ja, das wäre gut, Lungaus«, sagte Elisabeth ermunternd.
»Ich befinde mir mittelmäßig«, erwiderte Lungaus darauf abweisend. Elisabeth seufzte und erschrak. »Lungaus – Sie haben doch nicht – wie? Im weißen Schwanen? Etwas gegessen? Wurst? Salzbrezeln? Nein? Getrunken? Geraucht? Mir müssen Sie die Wahrheit sagen – ich bekomme ja auch die Anschnauzer vom Doktor, nicht Sie! Haben Sie?«
»Ach wo –«, sagte Lungaus ungewiß, was Elisabeth wenig befriedigte. Sie schaute Lungaus genau und forschend an – er sah eigentlich nicht schlecht aus. Seine Lippen zeigten die richtige Farbe, und um den Hals hatte er ein wenig zugenommen. »Wo ist überhaupt das Rehle?« fragte Lungaus streng, während Elisabeth noch vor dem widerspenstigen Herdfeuer kniete und den blauen Qualm des feuchten Holzes einatmete.
»Das Kind ist natürlich mit dem Doktor auf Visite«, antwortete sie hustend.
»Natürlich. Immer mit dem Kind mang die Grippe in aller Herrgottsfrühe«, sagte Lungaus, ehrlich erbittert, denn alle Liebe seines vertrockneten Lebens hatte sich auf das fünfjährige Rehle konzentriert.
»Sie wissen ja, das ist so seine Idee –«, sagte Elisabeth, und

dabei hatte sie ein stechendes Gefühl an der Nasenwurzel, als kämen gleich Tränen. »Ja, das ist die Idee«, wiederholte Lungaus und angelte Kolas Pantoffeln herbei. »Ich sage ja: Lieber an die Anatomie verkaufen, da ist man doch tot und spürt's nicht. Aber das Versuchskarnickel sein bei lebendigem Leib – da kann eins ja –«

»Na, Ihnen geschieht doch wahrhaftig nichts. Sie hat er doch gesund gemacht«, sagte Elisabeth, während er schon zur Küchentür schlappte und dort stehenblieb. »Was krieg ich um neun?« fragte er gereizt.

»Bananenmus. Sowie das Feuer brennt, mach ich's zurecht«, sagte Elisabeth. »Sie haben es auch nicht leicht«, beschloß Lungaus und verschwand. Elisabeth blieb vor dem Herdloch zurück, war aber zu eigensinnig, um zu weinen. Sie brauchte beinahe zehn Minuten, um sich durchzubeißen, aber dann wurde sie vergnügt. Daß dieses Pantoffelgespenst, dieses Hauskreuz Lungaus, dieser Leidenskelch in ihrer Ehe, auch noch Mitleid mit ihr hatte, war eine durch und durch komische Angelegenheit. Als sie das Bananenmus anrührte, konnte sie bereits darüber lachen.

Sie bewachte das Feuer, wusch das Frühstücksgeschirr, schälte Mohrrüben für Lungaus' Mittagessen – denn Lungaus bekam eine ausgetüftelte Diät und lebte von Extrakten aller Naturprodukte –, sie rieb ihre braun gewordenen Finger mit Bimsstein, zankte ein wenig mit dem kleinen Tagesmädchen, das zu spät daherkam wie immer. Es gehörte auch zu Elisabeths Kümmernissen, daß Lungaus die Bodenkammer bewohnte, daß man keinen Platz für ein richtiges Dienstmädchen hatte – und so recht besehen auch kein Geld – und daß man von den verschiedenen ›Aufwartungen‹, die mal fünfzehn Jahre alt waren und mal achtundsechzig, häufig im Stich gelassen wurde.

Sie ging ins Ordinationszimmer zu ebener Erde und begann dort Ordnung zu machen. Sie zählte die abgerauchten Zigar-

renenden, seufzte ein bißchen und lachte dann, denn Doktor Persenthein war zwar ein wütender Gegner des Nikotins, aber ein leidenschaftlicher Raucher. Sie ging ans Telefon, nahm die Morgentemperatur von Fabrikbesitzer Profets zweitem Jungen zur Kenntnis – 38,2 – und trug sie in den Block ein. Sie zündete die Spiritusflamme unter dem Sterilisator an, legte Wäsche und einen frischen Kittel für Kola heraus und rieb den Operationsstuhl blank, während Spekula, Klemmen und Trichter kochten. Sie blieb fünf Minuten an der Medizinischen Wochenschrift hängen und blätterte in dem aufgeschlagenen Artikel über ›Sepsis-Prophylaxe bei Verletzungen der Landarbeiter‹ mit dem gierigen und leidendsuchenden Ausdruck, den andere Frauen für ihre Rivalinnen haben. ›Sepsis-Prophylaxe‹! Das kostete nun Kolas Schlaf und Nächte. Das Haus bebte, Mörtel rann herab. Das Neun-Uhr-Bahn-Auto kam von der Station zurück. Elisabeth quälte sich mit dem Bananenmus die Treppe hinauf in Lungaus' Bodenkammer. »Die Bananen wachsen mir schonst zum Halse raus, Mutter«, bemerkte Lungaus, der auf dem Bett lag und das Fenster geschlossen hatte. »Los, raus, spazierengehen!« sagte sie nur. »Daß der Doktor Sie nicht faulenzend findet, wenn er heimkommt.«
»Bei diesem Wetter«, entgegnete Lungaus voll Vorwurf. Elisabeth blickte durch das schräge Bodenfenster hinaus, es ging nicht nach der Stadtseite, sondern nach der Vorstadt Obanger. Eine Eberesche, die da hinten aus der Stadtmauer wuchs, stand krumm im Wind. Der Himmel hing voll zerrissener Wolken, ein heftiger Regen war vorbei, und neuer Wasserdunst sammelte sich in einer dunkelgrauen Wand, die über den Rußfahnen der Fabrik in der Ebene stand. Und Kola draußen, mit Rehle auf dem Soziussitz –
Das Telefon klingelte in der Diele, lang, lang, lang: Ferngespräch. Elisabeth nahm zur Kenntnis, was ihr mitgeteilt wurde. Nachher stand sie einen Augenblick vor der Muschel

und biß auf das Gelenk ihres rechten Zeigefingers – das tat sie immer, wenn etwas Schlimmes kam. Sie ging ins Ordinationszimmer und trug die Nachricht ein:
Telefonanruf des Krankenhauses Schaffenburg. Doktor Schroeder läßt mitteilen, daß dem Knecht Jakob Wirz der linke Arm abgesetzt werden mußte, handbreit unterhalb des Schultergelenks.
Sie überlegte einen Augenblick, und dann malte sie rasch einen kleinen Kreis neben diese Meldung in den Block. Das war ein Geheimzeichen. Das bedeutete seit langen Zeiten ein Kuß. Das bedeutete: Armer Kola! Und: Mach dir nicht zu viel Kummer. Und: Ich bin da, Elisabeth, und ich möchte dich trösten –
Übrigens liebte Doktor Persenthein es durchaus nicht, wenn solche Liebeszeichen wie Sonnenkringel in seinen Büchern herumflirrten. Und als Elisabeth noch eine Minute so da stand in einer ihrer nachdenklichen Erstarrungen und sehr deutlich das kochende Summen im Sterilisator hörte und sehr deutlich den alten dicken Band Aristoteles neben den Stapeln von Fachzeitschriften auf dem tiefen Fensterbrett sah – da kam sie sich unaufrichtig vor mit ihrem runden Siegel neben der schlechten Nachricht. Es war nur eine Formalität und nicht als echtes Gefühl gespürt; nicht mehr mit dem saugend-schmerzlichen Zerren gespürt, das die Liebe dem Herzen antut – nein! Und Elisabeth nahm den Radiergummi, löschte den Kuß wieder weg und ließ den verpfuschten, vergifteten und amputierten Arm des Jakob Wirz unbeschönigt und allein im Block stehen.
Als sie in die Diele hinauskam, saßen da schon Leute, eine Frau aus Düßwald samt Kind, Lieschen vom Gut mit ihrem Mittelohr und ein magerer Arbeiter von miserablem Aussehen, der mit stumpfem Ausdruck seine Mütze drehte.
»Tag, Herr Lingel«, sagte Elisabeth. »Na, geht's denn schon wieder los mit Ihnen?«

»Das ist schon so mit der Bleivergiftung – das sitzt alle paar Monate wieder in den Knochen«, sagte der Mann geduldig.

»Na – der Doktor muß gleich hier sein«, sagte Elisabeth und wanderte die Treppe hinauf. Diagnose auf Bleivergiftung konnte sie nun sozusagen schon ohne ihren Mann stellen; es war eine Lohwinckler Spezialkrankheit, die man sich in Profets Akkumulatorenfabrik ohne weiteres holen konnte. Manche erwischten sie nach drei Monaten und rückten beim Doktor an mit dem schwärzlichen Streifen am Lippensaum, glanzlosen Augen und den gewissen Schmerzen im Magen. Andere arbeiteten fünfundzwanzig Jahre bei Profet, ihr Jubiläum wurde im ›Anzeiger für Stadt und Land‹ gefeiert, und sie blieben dabei munter und gesund wie die Kaulquappen.

»Disposition«, sagte Doktor Persenthein, der in der Hast der Praxis die Gewohnheit angenommen hatte, von den meisten Sätzen nur das Subjekt auszusprechen. Übrigens war er keine resignierte Natur, dieser Doktor Persenthein, er war ein Kampfhahn erster Ordnung, und nachdem er einige Zeit in Lohwinckel praktiziert hatte, machte er sich nicht nur über die Bleivergiftung her, sondern auch über die Disposition dazu. Er tastete mit seinen Gedanken vor wie mit einer Sonde, bis er auf die Idee stieß, auf seine Idee. Mein Gott, ein junger, nicht übermäßig geschickter Landarzt, Doktor eines Marktfleckens von siebentausend Seelen – was sollte ihm die Idee? Sie machte ihn fremd, alt, voll Kanten und Beulen, sie stellte ihn mitten in ein Vakuum, eine luftleere, unmenschliche Einsamkeit, diese Idee, die er hatte oder die ihn hatte. Seit Doktor Persenthein sich mit dem Denken eingelassen hatte, war das Angermannshaus eine Art Fegefeuer geworden...

Frau Persenthein ging in die Küche und begab sich ans Kochen. Das war in diesem Haus eine verzwickte Angelegenheit, eine Beschäftigung, der etwas von leiser Verrücktheit anhing. Da war Lungaus' teure und merkwürdige Diät; Gemüse, Obst, rohe Eier, merkwürdiges, selbstgebackenes

Brot, lauter Dinge, die unendliche Mühe machten und die er nur unter Protest hinunterwürgte. Rehle, das Kind, bekam Ähnliches, nur ein wenig anders, gerade so viel anders, daß man es extra zubereiten mußte. Kola hingegen brauchte Fleisch, viel Fleisch, gebraten, scharf gewürzt, starken Kaffee nachher, an überanstrengten Tagen auch ein Glas Wein. Alles, was er für tief ungesund und verderblich hielt, brauchte er selber in großen Mengen, sonst machte er schlapp und war in der Drei-Uhr-Sprechstunde müde und ohne Konzentration. Elisabeth selber hatte keinerlei Diätwünsche – wenn es nur billig war und keine Mühe machte. Sie und das Dienstmädchen aßen, was da war, was übrigblieb, und eine Menge Kartoffeln dazu. Die Kartoffeln wurden in dieser prinzipienerfüllten Küche stets in der Schale gekocht, die Schale enthielt etwas, dessen Namen Elisabeth immer vergaß und das für den Aufbau nötig war. Sie stand über den Spülstein gebückt und scheuerte mit einer kleinen Bürste die Kartoffeln blank, bekam davon schwarze Finger, aber allmählich war sie es müde geworden, sie wieder mit Bimsstein zu waschen. Die Fersen taten ihr ein bißchen weh, auch die Schulterblätter. Sie kletterte nachher in den Keller hinunter und inspizierte das Mädchen, das die beiden Baderäume saubermachte. Es roch hier medizinisch, nach Lysoform, nach jodhaltigen Salzen, nach Kresolseifenlösung. »Katrinchen hat wieder alles versaut«, sagte Elisabeth lächelnd.

Katrinchen war eine dicke, ehrwürdige Spinne, die ihre Hängematten in alle Winkel hängte. Elisabeth fegte sie weg, es tat ihr immer ein wenig leid, Katrinchens Wohnstätten zu zerstören. Hier unten lag man stetig im Kampf gegen ein Gewimmel von lebenshungrigen Kreaturen: Mäusen, Schwaben, kleinen, namenlosen Tierchen, die wie lebendig gewordene Stahlnägelchen aussahen und in den Badewannen wohnen wollten. Oben war indessen die Vormittagsordination schon in Gang gekommen, die Diele roch nach Menschen, nach Pfeifentabak, sie war voll herbstnasser Stiefelabdrücke. Kolas Windjacke hing naß am Haken, er war heimgekommen, ohne daß Elisabeth ihn gesehen hatte. Im Verschlag hockte Rehle und putzte das Motorrad.

Rehle trug Hosen, eine Art Overall, den Elisabeth nach den Anweisungen eines Modealbums geschneidert hatte und der nicht übermäßig geglückt war. In Lohwinckel addierte man dieses Kleidungsstück zu den übrigen Verrücktheiten des Doktorhauses und nahm es übel. Aber da Rehle nun einmal immer hinten auf dem Motorrad draufsaß, die kurzen Ärmchen um den Magen ihres Vaters geschlungen, und da Kola darauf bestand, sie bei seinen Visiten durch alle Dörfer und Häuser der Umgebung mitzuschleppen, war dieser kleine blaue Overall eher praktisch als verrückt zu nennen und verdiente die Feindschaft der Lohwinckler nicht ganz.

»Puß, Mutter«, sagte das Rehle, ohne aufzuschauen, als Elisabeth ihre leise schmerzenden Schulterblätter für einen Augenblick an den Türpfosten des Verschlages lehnte. ›Puß‹ war Rehles Grußform aus der Zeit, da sie noch klein war. Inzwischen hatte sie sich zu einem erstaunlich selbständigen Menschen entwickelt, zu einem Mädchen, das für ihre fünf Jahre viel zu lang war, zu große Hände und Füße hatte.

»Na? Haselmaus?« fragte Elisabeth. Rehle hatte viele Namen; alles, was braun und glatt war, paßte: Rehle, Haselmaus, Nüßchen, Spitz. Aber Rehle war Zärtlichkeiten abgeneigt.

»Schön dreckig, was?« sagte sie und hielt Nase, Hände und Stiefel ins Licht, das durch eine Luke in der Stadtmauer hereinsickerte.

»Nasse Füße?« fragte Elisabeth. »Natürlich«, sagte Rehle. Elisabeth zog ihre Hand wieder zurück, mit der sie Rehle gern gestreichelt hätte, dann überließ sie das Kind sich selbst. Nasse Füße gehörten zu Rehle, und Schuhe wurden nicht gewechselt. Das war ein Teil von Kolas Erziehungsprinzipien, ein Teil seiner Idee, ein Teil von seinem Kampf gegen die Disposition...

Elf Uhr. Zurück in die Küche. Das dritte Frühstück für Lungaus: Milch mit dem Saft einer Apfelsine – die der Kaufmann Heinrich Markus zu dieser Jahreszeit für viel Geld aus der Kreisstadt kommen lassen mußte. Das Wohnzimmer aufräumen. Kolas Notizen im Schlafzimmer sammeln, bevor das Mädchen sie wegwirft. Zweites Frühstück für Rehle. Eine Tasse Tee für Kola in die Ordination tragen, wo gerade ein schreiendes Kind an den Mandeln gepinselt wird. Rehles Kammer in Ordnung bringen.

Aber Rehles Kammer war in Ordnung. Rehle hatte sich selbständig gemacht, sie lag unter ihrem Gitterbett und wischte den Boden auf, Fenster und Türen standen offen, es war hübsch zugig und kühl hier, aber ordentlich. Die Puppen lagen in Reih und Glied und waren alle krank, sie hatten Verbände um Kopf, Arm und Bein, wirkliche Verbände aus wirklichem, wenn auch durchaus nicht mehr sterilem Mull, und die Lieblingspuppe Erika hielt außerdem ein Thermometer unter die Achsel geklemmt, ein weißes Stückchen Holz, auf dem ein roter Strich das Quecksilber vorstellt und ein für allemal neunundreißig Grad als Temperatur vermerkt ist. Denn Rehle kann schon Ziffern schreiben, aber achtunddreißig ist zu schwer, siebenunddreißig zu uninteressant, weil fieberfrei, und vierzig zu hoch und gefährlich.

»Nachher gehe ich zum Schlachter, einholen«, meldete Rehle mit erstickter Stimme unter dem Bett hervor. »Du bist ja brav«, sagte Elisabeth. »O ja«, erwiderte Rehle sehr selbstsicher.

In Rehles Gegenwart fühlte Elisabeth sich immer ein wenig überflüssig, dieses Kind stand so fest in seinen kleinen nassen Stiefeln, zeigte kein Gefühl, wollte kein Gefühl. Frau Persenthein tauchte wieder in der Wirtschaft unter und hatte reichlich zu tun bis fünf Minuten vor eins. Da fuhr gerade das Postauto zum zweitenmal zur Bahn, das Haus zitterte pünktlich, Mörtel fiel aus der Wand; Elisabeth schoß mit dem Essen zu Lungaus in die Kammer und dann ins Schlafzimmer, um den Küchengeruch von den Händen zu waschen. Sie hatte früher einmal hübsche Hände gehabt und war noch immer ein bißchen eitel darauf. ›Früher einmal!‹ Das hatte für die neunundzwanzigjährige Elisabeth einen Klang, als wenn sie achtundsiebzig wäre. Sie schaute gedankenleer in den Spiegel, während sie die Küchenschürze abband. Es war ein kleiner, alter Spiegel, der in Scharnieren schräg gestellt werden konnte; man sah nicht alles auf einmal in seiner grünlichen Tiefe, sondern hübsch eins nach dem andern: jetzt das Gesicht, schmal, mit der kleinen Falte überm linken Auge; die Lippen etwas zu breit und etwas zu blaß; die Haare mochten angehen, sie waren wie die von Rehle, glatt und hellbraun. Dann der Hals, etwas zu lang, etwas zu mager. Dann Schultern und Brust – nun ja! Elisabeth fand sich nicht hübsch. Sie fand, daß sie eine Figur hatte wie Sigismunde von Raitzold auf dem Steinsarkophag in der Lohwinckler Kirche, Sigismunde, die vierhundert Jahre alt und auch nicht hübsch war, während Kola dem unternehmenden heiligen Georg auf dem Angermannsturm ähnlich sah –

Sie ging zum Fenster des Wohnzimmers und schaute zum Angermann hinauf. Der heilige Georg ritt mit eingelegter Lanze gegen den Drachen los, er sprühte Mut und der Drache Feuer, und beide waren aus Holz. Elisabeth hatte den heiligen Georg schon geliebt, als sie noch ein kleines Mädchen war und an der Hand ihres Vaters, des Gymnasialdirektors Burhenne, unter dem Angermann durchspaziert war. Später fand sie, daß der heilige Georg so aussah wie Schiller. Und noch etwas später bemerkte sie, daß der junge Doktor Persenthein so aussah wie der heilige Georg …

Sie ging hinunter, klopfte dreimal an die Tür des Ordinationszimmers und flüsterte: »Kola, du mußt essen kommen. Es wird sonst zu spät.«

»Sofort«, sagte der Doktor drinnen. Sofort bedeutete bei Kola noch eine Viertelstunde. Elisabeth ging wieder hinauf, der Tisch war gedeckt, sie öffnete für einen Augenblick das Piano, schlug ein paar Töne an und horchte ihnen mit geöffnetem Mund nach, bis sie verschwebt waren.

Das Auto kam von der Bahn zurück, das Haus zitterte, Mörtel fiel. Oben hörte man Rehle einen hellen Streit mit Lungaus führen. Unten schlurrten die Stiefel der letzten Vormittagspatienten zur Haustür. Elisabeth trat wieder ans Fenster. Sie mußte nachsehen, ob Doktor Persenthein wirklich dem heiligen Georg ähnlich sah.

›Nein‹ – dachte sie, während sie die Suppe austeilte; ›er sieht ihm gar nicht mehr ähnlich.‹

Doktor Persenthein, das ist ein Mann von achtunddreißig Jahren, ein großer, magerer Mensch mit schweren, breiten Schulterknochen und einer hellen Haut, unter der an überanstrengten Tagen die Adern bläulich durchschimmerten. Das Haar tritt über der Stirn in zwei tiefen Ecken zurück und wird dünn. Die große Nase hat einen kühnen, schmalen Sattel, der Mund mit den breiten Zähnen nimmt viel Platz ein, von den tiefgekerbten Mundwinkeln zur Nasenwurzel läuft eine Falte von heftigem und angespanntem Charakter.

Doktor Persenthein, Sohn eines mittleren Beamten, der etwas Besseres als der Vater werden sollte, studierte Jus, kiebitzte ein wenig in den Hörsälen der medizinischen Kollegs, blieb dort hängen, sattelte um, setzte gegen Familie, Tod und Teufel den Willen zur Medizin durch, der sich langsam in ihn hineingefressen hatte. Studium in zwei kleinen Städten mit zwei großen Universitäten, Physikum, Staatsexamen, Promotion. Anatomie, Physiologie, Histologie, Pathologie,

Bakteriologie. Dissertation über die Hypernephrom-Metastasen der Knochen. Der Weltkrieg. Volontärarzt an dem großen neuen Krankenhaus der Halbmillionenstadt Markenheim. Die ersten Fehldiagnosen. Die ersten Kunstfehler. Die ersten letalen Ausgänge. Herzschlag während der Narkose. Warum? Luftembolie bei einer ganz kommunen Kropfoperation – warum? Verblutung nach einer Gallenblasennaht – warum? Solche Dinge passierten nicht etwa ihm, dem kleinen Volontär, sondern dem großen, weltberühmten Chirurgen, dem Geheimrat, der Kapazität ersten Ranges. Der kleine Volontär Persenthein durfte nur dabeistehen, Objektträger halten oder Klammern zureichen. Die ersten Zweifel an der Gottähnlichkeit der Chefärzte und an der Allmacht der Medizin tauchten auf, verschwanden aber wieder, als er Assistenzarzt am Krankenhaus in Schaffenburg wurde und alle Hände voll zu tun bekam. Er klapperte sich durch die Abteilungen des nicht großen Spitals durch, kam in ein paar Sackgassen theoretischer und experimenteller Natur, hatte einen siebenmonatigen Hormonrappel durchzumachen, währenddessen er die täglichen Pflichten vernachlässigte, aber bei vielen Tiersektionen eine sichere Hand bekam. Er war währenddessen zu der gynäkologischen Arbeit weitergeschoben worden, es war eine Art von laufendem Band, das den jungen Arzt durch die verschiedenen Zweige einer universellen Ausbildung durchtransportierte. In Abteilung G – Gynäkologische – war es auch, wo er auf Elisabeth stieß, die Säuglingsschwester werden wollte und ein Zimmer mit neunzehn Neugeborenen zu betreuen hatte.
Er ergriff das Gefühl für dieses große, gotisch lange, schmale und klare Mädchen so heftig und hielt es so eigensinnig fest wie einige Jahre früher die Leidenschaft für die Medizin. Er sauste kopfüber in Verlobung und Ehe hinein und fand sich wieder mit der jungen Praxis in Lohwinckel, die er von einem toten Onkel seiner Frau ererbte. Er war Ehemann, Bürger,

Mieter des Angermannshauses, an dem er alsbald zwei Tafeln befestigen ließ. ›Dr. Nikolas Persenthein, praktischer Arzt und Geburtshelfer‹ stand auf der einen. Auf der andern: ›Ich bin in... und komme um... zurück.‹ War Doktor Persenthein in eins der Dörfer gerufen und hing diese Tafel ausgefüllt am Haustor, dann erweckte das bei allen den Anschein von stärkstem Beschäftigtsein und bewegter Praxis.

Damals also sah er aus wie der heilige Georg, er hatte das Gefühl, von allem ein bißchen zu können und nichts ganz, und in den vielen schwankenden Stunden der nächsten zwei Jahre war ein großer Stoß von Fachbüchern und Zentralblättern, in denen man nachschlagen und Rat holen konnte, sein kräftigster Trost.

Zuerst holte man ihn nur, wenn es nicht anders ging, bei Geburten beispielsweise, wenn es nicht glatt verlief und die Hebamme nicht allein fertig wurde. Nach dem zweiten Jahr hatte er die Wendung auf dem Fuß und den Kristellerschen Griff schon ziemlich sicher im Handgelenk, und es passierten ihm weniger Dammrisse. Zu Rehles Geburt allerdings schaffte er Elisabeth vorsichtshalber nach Schaffenburg, sie machte nicht viel Geschichten und Doktor Schroeder auch nicht, es dauerte neun Stunden, und das Kind wog die vorschriftsmäßigen sechseinhalb Pfund. Als Rehle drei Monate alt war, begannen die ersten Meinungsverschiedenheiten über die sachgemäße Aufzucht dieses gesunden Säuglings, den beide übermäßig liebten, jeder auf seine Weise, Elisabeth zärtlich und zart verträumt und Kola Persenthein mit dem aggressiven Fanatismus, der alle seine Gefühle bestimmte. Elisabeth hatte das ihre im Säuglingsschwesternkurs gelernt. Aber Doktor Persenthein hatte sich eine ganz persönliche Meinung zusammengedacht – Rehles Geburt fiel ungefähr in die Zeit, da zum erstenmal und noch verwischt seine ›Idee‹ auftauchte –, und er blieb Sieger. »Mein Kind soll aufwachsen wie das Reh im Walde«, erklärte der Doktor seinem erschrockenen Schwiegervater, dem Gymnasialdirektor Burhenne. Davon bekam das Rehle seinen Namen und seine Richtung. Da man den Menschen nicht vor Gefahren für seine Gesundheit beschützen kann, muß man ihn an Gefahren gewöhnen und seine Disposition darauf einstellen, mit Gefahren fertig zu werden – behauptete Doktor Persenthein. Demgemäß wuchs Rehle auf wie ein Bärenjunges oder wie ein Eskimokind. Hitze und Kälte, Schnee und Sonne, Nässe und Zugwind wurden gegen das kleine Etwas losgelassen, das mit drei Monaten nackt in den Spielwinkel gelegt wurde und dort allein und überraschend früh die Menschenkünste des Krabbelns, Sitzens, Gehens und Stehens lernte. Mit zwei Jahren war das Rehle narbenbedeckt wie ein Krieger, aber sehr vertraut mit allen kantigen, spitzigen, schneidenden, brennenden und sonstwie schmerzenden Dingen des täglichen Lebens und sehr geschickt darin, sie fortan zu meiden. Sie beroch alles, fraß alles und vertrug alles. Sie wurde groß und stark, sie verschaffte sich gelegentlich eine kleine Gehirnerschütterung, aber nie einen Schnupfen. Als sie drei Jahre alt war, klemmte Doktor Persenthein diese seine Tochter hinten auf das neu gekaufte Motorrad und nahm sie mit zu den Kranken, die er besuchte. Er setzte sie nach einem ausgerechneten und gut gesteigerten Verfahren der Bekanntschaft mit allen möglichen Bakterien aus, von der infektiösen Erkältung, deren Erreger unbekannt ist, bis zum populären Loefflerschen Bazillus, der die Diphtherie verursacht. In ganz tollen Augenblicken war Doktor Persenthein davon überzeugt, daß Rehle auch eine Röhre voll Streptokokken schlucken könne, ohne krank zu werden. Merkwürdigerweise blieb Rehle gesund. Das war kein wissenschaftlicher Beweis für Doktor Persentheins Theorie; aber er hatte manchmal Lust, es als Beweis anzusehen. Es gibt für den Menschen, der sich einer Idee verschreibt, solche schwindligen, absturznahen Augenblicke.

Elisabeth hätte die Himmelangst um ihr kleines Mädchen in dieser Zeit nicht ausgehalten, wenn sie nicht fromm gewesen wäre. Sie beredete die Sache mit Gott und der Madonna, sie huschte manchmal von Einkaufsgängen weg in die kleine, alte katholische Kirche, kniete neben dem Sarkophag der Sigismunda von Raitzold nieder und ließ sich beruhigen und trösten. Der Doktor schwor auf die Kraft seiner Idee. Elisabeth schwor auf die Kraft ihres Betens. Und das Rehle gedieh.

Die Leute von Lohwinckel ließen sich inzwischen von ihrem verrückten Doktor behandeln, aber sie hielten nichts von ihm, und im Laufe der Jahre wurde aus einer lächelnden Mißachtung bissige Feindschaft.

Die Bevölkerung von Lohwinckel ist nicht gesünder oder kränker als der Durchschnitt in anderen kleinen Städten. Sie verzeichnet den normalen Prozentsatz an Rachitis, Tbc und S, sie hat ihre jährliche Grippezeit und ihre steigenden und fallenden Kurven für Keuchhusten, Masern, Scharlach und Diphtherie. Halsweh, Ohrenschmerzen und beginnende Magengeschwüre versucht man ohne Arzt loszuwerden. Mit Rheumatismus läuft man zum Apotheker Behrendt. Blinddarme fahren nach der Kreisstadt, wenn sie sich's einigermaßen leisten können. Was bleibt, sind einige Knochenbrüche, die Geburten, die Kinderkrankheiten, die Krankenkassenpraxis. Und die Bleikrankheit.

In Lohwinckel verschaffte man sich die Bleikrankheit in Profets Akkumulatorenfabrik. Das war die einzige Fabrik des Ortes, sie stand am Rand der Vorstadt Obanger, mit unfreundlich gelbgrauen Mauern, und beschäftigte eine Menge Arbeiter. Bei diesen Arbeitern hatte Doktor Persenthein einen Durchschnitt von achtundzwanzig Prozent errechnet, die der Krankheit verfielen. Er vertiefte sich in die Literatur über diese Berufskrankheit, die in der Maske vieler andern Krankheiten auftrat, als Nervenleiden, als Blutarmut, mit

Krämpfen, Schmerzen, Magen-, Darm-, Leberleiden. Er studierte die Statistiken der großen Akkumulatorenfabriken, bei denen alles und jedes zum Schutz der Arbeiter geschah. Dort hatte man die Krankheit auf ein Nichts, auf ein halbes Prozent heruntergebracht. Aber Profets Fabrik mit ihren schlechten Anlagen, mit ihren notdürftig umgebauten Werkräumen einer früheren Färberei, mit ihren achtundzwanzig Prozent Bleikranken war die reine Giftbude. Man konnte nicht einmal Herrn Profet allein dafür verantwortlich machen, denn ihm wieder waren die Hände gebunden, solange Herr von Raitzold auf Grund und Boden saß und jedem Fabrikneubau und jeder Erweiterung seinen Dickkopf entgegensetze. Die Arbeiter ihrerseits, diese Kaninchen, waren achtlos und fahrlässig im Umgang mit dem Gift und taten so, als müsse jeder Obangerer über kurz oder lang bleikrank werden. Der Doktor sah dem eine Zeitlang zu, dann nahm er den Kampf auf.

Doktor Persenthein begab sich auf die Suche nach einer Therapie gegen die Bleikrankheit.

Er fand in den nächsten drei Jahren sechs erprobte und zwei neue Behandlungsmethoden, die nichts halfen. Die Lohwinckler wurden skeptisch – aber nicht so skeptisch wie Doktor Persenthein selber, der aufhörte zu schlafen, der fieberhaft gereizt und unfreundlich in der Gegend herumknatterte, der rote Augenränder bekam und dessen germanischer Langschädel sich unter dem Ansturm von Gedanken, Sorgen und experimentellen Fehlschlägen ausbuckelte und einbuchtete wie eine Küste in der Brandung. Die Patienten fürchteten sich vor ihrem Arzt, was ungünstig auf ihr Befinden einwirkte, und Elisabeth fürchtete sich auch. Sie hatte Angst vor dem trotzigen Kummer, der oft in seinen Augen wohnte, vor seinem harten Auffahren bei Nacht, vor der Ungeduld in seiner Stimme. Das Hinhorchen, Hinspähen, Hinwarten auf seine Stimmung fraß ihr die Nerven weg, manchmal zitterte die Furcht körperlich fühlbar als eine kleine Kälte ihr Rükkenmark entlang. Sie hätte den Mann gern in die Arme genommen, eingebettet, weich gemacht, ruhig gemacht. Aber gerade das konnte er nicht brauchen. Er stand im Kampf gegen eine Stadt, im Kampf gegen die Krankheit, zuletzt sogar im Kampf gegen die eigene Wissenschaft. Er mußte hart und ruhelos bleiben.

Nun hatte er seit drei Jahren den Arbeiter Lungaus im Angermannshaus, das widerspenstige und streitsüchtige Objekt seiner medizinischen Experimente und das Zentrum, um das seine Gedanken kreisten. Es war zwanzig Minuten nach fünf, Schluß der Sprechstunde, und der Dunst aller ängstlichen und kranken Menschen, die den Nachmittag lang hier vorbeidefiliert waren, machte die Luft im Ordinationszimmer schwer.

»Anziehen«, sagte Doktor Persenthein und wusch sich die Hände. Lungaus kroch in seine Kleidung zurück.

Der Doktor schichtete Lungaus' Krankenblätter zusammen, sie gaben fast eine kleine Broschüre ab. »Sie sind also jetzt gesund, Lungaus«, sagte er.

»Na –?« erwiderte Lungaus zweifelnd und angelte nach seinem Hosenträger.

»Doch. Sie bleiben weiter bei mir im Haus und unter Aufsicht, aber Sie fangen wieder zu arbeiten an. Ich habe mit Herrn Profet gesprochen.«

»Will er mir denn wieder nehmen?«

»Ich habe ihn gebeten. Er tut es mir zuliebe.«

»Ihnen? Er kann Ihnen doch nicht riechen.«

»Vielleicht hat er Respekt vor mir, seit ich ihm den Gewerbe-Inspektor in die Fabrik gehetzt und die neue Staubabsaugevorrichtung durchgesetzt habe«, sagte Persenthein ausführlich. Merkwürdigerweise reizte ihn die störrische und unzufriedene Art von Lungaus immer zu längeren Gesprächen.

»Wegen der«, sagte Lungaus denn auch prompt. »Davon ist noch keiner weniger krank geworden.«
»Schön. Dann tut er es, weil er neugierig ist, wie das mit Ihnen weitergeht. Schließlich hat Herr Profet allerhand Interesse daran, ob wir mit der Bleikrankheit fertig werden oder nicht.«
»Nein. Bestimmt nicht«, erklärte Lungaus sogleich. »Das letztemal hat es mir nach vier Monaten auch wieder gehabt.«
»Abwarten«, erwiderte der Doktor, der genauso unfreundlich sein konnte wie Lungaus.
»Dann will ich nicht in die Bude zurück. Dann will ich aufs Gut, wenn Sie mir schon durchaus gesund schreiben wollen«, sagte Lungaus und setzte sich auf den Untersuchungsstuhl, als wenn er nun viel Zeit für eine gründliche, erfrischende Auseinandersetzung vor sich wüßte. Der Doktor stieß ungeduldig mit dem Fuß gegen den weißen Eimer mit Watteabfällen.
»Aha«, sagte er. »Aha. Jetzt wollen Sie aufs Gut. Sonst kann man euch zureden wie Waldeseln, und die Raitzolds können sich die Beine ablaufen, sie kriegen keine Leute aufs Gut. Alle wollt ihr in die Fabrik. Aber wenn ihr mal auf der Nase gelegen habt mit Blei in den Knochen wie Sie vor drei Jahren, dann wollt ihr aufs Gut. Nee. Jetzt müssen Sie in die Fabrik zurück. Darauf kommt's mir ja jetzt gerade an.«
»Zwingen kann mir keiner«, sagte Lungaus. Doktor Persenthein sprang auf und rannte dreimal rund um den Untersuchungsstuhl. Dann rückte er so nahe auf Lungaus zu, daß der Angst bekam und die Schulterblätter einzog.
»Mensch«, sagte Persenthein. »Jetzt hören Sie mal zu. Sie werden in die Fabrik zurückgehen, und Sie werden gesund bleiben, das sage ich Ihnen. Sie vergessen wohl, was wir miteinander abgemacht haben, bevor ich Sie ins Haus genommen habe. Sie vergessen wohl, wie und wo ich Sie aufgelesen habe? Man hat Sie durchgebracht, man hat Sie gesund ge-

macht, drei Jahre Arbeit, was, Arbeit, drei Jahre Leben hat man an Sie gehängt, bis man Ihren Kadaver soweit gebracht hat, sich zu besinnen, sich zu wehren. Unser ganzes Geld hat man an Sie gehängt, die Frau hat sich abgeschunden für Sie wie ein Tier, bewacht hat man Sie, Schweinereien haben Sie uns gemacht, gelogen haben Sie, alle Notizen hat man dreimal anfangen müssen, weil Sie heimlich saufen gegangen sind, die Befunde von einem Jahr haben Sie mir über den Haufen geschmissen durch Ihrer Schwindeleien. Ein volles Zuchthaus bewache ich lieber als einen Menschen wie Sie, der genau nach der Vorschrift leben soll. Jetzt hat man Sie endlich soweit, jetzt soll die Probe aufs Exempel gemacht werden, da möchten Sie auskneifen. Das können Sie mir nicht antun, Lungaus –«
Lungaus schaute zum Doktor hinüber. Persenthein stand jetzt am Fensterbrett und hatte mit den Händen das Holz hinter sich gefaßt. Es sah ein wenig aus, als hielte er sich dort fest, um nicht mit den Fäusten loszugehen. Lungaus spürte etwas in sich zerren, das er nicht erkannte; er wußte nicht, daß es Dankbarkeit war.
»Sie meinen's ja soweit gewiß nicht schlecht«, brummte er. »Aber wenn Sie glauben, das ist ein Vergnügen, so Kuhfutter fressen und das Versuchskarnickel abgeben und Blutprobe jeden Monat und alles. Da hab' ich mir oft gedacht: ›Wärste doch lieber gleich krepiert, als dir an den Doktor zu verkaufen‹, hab' ich mir gedacht –«
Persenthein stieß sich vom Fenster ab zum Schreibtisch und blätterte in den Aufzeichnungen über den Fall Lungaus. Er hatte einen Weg gefunden, Doktor Persenthein, er hatte eine Idee, eine grundlegende, erschütternde Idee. Aber er hatte keine Möglichkeiten zu experimentieren, kein Laboratorium, keine Klinik, kein Menschenmaterial. Er hatte nichts als diesen einen, einzigen Lungaus, der sich an einem völlig verlorenen Punkt seiner Existenz hatte bereitfinden lassen,

Doktor Persentheins neue Theorie am eigenen Leibe und unter strengster Bewachung durchzuführen. Die Notizen über Lungaus kannte er auswendig, Lungaus war der Extrakt seiner Arbeit, sein Beweis, sein Triumph. Den Organismus Lungaus hatte er Schritt für Schritt neu aufgebaut, umgeändert, umgestimmt und alle Widerstandskräfte gegen Gift und Krankheit in ihm wachgemacht. Kristalle von Erkenntnissen hatten sich um diesen Fall Lungaus angesetzt. Nicht nur die Bleikrankheit war verschwunden, sondern auch der Schützengrabenrheumatismus und eine offene Flechte am Fuß. Es mußte einen Punkt der absoluten Gesundheit geben, von dem aus Krankwerden überhaupt unmöglich war. Doktor Persenthein, praktischer Arzt und Geburtshelfer in Lohwinckel, hatte nicht weniger vor, als diesen Punkt zu finden. Er war ziemlich allein, dieser Doktor Persenthein. Er hatte ein paar Sätze im Aristoteles zu Freunden und ein paar Ansichten, die er in einem umkämpften Buch gefunden hatte: Die Krise der Medizin. Nun ja. Und das Rehle. Und dann noch den renitenten Lungaus – – –

»Die Leute sagen überhaupt, Sie sind verrückt, sagen die Leute«, bemerkte Lungaus in das Schweigen hinein. Er hatte den Doktor betrachtet und dabei gedacht: ›Er hat manchmal Augen wie ein Hund.‹ Und damit meinte er das Durchscheinende in Persentheins Blick, während der den Fortlauf der Befunde las und summierte. ›Is auch ein Hund‹, dachte Lungaus ferner und tat seine unfreundliche Äußerung.

»Diese Kaninchen –«, sagte Persenthein nur wegwerfend; es war sein Sammelname für die Bewohner von Lohwinckel und Umgebung. »Was für einen Zauber wollen Sie denn nu gemacht haben, daß mir das Blei nicht mehr schaden soll und das Bein heil bleiben und alles?« fragte Lungaus. Persenthein war ins Lapidare zurückgekehrt.

»Umgestimmt. Die Disposition geändert. Verstanden?« sagte er.

»Nicht die Bohne«, sagte Lungaus.

»Also Mensch, passen Sie auf. Es kriegen doch nicht alle Leute Bleikrankheit, nicht wahr? Warum? Die Disposition ist nicht danach. Aber es kriegen auch nicht alle Leute Tbc, und wenn sie noch so viel Bazillen einatmen. Klar? Grippe kriegen viele, aber manche kriegen's eben doch nicht. Rehle kriegt's nicht. Sie werden's jetzt auch nicht mehr kriegen. Wieso? Die Disposition, das ist es. Die Krankheit kann ich nicht ändern, die ist da, die atmen Sie ein, die fressen Sie, die saufen Sie, die hängt sich an Sie auf Millionen Arten. Aber sie kann ich ändern, Sie verstehen? Den Menschen kann man ändern. Die Disposition muß man ändern können, das ist es. Ich kann's noch nicht ganz, aber da ist ein Weg, passen Sie auf. Da ist etwas, das Aristoteles die vollkommene Harmonie nennt. Ein Mensch, der krank werden kann, dem fehlt diese Harmonie; ein gesunder Mensch, der krank wird, der war nicht gesund. Ein gesunder Mensch ist der, der überhaupt nicht krank werden kann. Ist das einfach?«

Lungaus überlegte das. »Haben Sie schon so'nen Menschen gesehen?« fragte er und zog die alten Hosen hoch. Persenthein überlegte auch. »Nee. Mediziner sehen überhaupt keine gesunden Menschen, nicht mal leidlich gesunde. Da steckt die Rechenfehler. Sie kriegen auf der Universität viermalhunderttausendachthundertzweiundsechzig verschiedene Krankheiten erklärt und gezeigt. Aber den Professor möcht ich mal sehen, der seine Studenten hinführt und sagt: ›Hier haben Sie einen gesunden Menschen. Bitte, betrachten Sie die Symptome genau!‹ Na. Wenn ich Geheimrat wäre –«

Persenthein fiel in Gedanken. Er baute ein unsinniges, kleines, totgeborenes Luftschloß. Er saß seit langem an einer Arbeit über den Fall Lungaus – und über noch ein paar relativ überzeugende Fälle in Obanger, die sich einigermaßen seinen verwickelten Lebensvorschriften unterzogen hatten. Nun gut. Diese Arbeit mußte einmal fertig werden. Sie ging an die

Universitäten, an die medizinische Gesellschaften. Die Arbeit wurde gedruckt. Die Arbeit machte Aufsehen. Es kamen Kapazitäten nach Lohwinckel, um an Ort und Stelle seine Erfolge nachzuprüfen. Persenthein konnte sich eine Kapazität in Lohwinckel – wo abends die Ziegen durch den Ort getrieben wurden und hinter der Kirche noch der Ententümpel lag – nicht vorstellen. Aber da er einmal beim Phantasieren war, ließ er eben einige Kapazitäten kommen, nachprüfen und staunen. Dann kam die Berufung. Dann kam –

»In die Fabrik geh ich nicht. Und daß Sie mir gesund schreiben, ist 'ne richtige Gemeinhat, ist das«, sagte Lungaus.

Persentheins Luftschloß knallte eilig zusammen und hinterließ den bitteren Geschmack fruchtlosen Ehrgeizes an seinem Gaumen. »Schlechte Luft hier«, murmelte er. »Schluß, Lungaus.«

Lungaus verließ den weißen Emailrand des Untersuchungsstuhles. »Also?« fragte er an der Tür.

»Also. Montag wird in der Fabrik angetreten«, erwiderte Persenthein nur. Er konnte hart hinschlagen mit seinem Willen, wenn es sein mußte. Lungaus kannte ihn.

»Schön, Montag also«, antwortete er deshalb gehorsam und verzog sich augenblicklich. Draußen stand schon die Frau in der Diele, wartend und mit forschendem Gesicht. »Wie ist er denn?« fragte sie leise.

»Scharf, Mutter, scharf«, sagte Lungaus geduckt.

»Sie müssen jetzt baden, Lungaus, damit wir nachher die Wannen saubermachen können«, sagte Elisabeth und ließ sich nichts anmerken. Ein böser Tag mit der Meldung von Jakob Wirz' amputiertem Arm im Block.

»Sind keine von den Kaninchen mehr unten?« fragte Lungaus, der von Persenthein gelernt hatte, die Feindschaft der Lohwinckler mit grimmiger Verachtung zu erwidern.

»Nur noch zwei. Nur hinunter mit Ihnen. Das Essen ist schon fertig für Sie«, sagte Elisabeth, nahm sich zusammen und trat ins Ordinationszimmer ein. Sie hatte in letzter Zeit die Gewohnheit angenommen, sich einen kleinen Ruck zu geben, bevor sie Kola unter die Augen kam; aber das wußte sie nicht. Kola war gerade dabei, einen Abstrich postfertig zu verpacken und an das Hygienische Institut in Schaffenburg zu adressieren. »Kann ich schon Ordnung machen?« fragte Elisabeth und öffnete das Fenster. »Ach – Luft –«, sagte Kola zerstreut; er hatte abwesende Augen, und es war ersichtlich, daß er Elisabeth nicht bemerkte. Er stand auf, wusch sich die Hände und begann mit finsterer Miene einen seiner kleinen Rundläufe um den Untersuchungsstuhl.

»Müde?« fragte die Frau, bekam aber keine Antwort.

»Man müßte mal –«, sagte Persenthein drei Minuten später und ohne Zusammenhang.

»Ja. Soll ich Schroeder anrufen?« fragte sie sofort, denn sie war so zu Hause in seinen Gedanken, daß sie keine Wegweiser brauchte.

»Ich möchte am liebsten von dieser versauten Geschichte mit dem Wirz nichts mehr hören«, antwortete er. »Ja. Kannst anrufen«, setzte er nach einem Augenblick hinzu, während dessen Elisabeth ihn angesehen hatte. Mitleid war in ihrem Blick und die Angst, das Mitleid zu zeigen. Während sie an der altmodischen Telefonkurbel drehte, holte er das Krankenblatt des Jakob Wirz hervor und begann es, heftig rauchend, zu studieren.

»Wann willst du essen?« fragte die Frau, während sie darauf wartete, daß das Ferngespräch mit dem Krankenhaus in Schaffenburg gemeldet würde.

»Ach laß. Ganz schnuppe.«

Elisabeth trug den Abfalleimer hinaus, vor der Tür draußen seufzte sie ein bißchen, und dann kam sie wieder zurück. Es war nicht abwechslungsreich, was geschah, nein, und man verstand, daß der Mann ungeduldig wurde. Aber aus was bestand die Ehe, wenn nicht aus diesen Fragen: Bist du müde?

Wann willst du essen? Warum schläfst du nicht? Es waren die ewigen, unveränderlichen Fragen der Frau an den Mann von Urzeiten her. Elisabeth schaute Persenthein von der Seite an, spähend, besorgt, mitleidig und ein klein wenig aufsässig; er spürte den Blick und empfand ihn als Last, er jagte ihn mit einem kleinen Zucken seiner Schultern von sich weg. Elisabeth ließ sogleich von ihm ab, ging zum Schreibtisch hinüber und entschloß sich zu etwas Unangenehmem.
»Willst du jetzt das Wirtschaftsbuch durchsehen, Kola?« fragte sie, und das klang schuldbewußt.
»Du weißt doch –«, sagte er auffahrend. Elisabeth machte den Mund ganz fest zu und wartete. Sie kannte ihren Mann so genau, daß er nicht mehr nötig hatte, deutliche Sätze an sie zu wenden.
»Nein, heute. Morgen ist wieder etwas anderes los. Hilf mir doch beim Rechnen. Ich brauche eben Geld –«, murmelte sie vorsichtig.
»Wenn ich Geld hätte, würde ich dir's geben. Geld!« murmelte der Doktor zurück, der sich über eine Rekordspritze hergemacht hatte, die er in Äther wusch. Der Narkosegeruch stieß an Elisabeths Nasenflügel und verhing sich in ihrem Haar.
»Wofür denn?« fragte Persenthein hinterher.
»Ich muß endlich bei Markus bezahlen.«
»Der wartet auch noch. Ich muß auch warten. Vielleicht entschließt sich Herr Profet gelegentlich, die Arztrechnung in Ordnung zu bringen. Dann kommt Markus dran.«
»Und ich habe bei Raitzolds erinnert – du warst im August täglich auf dem Gut –«
»Raitzolds haben selber nichts.«
»Du stehst so komisch mit dem Fräulein – Raitzolds brauchen nie zu bezahlen.«
»Komisch? Gar nicht komisch. Sie ist ein Prachtmensch, das kannst du glauben.«

»Mit Röhrenstiefeln –«

»Schön, mit Röhrenstiefeln. Laß doch den Lohwinckler Tratsch.«

»Über uns tratschen sie ja auch«, sagte Elisabeth betrübt. Persenthein grunzte nur. Er hatte die Telefonmuschel ins Auge gefaßt wie einen Feind und wartete.

»Also kein Geld?« fragte Elisabeth. »Was soll ich denn nur bei Markus sagen – mir ist das so peinlich –«

Wenn Persenthein an seiner Frau die schwache Ähnlichkeit mit Herrn Gymnasialdirektor Burhenne, ihrem Vater, wahrnahm – und diese Ähnlichkeit trat in Momenten besonderer Sorge und Abspannung zutage –, dann wurde er ungeduldig.

»Peinlich –!« flüsterte er, was gereizter klang, als wenn er es geschrien hätte. »Peinlich!«

»Das macht deine Stellung nur noch schwerer, wenn die Leute wissen, daß wir beim Kaufmann Schulden haben.«

»Woher wissen Sie's denn? Erzählt der Jude das herum? Ich dachte, er ist anhänglich.«

»Das braucht der gar nicht zu erzählen. Sie wissen's eben. Sie sagen nämlich –«

»Was denn? Sie sagen, daß ich verrückt bin. Sie sagen, daß ich Magenkatarrh nicht von Scharlach unterscheiden kann und daß der Kreisarzt kommen mußte, weil mir drei Leute an Grippe gestorben sind. Was die alles sagen –«

»Sie sagen, Markus gibt uns alles billiger, weil er in mich verliebt ist. Und dann kann ich nicht einmal bezahlen. Das ist doch mehr als peinlich.«

»Na also. Wenn er verliebt ist, kann er doch warten«, beschloß Persenthein plötzlich zufrieden. Elisabeth schluckte erst einmal eine kaum greifbare Enttäuschung hinunter, dann fing sie an zu lachen.

»Standesbewußtsein hast du wohl nicht?« sagte sie und ging auf ihn zu. Es gab noch immer Momente, in denen er ihr Gehen, Kommen, ihr Nähertreten und Bei-ihm-Sein spürte, als Glück spürte, als eine Freude, eine Schwingung. Sie erkannte sogleich die Lockerung in seinen Mundwinkeln.

»Nein. Nicht die Spur«, sagte er zugleich als widerspenstige Antwort. »Vielleicht hättest du mit dem teuren Pantostat noch warten sollen?« sagte sie, als sie bei ihm angelangt war; sie lächelte dazu, es war ihr nicht Ernst damit.

»Ja, sag das nur deinem Seelenfreund. Ich habe zu viel Geld in meinem Laden investiert, sag ihm das; darum kann ich jetzt die Kolonialwarenrechnung nicht bezahlen. Einen Apparat für Bluttransfusion muß ich auch bald haben, soviel ist sicher. Frau Melkin hätte ich am Leben halten können – bis sie mich nach Obanger zu so etwas holen, sind die Frauen immer schon ganz ausgeblutet. Ich habe mir eine kleine Liste von Blutspendern angelegt, alle Blutgruppen, beste Ordnung, wie in einer Klinik, nur der Apparat fehlt. Kostet nicht einmal viel –«

Bevor noch Frau Persenthein ihren Gedankengang gegen den Apparat kundgeben konnte, kam das Telefongespräch aus Schaffenburg. Elisabeth warf einen scheuen Blick auf Persenthein, dessen Gesicht sich zu einer gleichgültigen Maske zusammenriß, während er die Muschel abnahm, und glitt aus der Tür.

»Sei still, Rehle«, flüsterte sie draußen. Es war ganz finster in der Diele, und sie spürte das Kind dort mehr, als sie es sah. »Kola hat ein Ferngespräch.« Sie setzte sich auf die Wandbank, die sonst den Patienten gehörte, und zog das Kind an sich.

»Wegen des Mannes, der sich in den Finger gehackt hat?« flüsterte Rehle.

»Ja. Was weißt denn du davon?« fragte Elisabeth verwundert.

»Ich war doch mit auf dem Gut, wie er's verbunden hat. Erst hat's geblutet, dann hat's aufgehört. Der Mann hat gelacht dabei. Kola hat gesagt: ›Der ist nicht so wehleidig wie Rehle.‹

Ich bin aber gar nicht wehleidig. Wie ich in die Fensterscheibe gefallen bin, hab' ich bloß wegen der Scheibe geweint, daß sie kaputt war, es hat auch nicht arg weh getan. Schade, wenn der Mann totgehen muß, nicht?«

»Der geht doch nicht tot«, flüsterte Elisabeth flehend in Rehles warmes Haar. Weil es dunkel war, gestattete sie sich, ihren Mund in diese Wärme zu legen.

»Doch. Kola hat Angst, daß er totgeht. Kola hat mir's erzählt«, sagte Rehle laut und nickte energisch mit dem Kopf. Elisabeth fühlte unter ihren Händen, die sie um die Brust des kleinen Mädchens gekreuzt hielt, Rehles lebendigen Herzschlag wie einen kleinen, aufflatternden Vogel. ›Dir?‹ dachte sie. ›Mir nicht?‹ Sie sagte nichts. Das Gespräch drinnen dauerte an, mit einsilbigen Fragen und den stummen Pausen der Antwort im Telefon. Oben tappte Lungaus. Dann hörte man den Doktor im Ordinationszimmer heftig auf und ab gehen. Ob Rehle einschlief oder horchte, war nicht klar. Im Keller arbeitete die elektrische Pumpe. Kolas feuchte Windjacke am Kleiderständer roch nach Regen und Appretur, und alles war unsichtbar.

Schließlich kam der Doktor zum Vorschein. Er trat aus dem Grauen ins Schwarze, denn hinter ihm lag Dämmerung im Zimmer, und die Diele war stockfinster.

»Soll ich – Licht?« fragte Elisabeth.

»Danke, ich finde schon. Ich mache noch ein paar Visiten«, sagte er abgerissen, sie hörte ihn am Kleiderhaken rascheln.

»Kola – ist – was ist los mit dem Wirz?«

»Nichts.«

»Nichts?«

»Aus. Exitus um vier Uhr. Schon seit drei Stunden moribund gewesen, sagt Schroeder.«

»Ach –«, flüsterte Elisabeth. Rehle bewegte sich nicht, aber Elisabeth spürte an einem Härterwerden des kleinen Körpers unter ihren Händen, daß das Kind wach war und sich spannte.

»Da haben die Lohwinckler wieder etwas zu reden gegen mich –«, sagte Doktor Persenthein in die Finsternis hinein.
»Du kannst doch nichts dafür«, flüsterte Elisabeth.
»Es ist peinlich«, antwortete er und bemerkte nicht, daß er das gleiche Wort benützte, das ihn kurz vorher geärgert hatte. »Manchmal habe ich so genug davon«, sagte er noch, und dann tastete er sich mit seinen Knien heran und setzte sich auf die Patientenbank.
»Schroeder sagt auch, daß es Pech ist. Schroeder hat ja selber noch vier Tage mit der Amputation zugewartet. Da hast du es. Da geht man nun herum und würgt sich ab. Wenn ein Riesenkerl wie dieser Wirz mit der Hacke ausrutscht und sich in den Finger schlägt, ist das keine große Geschichte. Hätte ich gleich den ganzen Finger abgenommen – natürlich hätte dann nichts passieren können. Aber, Teufel hinein, man tut's doch eben nicht. Gott weiß, was für Dreckzeug er an seiner Hand gehabt hat, hinterher ist man natürlich klüger. Schroeder sagt, er hätte es genauso gemacht. Desinfiziert, verbunden, Schluß. Wer setzt denn gleich einen Finger ab? – Aber hätt ich's bloß getan – verfluchter Zustand –«
Elisabeth hörte Kolas Monolog schweigsam an. Leicht war es nicht, in Lohwinckel als die Frau eines angefeindeten Mannes zu leben; jetzt kamen neue Schwierigkeiten dazu. Manchmal hatte sie das Gefühl, daß man ihr zu schwere Gewichte zu tragen gab, aber sie schleppte ganz tapfer. Am schlimmsten war es, wenn in ihr selber etwas insgeheim Partei gegen Kola ergreifen wollte. Er hatte diese Besessenheit für die Medizin, die ihn alles in Fetzen reißen ließ, was nicht in seine Richtung paßte. Und er hatte ein Profil wie Schiller. Wahrscheinlich, weil er genial war, dachte Elisabeth. Aber es passierte ein bißchen viel Unglück in seiner Praxis. Elisabeth hatte Augenblicke des Tiefstandes, in denen sie deutlich an Kolas medizinischer Berufung zweifelte und die Opfer nicht

begriff, die dieser Fetisch Medizin von ihr verlangte. Sie legte ihre Hand über eine Entfernung hin auf Kolas Knie.
»Ich möchte wissen, was du eigentlich von mir hältst?« fragte er trübe in die Dunkelheit, denn sie waren beide so verheiratet, daß sie Gedanken lesen konnten.
»Darauf kommt's nicht an. Ich hab' dich ja gern«, sagte sie. Er merkte die winzige Besinnung, mit der sie das Wort ›gern‹ an Stelle des Wortes ›lieb‹ setzte, und streckte eine bittende Hand ins Dunkle, die an Rehles kleine Schulter stieß.
»Da ist ja Rehle –«, sagte er, und Elisabeth bemerkte im Finstern, ohne es zu sehen, daß er lächelte.
»Doch. Darauf kommt's an. Nur. Du bist die einzige«, sagte er. Er sagte es laut und streng, um sich nicht weichzumachen, und verschluckte das zärtlichere Satzende. Elisabeth spürte, daß er aufstand. Im nächsten Augenblick knipste er am Treppenknopf das Licht an und verschwand im Verschlag, um das Motorrad zu holen.
»Wohin noch?« fragte sie.
»Zwei Visiten in Obanger. Dann nach dem Priel, die Pneumonie. Wird auch nicht durchkommen. Achtundsiebzig ist sie. Dann fahre ich zu Raitzolds und sage Bescheid wegen Wirz. Und zu Profet – der Junge fiebert immer noch«, sagte Persenthein und schob sein Motorrad an die Haustür. Das Rehle, stumm und nachdenklich, hängte den Türflügel in die Haken, sie hatte eine unkindliche Art, unhörbar und unsichtbar zu werden, wenn etwas in der Luft lag. Vor der Haustür bauschte sich ein wenig Laub an der Schwelle, vom Wind zusammengetrieben, der Schatten des Angermann sank in die Dämmerung ein.
»Was fehlt dem Jungen von Profet?« fragte Elisabeth und steckte fröstelnd die Arme unter die Schürze, während sie in die Tür trat.
»Ich weiß es nicht. Er hat Fieber seit dem letzten Fußballspiel; ganz verrückte Fieberkurve, mal rauf, mal runter, aber

immer Temperatur. Und sonst keine Symptome zu finden. Reichlich unangenehm. Der Bengel liegt und fiebert. Ich weiß nicht, was ihm fehlt.«

»Du weißt es nicht?« fragte Elisabeth.

»Nein. Ich weiß es nicht. Ich weiß es eben nicht«, schrie der Doktor wütend und fuhr durch den Torbogen davon.

Elisabeth blieb dumpf vor dem Haustor stehen, bis seine gekränkte Rückenlinie verschwunden war und das gereizte Auspuffknattern des verbrauchten Motorrades sich in der Richtung von Obanger verlor.

Lohwinckel – das ist eine kleine, alte Stadt in Rheinhessen, mit rund siebentausend Einwohnern, siebentausend Seelen, wie es in unmodern gewordenen Reisebeschreibungen heißt. Siebentausend Seelen also, die hinter den Fachwerkfassaden Lohwinckels ihr Wesen treiben und ihr Leben leben. Lohwinckel hat eine alte Kirche mit einem ausgebauten und einem nie vollendeten Turm, es hat sein Rathaus, erbaut MDCXV, renoviert MDCCCCVII; in dem Rathaus regiert der fortschrittliche Bürgermeister Herr Doktor Ohmann, ein feiner Kopf, wie selbst seine Gegner zugeben. Der Bürgermeister also ist fortschrittlich, andere wieder sind es nicht, Direktor Burhenne zum Beispiel, der das Gymnasium leitet und kürzlich sein fünfundzwanzigstes Jubiläum feierte. Es teilt sich die Welt wie überall, so auch in Lohwinckel, in rechts und links, in arm und reich, in Vorangeher und Stehenbleiber. Wenn die eine Herde hü macht, dann macht die andere hott, und außen am Rande laufen da noch ein paar Einzelgänger herum wie der Doktor Persenthein oder der Kaufmann Heinrich Markus' Nachfolger, um nur einige zu nennen. Einer weiß viel vom andern in einer Stadt wie Lohwinckel, und wenn beispielsweise auf dem Fußsteig vor dem Haus des Geschirrhändlers Nadler drei Hunde aus der Stadt sitzen und heulen, dann sagen die Lohwinckler: ›Sieh an, da ist bei Nadlers die Inka wieder läufig!‹ Oder wenn Direktor Burhenne – von seinen Schülern ›Putex‹ genannt – mit verfinstertem Bismarckkopf das Klassenzimmer betritt und drei minus für zwei leichte Fehler gibt, dann weiß das Gymnasium: Putex hat Krach mit Frau Bartels gehabt. Frau Bartels nämlich ist die Hausdame des frühverwitweten Direktors Putex; sie sorgt für ihn, für die zwei Pensionäre, die man in der Mansarde zu beherbergen pflegt, und sie hat auch ziemlich nebenbei Elisabeth Burhenne aufgezogen, die nachher Frau Doktor Persenthein geworden ist. Daß Frau Persenthein es seit ihrer Verheiratung mit diesem unbeliebten Wirbelkopf nicht leicht hat, auch darüber weiß die ganze Stadt Bescheid. Aber wie es in Wahrheit ist, ach nein, daß weiß auch in Lohwinckel ein Mensch vom andern nicht. Und so eng die Häuser innerhalb der alten Stadtmauer beieinanderhocken, so inselweit, so sternallein leben auch hier die siebentausend Seelen rund um den Marktbrunnen, auf dem eine kleine Madonna ihrem Kind ein steinernes Äpfelchen reicht. Wie die meisten Städte hat auch Lohwinckel seine Häßlichkeiten im Osten abgelagert. Im Mittelalter lag vor dem Tor des Angermann der Anger, die Stätte also für Rad und Galgen, der Pestfriedhof und die Wiese, auf der landfremdes und friedloses Volk zu Jahrmarktszeiten nächtigen durfte. Aber jetzt sah der heilige Georg vom Angermann zunächst auf eine staubige und schlecht gepflegte Straße hinunter, die zwischen Bretterzäunen zu den Arbeiterhäusern der Vorstadt Obanger führte. Sie waren nicht schön, aus Ziegeln ziemlich summarisch hingebaut, alle mit der unwillkürlichen Richtung auf die Fabrik zu, wie in Lohwinckel drinnen alles die Richtung zur Kirche hatte. Hinter der Fabrik führte eine Landstraße dritter Ordnung zwischen Ebereschen und den Äckern des Gutes hin, viermal des Tages befahren vom Postauto, das zum Bahnhof karrte. Lohwinckel besaß nur eine

halbe Bahnstation, die ganze führte den Namen Lohwinckel-Düßwald, und vom Bahnhof ging es nach zwei entgegengesetzten Seiten etwa eine halbe Stunde Wegs bis zu jeder der beiden Ortschaften. Die Straße war schlecht, sie litt unter den schweren Lastautos der Fabrik, die tiefe Löcher in sie eindrückten, und wenn dem Postauto ein Fabrikauto entgegenkam, dann entstanden Verlegenheiten und Streitereien, denn die alte Landstraße war zu schmal für diese Ansprüche eines modernen Verkehrs. Herrn Profets Versuche jedoch, ein Nebengleis bis zum Bahnhof zu führen, scheiterten an dem erbitterten, ja geradezu rasenden Widerstand des Herrn von Raitzold, dem der Boden zwischen Fabrik und Bahnhof gehörte. Zwischen den beiden Männern bestand eine Feindschaft, deren verschiedene Stadien ganz Lohwinckel beschäftigten, ein stagnierender Haß, der eigentlich keinen andern Grund hatte, als daß die Raitzolds seit Jahrhunderten ansässig, bodenverwachsen und auf erschreckende Weise im Verarmen begriffen waren – während der neu zugezogene und landfremde Herr Profet Geld verdiente, Geld in allerhand Unternehmungen steckte – in Grundstücke, in die Stützung der Kreissparkasse, in den Gasthof ›Zum Weißen Schwanen‹, um Beispiele zu nennen – und so weit an Einfluß zunahm, wie sein Geld in der Gegend zirkulierte.
Nicht ohne Grund hatte der reiche Herr Profet seine Villa, ein Gebäude von etwas unübersichtlicher Architektur, mit Türmchen, Terrasse, Tennisplatz und Springbrunnen, möglichst weit weg von den unerfreulichen Bezirken Obangers verlegt, an die Westseite der Stadt, außerhalb des zweiten Tores, in den sogenannten Priel. Auch ein Siebentausend-Menschen-Ort wie Lohwinckel hat seine Kasten, er hat sie sogar besonders deutlich umgrenzt. Die Prieler, das sind in Lohwinckel von jeher feine Leute gewesen, das, was Apotheker Behrendt was Besseres nennt; aber dem Begriff Obangerer hing etwas Herabsetzendes an, beinahe war es ein

Schimpf, und im Gymnasium gab es Keilereien in genügender Menge, wenn einer den anderen Obangerer nannte: Herr Profets jüngerer Sohn beispielsweise den Pensionär Kolke, der bei Direktor Burhenne wohnte, der langbeinige Primaner Gürzle den Sohn der armen Witwe Psamatis oder sonst einer sonst einen.

Vom Angermannshaus hatte man fünf Minuten bis zu den Mittelpunkten von Lohwinckel zu gehen, bis zur Kirche oder bis zum Gymnasium, das samt Burhennes Dienstwohnung an der Gabelung der Hauptstraße lag, oder bis zu Heinrich Markus' Geschäft gegenüber dem ›Weißen Schwanen‹. In weiteren fünf Minuten war man dann am andern Ende, beim Westtor, hinter dem die schöne Ahornallee des Priel begann, mit besserer Luft, mit Ligusterhecken vor Villengärtchen und den promenierenden Töchtern der arrivierten Prieler.

Frau Doktor Persenthein unternahm diese fünf Minuten Weges niemals, ohne den Hut aufzusetzen. Es war eine von ihren Bemühungen, die Respektabilität des Doktors zu betonen. Sie ging auch nicht mit dem Einkaufskorb, das konnte zwar die Frau des Schusters tun oder das Dienstmädchen von Notars, aber nicht die Frau des Arztes. Sie vielmehr hatte ein klein gefaltetes Einkaufsnetz bei sich. Übrigens war an diesem Abend das Einkaufsnetz nur Vorwand, und während sie so langsam ihren Weg durch die Stadt nahm, daß sie fast sieben Minuten brauchte, um vor Markus' Laden anzulangen, fühlte sie ihr Herz viereckig werden. So nannte sie es bei sich, wenn sie ihr Herz spürte, es kantig und leise schmerzend in der Brust spürte, als wenn eine Ecke dieses viereckigen Herzens bis an das linke Schlüsselbein stieße. Daß ihr Mann Arzt war, gab übrigens Grund genug, ihm diese kleine Unannehmlichkeit hübsch zu verbergen...

Es war an diesem Oktobertag beinahe dunkel, als die Kirchenuhr sechs schlug. Herr Schmittbold, der Straßenkehrer und Wächter, kehrte noch eifrig an den Pfützen der Straßenränder entlang das welke Laub zu Haufen, zuweilen über seine Birkenbesen gebückt verschnaufend. Einzelne Lohwinckler hatten schon Feierabend gemacht und saßen auf grüngestrichenen Bänken vor ihren Haustüren, die Hände schwer im Schoß. Der Schneider Krainerz ließ eben mit ostentativem Geräusch seinen Rolladen herunterrasseln. Über allem lag der Lohwinckler Geruch, der immer gleiche Geruch von wassergesprengtem Straßenstaub, von Holzfeuer und von den faulenden Wasserlinsen des Ententümpels hinter der Kirche. Elisabeth ging langsam, weil sie rechnete; sie hatte alle die unangenehmen Zahlen aus ihrem schwarzen Haushaltungsbuch im Kopf mitgenommen, schaute auf ihre Fußspitzen hinunter und grüßte mit ihrem sanften, abwesenden Lächeln fast sämtliche Leute, die ihr begegneten, denn sie kannte sie fast alle. Nur der Apotheker Behrendt trat in seinen Laden zurück – er verkaufte auch Drogen, Fotoartikel und Thermophore –, als er sie sah, was einer kleinen feindseligen Demonstration gleichkam. Mit Behrendt war man endgültig auseinander. Der Doktor konnte rasen, wenn Behrendt mit privaten Ratschlägen und dem Verkauf von fabrikfertigen Medikamenten seine reformierenden Absichten durchkreuzte. Behrendt seinerseits fand, daß der Doktor ihm mit seinen hirnverbrannten Naturverfahren mutwillig das Geschäft ruiniere. Ein verwickelter, höflicher, aber erbitterter Briefwechsel hatte stattgefunden und zu nichts anderem geführt als zu einer offenen Feindschaft. Behrendt war Vorsitzender der Brüderschaft ›Einigkeit‹, er konnte schaden, und er tat es. Nun trat er also in die Apotheke zurück, um Frau Persenthein nicht grüßen zu müssen. Sie zögerte an der Gabelung der Hauptstraße und der Marktstraße und wog in sich die Frage aus, ob sie sich einfach in die Höhle des gekränkten Löwen begeben und zur Anknüpfung etwas kaufen solle – Kamillentee, ein Haarwaschmittel, eine Tube

Vaseline – oder ob sie die Flucht ergreifen dürfe. Schließlich drehte sie um, mit einem Gesicht, als habe sie etwas Wichtiges vergessen, verließ die unfreundliche Hauptstraße und zog sich in die Marktstraße zurück.

»Was darf's sein?« fragte Herr Markus, als sie ein wenig abgejagt in sein Geschäft eintrat. Er hatte noch zwei Frauen zu bedienen, die eine war die Köchin des Notars, die andere die Putzmacherin Ritting aus der Wassergasse. Herr Markus gab eine halbgefüllte Tüte an den Kommis weiter und schob sich an der Theke entlang zu Elisabeths Bedienung heran. Er war kurzsichtig, was ihm einen ewig fragenden und staunenden Ausdruck verlieh, trug aber im Geschäft keine Brille. Er tat das aus ähnlichen Gründen, wie Elisabeth ihren Hut aufsetzte. Die Hornbrille gehörte nicht ins Geschäft, sondern hinauf zu den Büchern und Zeitschriften in seiner Wohnung. Sie hätte seine Kundschaft mißtrauisch und spottsüchtig gemacht. »Was darf's sein?« fragte er, nahm aber Elisabeths Hand nicht, denn er fühlte sich im Laden immer unsauber.

»Ein Pfund Reis, bitte.«

»Ungeschält natürlich.«

»Natürlich«, sagte Elisabeth und begann zu lächeln.

»Ich habe jetzt einen Sack davon angeschafft, für Sie allein«, sagte er, das Lächeln erwidernd.

»Und für unsere Patienten.«

»Wie? Ja. Natürlich. Aber die Patienten drücken sich ja gern davon.« Elisabeth schaute mit angenehmen und beruhigten Empfindungen zu, wie die Körner von der Holzschippe in die Tüte flossen. Es roch so hübsch im Laden von Markus, nach Kindheit und geschenkten sauren Bonbons.

»Noch etwas?«

»Danke.«

»Macht achtunddreißig Pfennige – Ich schreibe es auf die Monatsrechnung«, setzte Herr Markus im nächsten Augenblick hinzu, als er Elisabeths Zögern sah.

»Ja. Bitte«, sagte sie und brachte den Reis in ihrem Netz unter.

»Gute Nacht, Frau Doktor«, sagte die Putzmacherin Ritting.

»Gute Nacht, Fräulein Ritting. Jetzt hat's zu regnen angefangen«, sagte Frau Persenthein. Es war so weit gekommen, daß sie jedem Menschen dankbar war, der dem Doktor nichts nachzutragen hatte. Fräulein Ritting war heil durch eine Brustfellentzündung gekommen – – –

»Ich möchte Sie noch einen Augenblick sprechen, Herr Markus«, sagte sie, als die Putzmacherin draußen war, wo ein beginnender Regen sanft gegen die bunte Glastür rauschte.

»Ja. Aber lieber im Kontor«, sagte Herr Markus, warf einen Blick auf seine Armbanduhr und gab dem Kommis die Anweisung, den Laden zu schließen. Elisabeth folgte ihm hinter die Theke und in den kleinen Glasverschlag, der voll duftender Kaffeesäcke stand. Sie nahm ihr Einkaufsnetz fest in die Hände und ging direkten Weges los.

»Jetzt ist schon der zwölfte Oktober, Herr Markus«, sagte sie.

»Wie? Ja. Allerdings. Wahrhaftig, schon der zwölfte –«, erwiderte Markus verlegen, setzte die Brille auf und schaute den Wandkalender an. Er hatte einen hübschen Mund, der leicht hilflos wurde und dann mit den Anfangskonsonanten einzelner Worte nicht fertig werden konnte. Er hatte dunkle Haare, die besondererweise mit einem blonden Schimmer rund um die Stirn ansetzten. Elisabeth schaute sich dort fest, um in ihrer Erklärung fortzufahren.

»Ich kann unsere Rechnung noch immer nicht bezahlen, Herr Markus.«

»Ach, das ist – schade – ich meine – ich habe sie Ihnen nur der Ordnung halber geschickt – Sie wissen ja, Mutter ist so eigen –«, stammelte Markus und machte eher den Eindruck eines Schuldners als den eines Gläubigers.

»Die Leute sind so unpünktlich, wir haben so viel Außenstände –«, sagte Elisabeth, die immer verlegener wurde.

»Ja, das kann ich mir denken – bei mir im Geschäft ist es auch so –, ich muß die Waren prompt bezahlen, aber die Kundschaft läßt sich Zeit.« Nachdem das Gespräch so verheddert war, fand keiner von beiden weiter. In Elisabeths Augen kamen gerade jetzt, gerade in diesem unangebrachten Moment die Tränen, die sie seit dem Morgen in sich hineingelächelt hatte. Wahrscheinlich, weil sie zum erstenmal still saß und weil Markus ihr ein bißchen leid tat.

»Es ist mir so peinlich«, flüsterte sie.

»Ach – bei mir – das ist nicht so schlimm«, sagte Herr Markus, der mit seiner Mutter täglich die unangenehmsten Auseinandersetzungen hatte wegen dieser unbezahlten Faktura Persenthein.

»Es tut mir leid, wenn Sie Geldsorgen haben, Frau Doktor«, sagte er schließlich. Es ging nicht gut an, seine Gefühle für diese Frau in einer leidenschaftlicheren Form zu äußern. Übrigens verstand ihn Elisabeth auch so, und das gab ihr eine Mischung von angenehmen und unangenehmen Gefühlen.

»Sie sind auch immer nett, Herr Markus«, sagte sie.

Herr Markus, S. Markus' Nachfolger, war ein Außenseiter wie Doktor Persenthein auch. Erstens war er, obwohl in Lohwinckel geboren, Jude. ›Ich geh zum Juden!‹ sagte man in Lohwinckel, anstatt ›ich gehe einkaufen‹ oder ›ich gehe zu Markus‹. Als Kind war er einsam gewesen, als Schüler hatte er seine Lehrer, insbesondere den pedantischen Direktor Burhenne erschreckt durch seinen ungeduldigen, dem Lehrstoff vorausstürzenden Verstand und seine flackernd wechselnde Vorliebe für verschiedene Fächer. Nach dem Abitur verließ er Lohwinckel, um in Berlin Jus zu studieren und etwas zu werden. Dann kam die Geschichte mit seinem Vater, Herrn S. Markus, an der Doktor Persenthein nicht unbeteiligt erschien. S. Markus war vom Schlag getroffen worden, ganz unvorbereitet, wie so etwas kommt, eines Abends, gerade als er kalte, gepfefferte, gelbe Erbsen aß und ein Glas des vorzüglichen Gutsweines dazu trank. Frau Markus ließ Doktor Persenthein holen. Aber Doktor Persenthein war nicht zu Hause. Man erreichte ihn nach Anweisung der Tafel an seinem Haus eine Stunde später auf dem Gut, wo die Vormagd unter großen Mühen und Schmerzen ein uneheliches Kind gebar. Bei dieser Magd blieb er, bis er dem Kind ans Leben verholfen hatte, und dann erst trabte er langwierig nach Lohwinckel hinein, denn das Motorrad wurde erst nach dieser Erfahrung angeschafft, und Herr von Raitzold, der verbohrter Judenfeind war, weigerte sich, seinen Wagen zu borgen. So starb Herr S. Markus ohne ärztliche Hilfe, wie er sicherlich auch mit ihr verstorben wäre. An Doktor Persenthein jedoch blieb von dieser Nacht her der geduckte Haß der alten Frau Markus haften, ferner das Odium, daß er unzuverlässig und in wichtigen Momenten nicht zur Stelle sei, und schließlich noch etwas Unbestimmbares: so, als wenn er auf seiten der Unmoral stünde und liederlichen Personen lieber beistünde als ehrbar versterbenden, wenn auch israelitischen Mitbürgern.

Schlimmere Folgen hatte dieser Schlaganfall für den jungen Markus, cand. jur. Heinrich Markus in Berlin. Er mußte das Studium aufgeben, den Laden übernehmen, zurück nach Lohwinckel kommen, zurück zu seiner Mutter, zurück in den Seifen- und Kaffeegeruch des Gewölbes in der Marktstraße. Da saß er nun und versuchte, sich mit dem Leben einzurichten. Er führte Neuerungen ein. Er ließ ›Warenhaus‹ auf das Schild malen, und das Schaufenster zeigte manchmal einen modernen Zug, der fast anstößig wirkte. Er trug im Privatleben eine Brille. Er kaufte viele Bücher, las Kataloge, war auf einen Stoß von Zeitschriften abonniert. Er schaffte sich einen exzeptionellen Radioapparat an, mit dem er nicht nur sein geliebtes Berlin hören konnte, sondern auch Paris, London, Rom. Und dann hatte er eine wunderliche und weitläufige Korrespondenz. Er schrieb Briefe, ungezählte

Briefe in alle Welt, und manchmal bekam auch er einen Brief. Er klammerte sich an die große Welt draußen und schleppte sie in sein kleines, dumpfes Kontor, wo die Kaffeesäcke aufbewahrt wurden, weil hier die Luft am trockensten und die Gefahr für ihr Aroma am geringsten war...

»Man darf sich bloß nicht fallen lassen. Man muß seinen Idealismus festhalten, Frau Doktor«, sagte er und hatte Mühe mit den Konsonanten. Elisabeth sah ihn aufmerksam an, aber das große Wort Idealismus befremdete sie. Sie nagte ein wenig an ihrem Zeigefinger.

»Ach, Markus – manchmal weiß ich mir gar nicht mehr zu helfen«, sagte sie leise.

»Ich weiß. Sie haben es auch nicht leicht«, antwortete Markus, sonderbarerweise mit den gleichen Worten, die der Arbeiter Lungaus gebraucht hatte. Man sprach in Lohwinckel häufig davon, daß Frau Doktor Persenthein es nicht leicht habe, und das verschärfte noch die allgemeine Antipathie gegen ihren Mann. Sie schaute trostbedürftig auf Heinrich Markus' beschmutzte Schreiberhand, die unwillkürlich auf der tintenfleckigen Pultplatte sich der ihren näherschob.

»Mein Mann«, sagte sie klagend und lächelte dazu.

»Ich weiß schon«, erwiderte Markus mit Behutsamkeit.

»Nur weil er solche Sorgen hat. Das wird immer schlimmer. Er tut mir so leid. Er ist dann – unfreundlich –, er tut mir so leid. Und jeden Tag die Sorgen und jeden Tag die Auseinandersetzungen um Geld. Ich muß doch –«

»Der Doktor hat doch eine gute Praxis jetzt. Ich schätze, er verdient –«, sagte S. Markus' Nachfolger und wurde zum Kaufmann.

»Er verdient, aber er gibt alles wieder aus, das ist es. Es sind immerfort Anschaffungen, immerfort, und so teure Dinge und Apparate und Bücher und die Zeitschriften, und dann denkt er über neue Instrumente nach, die er erfinden will, verbessern, er bestellt so komische Sachen, und für uns langt es dann nirgends und nirgends. Er will immer alles noch besser machen, noch besser haben. Er will nicht so ein verschlafener Landarzt werden, wie mein Onkel war, das ist es, ich verstehe das schon, aber es ist so schwierig –«

»Der Doktor ist ein strebsamer Mensch. Man muß ihn –«

»Strebsam, ja. Nein, wissen Sie, Herr Markus, er ist ein unzufriedener Mensch von Natur aus, das ist es. Er sitzt ja jetzt auf einem stillen Platz, das ist wahr. Aber er würde nirgends Ruhe haben, das weiß ich, und wenn er – ach, ich weiß nicht, was und wo er sein könnte, er würde unzufrieden bleiben.«

»Danken Sie Gott dafür. Er gehört zu den Lebendigen. Hier sind ja alle gestorben, tot, erledigt, es rührt sich nichts, es geschieht nichts. Das ist ja die verdammte Gefahr hier, daß man auch still wird und sich abfindet. Wie ist das denn mit Ihnen, Frau Doktor? Möchten Sie nicht auch manchmal fort, nur fort, heraus aus allem, fort, nur weg, weit weg, woanders hin? Hier sieht alles so endgültig aus, so unwiderruflich. Haben Sie selber nie Lust, alles wegzuschmeißen und fortzulaufen?«

Elisabeth hörte aufmerksam zu und sah dabei dem fünfjährigen Rehle ähnlicher als sonst. Dann überlegte sie eine Weile und nickte mit dem Kopf.

»Aber das kann man natürlich nicht«, sagte sie vernünftig.

»Nein. Man kann es nicht«, wiederholte auch Markus.

»Wie es jetzt regnet«, sagte sie und horchte. ›Kola wird nasse Strümpfe heimbringen. Ich muß noch welche stopfen für morgen‹, dachte sie.

»Warum nicht?« fragte plötzlich Markus und stand heftig auf. »Warum eigentlich nicht? Warum kann man nicht fort, weg, raus aus allem? Das glaubt man nur, wenn man in Lohwinckel sitzt. Hier ist alles festgefahren. Draußen sieht die Welt ganz anders aus. Man liest doch, man hört doch – alles ist in Fluß geraten, alles schichtet sich um – bei uns ist man wie eingemauert. Bei uns wird alles so unfruchtbar, Liebe und Haß, und so unwiderruflich –«

Elisabeth schob ihre Schulter ein wenig zurück, unmerklich. Sie mochte diese Art von Worten nicht: Liebe, Haß, Flucht. Das klang nach den Büchern, die der entgleiste Student Markus in Haufen las und die ihn hochtrabend, befremdend und auf diese undefinierbar jüdische Weise gescheit machten. »So schlimm ist da gar nicht«, sagte sie naiv. Indessen hatten seine Augen sich hinter den Brillengläsern etwas getrübt, denn er dachte: ›Wenn ich Ihnen woanders begegnet wäre, dann hätte etwas anderes mit uns werden können, Elisabeth. Unfruchtbare Liebe. Hier sind Sie die Frau des Herrn Doktor und ich der jüdische Kaufmann S. Markus' Nachfolger. Schluß, Punkt. Keine Pointe. Ungeschälter Reis als Huldigung. Unbezahlte Rechnungen als Dank. Sie wissen ja gar nichts, gar nichts wissen Sie von mir –‹, und er dachte wahrhaftig ganz ordentlich per ›Sie‹ und ›Frau Doktor‹.
»Ich muß jetzt gehen. Das Rehle ist allein zu Hause«, sagte sie, blieb aber sitzen, denn sie war müde und unfähig zu einem Entschluß.
»Einen Augenblick. Einen Augenblick«, sagte er hastig. »Lassen Sie mich erklären, was ich meine. Da ist – zum Beispiel das Fräulein beim Frisör. Kommt aus irgendeiner großen Stadt zu uns nach Lohwinckel, Gott weiß, was sie hierher verschlagen hat. Kann Großstadtkünste, Maniküren, Ondulieren, Haareschneiden. Sie ist geschminkt, gut, schön, nicht ungeduldig werden, Frau Doktor, hören Sie, was ich sagen will. Sie hat einen schlechten Ruf vom ersten Tag an, das Fräulein. Warum? Weil sie Lippenpomade gebraucht? Weil man sie mit dem Sohn von Schlachter Seyfried sah? Wer kann ihr das verbieten, wer kann ihr's übelnehmen? Dann sieht man sie mit noch einem, mit mir, mit einem Herrn von der Post, was weiß ich? Nun? Es ist aus mit ihr. Verspielt, ein für allemal. Nie wieder wird sie ihren Ruf reparieren können. Nie wird sie hier einen Mann kriegen, nie wird sie etwas anderes tun können, als jeden Sonntag mit irgendeinem andern

auszugehen und wochentags sich von der Herrenkundschaft merkwürdige Dinge sagen zu lassen – Prostitution in Lohwinckel, o ja. Woanders wäre das Fräulein ein nettes Mädel geblieben; hier bei uns – entschuldigen Sie, Frau Doktor, ich weiß, Sie hören so etwas nicht gern. Das ist das Katholische in Ihnen, das macht so gebunden –«

›Und das ist das Jüdische an Ihnen, daß Sie über alles reden‹ – dachte Elisabeth höchst schlagfertig, denn manchmal hatte sie solche Blitze. Sie sprach es aber nicht aus, weil sie das Wort ›jüdisch‹ unter allen Umständen für eine Beleidigung hielt. »Besser gebunden als zersetzt«, sagte sie deshalb nur.

Markus begann zu lachen, er hatte sie gut verstanden, nicht ohne einen scharfen Schmerz zu empfinden, eine Art Neuralgie, die er schon in den Kindertagen immer bekam, wenn seine Glaubenszugehörigkeit ihn isolierte.

»Schön. Anderes Thema: die Politik. Rührt sich hier jemals etwas? Trotz aller Prügeleien vor den Wahlen, trotz aller Rempeleien im ›Anzeiger‹ und von der anderen Seite im ›Schaffenburger Volksblatt‹: Geschieht jemals etwas? Läßt einer nur sich überzeugen? In Obanger ist man sozialistisch und in Lohwinckel konservativ. Herr von Raitzold möchte auf jeden Andersgesinnten schießen, und Herr Profet hält sich zur bürgerlichen Mitte und drückt dabei seine Arbeiter mit den Akkordlöhnen. Werden die Arbeiter jemals dagegen revoltieren? Keine Spur. Das ist so und ändert sich nicht. Man kriegt die Bleikrankheit – Ihr Onkel hat es immer vertuscht, Ihr Mann hat es aufgedeckt, hat den Gewerbeinspektor alarmiert, hat die Krankenkasse hochgenommen. Was resultiert daraus? Nichts. Die Bürger halten ihn für einen Sozialisten. Und die Arbeiter nennen ihn einen Schinder, weil er ihnen Milch und Luft verordnet statt Medizin. Wenn nicht die Lohwinckler Unbeweglichkeit wäre, hätte man schon einen andern Arzt hergeholt –«

»Ja, davor habe ich immer Angst«, sagte Elisabeth schnell.

»Das ist es gerade. Wenn nun Fräulein Ohmann heiratet und ihr Verlobter hier eine Praxis anfängt. Denken Sie nur – der Schwiegersohn des Bürgermeisters, und mein Mann ist gar nicht beliebt–«

»Davor haben Sie Angst«, wiederholte Markus und hielt einen Augenblick ein. »Nein, es passiert ja nichts, hier passiert nichts. Feinde hat hier jeder, aber sie tun nichts, sie stören einem nur das Leben und Atmen. Feinde! Sehen Sie eine Feindschaft an wie die zwischen Herrn von Raitzold und Herrn Profet. Das schreit ja nach einer Entladung, da müßte ja etwas geschehen, Mord, Totschlag, das Gut niederbrennen, die Fabrik in die Luft fliegen. Was geschieht? Nichts. Es sind Feinde. Fertig. In der Landstraße sind Löcher, jeden Monat ist irgendeine Unannehmlichkeit mit den Autos. Nun? Die Löcher bleiben. Die Löcher in einer Lohwinckler Chaussee sind unveränderlich. Das Rauchverbot für Gymnasiasten, das Ihr Vater vor zwanzig Jahren erlassen hat, besteht. Schon zu meiner Zeit wollten die Primaner Krach schlagen. Tun sie es? Nein. Wird Herr Apotheker Behrendt Sie jemals wieder grüßen? Nein. Wird Frau Bürgermeister Ohmann jemals wieder bei Fräulein Ritting nähen lassen, seit sie ihr vor acht Jahren das Grünseidene verschnitten hat? Nein. Es gibt hier keine Ereignisse. Es bewegt sich nichts. Wenn man aus dem Fenster sieht, wundert man sich, daß wir elektrische Laternen haben statt der Ölfunzeln–«

Wirklich brannte draußen eine Laterne, gerade vor dem hochangebrachten, regenstreifigen Kontorfenster. Elisabeth schaute sanft dazu hinauf, denn die Nässe glitzerte so hübsch im Herabrinnen. Sie hatte die letzte, ironische Umbiegung von Markus' großer Rede nicht mehr recht verstanden, sie war schläfrig geworden, mit dem leisen, glockigen Ohrensummen, das zarten und ermüdeten Menschen mit etwas zu wenig Blut den Schlaf einleitet. Markus wandte sich von der Laterne und der Lohwinckler Misere ihrem Gesicht zu, sah es einen Augenblick an und sagte dann schnell, über den ersten, nicht unschwierigen Konsonanten stolpernd: »W-wir müßten wieder mal musizieren, Frau Doktor.«

»O ja«, erwiderte sie abwesend, ohne die Laterne aus den Augen zu lassen.

»H-heute abend? Unsere Brahms-Sonate? Wir wollten sie immer mal fertig machen –«, sagte er schnell.

»Heute? Nein, das geht nicht.«

»Warum–?«

»Ach – nur so. Der Doktor wird nervös sein – der Doktor wird heute keine Musik im Haus vertragen können – er hat einen Todesfall in der Praxis –«

Markus überlegte ein bißchen, warum Frau Persenthein ihren Mann immer ›den Doktor‹ nannte, so, als sei sie noch Säuglingsschwester im Spital von Schaffenburg. Markus machte sich zuweilen Gedanken über die Persentheinische Ehe, aber er kam zu keinem ordentlichen und haltbaren Resultat. »Schön, also keine Musik. Keine Brahms-Sonate«, sagte er. »Schade. Es wäre der richtige Abend dafür. Verregnet und ein bißchen trübsinnig – wollen Sie etwas zum Lesen? Die Oktoberhefte sahen Sie noch gar nicht. Oder einen schönen neuen Roman, wir suchen etwas heraus –«

»Ja, lesen«, sagte Elisabeth, und jetzt ließ sie die Laternen endlich aus und kam mit ihrem Blick zu Markus zurück.

»Ich komme ja nicht zum Lesen«, sagte sie gleich darauf verständig. »Ich muß noch waschen heute abend.«

»Lieber Herrgott, Frau Doktor, so oft ich Sie spreche, müssen Sie waschen, was ist das für ein geheimnisvolles Laster in Ihnen?«

»Hübsches Laster! Der Doktor braucht doch so viel Wäsche für die Praxis, was denken Sie – und wir haben ja nicht so viel. Da muß eben jeden zweiten Abend gewaschen werden, Tücher, Handtücher, Kittel und all das. Da haben Sie das Geheimnis!« sagte Frau Persenthein und wurde munterer. Sie war bei dem Gedanken an Brahms-Sonaten und schöne Romane ein bißchen schlaff und sehnsüchtig geworden, aber nun sah sie deutlich die Holzbütte mit der eingeweichten Wäsche im Badezimmer unten, roch die Kernseife beinahe und belebte sich. »Ich muß jetzt heimgehen«, sagte sie, stand auf und setzte ihren Hut, den sie so lange in der Hand gehalten hatte, wieder auf. Herr Markus sah scheu zu, wie das glatte, hellbraune Haar unter der Filzkrempe verschwand. Es herrschte eine klare Sauberkeit in Frau Persentheins Gesicht, eine Ausgewogenheit der Linien, die Herrn Markus beglückte. Übrigens nahm er an, daß dieser Doktor Persenthein überhaupt nicht wußte, wie seine Frau aussah. ›Um so besser‹, dachte Markus eifersüchtig, während Frau Persenthein ihr Einkaufsnetz an sich nahm und die Hand ausstreckte.

»Also dann besten Dank – für alles – und in einigen Tagen – sobald Raitzolds an unsere Rechnung denken –«, sagte sie verlegen. Markus seinerseits genierte sich ebenfalls. »Bitte, bitte – nicht der Rede wert – kommen Sie durch den Hausflur, im Laden ist es schon finster«, sagte er. Elisabeth stolperte hinter ihm her, drei Stufen abwärts, hier roch es nach frischgekalktem Anstrich. Der Regen draußen war dicht wie ein japanischer Perlenvorhang und klingelte in kleinsten silbernen Fontänen wieder hoch, wenn er in die Pfützen schlug.

»Mein Gott –«, sagte Elisabeth erschreckt, denn sie dachte an Kola auf seinem Rad.

»Hören Sie – noch einen Augenblick – ich muß Ihnen etwas zeigen, Frau Doktor –«, sagte Markus hinter ihr her, und sie blieb stehen, dankbar für die Verzögerung.

»Nämlich – ich habe nämlich einen großartigen Brief bekommen. Er hat mir geantwortet, jawohl.«

»Geantwortet? Wer denn?«

»R-Romain Rolland«, sagte er geheimnisvoll und mit einem starken Anlauf für die alliterierenden Anfangskonsonanten.

»Sie wissen doch – ich bat ihn um ein Autogramm. Er hat es geschickt. Ich muß es Ihnen zeigen –«

»Nicht möglich – Romain Rolland –«, flüsterte sie, ebenso geheimnisvoll werdend. Sehr deutlich spürte sie, wie sie da im dunklen Hausflur von Markus' Laden stand, daß die Ankunft eines solchen Briefes in Lohwinckel eine außerordentliche, eine fast unglaubwürdige Angelegenheit war. Sie stolperte bereitwillig hinter Markus die Treppe hinauf. Die Kirchenuhr schlug sieben langsame Schläge dazwischen und drängte zum Fortgehen.

Als Markus oben die Tür zum Wohnzimmer öffnete, blieb er erst einen Augenblick stehen. »Verzeih, Mutter«, sagte er etwas ängstlich. Drinnen roch es nach Bohnerwachs und Hefegebäck. Der Tisch war mit einem Damasttischtuch von beinahe silbernem Glanz gedeckt, in zwei silbernen altmodischen Leuchtern brannten Kerzen. Mitten auf dem Tisch lag in einer Schüssel ein weißes Brot, das zu einem dicken Zopf geflochten war, und zwischen Brot und Leuchtern ein aufgeschlagenes Gebetbuch mit hebräischen Lettern. Die alte Frau Markus, in schwarze Seide gekleidet, stand an der Schmalseite des Tisches, bewegte sich murmelnd vor und zurück, wobei sie ihre Hände wie segnend über die Kerzenflammen hielt, so daß sie durchscheinend wurden mit ihrer Greisenblässe und den hohen blauen Adern.

Dies alles zusammen mutete Elisabeth fremd an, aber dabei sehr festtäglich und behaglich, und sie lächelte unwissend in den Türspalt hinein wie vor einem brennenden Weihnachtsbaum, bis ein schneller und kalter Blick der betenden alten Frau sie traf.

»Lassen Sie – ich sehe mir den Brief nächstens an – Gute Nacht«, flüsterte sie Markus eingeschüchtert zu, kehrte um und verschwand schnell treppabwärts.

»Ich habe vergessen, daß Freitagabend ist«, murmelte Markus unsicher hinter ihr her.

Die alte Frau drinnen, ohne mit Gebet und Segensspruch aufzuhören, wandte ihre wachen, ja mißtrauischen Augen dem Flüstern in der Türspalte zu. Sie rief Markus mit einer Kopfbewegung zu sich heran, er trat näher, drückte einen Kuß auf seine flach ausgestreckten Finger und legte diese an die verrunzelte Wange seiner Mutter. Er hatte ein Gefühl von Heimat und Wurzellosigkeit zugleich dabei, für das ihm der Name fehlte...

Die Straße, auf die Elisabeth hinaustrat, war völlig leer, obwohl der Regen nur wenige Minuten in voller Stärke angedauert hatte und nun nur mehr mit einem dünnen, gleichmäßigen Rauschen in winzigen Tropfen sprühend herunterkam.

Drüben im ›Weißen Schwanen‹ waren die Gaststuben schon erleuchtet hinter den verhängten Fenstern, Rauch kroch beim Ventilator heraus und an der Laterne vorbei, und man konnte sogar das Orchestrion hören. Elisabeth, die das Gefühl einer merkwürdigen Stille aus dem jüdischen Haus mitgenommen hatte, bekam Lust, noch einen kurzen Besuch in der Kirche zu machen.

Wirklich fand sie die Seitentür unterm Kreuzgang noch geöffnet, die Kirche leer, die Kerzen vor der Madonna am Seitenaltar sanft brennend. Ihre Hände waren naß und kalt vom Regen, das Weihwasser im alten Steinbecken erschien ihren Fingerspitzen warm.

Sie kniete flüchtig in einer Bank nieder, sprach Vaterunser und Englischen Gruß, wobei ihre Gedanken sich selbständig machten und davonspazierten. ›Wenn nur Kola nicht –‹, dachte sie.

Sie hatte Angst, sie wußte nicht wovor, wünschte, sie wußte nicht was, hatte Sehnsucht, sie wußte nicht wonach.

Ein Auto kam auf der Straße von Düßwald nach Lohwinckel gefahren, und zwar tat es das keineswegs freiwillig. Es kam von Berlin und wollte nach Baden-Baden. Aber achtundzwanzig Kilometer vor Düßwald war man auf die Tafel mit den drei Punkten gestoßen, die eine Straßensperrung anzeigt, man war dem roten Pfeil gefolgt, der die Umleitung auf die Düßwalder Chaussee befahl, man hatte sich durch das schläfrige Düßwald durchgeholpert und war nun im Begriff, sich dem noch schläfrigeren Lohwinckel zu nähern.

In dem Auto, einem langen, niedrig auf der Straße liegenden und starken hellgrauen offenen Wagen, saßen vier Personen. Am Steuer Peter Karbon, zur Hälfte gespannt, zur Hälfte ermüdet, mit dem farblos hellen Staub der Chausseen in Wimpern und Brauen. Auch das rote Haar, mit zwei tiefen Ecken aus der Stirne gestrichen, war hell überpudert und flog im Gegenwind der scharfen Fahrt. Übrigens trugen der Besitzer und die Reifen des Wagens den gleichen Namen. ›Karbons Reifen sind die besten‹, war eine geläufige Reklame, die auf hellroten Plakatwänden an allen Bahndämmen, Straßenkreuzungen und Wegtafeln vorüberflurrte, und Karbons Gummifabriken waren einer der Grundbegriffe in der deutschen Großindustrie. Dieser Peter Karbon, unbestimmten Alters, jedoch sicher mehr als vierzig Jahre, in seinem staubfarbenen Overall aus Wildleder machte einen kraftvollen Eindruck, dies zuallerst, und außerdem sah er merkwürdig nackt aus. Tiere auf der Weide schauen manchmal so aus, Hunde ohne Halsband, ungezäumte Pferde. Bei Peter kam es davon, daß sein Hals ohne Kragen, gerade und indianerrot aus dem Overall hervorkam und daß er die Ärmel an ihren Gummizügen bis an den Ellenbogen zurückgeschoben und die Arme freigemacht hatte, obwohl es kühl war. Neben ihm saß Leore Lania, die Schauspielerin, klein, zart, todmüde – so müde, daß sie in jedem Augenblick noch etwas kleiner wurde. Sie trug einen Anzug, der ein Kind von Peters Overall zu sein schien, dazu eine orangefarbene, gehäkelte Seidenmütze, die eng wie ein Futteral am Kopf klebte, und eine Staubbrille, die

das tägliche Zankobjekt zwischen ihr und Peter war. Peter hielt Brillentragen murrend für Pimpelei und Verwöhntheit. Es verdroß ihn, daß Leore nur Ausschnitte der Landschaft sah und diese nur in verdunkelten und verwässerten Farben. Er selber war, wie Leore es nannte, ein Überfresser; er schluckte mit jedem Atemzug in sich hinein, soviel er kriegen konnte: Leben, Welt, Frauen, Dinge, Tiere, Töne, Farben, Kämpfe, Niederlagen – ja sogar aus Niederlagen und Schmerzen gewann er eine Art von durchdringendem Genuß – und Erfolge. Soweit Peter Karbon. Daß Leore die Brille trug, verübelte er ihr tief, auch weil er ihr Gesicht sehen wollte, auch weil sie überall braun von der Luft wurde und nur um die Augen zwei maskenhaft helle Kreise behielt, soweit die Brille ihre dünne Haut zudeckte.
»Sehe ich scheußlich aus?« fragte Leore jede Stunde; und Peter erwiderte ohne weiteres: »Absolut scheußlich, Pittjewitt.« Wobei zu sagen wäre, daß Leore zu den schönsten Frauen der Welt gezählt wurde, dank ihrer Vogelzierlichkeit, ihrem halbblütigen Reiz, ihrem Farbenklang aus tiefen, glänzendem Schwarz und golden überreifter Blässe. Seit Peter Leores erklärter Freund war, also seit genau achtzehn Wochen und vier Tagen, trug er den Namen Pitt, und sie hieß Pittjewitt, sooft er sie ärgern wollte.
Sie hatte schon allerhand Kosenamen getragen mit ihren vierundzwanzig Jahren: Bibi, wie die Negerfrauen, wegen ihrer kleinen, breit genüsterten Tiernase. Katerchen, wegen absoluter Unzähmbarkeit und Untreue. Lala, wie ein Baby, weil sie zuweilen in sich selber hinein- und zurückkroch, bis sie nur mehr vier Jahre alt war, mit Weinen, Lachen und Spielen dicht nebeneinander, Rack – was das englische Wort für ein Folterwerkzeug ist und sich selber erklärt. Sie zog die Namen an und aus wie die Kleider und wie ihre Rollen. Ganz auf den Grund kam man ihr nicht. Wahrscheinlich war ganz auf dem Grund eine tiefe und zarte Schwäche, überdeckt von

einem zornigen Ehrgeiz. Die Brille zum Beispiel trug Leore, weil ihr das Jupiterlicht der Filmateliers die Augen verdorben hatte, sie litt ziemlich arge Schmerzen und Beschwerden, häufig brannten und tränten die entzündeten Bindehäute so sehr, daß sie nicht schlafen konnte; das ständige Einträufeln von Höllenstein gehörte zu den Ängsten ihrer privaten Existenz. Aber kein Gedanke daran, daß diese Leore Lania, dieses Pittjewitt, Derartiges je verlautbart oder zugegeben hätte. Jedes Jahr brach sie einmal nieder wie ein Pferd in den Sielen, mitten in einer Aufnahme, mit einer todgefährlichen Krankheit, von der bis dahin niemand etwas geahnt hatte. Dazwischen arbeitete sie im Durchschnitt fünfzehn Stunden täglich, schlief drei und weinte eine Stunde zwischen zwei Uhr nachts und sechs Uhr morgens und tat im übrigen so, als wäre sie ein kleines leichtes Spielzeug. Denn Spielzeuge standen hoch im Kurs, und für seriöse Weiblichkeit von Format war die Konjunktur beim Film nicht gut. Nun also hatte Karbon, der mehr von ihr wußte, als sie ahnte, sie dazu gebracht, zehn Tage auszuspannen und sich von ihrer letzten Attacke – dem Monumentalfilm ›Straßen bei Nacht‹ und der nachfolgenden Magenblutung – zu erholen. Da saß sie jetzt neben dem wohlgelaunten Pitt im Wagen auf der Düßwalder Chaussee mit den Schlaglöchern und jammerte leise.
Auf den Rücksitzen befanden sich noch zwei Personen, der Schofför Fobianke, ein älterer Mann mit Schnurrbart und anhänglichen Polizistenaugen, der die Karte auf den Knien seines grauen Tweedanzuges liegen hatte und in sich hineinmurmelnd den Kilometerzuwachs der Umlegung berechnete. Dann saß da noch ein zierlicher junger Mensch mit einem hübschen, etwas verwunderten Mädchengesicht. Das war der deutsche Boxmeister im Mittelgewicht, Franz Albert.
»Los, Pitt, fahr doch Tempo!« sagte Leore, kaum daß sie das Klinkerpflaster von Düßwald hinter sich gebracht und die

offene Landstraße erreicht hatten. Pitt, der den Wagen sacht dahinschleichen ließ, gab ein winziges bißchen Gas, kaum genug, um auf vierzig Kilometer zu kommen.
»Was ist los mit dir?« fragte Leore.
»Mensch, die Ebereschen!« erwiderte Pitt und schnüffelte den herben brandroten Herbstduft der Chaussee ein, an der die Büscheläste wie kleine Fahnen vorbeiwimpelten.
»Ebereschen! Mir ist kalt!« jammerte Pittjewitt und scheuerte ihr Kinn an dem gestrickten Wollrand ihres Lumberjacks. Karbon warf seinen Blick schräg hinunter zu ihr und lachte. »Rote Nase?« fragte sie bekümmert.
»Total rot«, bestätigte er und wich einer Kuh aus, die sich quer über die Chaussee postiert hatte.
»Da muß irgendwo ein unbewachter Bahnübergang kommen«, meldete Fobianke von rückwärts. Karbon kniff die Augen ein und nickte. Die Straße war unübersichtlich, und er versuchte, mit Vorsicht über die Löcher zu kommen, ohne Leore Kopfweh zu verschaffen. »Dieses Kriechen macht mich rasend«, schimpfte sie leise neben ihm. »Pittjewitt friert.« Karbon nahm das Rad fester und trat durch, der Wagen sauste ab, und es wurde noch kälter.
Er hopste über die Löcher, daß es Leore vom Sitz hochschnellte, sie juchzte leise dazu.
»Hat Albert Angst?« schrie Karbon vor sich hin, ohne von der Straße wegzuschauen.
»Albert schläft«, schrie Leore zurück, die Straße ging bergan, sie hatten den zweiten Gang drinnen, und der Motor sang laut.
»Weck ihn auf!« schrie Pitt.
Leore wendete sich zurück, die Luft pfiff an ihrer Wange vorbei mit einem harten, sausend kühlen Widerstand. Albert schlief wirklich, erwachte aber sofort, als sie ihn ansah, und lächelte töricht. Auch Leore lächelte wie zu einem gelungenen Experiment. Sie hatte es gern, wenn ihr Wille derartige

kleine Zauberkunststücke zustande brachte. Bei Albert hatte es noch eine besondere kleine Bewandtnis damit...

»Sind wir bald da?« fragte Albert.

»Ja, ja, ja«, sang Leore. »Unser Kleiner will ins Bett.«

»Ich? Ach – nee –«, sagte Albert träge, aber die Augen fielen ihm wieder zu. Leore, den Hals ganz nach rückwärts gedreht, tiefgebettete Augen und übermäßig lange, schwarze Wimpern. Daß diese Wimpern am unteren Lid ebenso dicht und lang wuchsen wie am oberen, gab ihm dieses engelhafte und verwundert-neugeborene Aussehen. Albert rollte die Schultern in seinem Sweater aus grauer Wolle wie eine Katze. Er war unerhört leicht und weich in allen Bewegungen. Die Sportpresse lobte besonders seine linken Geraden und sein Herz – was der Fachausdruck für Ausdauer, Mut und Unempfindlichkeit gegen Schmerzen war. Leore hatte ihn zweimal boxen gesehen und konnte nicht an die kämpferische und beherrschte Wildheit, an das unbekannte Gesicht dieses Jungen denken, der sich völlig verwandelte, sobald er im Ring stand, ohne einen heißen und vertrauten Stoß in der Herzgrube zu empfinden. Daß Albert von einem tyrannischen Manager-Trainer bewacht und jeder Frau ferngehalten wurde, hatte ohne weiteres den Entschluß in ihr gezeitigt, sich dieses einundzwanzigjährigen Franz Albert zu bemächtigen.

Der Wagen hopste indessen wie toll, das Lenkrad schüttelte an Karbons Händen; plötzlich schrien die Bremsen, und Leore fiel nach vorn.

»Soll ich?« fragte Fobianke und machte eine unwillkürliche Hilfsbewegung, aber der Wagen stand schon. Karbon grinste nur. »Das ist der Bahnübergang«, sagte er und deutete mit dem Kinn auf die Schmalspurschienen, einen halben Meter vor dem Kühler.

»Pitt, das ging!« konstatierte Pittjewitt, als im gleichen Augenblick das Lokomotivlein mit anklagendem Bimmeln

einer Warnungsglocke, aber in ziemlicher Eile, an ihnen vorüberschnaufte.
»Ich bin erschrocken«, beklagte sich Franz sanft im Hintergrund.
»Du bist unser Bester. Ist er nicht unser Bester, Pitt?« sagte Leore und reichte ihre Hand rückwärts, während Karbon wieder losfuhr, mit Vorsicht über die Schienen und dann reichlich verrückt in den Wald hinein, der hinter der Strecke begann. Franz Albert indessen betrachtete nachdenklich die Hand, die sich ihm anbot, aber er fand nicht heraus, was er mit ihr anfangen sollte. Pittjewitt nahm den überflüssigen Gegenstand nach ein paar Sekunden wieder an sich und verwahrte ihn in Pitts warmer Jackentasche.
»Wenn du mich krabbelst, fahre ich in den Graben«, murmelte Pitt drohend.
»Ich krabble nicht. Ich mache mir eine Wohnung«, antwortete Leore friedlich.
Fobianke faltete die Karte zusammen. »Soll ich jetzt nicht mal fahren, Herr Karbon?« fragte er. »Sie haben schon gute dreihundert Kilometer gemacht –«
»Na – und?«
»Ich dachte nur, Herr Karbon werden auch mal müde in die Nerven.«
»Mensch. Müde«, sagte Karbon nur und ging auf neunzig.
Fobianke machte ein mürrisches Gesicht. Er liebte es nicht, wenn Herr Karbon mit seiner Zähigkeit protzte. Er, Fobianke, wurde müde nach 300 Kilometern ununterbrochener Fahrt. Jemand, der seinen Beruf ernst nahm, wurde müde dabei. Außerdem hatte Herr Karbon auch schon genug, das spürte Fobianke ganz genau. Er spürte es am Gang des Motors, an den allzuscharf geschnittenen Kurven, an irgend etwas, das unaussprechbar die Fahrt begleitete. Seit sie die Dame und den zweiten Herrn im Wagen hatten, war Fobianke bedrückt durch das sonderbare Gefühl, als wären sie auf einer

Schwarzfahrt mit Mädchen. Es lag etwas in der Luft zwischen den dreien, das entnahm Fobianke hauptsächlich den Nervositäten des Fahrers. Wenn bei einem Fahrer wie Herrn Karbon die Gänge so kratzten, dann stimmte etwas nicht.

»Was ist los?« schrie Leore, als schon wieder die Bremsen schrien, der Wagen stoppte und sie nach vorne flog.

»Kinder! Die Sonne!« brüllte Pitt aufgeregt und zeigte rechts hinab. Hier war der Wald in einem Streifen von etwa acht Meter Breite abgeholzt, die Schneise ging bergab, man sah durch sie hindurch bis zu einem blauen Grund, der vielleicht die Rheinebene war. Der Waldrand brannte goldbraun mit seinem Buchenlaub, der Boden floß wie schmelzendes Kupfer zum Tal hinunter, und jenseits ging die Sonne mit einem Spektakel unter wie sonst nur am Meer. Sie war dunkelrot, hatte regelmäßige, altmodische Strahlen, und da sie durch Nebel sank, war sie zur Ellipse verzerrt von all den blitzenden, lodernden und schwimmenden Lichtbrechungen. Karbon starrte mit offenem Mund hin, er tat ein übriges, schaltete den Rückwärtsgang ein und trieb den Wagen ein paar Meter zurück, um den Blick noch besser zu gewinnen.

Leore schaute flüchtig in den Glanz und dann aufmerksam nach rückwärts auf Franz Albert, der die Augen aufgemacht hatte. Die Gesichter der Männer waren rot im Sonnenuntergang.

»Gefällt ihm das?« fragte Leore. »Ja«, antwortete der Boxer. »Sieht schön aus.« Er hatte den Wortschatz und die Ausdrucksweise eines zehnjährigen Buben, und damit mußte er eben auskommen. Aus irgendeinem Grunde wurde Leore wütend und griff zu dem verhaßten Filmjargon. »Es ist schon mal die Sonne untergegangen. Das sind so Menkenkes«, sagte sie. »Ich möchte lieber schon in Baden-Baden sein.« Pitt stellte sich taub und wartete eigensinnig, bis die Sonne unten war, was nur ein paar Minuten dauerte, und bis alles Rot plötzlich grünblau und kühl wurde. Dann ging er los mit sei-

nem Wagen, daß Leore den Atem verlor. Sie hielt durch, obwohl es ungemütlich war, und schaute das zusammengerissene Profil ihres Freundes an, wie er über das Lenkrad gebückt saß in seiner Rennfahrerhaltung, die Stirn gegen die schnelle Dämmerung angestemmt. Er hatte etwas Seltenes: einen Mund von nahezu vollendeter Schönheit, wie aus zwei geschwungenen Flügeln zusammengesetzt. ›Nicht schlecht‹, dachte Leore, aber sie zog zugleich die eigene Oberlippe ironisch hoch. Sie wußte zu viel von diesem Pitt. Sie kannte ihn zu gut und zu lange: seit achtzehn Wochen. Er tat sich auch nur groß mit seinem brandköpfigen Imperatorgesicht.
»Ihr tut mir so leid«, sagte sie auf einmal mit ihrer tiefen und brüchig vibrierenden Kleinmädchenstimme.
»Wir? Wer? Warum?« fragte Karbon.
»Ihr. Alle. Es ist nichts los mit euch –«, erklärte Pittjewitt, über sämtliche Männer abschließend.
»Danke. Besten Dank«, murmelte Pitt und riß den Wagen an dem kleinen Gebäude des Lohwinckel-Düßwalder Bahnhofs vorbei.
»Da war ein Wegweiser«, meldete Fobianke, aber Karbon schüttelte nur den Kopf, und man war schon vorüber. Die Straße wurde noch schlechter als vorher. Fobianke holte die Karte hervor und leuchtete sie mit der Taschenlampe ab, denn es war unter einer tiefen, dunklen Wolke ganz schnell finster geworden. Gleich darauf begann es auch zu regnen. Die Tropfen fielen in Streifen an den Wagenlichtern vorbei. Franz Albert zog rasch seinen Mantel über, auch Leore kroch in den ihren, sie hatte nun endgültig genug für heute.
»Wie spät ist es denn? Wie lang willst du noch fahren? Ich wollte, ich säße in Berlin«, brummte sie vorwurfsvoll in ihren aufgestellten Kamelhaarkragen hinein, aber es war nicht viel davon zu hören. Die Straße ging bergauf, sie stieg so steil an, daß Peter Karbon den zweiten und schließlich leise fluchend den ersten Gang einschalten mußte. Von Ge-

schwindigkeit war hier nicht viel die Rede. »Soll ich das Verdeck?« fragte Fobianke, den die wachsende Ungemütlichkeit beklemmte. »Das fehlt noch. Das dauert ewig. Ich gehe unter die Decke«, sagte Leore. Pitt stoppte. Sie hatten schon ihre bestimmten Gewohnheiten von vielen Fahrten her. Wenn es regnete, kam Fobianke ans Steuer, Pitt auf den Rücksitz, Leore kuschelte sich an ihn, und dann wurde die große wasserdichte Wagendecke über die Idylle gebreitet.

»Sieh mal, Pittjewitt, da sind Weingärten«, sagte Karbon, der ausgestiegen war, um mit Fobianke den Platz zu wechseln; auch Leore kroch hervor, streckte sich ein wenig, aber sah nicht hin. Die Brennesseln zu Seiten der lächerlich schmalen Straße rochen stark und herb im Regen. Vor dem Wagen lagen grelle Lichtbalken, die blendeten und alles andre noch tiefer ins Dunkel drückten. Leore fühlte sich dem bösen Abend ausgeliefert und hatte entsetzliche Sehnsucht nach Berlin. ›Schwanecke‹, dachte sie, ›Eden-Bar, Rot-Weiß-Club, Wellenbad, der Rummel bei der Gedächtniskirche –‹

»Ich möchte schlafen«, sagte sie flehend zu Peter Karbon, der sich am Straßenrand die Beine vertrat, die er nun doch ziemlich steif im Kniegelenk spürte.

»Komm, Zwerg«, sagte er sogleich. Es war Zärtlichkeit darin. Er schob seine Hand unter ihren Ärmel. »Der Kleine muß nach vorne; er ist ja geschützt hinter der Scheibe«, sagte er und wartete höflich, bis der Boxer dies erfaßt hatte.

Plötzlich nahm Leore ihren Arm an sich und schob Peters Hand fort. »Nein. Du bleibst vorn. Ich will bei Franz schlafen«, sagte sie unerwartet. Pitt machte die Lippen ganz fest zu. ›Bitte‹, dachte er. Gott bewahre, daß er etwas gesagt hätte. Er kroch einfach auf den Vordersitz neben Fobianke, der sogleich losfuhr, und ließ die beiden da rückwärts ihr Arrangement mit der Wagendecke treffen.

Es ist nicht ohne weiteres zu sagen, ob Leore Lania in diesen jungen Boxer verliebt war; so einfache Gefühle hatte man nicht, es lag alles in Schichten übereinander und schillerte in vielen Farben. Sicher war nur, daß ein Nervenhunger sich ihrer bemächtigt hatte, seit ein paar Wochen schon und heute den ganzen Tag fast unerträglich wachsend; näher an Franz heranzurücken, seine Wärme zu spüren, zu fühlen, wie sein Rippenkorb unter seinen disziplinierten Atemzügen sich spannte und senkte; etwas von der tierhaften Unberührbarkeit dieses Körpers aufzunehmen und – wenn das möglich war – das Gesicht hervorzulocken, das fremde, andere Gesicht, das Kampfgesicht. Sie seufzte tief auf, als sie unter der Wagendecke ihre Wange an den rauhen Stoff seines Mantels legte; sie hatte Mütze und Brille abgenommen, sie war bereit, jetzt tief, tief auszuruhen, aber sie hatte dabei ein Gefühl, als beginne ihr glattes schwarzes Haar zu knistern.

Was den Mittelgewichtsmeister betraf, so war dies bestimmt die unangenehmste Situation, in die er seit Beginn seiner Boxlaufbahn gekommen war. Er dachte flehentlich an seinen Trainer, den riesenhaften Russen Simotzky, an dessen Reden, Beschwörungen und Warnungen; er dachte an alles Unheil, das durch Weiber über Boxer gekommen war, an große Nummern, die in rascher Zeit ›weich geworden waren‹, die ›nichts mehr einstecken konnten, weil sie unsolide gelebt hatten‹. Man erzählte böse Geschichten in den Trainingsquartieren. Er hatte eine wahrhaft heillose Angst davor, dieses kleine Stückchen Weib da unter der Decke könnte sich bewegen und ihn zu Gott weiß was für Dummheiten veranlassen. Aber Pittjewitt bewegte sich nicht.

Sie lag ganz still unter der Decke, hörte die Tropfen immer dichter darauf niederklopfen, spannte sich zur Unbeweglichkeit an und horchte in den jungen Menschen hinein. Es schien ihr, als wenn seine Kniescheiben ganz zart vibrierten, aber das mochte Irrtum sein. Wenn sie den Atem anhielt, konnte sie sein Herz hören, es ging stark und gleichmäßig. Es machte sie nicht satt, so zu liegen, o nein –

Indessen hatte Fobianke mit dem Wagen vorsichtig das Sträßlein zwischen den Weinbergen erklettert, dann ging es eine Viertelminute eben hin, und dann endete alles vor einer Mauer, die etwa drei Meter hoch, ohne Eingang und oben dick mit Glasscherben bestreut war.

Hier handelte es sich um eine demonstrative Abgrenzung zwischen den Grundbesitzen der Herren Profet und von Raitzold, die bekanntlich Todfeinde waren. Da der Berliner Schofför diese wichtige Tatsache des Lohwinckler Lebens nicht wußte, stand er ziemlich ratlos vor dem sinnlosen Ende der elenden Straße. Daß man sich verfahren hatte, war sicher. Herr Karbon nahm dies verbissen zur Kenntnis. Es paßte zu der ganzen Situation. Er kam sich hübsch lächerlich vor, da vorn auf dem Sitz neben dem Schofför und mit den beiden hinten unter ihrer Decke. Nicht einmal fahren konnte er im Augenblick, da er fünf Minuten vorher erst Fobianke auf den Führersitz beordert hatte und nichts zurückziehen wollte. Er war dazu verurteilt, mit den Händen in den Hosentaschen dazusitzen und mit niederträchtigen Gefühlen auf die Stille zu horchen, die hinter ihm im Wagen herrschte.

Übrigens war das Fahren zunächst auch keine Vergnüglichkeit. Fobianke schluckte verschiedene unfeine Äußerungen hinunter. Wenden konnte man nicht, der Weg war zu schmal, die brennessel- und brombeerheckengefüllten Gräben zu beiden Seiten tief und verdächtig. Man mußte im Rückwärtsgang zurück, zwischen den Weinbergen, und steil hinunter. Der Wagen war jetzt auch aufgeregt geworden, er bebte unterirdisch. Fobianke spürte es in den Ellenbogen. Vorsichtig krebsten sie durch die Dunkelheit zur Station zurück. Von Zeit zu Zeit warf ein Stoß Leore Lania näher an den jungen Boxer heran, sie hatte alle Muskeln gelockert und ließ sich gegen ihn fallen; um so gespannter saß er da, ganz in seine Ecke verkrochen, wachsam und abwehrend. Karbon hätte sich gerne umgedreht und nachgesehen, was da hinten

vorging, aber er tat es nicht. Man tut das nicht. Eifersucht war außer Kurs. Immerhin stellte er allerhand Überlegungen an, wie er dieses Pittjewitt blamieren, wie er ihm auf eine scheußliche Weise weh tun und zurückzahlen könne...
Schließlich erreichten sie den Talgrund, die Station und den Wegweiser, und Fobianke bog links ein, auf die richtige Chaussee nach Lohwinckel, die hier den letzten Teil des Düßwalder Forstes durchschnitt.
»Wie lange fahren wir denn noch so?« fragte Franz Albert hinten; es klang herzlich verzweifelt. Karbon grinste dazu ein wenig. Er kannte den Burschen genau von gemeinsamen Trainingskämpfen her und hatte ihn gern. ›Franz brät auf glühendem Rost‹, dachte er und ermunterte sich. Der Regen war schwächer geworden, er hatte vielleicht ganz aufgehört, und es tropfte nur mehr rauschend von den Bäumen.
»Bißchen Gas, Fobianke!« verlangte Karbon. Der Schofför tat ihm den Willen, der Tachometer im kleinen Schein seines Lichtes ging auf achtzig, fünfundachtzig, aber der Wagen schwamm übel hin und her. »Alles Seife –«, murmelte Fobianke und starrte vorwurfsvoll die nasse Straßensubstanz an, auf der sie ihre hin und her schlängelnden Spuren zogen. Leore steckte den Kopf aus ihrer Decke heraus und fragte: »Fahrt ihr Karussell?« Karbon gab keine Antwort, er lachte still vor sich hin. Die schnelle Fahrt preßte die Luft so hart gegen sein Gesicht, als wäre sie ein nasses, eiskaltes Tuch. Karbon fiel etwas ein, und er begann es zu erzählen, ganz für sich allein und ohne darauf zu achten, ob ihm zugehört wurde.
»Das erinnert mich an eine Geschichte in Durban –«, sagte er, »Durban, Südafrika, in Natal. Dort soll es immer warm sein, denkt man, schöner Platz, schöner Strand, Klub, Sport, alles. Voriges Jahr im September, wie ich dort war, nahm ich ein Taxi, komisches Vehikel, hinten hoch, und das wurde nicht von einem Schwarzen gefahren, sondern –«

Plötzlich geschah etwas. Der Wagen riß sich selber zur Seite, mit ungeheurer Kraft. Die nächste Sekunde war endlos lang. »Verdammtes Biest –«, schrie Fobianke noch. Karbon griff noch nach dem Lenkrad, um etwas aufzuhalten. Er sah den Kühler riesengroß und schwarz gegen einen Baumstamm fahren, der so hell beleuchtet war, daß er weiß aussah. Unendlich langsam geschah dies, so schien es Karbon. Auch Fobianke sah die Rinde ganz deutlich, es war ein Eichenbaum, es war die tiefgerunzelte, regennasse Rinde eines Eichenbaumes. Der Aufschrei im Wagen rückwärts und der Stoß geschahen gleichzeitig.
Dann wurde es ganz still, nur der Regen rauschte tropfend von den Wipfeln.

Der erste Mensch, der das Unglück entdeckte, war der Junge vom Gut, der abends die leeren Milchkannen von der Station holte. Er erschreckte sich unbändig, aber er benahm sich recht vernünftig. Er trieb das alte Pferd so heftig an, daß er schon in zwölf Minuten auf dem Gut war, ging direkt zu Herrn von Raitzold, ohne sich aufzuhalten, und meldete den Vorfall. Viel Klarheit herrschte nicht in seinem Bericht, er hatte vor Angst kaum richtig hingesehen, das umgestürzte Auto lag ohne Lichter, die kleine Laterne am Gutswagen vermochte nicht viel. Ob Menschen verunglückt wären, fragte Herr von Raitzold ungeduldig. Ja, sicher, da wären so Beine rausgekommen unter dem Wagen, Beine in Hosen – Ob die Menschen tot gewesen seien?
»Sicher«, sagte der Junge und nickte nachdrücklich. »Ganz sicher.«
Tot also – woran er das erkannt hätte?
»Es war so still da, so still«, sagte der Junge, er kam von diesem Eindruck nicht los. »So still war es da, nichts hat man gehört als den Regen, ganz still war es gewesen.«

»Gleich anspannen lassen«, sagte Herr von Raitzold und ging ins Wohnzimmer hinüber zu seiner Schwester. Es gab nur zwei Pferde auf dem Gut, und es gab nur einen Wagen, der in Betracht kam, er konnte sich ausführliche Kommandos ersparen.

Fräulein von Raitzold stand vor dem hohen Pult neben dem Gewehrschrank und rechnete.

Sie war eine alt aussehende Dame von zweiundvierzig Jahren, sie hatte eine große, unternehmende Nase, eine tiefe Stimme, die den unbestimmten Eindruck von Größe und Leidenschaftlichkeit erweckt, sie war von Geburt an geschlagen mit dem Namen Hiazynthia, und unter ihrem Lodenrock kamen die Röhrenstiefel hervor, von denen man in Lohwinckel häufig sprach. Auf dem kleinen eingelegten Rosenholztischchen in der tiefen Fensternische lagen die dicken grünen Bücher der Gutsverwaltung. Von den drei elektrischen Birnen in der Krone waren zwei ausgedreht. Der Raum war groß, uralter Zigarrenrauch klebte darin fest, und ein paar edle alte Möbelstücke zwischen den ungepflegten Wänden und Gebrauchsgegenständen standen da wie Wegweiser zum Niedergang.

Herr von Raitzold berichtete kurz von dem Unglück auf der Düßwalder Chaussee, während er schon den Hausrock mit der Lodenjoppe vertauschte. Das Fräulein schob mit einer Bewegung die unerfreulichen und verwickelten Steuerpapiere beiseite, mit denen sie beschäftigt gewesen war, und ging ans Telefon. »Der Doktor wollte von hier aus zu Profet. Ich klingle dort an«, sagte sie. Im gleichen Augenblick wurde Herr von Raitzold blau in den Nasenwinkeln und im Geäder der kahlen Stirn. »Bitte, laß das! Aus meinem Hause telefoniert man nicht mit diesen Leuten«, äußerte er kurz. Die Schwester sah ihn an, eher nachdenklich als unwillig. Es ging so schlecht auf dem Gut, man mußte es verstehen, daß diese Feindschaft auf einen unerträglichen Punkt gekommen war.

»Ich dachte, wenn es um Menschen geht –«, sagte sie noch versuchsweise.

»Ta – Menschen. Die Kerls fahren wie die Irren, dann passiert eben etwas. Menschen! Ich habe schon anspannen lassen. Versuche du, den Doktor durch seine Frau zu erreichen, das genügt. Ich kümmere mich um die Chose«, sagte er noch, zog einen Schub im Gewehrschrank auf, steckte mit einer mechanischen Bewegung den Revolver in seine rückwärtige Tasche und verließ das Zimmer.

Fräulein von Raitzold, allein geblieben, legte jetzt ihre Zigarre fort, die noch eine Zeitlang den Raum mit dünnziehenden blauen Rauchfäden anfüllte, und ging mit großen, bewegten Schritten auf und ab. Die alte Standuhr klirrte dazu leise mit ihren Gewichten, denn sie war unsicher postiert und ging deshalb auch nur unregelmäßig. Das Fräulein blieb vor ihr stehen und besah sie mit den gleichen, halb nachdenklichen, halb abwesenden Blicken wie kurz zuvor ihren Bruder. Es gehörte alles zusammen: daß die Uhr nicht repariert wurde, daß die Steuern nicht bezahlt werden konnten, daß zuwenig Gespanne da waren, um die Feldarbeit auszurichten und daß neuerdings sogar der Weinberg gefährdet schien – dies alles und daß Herr von Raitzold blau anlief, sobald er den Namen Profet zu hören bekam, gehörte zusammen und lastete mit dem undefinierbaren Druck von Unglück und Katastrophe über dem verwohnten Raum.

Erst eine Viertelstunde später entsann sich das Fräulein wieder des Unglücks auf der Düßwalder Chaussee, das sie im immer gleichen und drehenden Trab ihrer Sorgen sofort wieder vergessen hatte, und nach ein paar weiteren Schritten um den Tisch, nach einem kurzen Zögern an der Fensternische, währenddem sie in den regendunklen Gutshof mit seinen blaß spiegelnden Pfützen wie in eine vollendete Trübsal hinaussah, beschloß sie, nun dennoch und allen Verboten zum Trotz bei Profet anzurufen. Der junge Mann auf dem Telefonamt in Lohwinckel, Herr Munk, der die Anschlüsse herzustellen hatte, wunderte sich gebührend, als er das Gut mit Nummer 23 verband.

Zehn Minuten vorher war Doktor Persenthein an Profets Villa gelandet, dampfend von Müdigkeit und Regennässe und wütend entschlossen, diesmal der Krankheit von Profets Jüngstem auf den Grund zu kommen. Er hatte noch einen Anlauf von der ärgerlichen Auseinandersetzung mit Herrn von Raitzold über den verstorbenen Jakob Wirz und stieß in schlechtester Laune auf die umflorte und trostbedürftige Miene von Frau Profet. Frau Profet war eine breit gebaute und kurzsichtige Dame mit unruhigen Augen. Sie hatte einen überanstrengten Ausdruck in ihrem Gesicht, das sonst nicht ohne Gutmütigkeit war, und diese Überanstrengung rührte einzig von den Bemühungen her, mit denen sie etwas Inhalt in ihr bodenlos leeres Leben zu pumpen versuchte. Sie hatte keine Sorgen und war gesund – was ihr ein wenig unfein und zweitklassig vorkam. Sie besaß weder Talente noch Leidenschaften, sie erlebte nichts, weder außen noch innen. Sie spielte Klavier, sie verschluckte Bücher im Unmaß, sie fraß Menschen auf, so viele sie kennenlernte, sie machte Reisen zu Schiff und zu Lande, sie kannte – kleine Bürgerin einer Provinzstadt – drei Erdteile und vier Sprachen recht gut –, aber sie kehrte von überall her nach Lohwinckel zurück mit einer Leere in sich, die größer war als die Wüste Gobi. Frau Profet flüsterte gern, sie warf gern vielsagende Blicke, sie drapierte sich mit Melancholien. Sie hatte einen merkwürdigen Neid auf Menschen, die unglücklich waren. Sie machte Anspielungen auf große Verzichte in ihrer Vergangenheit und auf die Verzweiflung, mit einem Profet verheiratet zu sein. Herrn Profet störte das nicht im mindesten. Er klopfte ihr auf den Rücken und hielt sie für etwas Besseres als sich selber. Er seinerseits war ein einfacher, wenn auch wohlhabender Mann, der mit aller Welt in Harmonie lebte – mit Ausnahme von diesem völlig unverträglichen und vom Hochmutsteufel besessenen Herrn von Raitzold – der sich sogar mit Doktor Persenthein zu vertragen versuchte, obwohl er diesen Mann nun wahrhaftig nicht leiden konnte.

Wann die große Feindschaft zwischen Profet und Raitzold eigentlich begonnen hatte, das konnte niemand in Lohwinckel mehr sagen, so viel Versionen darüber auch in Umlauf waren. Aber was Persenthein diesem netten und einflußreichen Profet schon angetan hatte, das lag auf der Hand: Er hatte ihm den Landesgewerbeinspektor auf die Bude gehetzt, er hatte eine kostspielige neue Staubabsaugvorrichtung durchgesetzt. Er hatte alle Fälle, die früher als Magenkatarrh gelaufen waren, für Bleikrankheit erklärt und schrieb die Arbeiter auf unverschämt lange Fristen arbeitsunfähig. Er hatte gefunden, daß Herrn Profets Blutdruck zu hoch sei, und hatte ihm Holzhacken und weniger Weintrinken verordnet. Er hatte Frau Profets wechselnde Schmerzen und Melancholien für Einbildungen erklärt, die von ihrem Übergangsalter herrührten. Und jetzt konnte er nicht einmal herausfinden, weshalb der Junge schon am Morgen beinahe vierzig Grad Fieber hatte.

Als Doktor Persenthein an diesem Abend seinen Eiertanz im Hause Profet begann – denn so nannte er im stillen seine Besuche hier –, fand er den Jungen im Bett und mit dem Bau eines Flugzeugmodells beschäftigt. Es war ein hübscher zwölfjähriger Bengel mit blanken Augen, einer kurzen, kekken Nase voll Sommersprossen und einem kleinen Sprachfehler, der ihm etwas Kindliches gab. Er schaute dem Doktor beflissen, zutraulich und hoffnungsvoll in die Augen. Persenthein kannte diese Blicke. So sahen Jungens ihre Lehrer an, wenn sie einen dicken Schwindel vorhatten.

Frau Profet hatte eine weiße Schwesternschürze umgetan, sie ging nur auf den Zehenspitzen und fiel dem übermüdeten Doktor Persenthein herzlich auf die Nerven mit ihrem Getue.

»Temperatur um fünf Uhr?« fragte er.

»Ja. Er hat wieder mehr. Neununddreißig-sechs«, flüsterte Frau Profet.

»Sosososo –«, sagte der Doktor nur, der schon den gesunden, normalen Puls des Jungen unter den Fingern hatte. »Na – laß mal sehen«, setzte er hinzu und schlug die Decke zurück. »Wo ist denn der Große?« fragte er, während er den Leib des Jungen zu perkutieren begann. »Besprechungen wegen Fußballspiel – so? Ich denke, Putex will's nicht mehr erlauben? Wie? So – jetzt atmen, nochmal – nicht sprechen – tut's hier weh? Ja? Und hier? Gar nicht? Paß mal genau auf – tut's hier gar nicht weh? Aha – doch. Na siehst du –«

Doktor Persenthein blieb vor dem entblößten, mageren, braunen Bubenkörper sitzen und überlegte. Der blaue Fleck in der Leistengegend, wo er beim letzten Spiel getroffen worden war, hatte sich schon verfärbt, spielte in ein abblassendes Gelb und hatte gar nichts zu bedeuten. Daß der Junge gesund war, schien klar; daß er simulierte, lag auf der Hand. Aber wie bekam er das Fieber zustande, zum Teufel? »Wollen mal messen«, sagte Persenthein. Der Junge schluckte hinunter. »Schmerzen beim Schlucken?« fragte Persenthein. »Ich weiß nicht recht –«, sagte der Junge. Frau Profet seufzte tief. Herr Profet, in Hausschuhen, kam aus dem Nebenzimmer herbei und fragte laut: »Na, Doktor, haben Sie endlich die Diagnose am Wickel?« Persenthein spielte ein wenig mit dem Flugzeugmodell, ohne Antwort zu geben. Frau Profet legte den Finger an den Mund. »Er wird gemessen«, flüsterte sie im Ton einer tragischen Verschwörung. Herr Profet schlurfte gutmütig wieder ab. »Ich bin ein besserer Profet als Sie«, sagte er; es gehörte zu seinem Lebensglück, solche Späße mit seinem Namen anzustellen, die in Sparkassen- und Stadtratssitzungen großen Erfolg zeitigten.

»Na also –«, sagte Persenthein, als das Thermometer ganz ordentlich bei 36,6 stehengeblieben war, »ich denke, er wird morgen wieder zur Schule können.« Paulemann bekam im gleichen Augenblick Tränen in die Augen. Zur Schule wollte er nicht. Er lag hier nicht für nichts und wieder nichts im Bett und aß Grießbrei dreimal am Tage. Ihm war Klassenkeile angedroht worden, weil er sich unfair benommen hatte. Sogar sein großer Bruder ließ ihn im Stich und Kolk, sein Schutzpatron aus der Obertertia. »Mir ist aber so schlecht«, sagte er noch, und das war kaum gelogen.

»Paulemann, Paulemann –«, begann Doktor Persenthein; er war wütend auf den Kleinen, aber von Zeit zu Zeit besann er sich auf den freundlichen Ton, der einem Hausarzt geziemte. »Wir werden ja sehen, was mit deinem merkwürdigen Fieber los ist –«, sagte er noch, als Herr Profet hereinkam und ihn ans Telefon rief.

Kaum war der Doktor draußen und Paulemann allein, als er das Thermometer hervornahm und es in seine Tasse mit heißer Limonade hielt. Das Quecksilber stieg, so hoch es konnte, bis dreiundvierzig – was dem Jungen übertrieben vorkam. Er klopfte hastig daran herum, aber es wurde nicht weniger; schließlich nahm er es wieder in die Achselhöhle und erwartete mit leidender Miene das Weitere.

Aber diesmal kümmerte sich niemand mehr um Paules außergewöhnliche Fieberkurve. Doktor Persenthein, von Fräulein von Raitzold in kurzen Worten über das Unglück auf der Düßwalder Chaussee verständigt, sauste nur ins Zimmer herein, riß seine Tasche an sich, und dann stand er mit zusammengebissenem Gesicht da und versuchte zu disponieren. Obwohl er im Krieg gewesen war, verlor er für fünf Minuten den Kopf bei dem Gedanken an eine unbekannte Anzahl von Sterbenden, die eine unbekannte Zeit draußen unter ihrem Auto auf der Landstraße lagen. Herr Profet, der in seinen Grenzen ein großer Mann war, fand sich schneller zurecht. Er zog seinen Ledermantel an, er hatte schon nach seinem Schofför Müller gebrüllt und den Wagen aus der Garage beordert, als Persenthein noch immer dastand und überlegte, was er alles zu der Unfallstelle mitzunehmen habe. Frau Profet hatte sich mit bleicher Miene in eine Ecke gesetzt und empfand mit erhobenen und dankbaren Empfindungen, daß etwas passiert war, daß endlich auch in Lohwinckel etwas Außerordentliches geschah. Mit einemmal sah ihr Mann wie ein Mann aus, und der Doktor hatte eine so hohe und gespannte Stirn wie nie zuvor.

In Lohwinckel braucht eine Nachricht nur zehn Minuten, um ziemlich bekannt zu werden. Die ersten Radfahrer waren schon unterwegs nach der Unfallstelle, als der Schofför Müller unten vor der Villa den Motor zum Warmlaufen anließ und Doktor Persenthein noch mit seiner Frau telefonierte: »Tetanusspritze! Eukodal! Cramerschienen!« kommandierte er in die Muschel, und jedesmal hörte er das klare, vernünftige »Ist schon hergerichtet!« seiner Frau. »Ich bin bereit, die Verwundeten bei uns aufzunehmen«, flüsterte Frau Profet im Hintergrund und fühlte sich selber wie eine Romanfigur. »Cardiazol! Ich habe kein Cardiazol im Haus!« schrie Persenthein ins Telefon.

»Ist schon da. Ich war bei Behrendt und hab's geholt«, sagte Elisabeth drüben im Angermannshaus. »Du bist brav!« schrie der Doktor laut.

»Soll ich mitkommen?« fragte es drüben nach einer Viertelsekunde.

»Nein. Aber richte dich ein –«, schrie er noch und rannte hinter Herrn Profet die Treppen hinunter. Er wußte selber nicht, auf was die Frau sich einzurichten hatte, er spürte nur, daß er sie brauchte und daß sie da sein mußte und auf ihn warten, was immer geschah.

Die Stille, die den Jungen vom Gut so erschreckt hatte, empfing auch den Doktor an der Unfallstelle, und sie wurde noch tiefer durch das gleichmäßige Regenrauschen auf den Buchenblättern des Forstes. Die Autolichter rissen eine scharfe

Helligkeit in den vermummten Abend, und was sie zeigten, sah so aus:
Der Wagen lag noch umgestürzt, zur Hälfte auf dem Sommerweg, zur Hälfte im Graben. Die Windscheibe war zersplittert, sonst sah man nicht viel Schaden. Auf einem Baumstumpf saß ein junger Mensch mit beschmutztem Gesicht – es war Franz Albert –, der mit den Armen um sich schlug wie gegen unsichtbare Stricke und stöhnte. Um ihn war Herr Raitzold bemüht, der zehn Minuten vor Herrn Profets Auto zur Stelle gewesen war. Etwas seitab stand sein Wagen, und der Gutsjunge hielt die nervösen Pferde am Zaum. Peter Karbon saß im Gras, den Rücken an einen Baumstamm gelehnt; mit dem Kopf auf seinen Knien lag mit geschlossenen Augen Leore Lania, ihr Gesicht war fast unkenntlich durch Blut, und von Zeit zu Zeit quoll es frisch und feucht aus einer Wunde über ihrem Mund. Auch die kleine Mütze, die sie krampfhaft in der Hand hielt, war blutgetränkt, als hätte sie damit das Fließen stillen wollen.
»Liegt noch jemand unter dem Wagen?« fragte Persenthein. Raitzold verneinte nur durch ein Kopfschütteln. Er und Herr Profet hatten sich mit der Höflichkeit zweier Duellanten gegrüßt. »Ich halte das nicht aus, ich halte das nicht aus –«, stöhnte Franz Albert; Doktor Persenthein sah kurz, aber aufmerksam hin und überließ ihn vorläufig dem Gutsbesitzer. Erst jetzt bemerkte er den Schofför Fobianke, der etwa acht Meter vor seinem umgestürzten Wagen am Grabenrand lag, ein Bein etwas an den Leib gezogen und die Tweedjacke geöffnet. Der Arzt beugte sich über ihn und leuchtete ihm mit der Taschenlampe in das Gesicht, das völlig weiß war, weißer als ein leeres Blatt Papier.
»Haben Sie Schmerzen?« fragte er.
»Nein. Danke«, sagte Fobianke leise und höflich. »Jetzt ist es besser.«
»Sie haben Ihren Rock aufgemacht, tat es da weh?« fragte

Persenthein und tastete den Leib des Mannes ab. Fobianke dachte nach. »Nein –«, sagte er leise, es klang wie eine Frage. ›Innere Verblutung, Leberruptur wahrscheinlich‹, dachte Doktor Persenthein. ›Nichts mehr zu wollen. Vielleicht – wenn ich jetzt gleich hier eine Bluttransfusion machen könnte – ich brauche den Apparat doch – zweihundertdreißig Mark‹ – dachte er, während er dem ausgebluteten Schofför eine Cardiazol-Spritze gab. »Es wird gleich besser sein – wir legen Sie in den Wagen – los, Müller, vorsichtig –«, sagte er und trug, unterstützt von dem Schofför, den Mann zu Profets Auto. »Danke. Mir ist schon wieder gut«, sagte Fobianke leise. Er atmete ganz oberflächlich mit eingezogenem Zwerchfell. »Wie haste denn das geschafft? In'n Grawwe gefahre?« fragte Müller im Dialekt der Gegend. Fobianke schaute ihn lange und verwundert an. »Nee –«, sagte er viel später.

Herr Profet hatte mit Mißfallen beobachtet, wie der Doktor sich zuerst um den Schofför bemühte, und näherte sich indessen Peter Karbon. »Sind Sie verletzt?« fragte er töricht. »Scheint so«, erwiderte Karbon zwischen den Zähnen. Er hatte verdammte Schmerzen und war völlig außerstande, den rechten Arm zu bewegen. Außerdem drehte sich alles um ihn in sinnverlassener Weise. »Ist das Ihr Wagen?« fragte Herr Profet weiter, ohne Antwort zu bekommen; Karbon hatte sich über Leores Gesicht gebeugt, unfähig, das dünn sikkernde Blut dort zu stillen. »Die Frau Gemahlin? Ich werde sofort dem Doktor sagen – zuerst muß natürlich die Dame – ich verstehe gar nicht, warum er zuerst den Schofför – wir bringen die Herrschaften dann in meinem Wagen gleich zu uns –«, sagte Herr Profet. »Gestatten: Profet. Ich habe da die Fabrik in Lohwinckel«, setzte er noch hinzu. »Karbon –«, murmelte Karbon mit angestrengter Korrektheit, ohne daß Profet zunächst den bekannten Namen erfaßt hätte. Er ging zum Wagen zurück, in dem jetzt Fobianke auf den Rücksitz gebettet war. Persenthein hatte ihm für alle Fälle noch seine Tetanusspritze gegeben, und nun lag er friedlich da, schaute zu dem Wagendach hinauf, und alles wäre gut gewesen, wenn nicht immer wieder Schwarzes und Schwarzes an seinen Augen vorübergetrieben hätte. Auch war wenig Luft in der Limousine. Profet wandelte an Herrn von Raitzold vorbei, als wenn der unsichtbar gewesen wäre, tippte den Doktor auf die Schulter und sagte: »Kümmern Sie sich doch zuerst um die Dame.«

Persenthein sah ihn nur an, und er zog sich wieder zurück.

Plötzlich bekam Franz Albert auf seinem Baumstumpf so etwas wie einen Anfall, gerade als der Arzt mit der Tetanusspritze sich ihm näherte. Sein Stöhnen war in lautes Weinen und Schluchzen übergegangen, zuletzt in das unbekümmerte und hemmungslos Geschrei eines kleinen Kindes: »Ich halte das nicht aus, ich halte das nicht aus, ich halte das nicht aus!« schrie er aus voller Kehle, ungezähltemal hintereinander. Persenthein befühlte und betrachtete den jungen Boxer, der weinend um sich schlug und den ratlosen Herrn von Raitzold in Sorge versetzte. Es war ein Nervenschock und sonst nichts.

»Kommen Sie. Können Sie mit anfassen?« fragte der Doktor energisch, aber Franz Albert fuhr fort zu weinen. Er hatte eine Beule über dem linken Auge, mehr nicht. »Schreien Sie nicht so«, sagte Persenthein scharf. »Sie bekommen gleich etwas. Setzen Sie sich erst mal in den Wagen.«

Und wirklich, während Persenthein schon bei Karbon war und neben der Schauspielerin hinkniete, stand der Boxer von seinem Baumstumpf auf und wanderte laut weinend und klagend zu Herrn Profets Auto.

»Sie ist ohnmächtig, aber sie atmet«, sagte Karbon zu Persenthein, der zum drittenmal die Tetanusspritze füllte; er sagte es viel zu laut, weil er in einem dunklen Sausen saß und keine Entfernung abschätzen konnte.

Plötzlich sprach Leore etwas, es kam undeutlich und behindert aus ihrem verwundeten Mund, aber sie schien aufmerksam und wach trotz geschlossener Augen. Persenthein, geübt, die intermittierende Sprache von Schwerkranken und Sterbenden zu verstehen, verstand.

»Ich bin gar nicht ohnmächtig«, flüsterte sie nämlich unter Weglassung aller Labiallaute, und das klang zäh und eigensinnig. Sie zuckte zusammen, als sie den Einstich der Spritze spürte, aber sie war weit davon entfernt zu klagen. Als sie den Kopf des Arztes mit seiner lebendigen und hilfsbereiten Wärme nah vor ihrem Gesicht fühlte, vertraute sie ihm in plötzlicher Schwäche etwas an. »Ich verblute nur«, flüsterte sie an seinem Ohr. Sie gehörte zu jenen zarten und zähen Menschen, denen jede Art von körperlichen Leiden als etwas Beschämendes erscheint, das tief verborgen werden muß vor den andern, den Starken, den Gesunden. Auf einer Landstraße zu liegen und zu verbluten, empfand sie als eine niederträchtige Niederlage. Sie war schon dabei, Haltung zu bewahren und ihrem Abgang eine anständige Haltung zu geben.

»Unsinn – verbluten«, sagte Persenthein. »Sie haben einen kleinen Schnitt, wir nähen das gleich nachher. Jetzt hört es auf zu bluten. So«, sagte er, als er mit Watte wieder vom Wagen zurückkam, auf dessen Kühler er den Inhalt seiner Tasche ausgebreitet hatte, und ein Pflaster auf die Wunde tat. »Jetzt hört es gleich auf.«

Er hatte ein starkes Gefühl von sich selber, wie er da zwischen den Verletzten hantierte, alles überblickte, einteilte und richtig machte. Nur Elisabeth fehlte ihm, fehlte auf eine bohrende Weise. Sie assistierte recht gut, wenn es nötig war. Er schimpfte innerlich mit sich, daß er Elisabeth nicht mitgenommen hatte, und es war zugleich eine starke Ruhe in dem Gedanken, daß Elisabeth zu Hause war und alles in Bereitschaft hielt für sein Heimkommen mit einer Ladung invalider Menschen...

»Danke…«, sagte Leore Lania, als unter dem Jod ihr Mund zu brennen begann, es war eine Höflichkeit, die ihr große Mühe machte. Daß dieses kleine Mädchen sich so gut hielt, erbitterte Persenthein plötzlich gegen das laute Jammern des jungen Boxers, den er in das Auto beordert hatte. Er ging rasch noch einmal zum Wagen, füllte seine Rekordspritze und versetzte dem Jungen eine Ladung von Eukodal in den Arm. »Jetzt ist hier Ruhe«, befahl er kurzerhand.

Der Schofför Müller hatte verständigerweise das Licht im Wagen angemacht, und in seinem Schein betrachtete Persenthein kurz das ausgeblutete Gesicht des stillen Fobianke.

»Na? Geht's gut?« fragte er munter.

»Danke, ja. Bloß das Fenster – die Luft –«, antwortete der Mann mit seltsamer Heftigkeit, um gleich darauf in seine verwunderte Stummheit zurückzufallen. Er knöpfte seine Jacke auf und zu, mit immer lahmer werdenden Fingern, und er sah schwarze Fetzen vorbeitreiben, die ihn ängstigten.

Es waren noch keine zehn Minuten vergangen, seit der Doktor an der Unglücksstelle angekommen war. Alles ging sehr schnell, ganz ruhig und sicher nach außen, unterirdisch aber erfüllt von einer fast rauschhaften Erregung. Alles war naß unter dem gleichmäßigen Regenrauschen, kühl, alles glänzte von Wasser im Schein der Autolichter. Persenthein, Spritzen füllend, Spritzen in Alkohol waschend, Spritzen einstechend, hatte ein überwältigendes Gefühl von Helle in seinen Gedanken. Als wenn aus vielen Kanälen vergessene Erfahrungen ihm zuströmten, so daß alles ganz klar und zweifelsfrei und eindeutig wurde. Er war auf großartige Weise in seinem Element und sah auch wieder dem heiligen Georg ähnlich, obwohl niemand da war, um dies zu bemerken.

Um so verwirrter benahmen sich die andern Helfer, und zwar hauptsächlich deshalb, weil die beiden feindlichen Herren bemüht waren, ihre Tätigkeitsgebiete scharf gegeneinander abzugrenzen. Herr von Raitzold, nachdem sein weinender Schützling eingeduselt war, hatte sich dem Auto im Graben zugewendet. Sein Kutscher und der Junge vom Gut machten sich daran, den Wagen aufzustellen, was nicht gelang. Herr von Raitzold stand mit gegrätschten Beinen in der Haltung des ehemaligen Offiziers dabei und gab kurze Kommandos aus; aber erst als der Schofför Müller sich dazugesellte, begann das Unternehmen einige Aussicht zu bekommen. Herr Profet hatte sich indessen wieder Peter Karbon genähert. Er war ein hilfsbereiter und ziemlich tatkräftiger Mensch, aber er vertrug es schlecht, Blut zu sehen. Es war ihm die ganze Zeit schon leise übel. Er traute sich nirgends hinzufassen; er hätte auch lieber nicht zu viel gesehen. Er kam sich sehr wichtig vor und zugleich sehr nebensächlich. Er wunderte sich, wie scharf und ruhig dieser Doktor alles anging, aber er konnte zugleich den Verdacht nicht loswerden, daß alles, was getan wurde, falsch war.

»Los, helfen Sie mir das Mädchen in Raitzolds Wagen tragen«, kommandierte Persenthein. »Ich kann vorher den Mann nicht richtig untersuchen.« Alles an diesem Satz ärgerte den Fabrikanten: daß er die Dame ein Mädchen nannte und den Herrn einen Mann und vor allem, daß die Dame in Raitzolds Wagen sollte. »Warum in den Wagen von Raitzold? Warum nicht in meinen Wagen?« fragte er aufsässig.

»Weil wir schon den Schofför im Wagen haben«, antwortete Persenthein; er verschluckte die nähere Begründung: daß er das Mädchen nicht dabei haben wollte, falls der Schofför unterwegs starb; er nahm Leore hoch und trug die Leichte zu Raitzolds alter Kalesche mit dem aufgespannten Verdeck. Der Gutsbesitzer stand schon bereit, er selber schlug das Spritzleder zurück. »Selbstverständlich bringe ich die Dame zu uns aufs Gut«, sagte er laut und an die Adresse von Herrn Profet, der innerlich murrend abseits geblieben war.

»Nicht aufs Gut; zum Angermannshaus. Ich muß noch etwas nähen. Fahren Sie schon los, wir holen Sie mit dem

Auto ein«, sagte der Doktor. Herr von Raitzold richtete sich auf dem Rücksitz ein, der Kutscher nahm den Pferden die nassen Decken ab, Dampf stieg auf. »Sitzen Gnädigste gut?« fragte er und holte seine verschollen-weltmännischen Manieren hervor, die auf den Gutsäckern verlorengegangen waren. Die Schauspielerin, deren zerschnittenes Gesicht zu brennen begonnen hatte, spannte sich zu einer rührend tapferen Geste an.
»Auf Wiedersehen –«, sagte sie und winkte aus dem Wagen, mit der routiniert-liebenswürdigen Bewegung des Filmstars. Sie hätte auch gelächelt, wenn da nicht in ihrem zerschnittenen, verpflasterten Gesicht etwas gewesen wäre, das am Lächeln hinderte. Der Wagen ruckte stoßend an, es tat höllisch weh.
›Das Gesicht zerschnitten. Geflickt von so irgendeinem Landdoktor, den man auf der Straße gefunden hat‹, dachte sie. ›Wenn er mich verpatzt – wenn mein Gesicht verdorben wird – wenn da etwas Wichtiges durchschnitten ist – es gibt solche Muskeln oder Nerven –, wenn da etwas geschehen ist, dann muß ich mich erschießen.‹ Sie dachte das tief innen, voll ungeheurer Angst, ganz stumm und erstickt, wie Leute an Selbstmord denken, denen es Ernst damit ist.
Die ersten Radfahrer von Obanger, Lohwinckel und Düßwald waren angekommen, sie standen in einem dumpfen Kreis rund um die Unfallstelle herum, flüsterten und schauten. Immer neue kleine Lichter drangen auf der Chaussee heran und begegneten der Gutskalesche, die vorsichtig, aber dennoch auf harten Rädern stoßend ihren Weg durch den Regen nahm.
»Jetzt komme ich endlich zu Ihnen«, sagte Doktor Persenthein zu Peter Karbon; er hatte mit dem ersten Blick erfaßt, daß dieser Kerl dauerhaft und hart war und warten konnte. Tatsächlich hatte Karbon sich inzwischen darangemacht, aufzustehen und war nun breitbeinig und etwas taumelnd

auf die Füße gekommen. »Ich habe Zeit«, sagte er; »verarzten Sie erst die andern. Ist etwas Böses passiert?«
»Nee – nicht hoffen –«, murmelte Persenthein. »Und Sie? Sie haben Nasenbluten bekommen?«
»Ein bißchen –«, sagte Karbon entschuldigend.
»Stellen Sie sich mal auf die Fußspitzen«, verlangte der Doktor.
Karbon tat es gehorsam, kippte nach vorne und wurde aufgefangen.
»Aha!« sagte Persenthein und kam mit der Tetanusspritze an.
»Ich möchte kein Morphium. Bin dumm genug im Schädel«, sagte Karbon.
»Das ist kein Morphium. Serum. Prophylaxe gegen Wundstarrkrampf«, brummte Persenthein und jagte schon den Stich in Karbons Arm. Er hatte aus den Kriegslazaretten eine übertriebene Angst vor Tetanus übrigbehalten.
»Bin ich denn verwundet?« fragte Peter und sah an sich hinunter, was ihn in eine neue heftige Schwindelwelle hineinwarf. »Der Arm ist wohl gebrochen, aber ist sonst noch was los?« setzte er hinzu, nachdem Persenthein ihn wieder ins Gras gesetzt hatte.
»Bißchen verkratzt im Gesicht und da an der Hand«, sagte Persenthein, der schon Drahtschienen bereitgelegt hatte. Aber er fand keinen Knochenbruch. Peter Karbon zischte Luft durch die Zähne, während allerlei schmerzhafte Prozeduren an ihm vorgenommen wurden. Er versuchte von sich fortzudenken, an die andern. »Was ist der Lania passiert?« fragte er, indessen Persenthein herausfand, daß nur das Schultergelenk ausgerenkt war.
»Wem?« fragte er.
»Der Lania, der Kleinen, der Schauspielerin«, sagte Karbon. Er besann sich erst hinterher, daß ›die Lania‹ hier im Hinterland möglicherweise kein so geläufiger Begriff war wie sonst in aller Welt.

»Ach – die Dame ist Schauspielerin? Nein, gar nicht schlimm. Das Gesicht zerschnitten, hier, die Oberlippe durchtrennt. Wird gleich nachher geflickt. So, kommen Sie, Ihnen fehlt so gut wie nichts. Die Schulter renken wir zu Hause ein. Nur Ihr Schofför –«
Der Doktor stemmte seine Schulter unter die gesunde Achsel von Peter Karbon, sie waren fast gleich groß, Persenthein breit und nicht ganz so lang, Peter höher, schmaler und steiler, aber schwer taumelnd – was ihn wütend machte.
Der Doktor triefte jetzt von Regen, aber auch von Schweiß. Die letzte Viertelstunde war zu inhaltsreich gewesen. Die dunkle, halbrunde Mauer der Lohwinckler rückte ein wenig näher heran, als Persenthein seinen letzten Patienten zum Wagen schaffte. Die in der zweiten Reihe standen, gingen auf die Zehenspitzen. Schließlich passierte nicht alle Jahre ein Unglück auf der Düßwalder Chaussee. Der Schofför Müller, der aus Fabrikarbeitern eine kleine Kolonne zur Aufrichtung des gestürzten Wagens gebildet hatte, kam schnell heran. Herr Profet, des Stehens im Regen überdrüssig, innerlich mit Persenthein hadernd und beleidigt, weil die Dame in Raitzolds alter Kalesche davongefahren war, hatte sich schon ins Auto gesetzt. Drinnen war es unheimlich, zu still die Luft, zu sehr erfüllt von Atemzügen. Der Boxer auf seinem Vordersitz war vornübergesunken und verschlief seine Dosis Eukodal. Fobianke, mit aufgeschlagenen Augen und stumm auf dem Rücksitz liegend, zog zitternde Luftstöße zwischen seine Lippen, die weiß unter dem Schnurrbart hervorsahen, so leergeblutet waren sie.
»Sie, Herr Profet, müssen vorne sitzen, bei Müller«, ordnete der Doktor an. Herr Profet kroch angesichts der Leute von Lohwinckel und Obanger wieder aus dem Wagen heraus. Er gab anstandshalber seinem Schofför ein paar Anordnungen und bestimmte einige seiner Arbeiter dazu, das verunglückte Auto mit einem Wagen nach der Fabrik abzuschleppen. Der

Kreis der Radfahrer öffnete sich stumm, als Müller den Wagen mit äußerster Vorsicht in Bewegung setzte.
»Zwei Tote haben sie schon drinnen«, sagte ein Mann in einer Windjacke.
»Die andern gehen auch noch drauf«, antwortete ein anderer, der Geselle von Schlachter Seyfried.
Persenthein hatte Peter Karbon neben dem duselnden Boxer untergebracht und sich selber zu Fobianke gesetzt, dessen immer schwächer werdenden Puls er in der Hand behielt.
»Was ist mit Ihnen los, Fobianke?« fragte Karbon, der sich nicht umdrehen konnte, ohne schwindlig zu werden, vor sich hin. Er hörte, wie der Schofför leise antwortete: »Mir – fehlt – nichts – Herr Karbon –«, und dann fiel ihm wieder die Lania ein. Merkwürdigerweise dachte er ganz fremd an sie, nicht an Pittjewitt, sondern an eine Frau, die auf Plakaten zu sehen war und deren riesenhaft vergrößertes und grob hingemaltes Bild abends über Berliner Kinoeingängen Reklame schrie.
»Zerschnitten?« sagte er. »Aber es ist Millionen wert –«
»Was denn?« fragte der Doktor.
»Ihr Gesicht. Millionen. Das ist nicht so einfach zu flicken –«
Persenthein spürte das Mißtrauen in diesem sonst unverständlichen und fieberhaft erscheinenden Satz. Plötzlich sackte eine riesenhafte Müdigkeit über ihm zusammen wie ein dunkles Tuch. Grade noch hatte er ein triumphales Gefühl von Klarheit und richtigem Funktionieren gehabt, plötzlich bekam er Angst. Vielleicht war alles falsch, was er getan hatte. Vielleicht hätte er den Schofför zu allererst und auf schnellstem Weg nach Schaffenburg bringen lassen müssen? Vorausgesetzt, daß seine Annahme einer Leberruptur richtig war, dann konnte Schroeder in Schaffenburg allerdings auch nichts mehr tun. Aber wenn es etwas anderes war –?
Und das Mädchen: Eine durchtrennte Oberlippe war verflucht schwer zu nähen, fiel ihm plötzlich ein. Er sah die Seite in Wullstein-Wilms ›Lehrbuch der Chirurgie‹, wo davon die

Rede war. Wenn das Lippenrot nicht auf den Millimeter aneinandergepaßt wurde, dann konnte von Schönheit nicht mehr die Rede sein. ›Das geht mich nichts an, ich bin kein Dermatologe‹, dachte er wütend; er war müde, sonst nichts, müde. Er hatte den ganzen Tag gearbeitet und war in der vorigen Nacht herausgeholt worden. Die Geschichte mit dem verstorbenen Wirz lag in einer traumhaft weiten Vergangenheit zurück, so lang war dieser Arbeitstag gewesen. Nun also mußte er noch operieren. ›Elisabeth‹ – dachte er, aber er meinte nicht die Frau, sondern die Lampe zu Hause, die Luft zu Hause, den starken schwarzen Kaffee zu Hause. Er holte gierig eine Zigarre hervor und biß die Spitze ab.
»Was ist denn los? Macht doch die Fenster auf!« rief Fobianke heftig, noch bevor der Doktor die Zigarre angezündet hatte. Sie rollte zu Boden, Persenthein griff wieder nach dem Puls; er war nicht mehr zu fühlen. Er setzte schnell das Stethoskop auf das einschlafende Herz. Im Wagen roch es nach nassem Leder, nach Straße, Schweiß, Metall. Das Licht war wieder ausgeschaltet worden, denn Müller mußte Strom sparen. Karbon, der auch in besinnungslosem Zustand noch in jeder Wagenmarke zu Hause war, fand den Knipser und schaltete mit seiner heilen linken Hand ein. Er beugte sich über den schlafenden Franz Albert weg und kurbelte mit seiner Linken das Fenster auf. Draußen war Schwärze, in rauschenden Streifen durchschnitten vom Regen. Drinnen die Männer, durchnäßt, durchschwitzt, beschmutzt, mit Beulen, Flecken, blutunterlaufenen Stellen bedeckt, sahen übel genug aus. »Schöne Sauerei, in die wir gekommen sind«, murmelte Karbon, mit einem kleinen zornigen Versuch zu lachen.
Fobianke fuhr schon wieder gegen einen Baum, auch seine Frau war da, hinter den schwarzen Dingen, die immer über den Weg kamen. »Macht doch das Fenster auf!« bat er. »Macht doch das Fenster auf!« Der Doktor half ihm bei den nächsten zwei Atemzügen. Es schien Fobianke, als würde er

nun gleich Luft bekommen. Er atmete ein, schnell, heftig, verzweifelt – und dann ganz langsam aus. Der Puls war schon verschwunden gewesen, als Fobianke noch lebte. Nun rutschte nur sein Kopf ein wenig tiefer gegen Doktor Persentheins Brust, und dann wurde Ruhe im Wagen.

»Die Fenster sind ja offen, Fobianke«, sagte Peter Karbon, dem selber reichlich übel war, in tröstendem Ton zu seinem toten Schofför.

Man näherte sich der Stadt. Unter dem heiligen Georg am Angermann brannte eine der hundertvierundneunzig Laternen von Lohwinckel, das Angermannshaus bebte, als sie durchs Tor fuhren. Die Radfahrer mit ihren kleinen Laternen umgaben den langsamen Wagen wie ein Schwarm von Leuchtkäfern, mitten in der zerrissenen Oktobernacht.

Nicht ob die großen wachen Städte, ob Berlin, Paris und London einen Namen kennen, ist ein stichhaltiger Beweis für seine Berühmtheit. Der Ruhm beginnt erst dort, wo jedes kleine Nest weiß, um was und wen es sich handelt. Plakate, Filme, Radiovorträge, illustrierte Zeitungen, das sind die Herolde und Fanfarenbläser, die in jedem Winkel Lärm machen, bis ihre Schützlinge bekannt sind.

Berühmtheiten dieser Art waren es, die nun mit – glücklicherweise nicht schweren – Verletzungen in Lohwinckel Unterkunft gefunden hatten. Um Leore Lania wußte jeder Mensch Bescheid, der die Kinoaufführungen besuchte, die Mittwoch und Sonnabend in Oertchens Gasthof von dem unternehmenden Konkurrenten des ›Weißen Schwanen‹ veranstaltet wurden, und das waren alle Leute aus Obanger und die meisten aus Lohwinckel – mit Ausnahme der Gymnasiasten, denen der kinofeindliche Direktor Burhenne den Besuch ein für allemal verboten hatte, und einiger Prieler, die zu vornehm und weltläufig waren, wie beispielsweise Frau Profet oder Frau und Tochter des Bürgermeisters Doktor Ohmann. Karbons Reifenplakat hatte man auch täglich vor Augen, es hing blau und gelb neben der Tankstelle, die der Wagenschmied Torbiß in Betrieb gesetzt hatte. Franz Alberts Namen kannten zumindest die jungen Lohwinckler von Quarta aufwärts, und auch die andern erinnerten sich an Zeitungsmeldungen, denen sie mit innerem Widerstreben entnommen hatten, daß so irgendein Boxer nach seiner Rückkehr aus Amerika in unanständig übertriebener Weise gefeiert worden war.

Daß sich auf ihrer Chaussee ein nennenswertes Unglück ereignet hatte, das erfüllte die Lohwinckler genugsam mit jener sonderbaren Gefühlsmischung aus Stolz und angenehmem Grausen, das alle Katastrophen zu begleiten pflegt. Aber als am nächsten Morgen bekannt wurde, welche Anhäufung von Berühmtheiten dieser Anlaß nach Lohwinckel gebracht hatte, begann die kleine Stadt brodelnd zu kochen. Klumpen erregter und neugieriger Mitbürger fanden sich an den Zentralpunkten des Ortes ein: beim Frisör Kuhammer, beim Schlachter Seyfried, beim Juden Markus. Apotheker Behrendt berief eine außertourliche Abendzusammenkunft der Brüderschaft ›Einigkeit‹ in den ›Weißen Schwanen‹, da er deutlich das Bedürfnis seiner Vereinsgenossen spürt, sich Aussprache und Informationen zu verschaffen. Das Gymnasium fieberte von oben bis unten, ununterbrochen wurden zu Kugeln gedrehte Briefe mittels Schießgummis durch die Klassen befördert, und das Pausengebrüll auf dem Schulhof hatte etwas Erschütterndes und Explosives. Alle Welt machte sich auf den Straßen zu schaffen, stand im Meinungsaustausch miteinander an Ecken und patrouillierte vor den Häusern, in denen einer der Verunglückten untergebracht war. Es gab aber auch Geduldige wie die Schneiderin Ritting aus der Wassergasse oder der vierundachtzigjährige Flickschuster Haberlandt, von dem blindgewordenen Kriegsinva-

liden Munter zu schweigen, die inmitten von allerhand Kindern stundenlang vor diesen Häusern herumsaßen, in einer sonderbaren Erwartung von etwas ganz und gar Ungewöhnlichem. Frau Profet beispielsweise, die den Boxer Franz Albert in Quartier bekommen hatte, sah von morgens an unbekannte Leute auf ihrer Gartenmauer sitzen, sooft sie hinausschaute. Obwohl Franz Albert keine andre Verletzung hatte als eine blaue gequetschte Stelle neben der Nase – und keineswegs war dies die erste derartige Blessur in seinem Leben –, und obwohl er mit erholten Nerven und tapfer essend an ihrem Frühstückstisch saß, trug Frau Profet noch immer die Schwesternschürze und umschwebte beflügelt und in allen Adern pulsierend ihren Verwundeten.
Leore Lania war von Herrn von Raitzold erobert und wie eine Trophäe auf das Gut hinausgeschleppt worden. Er tat es eigentlich nur aus Trotz gegen Herrn Profet, und es hatte zuvor einen grotesken Streit um die Verwundeten gegeben, der nachts in Doktor Persentheins kleiner Diele ausgefochten wurde, während der Doktor im Ordinationszimmer die gespaltene Oberlippe der Schauspielerin vernähte.
Übrigens war diese geringfügige, aber überaus heikle Operation eine merkwürdige Sache gewesen. Als nämlich Frau Doktor Persenthein das Gesicht dieser Leore Lania abgewaschen hatte und es in seiner ganzen Blässe und mit dem süßherben Reiz seiner Modellierungen sich dem Arzt präsentierte, war er in einen Abgrund von Angst und Unsicherheit verfallen. Die Lania schien sich nicht zu fürchten, sie klagte nicht, sie zuckte nicht, sie sagte nichts. Sie hatte nur mit ihrer tiefen, brüchigen Kinderstimme – Rehle sprach ganz ähnlich, fand Frau Persenthein – und gehindert durch die klaffende Lippenwunde kundgetan, daß es ihr sympathischer wäre, mit Tod abzugehen als verschandelt herumzulaufen; und dann hatte sie sich hingelegt und die schmerzenden ersten Einstiche des Novokains mit Ruhe empfangen, obwohl der

Doktor die Spritze in diesem Augenblick nicht allzu geschickt handhabte.
Er hatte den Ernst hinter dem hingemurmelten Satz gespürt, und auch Frau Persenthein, die hinten am Sterilisator stand, begriff blitzhaft, daß für die Schauspielerin mit der Schönheit ihres Gesichts alles auf dem Spiel stand. Elisabeth schaute mit erregten und überwachen Augen zu ihrem Mann hinüber, der abwartete, bis die Wunde von der steifen Kälte und Unempfindlichkeit der örtlichen Betäubung erfüllt war. Er hatte das Gesicht der Lania mit weißen Tüchern bedeckt, nur das Operationsfeld freilassend, nachdem er noch einen beängstigten Blick auf die indisch feine Rundung und geschliffene Zartheit dieser Züge geworfen hatte. Er wollte es besonders gut machen und befahl die feinsten Nadeln, nicht mehr bedenkend, daß die Lippenhaut von besonderer Härte und Zähigkeit ist. Nachher klappte es nicht, man mußte andere Nadeln auskochen. Man mußte neue Spritzen geben, um die Wirkung zu verlängern, und Frau Persenthein, die Nadeln einfädelte und mit den Tupfern hantierte und Klemmen bereithielt, zitterte so heftig, daß die Lania unter ihren Tüchern es bemerkte.
›Wie müßte ich erst zittern‹, dachte sie spöttisch dabei, tat es aber nicht. Es war so unsinnig tragikomisch, daß man nun dalag und einem aufgeregten Dorfbader ausgeliefert war, der nicht zu wissen schien, was er anfing. Als es vorbei war und sie sich verbunden und verpflastert vom Operationsstuhl erhob, hatte sie nur einen abgründigen Haß auf alles hier. Auf die Doktorsfrau mit ihrem hausbackenen Gesicht, auf den ausgekochten Seifengeruch des Arztkittels, der ihr so nahe kam, auf jedes Wort und jedes Geräusch und jede Bewegung, die an ihre zerreißend angespannten Nerven schlugen. Als Frau Persenthein sie einlud, in ihrem eigenen Bett zu schlafen, schüttelte sie so heftig den Kopf, daß es einer Beleidigung gleichkam.

Frau Persenthein zog ihre Einladung denn auch sogleich betrübt und eingeschüchtert zurück und übergab die Schauspielerin dem Fräulein Hyazinthia von Raitzold, das gestiefelt mit dem Rad vom Gut hereingekommen war und neben Herrn von Raitzold in der Diele wartet. Und Leore Lania überließ sich in einem merkwürdigen Anfall von Vertrauen den großen Händen, der tiefen Stimme und dem männlichen Geruch nach Leder, Tabak und Ackererde, den das Fräulein ausströmte.

So kam es, daß Peter Karbon, der mit seiner ausgerenkten Schulter wieder als Letzter in die Behandlung des Doktors kam, schließlich im Angermannshaus zurückblieb und gegen ein Uhr nachts, mit eingerenkten Gliedmaßen zwar, aber von einem Schüttelfrost der Überspannung befallen, ein Unterkommen in Frau Persentheins Bett fand. Mit drehendem Gehirn starrte er noch die unbändige Fremdheit der Holzmaserung im Deckengebälk an, spürte das Fußende des Bettes schräg unter sich wegsinken, spürte tief dankbar, wie ihm heiße und süße Milch eingelöffelt wurde, die mit ihrem Kindheitsgeschmack ihm den trockenen Gaumen netzte und den Schüttelfrost auflöste; er sah noch eine lange, ruhige Hand über sein Herz gleiten, und dann sank er schwarz in einen tiefen Veronalschlaf hinab.

Doktor Persenthein, der sich mit Kolapastillen und Koffein und einem strychninhaltigen Tonikum bisher in Form gehalten hatte und nun seine Nerven zerplatzen fühlte, nahm gleichfalls ein Veronal und legte sich auf die Wachstuchchaiselongue im Ordinationszimmer schlafen.

Frau Persenthein irrte noch ein wenig im Haus herum mit einem durch und durch traumhaften und nachtwandlerischen Gefühl, bis sie schließlich den alten Lehnstuhl aus dem Wohnzimmer holte, ihn in die geöffnete Tür zwischen dem Schlafzimmer und Rehles Kammer stellte und so, aufrecht sitzend, zur Ruhe kam.

Sie schlief so dünn, daß sie nicht aufhörte, das Atmen aus beiden Zimmern zu hören, Rehles flachen, kürzeren Kinderatem mit den kleinen Traumseufzern dazwischen und die langen, ungleichmäßigen Luftzüge des Patienten, der in ihrem eigenen Bett lag. Ein paarmal während der Nacht stand sie auf und sah nach ihm. Sie hatte das Nachtlicht brennen lassen, die kleine Flamme schwamm auf dem gelben Öl, ein verlorenes Inselchen aus Licht in der sonderbaren, tief fremden Nacht. Einmal stand Elisabeth lange und schlaftrunken über den Mann gebeugt und besah ihn aufmerksam, er sah so angestrengt aus, während er schlief, mit Stirnfalten unter dem brennroten Haar, das sich geteilt hatte und breit über die Schläfen fiel. Einmal richtete sie ihm die Decke, die er unruhig abgestreift hatte, und einmal streichelte sie ganz vorsichtig seinen blauverfärbten, etwas geschwollenen Arm, denn er schien Schmerzen zu haben. Hinter Veronalnebeln murmelte er etwas dazu, griff mit der heilen Hand nach der ihren und zog sie zwischen seine Wange und das Kissen. Das Nachtlichtchen war indessen blau geworden und verloschen. Elisabeth lächelte mit einem horchenden Ausdruck zu dieser unbewußten und zutraulichen Bewegung, sie ließ ihre Hand in der Wärme, bis sie lahm geworden war, dann zog sie sie vorsichtig hervor und schlich zurück zu ihrem Lehnstuhl. Sie schlief noch einmal ein, während draußen schon die Dämmerung hochkam, und diesmal träumte sie ihren alten Kindertraum: Sie trug einen Korb, der voll mit Orangen, aber ganz leicht war – Orangen hießen die goldenen Traumfrüchte und hatten keine Verwandtschaft mit den Apfelsinen aus Markus' Laden –, und ging geradewegs in die Landschaft hinein, die zu Hause über ihrem Bett gehangen hatte und den Golf von Neapel darstellte. Daß Herr Markus die Brahms-Sonate A-Dur dazu spielte, störte ein wenig die schwebende Traumleichtigkeit, und schließlich begann auch die Kirchenglocke zu schlagen, alles wurde schwer, Elisabeth erwachte und begann den Samstagmorgen.

Kola aufwecken, Lungaus aufwecken, Feuer anmachen, Frühstück kochen, Kaffee für Kola, Hafersuppe für Lungaus, Apfelmus für das Rehle. Das Aushilfsmädchen Marie war unpünktlich, und Frau Persenthein zitterte schon ganz schwach vor Abgehetztheit, als sie endlich dazu kam, nach dem Gast zu sehen, der aufgewacht und auch schon vom Doktor untersucht worden war.

Der Mann, der da in ihrem Bett aufrecht saß, war ein anderer als der Mann, den sie nachts gestreichelt hatte. Fremd, noch viel fremder als jener und ein wenig beängstigend.

»Komische Sache, die ich da anhabe«, sagte Peter Karbon, ihr entgegenblickend, er konnte Hand und Arm schon ein wenig bewegen, wenn es auch noch schmerzte, und er hatte längere Zeit verwundert das blaue Börtchen an seiner weißen Manschette betrachtet, das eine Art von idealisiertem Miniatur-Efeu darstellte.

»Ich habe Ihnen heute nacht ein Nachthemd von meinem Mann angezogen«, antwortete Elisabeth verschüchtert.

»Ach so«, sagte Peter, warf einen instinktiven Blick auf das leere Bett daneben und schwieg beinahe verlegen. Er fand es peinlich, sich in einem Nachthemd mit blauen Börtchen zu präsentieren; Elisabeth ihrerseits, die von seidenen Pyjamas nur in Büchern gelesen hatte, wußte nicht, was los war. Sie hielt das Frühstückstablett auf Karbons Knien in Balance und bewachte sein Essen. Sie trug ihre neue Schürze, blau, mit einem Muster von roten Marienkäfern bekrabbelt, und war lange vor dem Glasschrank gestanden, um eine von den schönen alten vergoldeten Tassen für den Gast auszuwählen. Karbon, wie Männer sind, beachtete die Tasse nicht, bemerkte aber die Schürze und dehnte sich zufrieden unter der fremden Decke.

»Geht es Ihnen besser?« fragte Elisabeth schüchtern und

strich sich mit einer Gewohnheitsbewegung das Haar hinters Ohr. Karbon folgte gedankenlos der Hand und sah es glänzen. »Herrlich geht es«, sagte er und wurde noch länger unter der Decke vor Wohlbehagen. »Der Schädel funktioniert wieder, und der Arm fängt auch an zu parieren.«
»Ja. Es war nicht einmal eine richtige Gehirnerschütterung, sagt der Doktor. Und wenn die Schulter gut eingerenkt ist, spüren Sie in ein paar Tagen nichts mehr davon. Hat's arg weh getan gestern?«
»Das Einrenken war kein Honiglecken, danke der Nachfrage. Der Herr Doktor hat da einen etwas kannibalischen Griff produziert. So mit seinem Fuß in meine Achselhöhle treten – prosit!«
Elisabeth lachte in sich hinein. »Auf den Griff ist er sehr stolz. Das ist ein klassischer Griff, den hat er von einem alten Dorfarzt gelernt«, sagte sie.
»Aha«, antwortete Peter Karbon zweifelnd. Er kam sich wahrhaftig vor, als wäre er unter Wilde gefallen. Die Frau nahm das Tablett und ging von ihm fort, was er mit einem leisen Bedauern wahrnahm. Dafür erschien ein kleines Mädchen an der Tür – Eingeborenenkinder waren stets neugierig, wußte Karbon, der Weltreisende – und beäugte es aufmerksam.
»Guten Tag. Kann ich deinen Verband sehen?« fragte Rehle, die eine heftige Leidenschaft für alles Medizinische hatte und dementsprechend eine Puppe ohne Arme, aber mit vielen Leukoplastresten verpflastert, bei sich trug.
»Ich glaube, ich habe gar keinen«, sagte Peter und sah das Kinderhaar glänzen, wie es vorhin das Haar der Arztfrau, von der gleichen Vormittagssonne getroffen, getan hatte. Wirklich lagen sogar die Schnittwunden an seinen Händen offen, denn Doktor Persenthein, getreu seinen Ideen, liebte es nicht, Wunden zu verschließen. Am liebsten hätte er seine blessierten Patienten in die Sonne gelegt und ihnen anbe-

fohlen, ihre Wunden auszulecken, wie Hunde und Katzen es tun.

»Schade«, sagte das Rehle und rückte näher. »Kola läßt dich grüßen, und ich soll dich pflegen, bis er zurückkommt.«

»Besten Dank, Fräulein. Wer ist Kola?«

»Na, das ist doch natürlich der Doktor«, sagte Rehle und stemmte ihre Knie gegen die Bettkante, obwohl das bei Krankenvisiten verboten war.

»Aha. Und wer bist du?«

»Ich bin das Rehle. Meine Mutter kennst du doch. Kola ist das Kind von meiner Mutter«, erklärte Rehle, denn so und nicht anders stellten die Persentheinschen Familienverhältnisse sich in ihrem kleinen Kopf dar.

»Da ist der Doktor also dein Bruder?«

»Du bist schön dumm«, sagte Rehle. »Natürlich ist der Kola mein Vater. Kann ich dich jetzt pflegen?« beschloß Rehle kurz das Gespräch. Peter Karbon überlegte die letzte Auskunft ein wenig und begann zu lächeln. »Da habt ihr also alle zusammen ein und dieselbe Mutter?« fragte er und hatte mit einemmal eine sehr deutliche Vorstellung von dieser Frau Doktor mit der Küchenschürze, dem zurückgestrichenen, honigfarbenen Haar und der langen Hand, die einem übers Herz strich, wenn man sich elend fühlte.

»Ja. Lungaus hat auch meine Mutter«, berichtete Rehle.

»Wer ist das wieder, Lungaus?«

»Das ist doch der alte Mann in der Mansarde. – Kann ich dich jetzt endlich pflegen?« erkundigte sich Rehle ungeduldig.

Peter Karbon legte sich gemütlich zurecht. »Ja, bitte, pfleg mich mal«, sagte er erwartungsvoll. Rehle ging zum Waschtisch, wusch mit ernsthafter und angespannter Miene ihre kleinen Pfoten, kam ans Bett zurück, klapste sachgemäß die Decken und die Kissen, faßte Peters braune und große Hand und tat mit gerunzelten Brauen, als zähle sie den Puls, und zuletzt setzte sie sich auf den Bettrand und begann mit ihren gesäuberten, einwandfreien Händen Peters Haare aus der Stirne zu streichen. Er hatte nichts dagegen einzuwenden. Er hatte Zärtlichkeiten von dieser drolligen Sorte nicht empfangen, seit sein kleiner Makako an Lungenschwindsucht und europäischer Traurigkeit verstorben war.

»Ich muß immer an ein Dschungeldorf denken, Beni-Sanka«, sagte er, als Frau Persenthein wieder in der Tür erschien. »Ich hatte da schlappgemacht, mit Fieber, natürlich, ich mußte ja mitten in den Dschungel hinein, höchst unzuträgliche Sache für Europäer. Da pflegte mich eine kleine Frau von zwölf Jahren, zwei Kinder hatte sie, eine bezaubernde Frau war es.«

Dieser Bericht konsternierte Frau Persenthein so sehr, daß sie in der Türöffnung starr stehenblieb. Nun lag also in ihrem alten Nußbaumbett mit den Kugelknöpfen ein Herr, der ohne weiteres von Indien erzählte. Sie rückte zaghaft dem Bett wieder näher, überlegte einiges und faßte es sodann zu einer Anfrage zusammen:

»Stammt Fräulein Lania vielleicht aus Indien?«

»Die Lania? Wieso? Keine Spur. Wie kommen Sie darauf?«

»Ach – ich weiß nicht. Sie sieht so aus – so exotisch.«

»Exotisch – naja, möglich. Das tut sie ja wohl, das gehört zum Geschäft. Nee – wo die herstammt, das weiß sie selber nicht.« Er begann in sich hinein zu lachen, während die Marienkäferschürze sich über sein Bett hermachte. »Das ist überhaupt das Amüsante an der Lania, ihre absolute Verlogenheit und Unzuverlässigkeit. Alles Sumpf, nichts trägt. Mal ist sie die Tochter eines Generals, Garnison in Görz, evakuiert im Krieg, Mutter Herzschlag auf der Flucht, sie einsam in der Großstadt. Mal hat sie zwölf Geschwister gehabt, die Eltern waren Bauern, Sonnenblumen vor den Fenstern und so was. Mal unehelich geboren, harte Jugend, durchgebranntes Fürsorgekind. Mal adoptiert von einem sagenhaften Onkel Bankdirektor, und so weiter. Eine großartige Person, dieses kleine Pittjewitt. Wie geht es ihr überhaupt?« fragte er ganz zuletzt und nur anstandshalber. Seit gestern ging es ihm merkwürdig. Er erinnerte sich an hundert lang verflossene Kleinigkeiten, aber das Nahe rückte von ihm ab, ging von ihm fort und war ohne Bedeutung. ›Ich muß tüchtig was über den Schädel gekriegt haben‹, dachte er. ›Oder bin ich noch mit Veronal angefüllt? Herrlich schnurz ist mir alles.‹ Er streckte seine beiden Arme parallel vor sich hin, wie Säuglinge es tun, die noch keine Herrschaft über ihre Glieder haben.

»Nun?« fragte Elisabeth.

»Ach – nur so komisch – ich kann keine Distanz abschätzen. Ich weiß nicht, ob Sie ganz weit weg sind oder ob ich Sie anfassen kann.«

»Sie können mich anfassen –«, sagte sie lächelnd und legte seine Hände auf ihre Schultern. Es war etwas an dieser Bewegung, das ihm gefiel. Sie zog auch gleich die Schultern unter seinen warmen Handmuscheln fort, aber er spürte sie noch eine halbe Stunde nachher.

»Ist sie verheiratet?« fragte Elisabeth. »Man hat gestern niemanden mehr von ihrem Unfall verständigen können. Die Post schließt um neun.«

»Wer?« fragte Karbon, der die Lania sofort wieder vergessen hatte. »Die Lania? Ja, verheiratet ist sie wohl auch –«

»Ist der andere Herr ihr Mann?« fragte Elisabeth, die in die verwickelten Beziehungen dieser Berliner etwas Ordnung bringen wollte. Ohnedies hatte man den toten Schofför bisher verheimlicht, aber diese Leute hatten eine merkwürdige Art, ihren eigenen Unfall über die Achsel anzusehen, als wenn nichts wäre. Während sie selber, Frau Elisabeth Persenthein, gestern nacht mit zitternden Knien eingeschlafen und heute mit zitternden Knien aufgewacht war; während der Doktor wie eine Rakete in der Gegend herumschoß, neu aufgefüllt, neu angezündet, neu hochgetrieben von der großen Sache; während sogar Lungaus hysterisch in der Stadt umherzog, wie ein Wanderredner verkündend, und Rehle im Verschlag mit zwei Stühlen Autounglück spielte, bei dem viele Puppen verunglückten.

»Der Kleine – ihr Mann? Keine Spur«, bekundete Peter Karbon und schaute Elisabeth zu, die mit Kehrblech und Besen im Zimmer hantierte. ›Was für ein hochbeiniges Geschöpf‹, dachte er dazu; ›wie gute Rasse sich in solchen Nestern erhält. Die Knie ganz hoch angesetzt und die Hüften so lang wie auf den Wunschträumen der Plakatzeichner.‹

»Die Lania ist meine Freundin«, erklärte er dabei.

Elisabeth hörte auf zu kehren, richtete sich hoch, bückte sich aber schnell wieder und nahm ihr Gesicht in den Schatten ihrer Arme. Sie war dunkelrot geworden und tödlich verlegen. ›Herrgott noch mal – was ist denn los?‹ dachte Karbon verständnislos. Aber Frau Persenthein war dieser Auskunft, die ihr unbegreiflich schamlos und unmöglich aussprechbar erschien, einfach nicht gewachsen. »Ach –«, sagte sie nur noch, es war ein kleiner, hilfloser Pieps, und dann ergriff sie die Flucht. In der Diele ist indessen eine Menschenansammlung von animierten und aufgekratzten Lohwincklern zusammengekommen wie beim Jahrmarkt. Sie stehen bis vor die Tür des Angermannshauses hinaus, draußen unterm Torbogen sind noch ein paar, die ihre Hälse ausrenken und sich mit Fragen und Püffen hereinarbeiten möchten. Elisabeth sortiert die besseren Leute aus und setzt sie in ihr Wohnzimmer, ihre linke Braue zuckt nervös, es klopft im Augenlid vor Nervenmüdigkeit schon den ganzen Morgen nach der kurzen Nacht im Lehnstuhl. Sie ist noch nicht ganz fertig mit dem Säubern des Ordinationszimmers, das sich gestern abend in ein Ambulatorium verwandelt hat. Es ist Samstag, man muß einholen gehen, für den Sonntag sorgen, für Lungaus sorgen, für den Gast sorgen und für Kola sorgen, natürlich, für Kola zuerst, denn er hat doppelte Arbeit und zehn-

fachen Nervenverbrauch, seit diese Geschichte passiert ist.
Das Telefon klingelt so häufig, wie Lohwinckler Telefone es sonst niemals tun, und das Rehle, tüchtig wie es ist, hat einen Stuhl davor aufgebaut, steht droben und schreit lakonische Auskünfte in die Muschel.
Herr Markus ist unter den Leuten, die immerzu anrufen, er zwingt Frau Persenthein ans Telefon und zieht, über alle Konsonanten fallend, Erkundigungen ein. Er fiebert, er ist außer sich, es ist seine Angelegenheit, dieses Unglück der berühmten Berliner, er hat eine Depesche an eine Berliner Zeitung geschickt und ist dabei, einen ausführlichen Bericht zu verfassen – mitten in der Hauptgeschäftszeit, Sonnabend vormittags. Er fragt nach jeder Kleinigkeit – nur danach nicht, wie es Elisabeth geht. Es geht ihr sonderbar. Sie ist nicht zu klarer Besinnung gekommen seit gestern abend, die Ereignisse haben sich zu heftig ihrer bemächtigt, und die Schwierigkeiten lassen sich schlecht erklären. Zum Beispiel ist gar kein Geld im Haus, gar keines, obwohl besondere Aufwendungen notwendig sein werden. Sie hat das deutliche Gefühl, daß sie den rothaarigen Herrn, der aus Berlin kommt, nicht mit der Persentheinschen Spezialität füttern kann. Die drängt sich durch die murmelnde Volksversammlung in der Diele zur Küche – das Frühstücksgeschirr steht noch ungewaschen im Spülstein, Lungaus hat seine Pantoffeln neben den Herd drapiert, aber das Feuer will ausgehen, und ein paar Minuten ist alles in hoffnungslose Verwirrung geraten. Dann holt Elisabeth das Kochbuch, blättert sich einen Speisezettel zurecht, und dann geht sie hin und nimmt Geld aus der Schreibtischlade, in der Doktor Persenthein seine wichtigsten Aufzeichnungen bewahrt.
Geld? Also ist doch Geld im Hause?
Nun ja, da liegen fünfzig Mark, das ist die dritte Rate für den teuren Pantostat, am 15. muß gezahlt werden, und Berufsausgaben werden im Angermannshaus heilig gehalten. Nun

nimmt also Elisabeth dieses unantastbare Geld an sich, ein wenig schwindlig aus Angst vor Kola, und geht damit zum Schlachter Seyfried, zum Bäcker Jaennecke, zu Markus, um Mahlzeiten kochen zu können, die eines Peter Karbon würdig sind. Das wäre das Geld. Aber da fehlt zum Beispiel Bettwäsche; man ist scheußlich knapp damit im Angermannshaus, und ob Frau Bartels aushelfen kann, ist fraglich. Keine einzige ungestopfte Serviette ist da, denn alle sind ererbt und uralt. Vom Dutzend Dessertteller gibt es nur mehr drei, und die haben angestoßene Ränder. Handtücher – ›Jesus Maria, Handtücher!‹ denkt Frau Persenthein, die mit Hut und Einkaufsnetz über die Straße segelt, man hat noch niemals so richtig mit den Handtüchern gereicht, weder in der Ordination noch privat. Der Waschkrug ist zerschlagen und durch einen aus Emaille ersetzt, das sieht übel aus und paßt nicht zum Waschbecken. Der Lehnstuhl müßte neu überzogen werden, das Klavier ist verstimmt, eine Sessellehne kaputt, eine Fensterscheibe zersprungen. Frau Doktor Persenthein bleibt stehen, gerade vor der Kirche, bedrängt von den täglichen kleinen Sorgen, die nun alle zugleich über sie herfallen. Als ob alles Abgenützte, Verbrauchte, Unreparable ihres Lebens mit einem Male auf sie zukäme; es ist eine merkwürdige Sekunde, die sie da vor der Kirche erlebt, angeblasen vom Oktoberwind und mit der rechten Hand krampfhaft das alte Portemonnaie umschließend, in dem die fünfzig Mark für den Pantostat sich befinden.
›Dann soll eben Frau Profet sich ihn übernehmen, wenn's gar nicht geht‹ –, denkt sie, über Peter Karbon verfügend, und dann wandert sie tapfer weiter. Sie weiß nicht, warum dieser Gedanke einen sonderbar bitteren Nachgeschmack hat. Was geht der rothaarige Mensch sie an, der sich über Kolas Nachthemd lustig machte, das sie ihm angezogen hat, der ein Verhältnis mit einer Filmschauspielerin hat und indiskret genug war, darüber mit ihr, Frau Doktor Persenthein, zu

reden, während sie ihm sein Frühstück gab. Sie sieht ihn ganz deutlich, diesen neuen und befremdlichen Menschen, der in ihrem Bett liegt und gepflegt werden will. An der Ecke der Sträuchelgasse kommt ihr ein Wirbel Herbstlaub entgegengetanzt, und plötzlich, während sie in die kleine Gasse einbiegt, wird alles wieder leichter, ganz ohne erkennbaren Grund. ›Ich werde den Teig anrühren, und Jaennecke soll ihn backen‹, denkt sie, und das bezieht sich auf den Kuchen für morgen. ›Ich behalte ihn doch‹, denkt sie weiter, und damit meint sie Peter Karbon. ›Vielleicht kann er Kola nützen‹, denkt sie auch noch, aber das ist nicht ganz aufrichtig, nur eine Beschwichtigung wegen der fünfzig Mark und der Spesen für den Fremden.
So fängt es an. So betritt sie Jaenneckes hefeduftenden Laden und ordnet die Sache mit dem Kuchen. Sonntag versäumt sie die Kirche. Dienstag darf Peter Karbon zum erstenmal aufstehen. Aber am Mittwoch geschieht etwas Außerordentliches.

Von den Insassen des verunglückten Autos war Fobianke der einzige, dessen Namen niemand kannte. Kein Sportheld, kein Gummikönig, keine Filmdiva: ein namenloser Bruder, ein stiller, toter Bruder in Tweedanzug und Ledergamaschen, ein gestorbener Mensch mit weißgebluteten Lippen, auf denen die letzte Sekunde ein Lächeln zurückgelassen hatte wie einen silbernen Jenseitsglanz. In dieser letzten Sekunde nämlich hatte der Schofför Fobianke eine große Helle und Kristallklarheit durchschritten, er war blau, blau, blau und immer leichter hinaufgestorben, hinaufgesunken, hatte etwas gehört, Glocken und doch keine Glocken, und hatte eine Gewißheit empfangen: Es ist gar nicht schwer. Es ist gar keine Angst mehr dabei. Es ist schon vorüber...
Die Schwierigkeiten fingen erst an, als Fobianke es hinter sich gebracht hatte und nichts mehr spüren konnte. Denn

wohin – so fragte Doktor Persenthein den Fabrikbesitzer Profet – wohin sollte dieser tote Schofför am späten Abend in Lohwinckel gebracht werden? Persentheins hastige nächste Stunden gehörten den Überlebenden. Sein Haus war eng, die Diele klein, und ein aufgebahrter Toter im Eingang des Doktorhauses wäre eine üble Empfehlung gewesen. Herr Profet seinerseits konnte nicht daran denken, seiner sensiblen Gattin kurz vor Mitternacht einen verstorbenen Mann in die Villa zu bringen. Herr von Raitzold, der in der Halle des Gutshauses einen traditionellen Platz besaß, wo unter Hirschgeweihen die Heimgegangenen von Raitzolds jeweils aufgebahrt wurden, konnte sich nicht entschließen, einem fremden Schofför diesen Ehrenplatz einzuräumen. Vielleicht hätte er es dennoch getan, wenn er sich mit Herrn Profet um Fobianke hätte streiten müssen wie um den Boxer und die Schauspielerin. Aber auf sein Gut zu holen, was Herr Profet nicht in seine Villa nehmen wollte – nein. Er spürte dunkel, daß er nicht ganz fair gegen den Toten handle, aber er konnte sich nicht dazu überwinden. Schließlich schickte man den Schofför Müller mit seinem stummen Passagier zum Pfarrhaus, wo noch Licht zu sehen war, denn der Kaplan war ein Bücherwurm, ein fanatischer Erforscher botanischer Besonderheiten. Der alte Pfarrer war nicht zu Hause, ihn hatte kurz zuvor eine alte Bäuerin in Bickemvies zur letzten Ölung holen lassen – übrigens keine von Persentheins Patientinnen, sondern eine, die es mit dem Apotheker Behrendt und seinen Medizinen hielt. Der Kaplan prüfte die Papiere, die der ordentliche Fobianke neben dem Führerschein in der Brusttasche trug, fand, daß der Verstorbene evangelisch war, und wagt es nicht, die Entscheidung darüber zu treffen, ob diesem Wilhelm Fobianke, 47 Jahre alt, evangelisch, eine vorläufige Aufbahrung der Sakristei zugestanden werden könne. Der Schofför Müller, selber katholisch, wenn auch nicht fromm, begriff seine Bedenken; er kannte den strengen

alten Pfarrherrn und hatte noch den Schuljungenrespekt der Erstkommunionszeit in den Knochen. Es schlug halb eins vom Turm, es brannte keine einzige Laterne mehr, als er nochmals zu Profets Villa zurückfuhr und Herrn Profet zu einer Unterredung herausbat.
Herr Profet trug schon Pantoffeln und einen seidengesteppten Hausrock, und während er nun in dem kleinen Vorraum stand und mit Müller beriet, sah Müller durch die offengebliebene Tür Folgendes:
Der Boxer Franz Albert lag auf einer Chaiselongue und sah betrunken aus, was von der guten Dosis Eukodal herkam. Links von ihm saß Frau Profet, hielt seine Hand fest und streichelte sein Haar. Rechts aber stand ein silberner Kübel auf einem Tischchen, darin steckte eine Sektflasche, und daneben glänzten drei Sektgläser. ›Da trinken sie nun Sekt‹ – dachte Müller, ihm wurde plötzlich heiß, und er faßte einen Entschluß. »Lassen Herr Profet es gut sein«, sagte er stramm. »Da nehme ich ihn eben zu mir. Ist ja ein Kollege. Da fahre ich jetzt nach Obanger, da besorge ich alles, da ist ja auch Platz genug für aufzubahren im Schuppen drei.« Und damit drehte er sich schon zur Villa hinaus, mit dem deutlichen Gefühl, daß nun der Menschenwürde des toten Fobianke nicht länger Abbruch getan werden dürfe. Während Herr Profet erleichtert zu seinem Logiergast zurückkehrte und auf Grund der Persentheinschen Anordnungen versuchte, ihm ein wenig Sekt beizubringen, um seine Herztätigkeit aufzupulvern.
Müller wohnte in einem kleinen Anbau neben der Fabrik und hatte die Oberaufsicht über die drei Lastautos, die Herr Profet seinen Wagenpark nannte. Frau Müller war ein schlichter Mensch mit dem starken Blut und Herzschlag der Weinbauerngegend. Sie wußte selbstverständlich schon alles, was geschehen war, sie erwartete ihren Mann, redete nicht viel und macht gar keine Geschichten, als Müller zuerst das Leichenweibele, Frau Psamatis, ablud, das er gleich mitge-

bracht hatte, und dann den gestorbenen Kollegen über seine Schulter hängend ins Haus trug. Sonderbar und lebendig war ihnen nur dann, als sie ihn auszogen, der Zigarettengeruch seines Dienstanzuges und daß er drei Eheringe trug: ein Witwer, der nochmals geheiratet hatte.
Müller saß nachher noch vor den Papieren des Toten, und bis spät nachts arbeitete er mit schweren Fingern und besorgtem Gehirn an einem Brief, der folgendermaßen lautete:

›Geehrte Frau Fobianke!

Da infolge Unfalles Ihr Prinzipal nicht in der Verfassung ist, sich zu kümmern, und es doch eilt, so habe ich die schwere Pflicht übernommen, Sie von einem großen Unglück in Kenntnis zu setzen, was Ihren Mann betrifft. Derselbe ist mit dem Wagen in den Graben gekommen und überschlagen, wurde mit schwerer Verletzung wegtransportiert, ich selber habe ihn gefahren. Tut mir so außergewöhnlich leid, Ihnen den Schrecken antun zu müssen, aber er ist noch während der Fahrt verstorben. Der D-Zug geht in Berlin um 22 Uhr 13 abends ab, in Schaffenburg müssen Sie umsteigen, die Station heißt Düßwald-Lohwinckel. Ich kann Sie mit dem Fabrikauto abholen, wenn ich Nachricht von Ihnen habe, auch meine Frau wird alles tun. Man denkt immer, daß es jedem jeden Tag so gehen könnte. Mit tiefer Teilnahme für Ihren tiefen Schmerz verbleibe

Herbert Müller, Schofför
bei Otto Profet, Akkumulatorenfabrik.

Es ist ein Trost, daß der teure Verstorbene einen leichten Tod gehabt hat, ich war dabei.‹

Da liegt nun Fobianke am nächsten Morgen in Schuppen drei so tief zufrieden, wie gestorbene Menschen zu sein pflegen, und jeder Arbeiter und jede Arbeiterin geht zuerst einmal zu ihm hin, mit entblößtem Kopf und feierlich angerührt. Die katholisch sind, beten ein Vaterunser, und die Sozialistischen und Aufgeklärten falten einfach die Hände, und ihre Stummheit und ihr Stillstehen und Etwas-Spüren ist nicht viel anders als ein Gebet. Um zehn Uhr tritt dann auch Herr Curvier mit zwei Gehilfen in Erscheinung, Besitzer der Schreinerei und Sargtischlerei sowie des Beerdigungsunternehmens A. Curviers Nachfolger. Herr Curvier ist der Nachfolger, Erbe seiner französischen Ahnen, die irgendeinen Krieg hier am Rhein vergessen hat, ein Mann von Geschmack, der sein Handwerk versteht. Man räumt die Messingplatten, die hier lagern, alle hinaus, man spart nicht an Tannengrün, die Leuchter sind groß, versilbert und die Lichter dick und aus echtem Wachs, bestes Fabrikat des Lebzelters Hannemann hinter der Kirche. Um die Mittagspause, zwischen zwölf und zwölf Uhr dreißig, wenn die Frauen von Obanger ihren Männern die Körbe mit dem Essen zum Fabrikhof bringen, ist alles fertig, es riecht nach Tannen und Festlichkeit, und das Gedränge zum Schuppen drei hin wächst an. Trotzdem es so viele sind, die den verunglückten Schofför sehen wollen, geht es sehr still zu, sie haben ein starkes Gefühl für Würde. Nach und nach schiebt sich ganz Obanger zur Fabrik hin, auch die Frauen, auch die Kinder, auch die Alten und Kranken, alle, die Doktor Persenthein arbeitsunfähig geschrieben hat und die nun mit ihren abgeblaßten Gesichtern und den Bleistreifen am Lippensaum dastehen, dumpf spüren, daß etwas geschehen ist, dumpf spüren, daß es einem von ihnen geschehen ist.

Das Leichenweibele, Frau Psamatis, hat darauf bestanden, den Toten schwarz einzukleiden, so liegt er nun in dem Anzug da, den Schofför Müller ihm geborgt hat; was falsch ausgedrückt ist, denn Fobianke wird den Anzug nicht mehr zurückgeben, vielmehr hat Herr Profet erklärt, zunächst einmal für alle Kosten und Ansprüche aufzukommen, so lange, bis Herr Karbon vom Unglück seines Schofförs in Kenntnis gesetzt werden könne. Müllers Anzug paßt Fobianke genau, er sieht überhaupt fast aus wie Müller selber, der Beruf hat ihre Gesichter in den wichtigsten Linien gleichgemacht, ihre Hände haben an den gleichen Stellen Schwielen, und die Hautränder an den Nägeln des Gestorbenen sind schwarz geblieben, wie bei dem lebendigen Schofför. Was sie unterscheidet, ist fast nur, daß Fobianke einen zufriedenen Eindruck macht und Müller einen unzufriedenen.

So geht der Sonnabend hin, Obanger hat einen Mittelpunkt bekommen, die Wallfahrt zum Schuppen drei nimmt kein Ende, und die paar Neugierigen, die in Lohwinckel drinnen vor dem Angermannshaus lungern oder auf Frau Profets Gartenmauer sitzen, zählen nicht im Vergleich zu den Hunderten, die stumm den Sarg umkreisen und dann murmelnd im Fabrikshof sich herein- und hinausschieben. Die Erinnerung an frühere Unglücksfälle liegt in der Luft. Die Bürger von Lohwinckel sind zwar gewohnt, in ihren Betten und an honetten Krankheiten zu sterben, und deshalb war auch zunächst kein passender Platz für diesen armen, verbluteten Fobianke zu finden. Aber im Umkreis der Fabrik war schon von Jahr zu Jahr so Plötzliches geschehen, Betriebsunfälle, Verletzungen, Unglück. Um die Witwe des Arbeiters Köbele zum Beispiel bildete sich eine eigene Gruppe, denn sie konnte mit gedämpften Worten erzählen, wie ihr zumute war, als man damals ihren Mann, der in einer Kiesgrube verschüttet und erstickt war, nach Hause gebracht hatte. Und ohne daß die Oberangerer es wußten, bohrte es an ihnen wie Ungerechtigkeit und Vorbestimmung zugleich, daß die anderen drei aus dem Auto mit dem Leben davongekommen waren und der Schofför mit Tod abgehen mußte. Als wenn schlimmes Sterben und blutiges Unglück ihre und immer wieder ihre Angelegenheit sei, das trübsinnige Vorrecht der Leute von Obanger...

Birkner hieß der Obmann des Betriebsrates, der auf den Einfall kam, Geld für einen Kranz unter der Arbeiterschaft der Fabrik zu sammeln. Ein blonder Mensch mit schmalen, schwarzen Augen und schweren Händen, an deren linker zwei Finger fehlten. Er selber fuhr abends noch per Rad auf das Gut hinaus, um den Kranz zu bestellen. Blumen kaufte man in Lohwinckel auf dem Gut, wo Fräulein von Raitzold eine kleine Gärtnerei und Rosenzucht eingerichtet hatte, eine schlechthin verzweifelte und lächerliche Maßnahme, um den wachsenden Ausgaben an irgendeiner Stelle etwas Einträglicheres entgegenzusetzen. Die letzten Oktoberrosen standen fröstelnd in Beeten beisammen, die Blattspitzen waren gerötet von der Nachtkälte, und die Familie der Belle Lyonaise hatte Mehltau bekommen. Es war nicht viel los mit den kleinen Binsenkörben, die Fräulein von Raitzold persönlich jeden Morgen um fünf mit Blumen vollpackte und mit der Milch zugleich nach Schaffenburg schickte. Aber zu einem Kranz für den toten Schofför langte es immerhin reichlich.

Am Sonntag mittag, nach der Messe und Predigt, als eine Promenade wohlgekleideter Bürger zur Fabrik pilgerte, um zuzusehen, wie die Arbeiter von Obanger ihren Kranz hinbrachten, war das Tor zum Fabrikshof geschlossen. Es schien auch an diesem Tag eine kühle Sonne, es war außerordentlich still, und durch das Gitter sah man drinnen ein paar Spatzen sich um Haferkörner streiten, bitterlich, als hätten sie Gold im Pferdemist gefunden. Später erfuhr man, daß Herr Profet die Schließung anbefohlen hatte. Seine Fabrik sei kein Theater, habe er gesagt. Und er könne nicht das Gesindel der ganzen Gegend bei seinem Tor ein und aus laufen haben. Wenn nachher etwas passiere, sei es keiner gewesen. Und kurz und gut, es sei seine Fabrik, und er könne öffnen und schließen, wann er es für richtig finde. Punktum.

Soviel erfuhr man also durch Birkner, der anscheinend über diesen Punkt mit Herrn Profet Verhandlungen gepflogen hatte. Auf welche Weise aber die Geschichte mit dem Sekt aufkam, das konnte später niemand sagen. Der Arbeiter Lungaus war einer der ersten, der es herumtrug, und bis zum Nachmittag wußten es alle in Obanger und viele in Lohwinckel: daß man in der Profetschen Villa im Priel gleich nach dem Unglück Sekt gesoffen habe und lustig gewesen sei, während der tote Schofför sehen konnte, wo er blieb. In Lungaus' Mund nahm dieser Bericht eine besonders aufsässige Färbung an; abgemagert und ausgehöhlt, wie ihn die Krankheit im Verein mit Doktor Persentheins Idealdiät gemacht hatte, stand er an allen Ecken, unruhig und rebellisch und angefüllt mit Neuigkeiten, die zu Skandal und Unzufriedenheit reizten. Mensch, da hatte er den zerdebberten Koffer des Herrn Karbon auspacken helfen, zerschlagene Kristallflaschen, alles stank nach Parfüm, wie bei den Mädchen im ›Schwarzen Hechten‹ in Schaffenburg. Kopfbürsten und so Zeug hatte der aus Silber und mit'm Monogramm extra. Wenn er zur Toilette ging, hatte er seidene Hosen an mit lila Streifchen, als wenn er im Zirkus auftreten wolle. Das Frauenzimmer, das sie aufs Gut gebracht hätten, sei auch bloß so eine – Mensch! der Jude Markus habe eine Zeitung, da sei sie splitternackt drin abfotografiert – so wahr wie ich lebe. Sie hätte es auch mit beiden Berlinern, denn es sei so teuer, so ein Frauenzimmer zu halten, daß sich neuestens immer ein paar zusammentäten zu so was. Der Boxkerl bei Profets, der besoffene, der hätte für einen Abend dreißigtausend Mark bezahlt bekommen, Mensch, für einen einzigen Abend dreißigtausend Mark, für nichts als ein bißchen Keilerei! Da wüßte man doch, wo das Geld bliebe und warum man dreiundvierzig Mark die Woche bekäme und

noch ein bißchen Blei in die Knochen dazu als Draufgabe. Dies und noch mehr brachte Lungaus im Ort herum; er war sonst unbeliebt, ein Ortsfremder aus Norddeutschland, ein unzuverlässiger Bursche, man sprach von Betriebsdiebstahl und Gefängnis. Aber heute war man bereit, ihm zuzuhören und sich dieses inwendig brennende Gefühl von Unzufriedenheit einpflanzen und begründen zu lassen. Die älteren Arbeiter trafen sich abends in Oertchens Gastwirtschaft – was sie übrigens an anderen Sonntagen auch taten –, und es war viel von den dreiundvierzig Mark per Woche die Rede. Man war um sechs Pfennige im Akkordlohn gedrückt worden, und man blieb, verflucht und vernagelt, bei dieser ungebührlichen Bezahlung. Wer nicht wollte, brauchte nicht. Es wurde keiner gezwungen, sagte Herr Profet. Bitte. Die jungen Arbeiter zogen nachmittags auf den Sportplatz, eine kurzgrasige, lehmige Wiese hinter Obanger; den Gymnasiasten hatte Direktor Burhenne tatsächlich das Spiel verboten. Sie standen in ihren Sweatern rund um die Wiese, Fäuste in den Taschen, und schrien heisere Rufe in das Spiel hinein, das die Arbeiter untereinander ausfochten. Auch in den Gymnasiasten steckte eine gepfefferte Unruhe. Auch in den jungen Arbeitern. Sie tobten mit ihren ungeschlachten, siebzehnjährigen Gliedern über die rutschige Grasnarbe, keilten und holzten, daß es schlimm war, und ein linker Stürmer kriegte etwas ab, daß er liegenblieb und nicht wieder hochkommen konnte, so daß sie ihn zu seiner Mutter abschleppen mußten, der alten Frau Psamatis am untern Mühlenwall, die weinend zum Doktor Persenthein lief, mit dem sie durch ihren Beruf sich verbunden fühlte.
Am Sonntag abend kam dann Frau Fobianke an, der Schofför Müller holte sie auf eigene Verantwortung mit einem leeren Lieferwagen von der Station, und sie brachte ihren Bruder mit, den Obermetteur Pank. Sie war eine kleine Frau, nicht jung, älter auf jeden Fall als ihr verunglückter Mann,

schmallippig und unansehnlich. Sie war ganz starr, wie gefroren vor Schrecken und Kummer. Es sah aus, als könne sie die Hände nicht bewegen, die Lippen nicht bewegen, die Augäpfel nicht bewegen, auch redete sie kaum ein paar Worte, als Frau Müller sie am Fabriktor in Empfang nahm und ins Haus führte. Sie trug ein dunkles Kleid, nicht schwarz, sondern tiefbraun, und da sie vor der Abreise noch die bunte Stickerei herausgetrennt hatte, waren an Kragen und Ärmeln sonderbar verbrauchte, knitterige und zerstochene Stellen sichtbar. Sie hatte schwarze Handschuhe an, eine baumwollene Imitation von Wildleder, und von Zeit zu Zeit starrte sie auf ihre steifgekreuzten und vermummten Hände hinunter wie auf etwas Wildfremdes. Auch im Kerzenlicht und Begräbnisduft von Schuppen drei, in dem man sie ein paar Augenblicke allein ließ, verblieb sie, unfähig zu beten, unfähig zu weinen, in ihrem trockenen Schmerz. Nur als sie sich dann in das Ehebett neben Frau Müller legte, sagte sie: »Hier ist das Bettzeug auch feucht. Wie bei uns zu Hause.« Wo das wäre, fragte Frau Müller, während sie das Licht abdrehte, und bekam im Dunkeln die Antwort: »In Neubrandenburg.« Dann wurde Frau Fobianke so gänzlich still, als wenn sie sogar das Atmen verhielte, weil es ihr weh tat – und so ähnlich war es auch. Frau Müller streckte später ihre Hand hinüber, und wirklich kamen nach einer Weile die Finger von Frau Fobianke durch die Dunkelheit und legten sich in die ihren; harte, durchkältete Finger, die sich langsam erwärmten, während die beiden Frauen einschliefen.

Die Männer blieben noch in der Küche sitzen vor zwei Stutzgläsern mit dem leichten offenen Wein der Gegend und besprachen Fobiankes Tod; Müller gab seinen Bericht ab mit dem vielen umständlichen und erdwüchsigen Dialektschmuck des Rheinhessen, und der Metteur hörte einsilbig zu. Pank war ein besonnener Mann, das zeigte sich schon daran, daß er einen haltbaren Kranz aus Glasperlen mitge-

bracht hatte. Auch wußte er, daß Herr Karbon das Leben seines Schofförs mit einer Summe von fünftausend Mark versichert hatte, und nahm zur Kenntnis, daß man Herrn Karbon vorläufig den Tod seines Schofförs verheimlicht hatte, was er übertrieben wehleidig fand. Er war ein kleiner Mensch mit gnomenhaftem Ausdruck, einem grauen Bart, der das Gesicht so überwuchs, daß nur noch die Augen zu sehen waren, große, tiertraurige, überanstrengte Augen hinter Kneifergläsern. Nach und nach trat zutage, daß der Obermetteur Pank ein überaus belesener Mann war, ein Kopf und Denker, ein nicht unwichtiges Rad in der Maschine seiner Partei. Er war es so gewöhnt, kollektiv zu denken, daß er bald den privaten Inhalt des Gesprächs, so schmerzlich und bedeutend er immerhin sein mochte, erledigt hatte und nun ins Allgemeine ausbog. Bis um elf Uhr am Abend hatte er dem Schofför Müller alles Wesentliche über die Akkumulatorenfabrik herausgefragt und geriet in eine heftige, wenn auch niedergeschlagene Erregung über die Tatsache, daß in Obanger der Akkordlohn herabgesetzt worden war. Es war ein Punkt, auf den er ein paarmal zurückkam und über den ihm Müller nur unvollkommene Auskünfte geben konnte, da er zwar aus der Arbeiterschaft hervorgegangen war, aber schon seit mehreren Jahren eine Sonderstellung und -bezahlung hatte.
Schließlich versprach er dem Metteur, am nächsten Abend den Betriebsrat der Fabrik in Oertchens Wirtschaft zusammentrommeln zu wollen. Pank machte sich einige Notizen in ein Wachstuchbuch und äußerte ohne weiteres den Wunsch, noch ein Telegramm an irgendeine nicht näher bezeichnete Parteiinstanz in Berlin aufzugeben. Davon konnte nun allerdings in Lohwinckel um elf Uhr nachts nicht die Rede sein, das Postamt war geschlossen, Herr Assistent Munk schlief schon längst, und so gingen auch die beiden Männer schlafen. Der Obermetteur Pank in die Kammer, nachdenklich und wortkarg, der Schofför Müller in die Ga-

rage, wo er sich einfach in Herrn Profets Limousine legte und einschlief mit dem Gefühl, daß seit dem Unglück auf der Düßwalder Chaussee etwas in Bewegung geraten sei, das bisher festgemauert wie Stadtwall und Angermannsturm gestanden habe.

Der Montag ist gemeinhin ein verschlafener, unlustiger Tag, an dem die Maschinerie des Arbeitsmenschen nicht ohne weiteres anzukurbeln ist. Aber nichts davon an diesem Montag! Die Leute von Obanger kamen an und brachten eine merkwürdig aufgekratzte und fieberhafte Munterkeit mit, manche waren von ihren Frauen begleitet. Das Tor zum Fabrikhof war offen – selbstverständlich war es offen, man mußte ja aus und ein gehen und fahren. Ein Kranz für Fobianke langte an, Herr Profet schickte einen Kranz – der übrigens nicht vom Gut stammte, sondern aus der Düßwalder Gärtnerei. Bis Mittag stand der Fabrikhof schon wieder voll von Leuten, die nichts dort zu tun hatten. So ging das nun wirklich nicht, die Betriebsordnung litt darunter. Der Werkmeister Birkner selber war der Meinung, daß es so nicht ginge, er kam in den Hof herunter, ließ seine Gießerei im Stich, um den Menschen, die erwartungsvoll herumscharrten, zuzureden. Sie erwarteten etwas, sie wußten nicht was. Sie hatten gehört, daß einer aus Berlin da sei, der gesagt hatte, alles müsse anders werden in Lohwinckel. Birkner, der nach einer kurzen Unterredung mit Pank selber hochzugehen angefangen hatte, schüttelte den Kopf. Er vermochte nicht viel über die Leute, die innen im Hof und draußen die Mauer entlang standen. Was zur Fabrik gehört, arbeitete. Der Formationsraum stand in seinem stechenden Schwefelsäuredunst, in der Postierwerkstatt rasselten die Gitterplatten von den Stapeln, die Schmierer hantierten mit Bleiglätte, der Versandraum schichtete fertige Starterbatterien auf. Was sich da im

Hof zusammenschob, das waren die andern von Obanger, die Proletarier von Lohwinckel, die ungelernten Arbeiter, die Arbeitslosen, die stellungsuchenden Handwerker, die Frauen, Eltern und Kinder von Leuten, die zu wenig verdienten. Sie wollten den toten Schofför sehen; sie wollten aber auch den lebendigen Mann aus Berlin sehen, der gesagt hatte: ›Alles muß anders werden, und Schluß mit der Hundebezahlung.‹ Da standen sie also und warteten.

Schließlich rückte Herr Profet an, schickte die Leute fort und ließ das Tor wieder schließen. Er mußte seinen Befehl dreimal geben, bevor sie sich hinausschoben, und ein paar murrten ziemlich laut dabei. Der Arbeiter Lungaus, der an diesem Morgen wieder in Arbeit getreten war und gerade mit einer Formplatte auf der Schulter durch den Hof kam, blieb stehen und machte ein höhnisches Gesicht. Und zwar galt sein Gesichtsausdruck nicht dem befehlenden Herrn Profet, sondern den Leuten, die sich hinauswerfen ließen. Sie empfanden das auch genau, und es fuhr fort, sie zu wurmen, während sie draußen vor der Mauer verblieben. Zuletzt flogen zwei leere Bierflaschen über die Mauer, trafen niemand und waren wohl nur scherzhaft gemeint.

Herr Profet, der im Auto vom Priel herübergekommen war, hatte Franz Albert bei sich, seinen Gast, dem er die Fabrik zeigen wollte. Albert hatte seinen Nervenschock wieder gänzlich überwunden, er sah wohl und adrett aus, und Frau Profet hatte seinen zerfetzten Lumberjack reparieren lassen. Er ging mit verlegener Engelsmiene durch die Säle, lächelte töricht und hätte gern mit den Arbeitern gesprochen, aber er verstand ihren Dialekt nicht. In der Gießerei verweilte er etwas länger und schüttelte lächelnd den Kopf, er nahm auch eine Gitterplatte in die Hand und drehte sie lächelnd hin und her. Schließlich äußerte er murmelnd, daß sein Vater Eisendreher gewesen sei.

Um ein Uhr erfuhr man im Gymnasium, daß der Boxer in

der Fabrik draußen sei, und kurz nach halb zwei zogen die Buben rudelweise heran, von der Quarta aufwärts, denn dies war nun ihre Angelegenheit und betraf sie ganz allein, und es war von ungeheurer Wichtigkeit für sie, den deutschen Mittelgewichtsmeister aus der Nähe zu sehen. Profets Jungen, Paul und Otto, die mit den Berichten über ihre vertraute häusliche Bekanntschaft mit Franz Albert das ganze Gymnasium wild gemacht hatten, führten an. Mit ihren unproportioniert großen Füßen kamen sie herangetrampt, zwölfjährige Sopranengel, problematische Obertertianer mit Pickeln und Stimmbruch und weise Bassisten aus der Prima, und der Wirrwarr im Umkreis der Fabrik stieg an. Die Straße an Profets Besitztum hatte keinen Namen, man nannte sie einfach ›An der Mauer‹. An der Mauer gab es kurz nach zwei eine erstklassige Prügelei zwischen den Buben von Obanger und den Gymnasiasten. Zwar standen Keilereien zwischen Volksschülern und Gymnasiasten auf der Tagesordnung und gehörten zur Tradition von Lohwinckel. Aber diese da, an diesem Montag, war besonders schlimm, sie hatte eine besondere Schärfe, es lag ein sonderbarer Haß auf dem Grunde, und es hieß, daß zuletzt sogar die Großen sich eingemischt und mitgekeilt hätten. Den Boxer kriegten sie übrigens alle zusammen nicht zu sehen, denn Herr Profet verließ die Fabrik mit ihm zu Fuß und bei dem rückwärtigen Ausgang, eben dort, wo an dem Katastrophenabend das Auto sich so steil verfahren hatte.

Franz Albert erkannte dumpf die Stelle wieder wie etwas Geträumtes, die Brennesseln im Straßengraben dufteten so scharf. Auch fiel es ihm ein, wie unangenehm es damals war, mit der Lania unter der Wagendecke zu sitzen, und dabei begann es ihn in der Wirbelsäule zu prickeln, als stiegen wunderliche Blasen in ihm auf.

»Sind das Weinstöcke?« fragte er, auf die schieferigen Hügel zur Straßenseite blickend, deren Laub jetzt im Tageslicht ein fahlwarmes Rot zeigte. »Jawohl, Weinberge. Die hier sind nichts Besonderes«, sagte Herr Profet, blieb stehen, löste eine letzte kleine, grüne Traube mit kleinen zarten Beeren von einem der Stöcke ab und hielt sie dem Boxer auf der flachen Hand entgegen. »Aber weiter unten, gegen den Rhein zu, ist noch ein Stück, Sonnentreppchen heißt es, o ja, Donnerwetter!«

»Gehört alles Ihnen?« fragte der Boxer und nahm die Traube.

»Mir? Nein, das gehört zum Gut«, antwortete der Fabrikant und setzte sich wieder in Gang. Etwas später – und Albert hatte schon vergessen, wovon die Rede war – setzte er hinzu: »Hören Sie – das heißt: Eigentlich gehört es mir. Alles. Es hängt nur von mir ab, ob das so weitergeht mit diesen Raitzolds. Verstehen Sie?«

Und dann sprach er kein Wort mehr bis zur Station hinunter, wo Müller mit dem Auto sie erwartete.

Mehr passierte eigentlich an diesem Montag nicht. Nur daß Doktor Persenthein einen sonderbaren Streit mit der Witwe Fobianke hatte, bei dem sie begriffsstutzig, eisgefroren und wortarm blieb wie bisher, während er sich in einen hitzigen und stürmischen Eifer redete. Es ging, mit einem Wort, um die Obduktion des Toten. Der Doktor hätte viel darum gegeben, seine Diagnose einer Leberruptur nachprüfen und bestätigen zu können. Er bohrte hartnäckig an Frau Fobiankes starrer Ablehnung herum und führte sogar irgendwelche Vorschriften bei Unglücksfällen ins Treffen. Frau Fobianke wußte nur, daß es ihrem Mann schon grausam genug ergangen sei, und es war ihr so, als wenn der zufriedene Tote zu schreien beginnen würde, wenn man ihm nun noch etwas antäte. Sie konnte das nicht so ausdrücken; sie sagte bloß: »Nein« und »Nein« und wieder »Nein«. Doktor Persenthein knatterte schlecht gelaunt davon, mit dem Rehle hinter sich auf dem Soziussitz, hinaus aufs Gut, um nach Leore Lania zu sehen. Er war unruhig, unzufrieden und niedergeschlagen

seit dem Autounglück, er wußte nicht warum. Die Leute blieben stehen, sahen ihm nach, redeten über ihn, er wußte nicht was.
Und dann war da noch der Obermetteur Pank, der ein paar kurze Unterredungen hatte an diesem Montag. Eine mit Herrn Karbon, bei der Herr Karbon die gestreiften seidenen Pyjamahosen trug, die den Arbeiter Lungaus so erbitterten. Karbon wurde blaß und totenübel, als er von dem Unglück seines Schofförs erfuhr, das ihm bis dahin verheimlicht geblieben war. Er hatte noch nicht die richtige Standfestigkeit wiedergewonnen. Frau Persenthein stand dabei und wischte ihm die Stirne mitleidig mit Kölnisch Wasser ab. Doktor Persenthein fluchte laut, als er heimkam und seinen langen rothaarigen Patienten mit einem kleinen Nervenzusammenbruch vorfand. Der Obermetteur begab sich indessen weiter, er bestellt bei Herrn Curvier die Beerdigungsfeierlichkeiten, zog nach dem Priel hinaus, störte Herrn Profet beim Kaffee auf und redete mit ihm bis zum Abend. Dann ging er auf das Postamt, gerade bevor es geschlossen wurde, und gab eine Depesche auf, betreffend den Umstand, daß in Obanger die Akkordlöhne gedrückt worden waren. Hernach begab er sich in Oertchens Wirtschaft, wo er sich mit dem Betriebsrat der Fabrik traf.
Dienstag um drei war dann das Leichenbegängnis von Wilhelm Fobianke. Die Kirchenglocken läuteten schon um zwei, denn da wurde der tote Knecht Jakob Wirz begraben. Aber als sich im Fabrikhof draußen der Zug mit Herrn Curviers schwarzsilbernem Wagen in Bewegung zu setzen begann, läuteten sie von neuem. Das war eine Freundlichkeit des strengen alten Pfarrherrn für den Verunglückten. Frau Fobianke saß mit ihrem Bruder und dem Ehepaar Müller in einer schwarz ausgeschlagenen Kutsche, die anderen Arbeiter tapsten zu Fuß hinterher. Es regnete seit der Nacht, im weichen Friedhofsboden liefen tiefe, wassergefüllte Fußspu-

ren kreuz und quer, in dem neuen, offenen Grab versickerte dunkel die Regennässe. Der Wind pfiff von Osten herüber, und die Regentropfen hingen schräg in der Luft wie gespannte Fäden.

Übrigens hatte es eine besondere Bewandtnis damit, daß die Arbeiter dem Sarg folgten. Es geschah mitten in der Arbeitszeit und gegen das Verbot von Herrn Profet. Herr Profet war lange in einer Zwickmühle gesessen und hatte überlegt, er hatte mit Birkner verhandelt und mit Pank, und zuletzt hatte er es verweigert, den Arbeitern freizugeben. Das geschah weniger aus Unfreundlichkeit als aus Angst. Herr Profet war selber einmal ein kleiner Mann gewesen; er spürte, was los war. »Es liegt etwas in der Luft«, sagte er zu seiner Frau und wischte ein wenig Schweiß von einem rasierten Kugelkopf. »Es setzt etwas, wenn man jetzt nicht den Herrn zeigt«, sagte er zu Franz Albert, er trommelte an die Fensterscheiben, irrte ins Kinderzimmer und faßte schließlich seinen Entschluß.

Der Entschluß war falsch. Die Arbeiter ließen sich nichts verbieten. Um ein Uhr hörten sie auf zu arbeiten, gingen nach Hause, zogen ihre schwarzen Röcke an, soweit sie welche hatten, und dann kehrten sie zur Fabrik zurück mit verbissenen Justamentsgesichtern. Herr Profet war ihr Feind von jeher. Aber der Berliner Schofför, den sie erst kannten, seit er tot war – er war ihr Freund und Verwandter. Der evangelische Pastor von Düßwald sprach ein paar hölzerne Worte, Herr Pank hatte eine größere Rede abgelehnt, und dann trugen sechs Arbeiter den Sarg aus Schuppen drei heraus.

Die Beerdigung war so sehr eine Angelegenheit der Arbeiter geworden, daß die Bürger von Lohwinckel sich in einiger Entfernung hielten. Sie standen auf den Straßen, hingen aus den Fenstern und säumten mit Regenschirmen die Friedhofsmauer, aber sie schlossen sich dem Zug nicht an.

Das magere Gutspersonal, dreiundzwanzig Leute mitsamt

den Hinterbliebenen des Jakob Wirz, blieb allerdings auf dem Friedhof zurück, um das Vergnügen einer zweiten Beerdigung mitzunehmen. Herr von Raitzold seinerseits, der dem Zug am Tor begegnete, stieg schnell in seine Kalesche und fuhr fort; seine Schwester wieder, in ihren Reitstiefeln und einem verschossenen schwarzen Wachstuchmantel, stellte sich fest in den matschigen Boden vorne hin neben die Leidtragenden und neben Doktor Persenthein. Doktor Persenthein nämlich war anwesend, es war nicht angenehm, daß er zwei Klienten an einem Tag zu begraben hatte, aber so war Doktor Persenthein. Er lief nicht davon, wenn es unangenehm wurde. Er stand da im Regen, sah in die verschlossenen und unterirdisch erregten Gesichter der Obangerer und kaute innerlich ziemlich hart auf seiner unbestätigten Diagnose einer Leberruptur herum, während der Pastor neben der offenen, nassen, lehmgelben Grube seine Pflicht tat. Herr Profet war abwesend, auch Herr Karbon; dieser auf Persentheins strengen Befehl hin. Anwesend war hingegen das Gymnasium, von Untertertia aufwärts. Warum sie gekommen waren, wußten die Jungen nicht recht. Wahrscheinlich nur, weil Putex es verboten hatte. Der Geist der Aufsässigkeit und Unbotmäßigkeit hatte von den Arbeitern auf die Jugend von Lohwinckel übergegriffen. Sonderbarerweise hatte sich auch noch Herr Markus eingefunden, in Schwarz, mit Zylinder und schwarzen Handschuhen; er wechselte ein paarmal seinen Platz, aber es bildete sich immer ein kleiner Kreis von Luft um ihn, und er blieb allein.

So nimmt alles seinen eintönigen Verlauf unter einer Decke von Regenrauschen und Glockengeläute. Der Pastor spricht ein paar Worte darüber, daß dieser Wilhelm Fobianke als ein Opfer seines Berufes gestorben ist, und wirft ein bißchen nasse Erde hinunter; Herr Pank nimmt ihm die kleine Kelle ab, tut das gleiche, sagt das gleiche. Nur daß bei ihm alles klingender, tönender wird, aufregender. Er steht da mit sei-

nem Gnomengesicht, sonst schweigsam und besonnen, jetzt aufgeschlossen, mit der Gebärde des geübten Versammlungsredners, und in seinem Mund nimmt das Wort ›Opfer‹ eine andere Bedeutung an. Er nennt die Versammlung nicht ›Geehrte Leidtragende‹, sondern ›Genossen‹, das ist ihm ganz selbstverständlich, und jeder einzelne fühlt sich davon aufgerufen und in eine Gemeinschaft einbezogen. Herrn Markus rückwärts schießen ganz plötzlich und ohne Grund zwei stechende und vereinzelte Tränen in die klugen, kurzsichtigen und resignierten Augen. Dann gibt der Obermetteur die Kelle weiter an seine Schwester.
Es sind viel zuviel Leute auf dem kleinen Friedhof, und alle drängten in diesem Augenblick vorwärts, und manche steigen auf Grabhügel. Frau Fobianke tritt neben die drei Kränze, die da liegen, löst ein paar lehmige Erdklümpchen los, wobei ihr Herr Curvier behilflich ist, und wirft sie hinunter. »Tja –«, sagt sie dazu, es klingt völlig ratlos. Sie steht noch ein wenig da, sieht in das offene Grab, sieht um sich, sieht in die fremden Gesichter. Schließlich zieht Frau Müller sie vom Grab fort, die Versammlung beginnt mit den Füßen zu scharren und zu patschen, und Herr Birkner gibt der Witwe die Hand, gleich nach dem Pastor. Frau Fobianke sieht sich um. »Wo ist denn Herr Müller?« fragt sie. »Der konnte nicht dabei sein. Der hat Dienst«, sagt Frau Müller leise. Sie zieht Frau Fobiankes Hand an sich und führt sie vorsichtig vom Grab fort. »Ach so – der hat Dienst –«, sagt Frau Fobianke nach ein paar Schritten und bleibt stehen. »Der hat Dienst –«
»Er hat mit Herrn Profet nach Schaffenburg machen müssen«, erklärt Frau Müller im Dialekt. Frau Fobianke schaut rund um sich. »Wieso denn? Was ist denn los? Wie kommt denn das alles?« fragt sie, und in diesem Augenblick erst begreift sie plötzlich, was geschehen ist. Daß sie auf einem unbekannten Friedhof steht, in einem fremden Winkel von

Deutschland, daß ihr Mann gestorben ist, fort, so vollständig gestorben, daß er nie mehr da sein wird. Es zerbricht etwas in ihr, dumpf von innen her, wie eine Eisdecke über einem See zerbricht. Plötzlich gibt es einen so hohen und lauten Schrei, daß alle erschrecken und zum Grab hindrängen. »Nein!« schreit Frau Fobianke: »Nein! Nein! Nein!« Sie hat nicht viele Worte, sie schreit nur »Nein!«, sie wehrt sich nur. Sie ist mit drei großen, wilden Schritten am Grab, sie wirft sich hin, fast in das Grab hinein, sie krampft sich an den Kränzen fest, an Frau Müllers Rock, an den Beinen von Doktor Persenthein und schreit ihr »Nein«, ihre Verzweiflung, ihren Protest gegen alles, was geschieht. Es wird etwas ganz Irres, ganz Tierisches aus diesem Schrei, ein Lachen, ein Schluchzen, ein langes, hohes Röhren, etwas, das ansteckt. Die Männer beißen die Zähne zusammen und ballen die Hände zu Fäusten, ohne daß sie es wissen.
Die Frauen weinen. Da und dort stimmt eine in den Schrei ein, Frau Köbbele, Frau Psamatis. Auch die Gymnasiasten weinen, sie waren gestern noch Kinder, ihre Seelen sind erst dünn verschalt; in Wellen strahlt die Erregung vom Grab in Kreisen über den ganzen Friedhof. ›Psychose‹ – denkt Herr Markus, der gleichfalls weint und dem die Schreie Schauer durch die sensiblen Nerven jagen. Der Obermetteur Pank versucht seine Schwester aufzuheben, aber er ist klein und sie hat schwere Knochen, und sie will nicht vom Grabe fort, noch lange nicht, ihre Schreie waren noch da, als schon die Glocken zu läuten aufhörten und die Obangerer in aufgewühlten Gruppen den Friedhof verließen.
Fräulein von Raitzold war es schließlich, die sie zur Trauerkutsche brachte. Das Fräulein hatte viel aufgespeicherte Kraft in sich, einen guten Griff für Tiere und Menschen. Sie beruhigte die Witwe nicht anders, als sie ein durchgehendes Pferd beruhigt haben würde. Frau Müller, mit ihrem verweinten Gesicht einer grobgeschnitzten Holzmadonna, tat das

übrige. »Laßt sie doch schreien; schreien erleichtert«, sagte das Fräulein nachher, als sie neben Doktor Persenthein durch die zertretenen Friedhofswege davonstapfte. Der Doktor war mit sich beschäftigt wie gewöhnlich und antwortete nichts. »Wer noch schreien kann, hat's gut«, sagte das Fräulein noch, nicht zu ihm, zu sich selber. Ihr Leben lag in dem einen Satz ...

Der Schrei der Witwe Fobianke aber, dieses irrsinnige ›Nein‹ blieb gewitterhaft über Lohwinckel hängen. Die Stadt war anders geworden, die Menschen waren anders geworden.

An diesem Abend fand in Oertchens Gastwirtschaft eine Versammlung statt, bei der Pank und Birkner sprachen und alle jungen Arbeiter zum Streik drängten. An diesem Abend wurde das Quittenbäumchen in Direktor Putex' Vorgarten durchgesägt und an seinem Zaun ein Plakat befestigt, auf dem mit roter Tusche gemalt stand: ›Rache!‹

An diesem Abend fand man den Arbeiter Lungaus, der drei Jahre Doktor Persentheins Ideen befolgt hatte, sinnlos betrunken auf einem nassen Laubhaufen neben dem Ententümpel hinter der Kirche.

Peter Karbon saß in dem Lehnstuhl im Wohnzimmer, er hatte das Kinn erhoben, den Hinterkopf gegen die Lehne gedrückt, und seine ausnehmend schön geformten Lippen zeigten einen merkwürdigen Ausdruck völliger Entspannung.

»Das war hübsch – danke«, sagt er, als Elisabeth schon eine Weile zu spielen aufgehört hatte. Die Hände lagen ihr im Schoß, und sie wendete den Kopf über die Schulter zu ihm.

»Mozart«, sagte sie. Sie war von Doktor Persenthein beauftragt worden, auf Karbon achtzugeben, solange die Beerdigung dauerte; da hatte sie nun Klavier gespielt, damit er die Glocken nicht hören sollte.

»Merkwürdig, daß Sie noch Zeit zum Musizieren finden;

rührend eigentlich«, sagte Peter und schaute ihren Hals an, den steilen Anstieg über dem weißen Kragen und bis zum Ohr. Sie trug neuerdings ihr dunkelblaues Kleid, das gute Kleid mit der weißen Spitzengarnitur.

»Ja – Musik machen wir natürlich viel. Konzerte gibt's ja keine, und Musik muß man doch haben.«

»Muß man –?« fragte er zerstreut. »Ich höre jahrelang keine Musik, und es geht auch. Jazz, natürlich und so – aber was Sie Musik nennen würden – jetzt ist die Glocke endlich still«, setzte er noch hinzu, was ein kleines Zucken über Elisabeths linker Braue hervorrief. Da hatte er also doch die Glocken gehört –

»Gehen Sie nicht in Konzerte? Ich würde verrückt vor Freude, wenn ich solche Konzerte hören könnte wie Sie in Berlin –«

»Ja, komisch, nicht? Unsereiner kommt leichter in die Südsee als in ein Konzert.«

»Markus hat ein sehr gutes Radio, da ladet er mich manchmal ein zum Zuhören, wenn ich Zeit habe – die Matthäus-Passion habe ich gehört vorige Woche. Markus läßt sich nichts entgehen, was Berlin sendet.«

»Wer ist Markus? Ach, ich weiß, dieser komische kleine Mensch, der mich ausgefragt hat, um Berichte an Zeitungen zu schicken.«

»Ist er komisch?«

»Aber sehr. Eine richtige Type. Verkanntes Genie hinterm Heringsfaß.«

»So?« sagte Frau Persenthein. Sie hatte in den letzten Tagen allerhand Dinge in den Winkel geworfen, die ihr vorher wertvoll erschienen waren. Nun also war Markus erledigt.

»Ihr habt hier ein gutes Klima für Sonderlinge. Ihr Mann ist ja auch ein Sonderling in seiner Art.«

Elisabeth schlug einen F-moll-Dreiklang an und ließ ihn ver-

schwingen. Die Obertöne summten noch lang und fein im Holz der alten Zimmerdecke.
»Wissen Sie das nicht?« fragte Karbon.
»Doch«, sagte sie nach einer winzigen Pause.
Es rieselte ein wenig in den Wänden, unten fuhr die Trauerkutsche durch das Angermannstor und brachte Frau Fobianke zur Fabrik zurück. Elisabeth trat an die verregneten Fensterscheiben. Karbon sah sie gerne gehen, er sah sie auch gerne, wenn sie sich nicht bewegte. Er kannte ihren Schritt, wo immer er im Angermannshaus zu hören war. Er spürte sich wohlig in seine Rekonvaleszentenmüdigkeit eingemummt wie in ein Kissen. »Ich bin an Sie gewöhnt wie an eine Kinderfrau«, sagte er hinter ihr her. Sie kam zu ihm, stand hinter dem Lehnstuhl und sah auf ihn herunter. »Geht es Ihnen gut?« fragte sie lächelnd. »Seit ich zuletzt im Kinderwagen spazierengefahren wurde, ist es mir nicht so gutgegangen wie bei Ihnen«, sagte er, blinzelte noch ein wenig in ihr Lächeln hinauf, hielt aber nicht stand, sondern schloß die Augen wie vor zu hellem Licht. Elisabeth, über seine Augenlider gebeugt, wurde ernst. Mit einer bohrenden Aufmerksamkeit betrachtete sie sein Gesicht. Es war still im Haus und roch nach warmer Hefe, ein friedlicher Sonntagsgeruch, mitten am Dienstag. Seit dem Unfall wurde im Angermannshaus täglich etwas gebacken unter irrsinniger Hintansetzung des knappen Budgets. Es gehörte mit zu den Symptomen der Auflösung, in der sich Lohwinckel befand, daß Frau Doktor Persenthein begonnen hatte, bei Schlachter, Bäcker und Butterfrau Schulden zu machen. Das Rehle erschien an der Tür. »Fünfzig Minuten, Mutter«, meldete sie und verschwand sogleich; sie nähte Trauerkleider für ihre Puppe, weil Beerdigung war und Lungaus ihr den Haselnußkopf mit verworrenen Berichten über Frau Fobianke vollgetrommelt hatte. »Sofort, Nüßchen«, sagte Elisabeth und folgte ihr. »Hierbleiben, bitte –«, flehte Peter kindisch hinter

ihr her. »Ich komme gleich – ich muß zu meinem Kuchen –«, sagte sie noch und lief davon. Gleich danach fror Karbon ein bißchen. Daß er oft fror, kam jetzt von den Nerven, soviel hatte der Doktor klargestellt. Daß ihm jedoch warm wurde, wenn die Doktorsfrau bei ihm war, hatte keinen erkennbaren Grund. ›Morgen muß ich mich um Pittjewitt kümmern‹, dachte er, es war ein Nebenbeigedanke, der sogleich zerflatterte wie schon mehrmals. ›Ich muß den Brief an Michel fertig schreiben‹, dachte er auch noch und holte seufzend einen begonnenen Briefbogen und seine Füllfeder aus der Tasche. Michel war sein Bruder, der Seniorchef der Gummiwerke, und den Brief an ihn schob Peter nun schon seit dem Morgen vor sich her wie einen Karren voller Steine.

›--- entnehme ich daraus, daß heute die erste Geschäftspost nachgeschickt worden ist‹, las er. ›Zuerst also muß ich Dich bitten, die Konferenz mit den Russen für mich zu verschieben, ich kann hier noch nicht fort. Daß man versuchen muß, diese russischen Outsider mit ihren Extratouren in das internationale Gummikartell auf irgendeine Weise einzugliedern, darüber sind wir uns ja einig, und ich habe auch Krönigk und Oktave Farin davon überzeugt. Wenn der alte Farin Geschichten macht, fliege ich noch für einen halben Tag nach Paris und spreche mit ihm. Bitte, setze mir aber die Konferenz keinesfalls vor dem 20. an, so lange möchte ich unter allen Umständen hierbleiben. Mir selber geht es zwar anständig, aber ich habe vorläufig eine Art Platzangst vor dem Fahren, es ist blödsinnig, aber nicht zu überwinden. Der Arzt meint, daß es schnell abklingen wird. Du wirst inzwischen erfahren haben, daß unser armer Fobianke tot ist. Dieser Hornochse von einem Doktor hat es mir drei Tage lang verheimlicht, inzwischen ist eine Menge verkorkst worden, und schön war es für mich auch nach drei Tagen nicht. Ich schreibe zugleich an Kellermann, damit das Personalbüro alles Erforderliche für Frau Fobianke tut.‹

Er schob die ausgetrocknete Feder ein wenig hin und her, zögerte und schrieb dann rasch weiter:

›Der Ort, in den es uns verschlagen hat, ist außerordentlich schön, alte Kirche, alte Türme, Stadtmauern. Die Leute viel interessanter und in sich geschlossener als in Berlin, nicht so zum Dutzend abgeschliffen. Sie lesen schwere Bücher, sie musizieren, die Männer sind nichts weniger als dumm, das habe ich schon heraus, und die Frauen heimateln so merkwürdig. Ich habe eine Pflegemutter gefunden, die wie ein Mädchen von achtzehn aussieht, sie muß aber älter sein, denn sie ist schon lange verheiratet. Sie tut meinen schockierten Nerven so gut, daß ich ihrethalben die ganze Schäbigkeit ihres Hauses über mich ergehen lasse, Bett schlecht, Essen schlecht, alles so ausgepowert und der Mann ein Sonderling, so ein richtiger deutscher Querkopf. Möglich sogar, daß er etwas taugt, dieser Doktor, ich fühle manchmal eine Art Freundschaft für diesen Flatterkopf, obwohl ich ihn nicht leiden kann.

Ich glaube, wir beurteilen die Provinz falsch, sie ist anders, als wir rund um die Gedächtniskirche denken. Ich schreibe Dir das nicht als philosophische Anmerkung, sondern weil die Kenntnis der Provinz wichtig für unsre Propaganda ist – ich mache hier Augen und Ohren auf und werde nach meiner Rückkehr mal mit Flemming darüber reden müssen. Du siehst, ob mit oder ohne Nervenschock, ich bin immer der gleiche, ich bin faul, aber ›es‹ arbeitet, auch während ich faulenze.

Eben, während ich schreibe, ist die Beerdigung unseres armen Fobianke. Ich könnte heulen, daß mir der brave Mensch kaputtgegangen ist. Die zwei andern –‹

›Die zwei andern? Nun, und was ist es mit den zwei andern?‹ dachte er unlustig. Sie waren unbeschreiblich weit von ihm abgerückt, diese zwei andern. Plötzlich gab er es auf, weiterzuschreiben, schob den Briefbogen von sich fort und kehrte mit allen Gedanken zu Elisabeth zurück.

›Musik also‹ – dachte er. ›Wie soll ich das denn machen? Ich kann doch nicht Furtwängler mit den Philharmonikern nach Lohwinckel schaffen. Man wird also einen Radioapparat besorgen, es gibt da solche schikanösen Dinger, zwölf Röhren, da kann sie Paris hören und London, wenn sie Lust hat – ach was! Ich nehme sie einfach mit nach Berlin und schleppe sie in Konzerte, jeden Abend in ein anderes, bis sie genug hat. Rührend mit ihrem Mozart auf dem alten Pianino. Anziehen müßt man sie natürlich zuerst, bevor man sie in Konzerte läßt. Sie würde sich gut anziehen lassen, so schmal und hochbeinig wie sie ist, ein bißchen übertrieben schmal, wie die Titelblätter auf den Modezeitungen. Bißchen Rouge auf die Wangen und so etwas wie schwarzer Samt und bißchen Hermelin um den Hals –‹
Peter Karbon verlor sich in Gedanken an eine schwarzsamtene und beglückte Elisabeth, die Beethovensche Symphonien anhört. ›Ob sie tanzen kann?‹ dachte er gleich hinterher und ohne Zusammenhang. Er selber tanzte leidenschaftlich gern und außerordentlich gut, Gleitflugtechnik nannte Leore Lania seine Manier, weich und diagonal in die Tanzfläche hineinzuschneiden. Ein wenig schwindlig befaßte sich Peter mit der Vorstellung einer tanzenden Frau Persenthein, bis sie selber zurückkam und gar nicht dem Bild in seinem angegriffenen Kopf entsprach. Sie hatte nämlich eine große Latzschürze umgebunden und trug einen Kohleneimer vor sich her. »So«, sagte sie, ging vor dem Ofen in die Knie und begann mit gesammelter und ernsthafter Miene, dem zusammengesunkenen Feuer aufzuhelfen.
Karbon schaute sie nachdenklich an, wie sie da vor dem Ofen kauerte und ihre Hände an der Schürze abrieb. Wahrscheinlich traf ihn bei diesem Anblick zum erstenmal eine Ahnung davon, wie eine Frau Persenthein lebte. »Sie haben es auch nicht leicht –«, sagte er sanftmütig.
Elisabeth erkannte mit einem huschenden Erschrecken das

Wort wieder, das immer und überall hinter ihr hergeisterte. Aber in Karbons Mund hatte es ein neues und befremdliches Gesicht angenommen. ›Leicht. Leicht –? Nein‹ – dachte sie, und dabei kam alle Schwere und Last ihres Daseins über sie her: die Flickwäsche im Korb und die Spinnweben in der Vorratskammer, das Haushaltsgeld, die gefährdete Praxis, der schwierige Lungaus, der immer zerstreute, abgejagte, immer und immer schlechtgelaunte Kola – und daß dies alles so unentrinnbar und für immer da war. ›Na was denn?‹ dachte sie schon im Augenblick. ›So ist es doch in Ordnung.‹
»Ich – ach – ich habe es doch gut –«, sagte sie und rasselte die letzte Schippe voll Kohlen in das Feuer. Karbon faltete die Hände, legte sich mit dem Ellbogen auf die Stuhllehne und sank behaglich in sich zusammen. »Man hat ganz vergessen, wie hübsch so ein Ofen ist«, sagte er schläfrig.
»Wieso? Wird bei Ihnen nicht geheizt?« fragte Elisabeth.
»Zentralheizung natürlich«, sagte er; wenn er die Augen zukniff, dann waren die Strahlen wieder da, die er als Kind beim Einschlafen immer gesehen hatte.
»Natürlich –«, sagte Elisabeth und schaute ihre schwarzen Finger an. Der Gedanke an eine Wohnung mit Zentralheizung hatte etwas durchaus Paradiesisches an sich. Der Kampf mit rauchenden Öfen, schmutzenden Kohlen, mit Treppen, die schwarz wurden, Eimern, die sich kaum schleppen ließen, Kohlenrechnungen, die nicht bezahlt werden konnten, und Feuern, die ausgingen, gehörten zu den wichtigen Dingen und nahm viel Raum in ihrem Leben ein. »Profets haben auch Zentralheizung –«, setzte sie noch hinzu, als wenn diese Mitteilung sie in Karbons Augen etwas heben könnte. Der Ofen belebte sich zu einem Spätnachmittagsgesang, sein Gittertürchen stand mit schwarzen Ornamenten gegen die Flammen, alles war voll vergessener Kindheit für Peter Karbon. Elisabeth stand auf und schüttelte ihre Schürze zurecht.

»Entschuldigen Sie, daß ich so aussehe; es ist wegen der Schmutzarbeit –«, sagte sie und kam zu ihm, während sie die Schürze abnahm.

›Jetzt wird sie an die Büfettlade gehen und das alte Tischtuch mit den Fransen herausnehmen‹, dachte Karbon traumhaft, während sie es schon tat, an ihm vorüberstrich und schon auf dem Weg durch das Zimmer war. Er mußte das schon einmal erlebt haben, denn er wußte schon, was jetzt geschah. Er streckte den Arm aus und faßte nach ihrem Rock, er bekam das gute Dunkelblaue in die Hand, etwas oberhalb ihrer Kniekehle, daran zog er sie zu sich.

Wenn Peter Karbon später noch zuweilen an diese merkwürdige Sekunde dachte – und das tat er noch zwei oder drei Monate lang –, dann verstand er sie und wußte sich gut zu erklären, woher ein Wunsch von fast irrsinniger Heftigkeit in ihn eingeschlagen hatte. Es war die Schürze, die sie abnahm, der Geruch von Stärke, nach Ofenrauch und Backhefe, nach Sauberkeit, Fleiß und Müdesein, es war dieser vertraute Dienstmädchengeruch aus dem ersten Abenteuer seiner Primanerzeit, der ihn einer berauschten Besinnungslosigkeit auslieferte. Aber in der Sekunde selber wußte er gar nichts; nur daß er mit einem Entzücken von ungeheurer Deutlichkeit Elisabeths Schulterblätter spürte, als seine Arme über ihrem schmalen Rücken zusammenschlugen, und daß es nicht der vergessene Mund des Stubenmädchens Betty war, der sich ihm erst verwehrte und dann mit schmelzenden Lippen öffnete und hingab. Frau Doktor Persenthein, die sich verzweifelt in den Kuß gestürzt hatte wie von einer hohen Brücke in einen tiefen Fluß, rettete sich zuerst vorm Ertrinken. Sie stand schon wieder aufrecht, mit schweren Knien zwar, aber mehr als je einer gotischen Sarkophagfigur gleichend, als Peter Karbon noch die Augen geschlossen hielt und den Imperatorenmund geöffnet zu ihr aufhob wie zu einer unbekannten Quelle. Gleich darauf aber war er auch da, nahm seine Hände verständig wieder zu sich auf die Armlehnen, lächelte flüchtig und sagte: »So ein Nonsens – ich bin noch ein bißchen gehirnweich –«

Frau Persenthein drehte das Licht an, verließ das Zimmer und flüchtete in die Kresoldünste der Badezellen, die eben der letzte Krankenkassenpatient verlassen hatte.

Die Spinne Kathrinchen saß vollgefressen im Winkel und betrachtete die Frau, die mit wilder Energie die Wanne zu schrubben begann und dabei weinte, als wenn sie geschlagen worden wäre...

Zwanzig Minuten nach elf wurde an diesem Abend der vollkommen betrunkene Lungaus im Angermannshaus eingeliefert, der Doktor schleppte ihn die Treppen hinauf, und Elisabeth zog ihm Rock und Stiefel aus, bevor sie ihn ins Bett legten. Kurz vor zwölf klingelte es dann nochmals, weil ein junger Arbeitsloser und ein Knecht vom Gut sich nach der Versammlung in Oertchens Gastwirtschaft ziemlich blutig verdroschen hatten und nun gemeinsam erschienen, um verbunden zu werden. Peter Karbon, der schon geschlafen hatte, erwachte von dem Hin und Her im Haus drunten, und zwar erwachte er mit dem Gefühl besonderer Leichte und Annehmlichkeit, so daß er schon lächelte, während er die Augen noch geschlossen hielt. Ein Traum hatte – wie es die Art der Träume manchmal ist – die Distanz zwischen ihm und Elisabeth verkleinert, sie war ihm beim Einschlafen noch eine ziemlich fremde Frau gewesen, jetzt, da er kurz vor Mitternacht erwachte, schien sie ihm vertraut, so als wenn der verschwebende und nicht zu fassende Trauminhalt von einer besonderen Wärme und Verheißung gewesen wäre. ›Verliebt – aber schwer verliebt‹ – dachte er zufrieden,

schabte mit den Händen im Dunkeln ein wenig über die gesteppten Ornamente der billigen roten Wolldecke im Persentheinschen Ehebett und schlief wieder ein.
Indessen trabt unten Doktor Persenthein rund um den Operationsstuhl im Wartezimmer, fährt sich mit beiden Händen in das dünne, helle Haar und hat den bösartigen Ausdruck eines scheugewordenen Pferdes in seinem langen Gesicht. Die beiden Raufer sind abgefertigt. Sein Kittel hat ein paar Blutspritzer abgekriegt, er wartet auf heißes Wasser, nachts funktioniert das alles schlechter, und inzwischen raucht er eine billige Zigarette tief in die Lungen hinein.
»Bist du denn nicht müde, Kola?« fragt Elisabeth, die mit einem Kissen unter dem Arm erscheint, um auf der Wachstuchchaiselongue für ihn aufzubetten. Sie hat das verweinte Gesicht und das rote Nasenspitzchen einer Botticellischen Madonna und klopft brav das Kissen zurecht, während alles sich anfühlt wie Erdbeben und Einsturz. Seit sie den Kuß bekam, ist es ihr noch keinen Augenblick gelungen, nicht zu zittern. Jeder Gegenstand, den sie anrührt, flattert, klingelt, klirrt, ist in Gefahr. Kola behauptet, nicht müde zu sein – aber wann hätte Kola schon Müdigkeit zugegeben? Er besieht unfreundlich sein provisorisches Bett, das Laken verrutscht immerfort auf dem glatten Wachstuch, und er sagt: »Glaubst du, es ist verlockend, hier zu schlafen?«
»Du selber willst ja nicht, daß wir ihn – Herrn Karbon – ausquartieren«, antwortete Elisabeth. Bis zum Nachmittag war Karbon gewissermaßen Eigentum des Doktors, sein Patient, für den er Verfügung traf; jetzt mit einemmal fühlt sie sich für ihn verantwortlich. Sie merkt es und erschrickt heiß und mit schlechtem Gewissen.
»Überhaupt geht alles drunter und drüber«, setzt der Doktor fort. Es ist genau das, was Elisabeth meint und was alle Lohwinckler fühlen: Auflösung, Fieber und Verworrenheit. »Die Sprechstunde ist ausgefallen, sollst mal sehen, was mor-

gen alles anmarschiert kommen wird. In der Fabrik ist was los, morgen werden sie alle anrücken und krank sein wollen, damit sie nicht arbeiten müssen. Und ich sitze hier und komme mit meiner Arbeit nicht weiter – kann ich noch Kaffee bekommen?«

»O ja, gern«. sagte Elisabeth, was den Doktor flüchtig wunderte. Sie hingegen hätte ihm gern noch sonst was zuliebe getan; weil sie den Kuß noch immer in sich herumtrug als eine unerhörte, einmalige, tief vergiftete Süße. Der Doktor, am Schreibtisch vorbeiwandernd, hakte dort fest an einem halbbeschriebenen Bogen, bedeckt mit seiner großen, fliegenden Schrift. Notizblätter, Kartothekkasten, Zettelkasten, Krankenblätter umkreisten die Arbeit, die seine Nächte auffraß, seine Kraft, seine Gedanken, sein Wesen auffraß. Sein Material war lückenhaft, er wußte es. Im Umgang mit Worten war er unbeholfen und stieß sich den kantigen Schädel an vertrackten Satzbildungen. ›Die Irritation des Wasserhaushaltes in ihrer störenden Beeinflussung durch unkontrollierbaren Ausgleich der Hautatmung ist an der Versuchsperson so erprobt worden, daß meßbare Werte erreicht wurden‹, las er. Schön war das nicht. Er strich es durch mit einem dicken, kratzigen Strich. Elisabeth kam aus der Küche zurück mit der Kaffeemühle, die sie geduldig zwischen die Knie nahm. Ihre Schultern sanken ein wenig vor dabei, der Doktor schaute sie an, sah sie aber nicht. ›Die Proben, die auf Grund vorangegangener Versuche an der Versuchsperson gemacht wurden, zeigten, daß die Hautatmung –‹, dachte er. »Kola!« rief Elisabeth ihn leise an. Sie hatte zuweilen das Gefühl, durchscheinend wie ein Gespenst zu werden, wenn er so durch sie hindurch auf die Wände starrte. Heute empfand sie etwas wie Erbitterung. Unter solchen Blicken blieb einer Frau nichts übrig als einzutrocknen und abzuwelken, und das war nicht so selbstverständlich, wie es bisher erschienen war. Heilige Maria, Mutter Gottes, sie spürte es ja, daß sie auch blühen konnte–

Die Kaffeemühle knarrt, der Kaffeeduft steigt auf, der Doktor hat sein Wasser heiß bekommen und wäscht sich die Hände.

»Dieses Stinktier – dieser Lungaus –«, sagt er wütend. »Diese Kaninchen – da saufen sie, da kommen sie an mit ihren verdreckten Schädeln, und wenn sie nachher eine Sepsis kriegen, bin ich's gewesen.« Er riß das Fenster auf, die Nacht schlug mit einer scharfen Kälte herein. »Frost – bin nur neugierig, was es morgen gibt!« sagte er, weiterwandernd. Elisabeth kam und ging, die Kaffeetasse klirrte. Daß Lungaus sich betrunken hatte, war eine Katastrophe; sie hatte es nicht gleich ganz begriffen. Wichtigere Dinge waren heute geschehen und hatten sich zwischen sie und die Ordnung im Angermannshaus geschoben. »Kränk dich nicht«, sagte sie mechanisch. Aber noch während sie es sagte, empfand sie Widersetzlichkeit gegen ihr Mitleid. ›Was geht mich dieser Lungaus an? Wie komme ich dazu, seinetwegen Kummer und Verdruß zu haben?‹ dachte sie sich. Gespürt, als unbegriffene Last gespürt, hatte sie das schon früher zuweilen. Nun wußte sie es plötzlich und sehr klar. Sie schaute um sich herum, ihre Lidränder brannten noch zart vom Weinen, und eine Kühle säumte sie ein, als lägen noch Tränen dort. Sie schaute sehnsüchtig auf Kolas Schulter hinüber, sie wünschte sehr, den Kopf dorthin zu legen und zur Ruhe zu kommen. Aber Kola gefiel ihr jetzt nicht, er gefiel ihr gar nicht. Sie nahm den weißen Eimer mit den blutgetränkten Wattetupfern und trug ihn hinaus. ›Man ist verflucht allein, wenn es darauf ankommt‹, dachte sie. Der Doktor, kaum daß die Frau das Zimmer verlassen hatte, sank in sich zusammen – ›durch unkontrollierbaren Ausgleich der Hautatmung ist an der Versuchsperson so erprobt worden –‹ Nun und was weiter? Wenn die Versuchsperson hinging und sich besoff wie ein Schwein – er hatte es satt, er hatte es so unbeschreiblich satt, er war müde, müde, müde. Kränk dich nicht, Kola. Du sollst schlafen gehen, Kola. Du sollst nicht soviel rauchen, Kola. Mehr wußten Weiber eben nicht. Macht einer Frau einmal begreiflich, was ein Mann und seine Idee bedeutet...

Der Doktor schloß das Fenster, er hustete und rauchte schnell den Husten in die Lungen hinunter. Elisabeth kam zurück, mit dem gesäuberten Eimer. Tausendmal hatte sie den Eimer voll mit eiternden und blutigen Abfällen hinaus- und geleert wieder hineingetragen. Heute, zehn Minuten nach Mitternacht, überwacht, überreizt, spürte sie es plötzlich, wie im Traum, als ob sie immerfort, immerfort mit diesem Abfalleimer unterwegs wäre; sie kam über die Schwelle geturnt wie über einen Abgrund, eine plötzlich aufklaffende Gletscherspalte. Dazu blühte an den Wänden ein blumenreiches Tapetenmuster in optimistischen Farben, gut für die Psyche der Lohwinckler Patienten.

»Ist das Geld abgeschickt?« fragte Doktor Persenthein.

»Welches Geld?«

»Die fünfzig Mark für den Pantostat.«

»Ja«, sagte Elisabeth. Sie hatte nein sagen wollen, aber sie sagte ja. Gleich danach erschrak sie zuinnerst. Gelogen hatte sie noch nicht. Zwar kam es in der Ehe darauf an, zu balancieren, zu verschweigen, in sich zurückzuhalten – verheiratet sein verlangt immer und überall die feinsten Künste der Unaufrichtigkeit zwischen Mensch und Mensch. Aber nun war da die erste dicke, kerzengerade dicke Lüge. Gott allein wußte, wie es danach weitergehen sollte, verstrickt und verwirrt, wie sich alles anließ. Elisabeth stand ganz steif vor Angst und starrt auf Doktor Persentheins Stirn. Runzeln – sie zeichnete sie nach, aufwärtsgeschwungen über der rechten, hinabsinkend über der linken Braue – Runzeln – noch nie gesehen – und er war erst fünfunddreißig – mit Markus sprechen – oder mit Karbon sprechen –

Obwohl Elisabeth gelogen hatte, fing der Doktor einen Teil

ihrer unausgesprochenen Gedanken ab, wie das zwischen Eheleuten oft geht. »Wir haben wohl allerhand Schulden gemacht, was? Sind wohl hübsch durcheinandergekommen in den letzten Tagen, wie?« fragte er über seine Kaffeetasse weg.
Als Frau Persenthein nachmittags im Badezimmer geweint hatte, vermeinte sie, bis auf den letzten Tropfen leergeschluchzt zu sein; dem war aber nicht so. Unerwartet zeigte sich noch eine Reserve von Tränen vorhanden, und während sie ihre Augen steif auf den Doktor gerichtet hielt, sammelten sie sich, erst als ein Glanz, dann als ein kühles Rinnen unter ihren Wimpern. Der Doktor betrachtete das Phänomen mit leiser Ungeduld. Szenen wegen der Wirtschaftslage und nach Mitternacht waren unerwünscht. Er warf einen gehetzten Blick auf sein Manuskript. »Geh schlafen, Kleines«, sagte er sanftmütig.
»Jawohl«, flüsterte Elisabeth gehorsam. Er kam zu ihr hinüber, auf die andere Seite des weißen Emaillestuhles mit den Kniestützen und faßte in das glatte Haar an ihrem Nacken.
»Ein bißchen viel für dich in den letzten Tagen, nicht?« fragte er. »Die Bücher sind sicher auch nicht geführt?«
»Doch –«, flüsterte sie; die Bücher hatte sie noch spät abends in Ordnung gebracht, voll von Reue und schlechtem Gewissen.
»Wo schläfst du eigentlich, seit seine Hoheit das Schlafzimmer okkupiert?« fragte er und begann schon wieder geistesabwesend zu sein. »Bei Rehle in der Kammer«, antwortete sie schon an der Tür. »Arbeite nicht zu lang, Kola –«
Der Doktor, über seinen Zettelkasten gebückt, runzelte die Stirn. ›In der Kammer?‹ dachte er. ›Wieso denn?‹ Er hatte dunkel die Vorstellung, daß dort weder Sofa noch Bett noch Platz zum Schlafen sei – aber eine genaue Vorstellung von den Räumen des Hauses besaß er nicht; er gehörte zu den Männern, die nie wissen, was sie essen, welchen Anzug sie tragen und auf welchem Stuhl sie sitzen.

»Morgen wird Herr Karbon hinausgesetzt. Wir sind hier keine Klinik«, sagte er plötzlich. Elisabeth blieb in der Tür stehen.

»Gut«, sagte sie eine Sekunde später. Daß Karbon mit einemmal nicht mehr da sein sollte, tat miserabel weh in der Kehle und war ein Gedanke von blanker, kohlschwarzer Hoffnungslosigkeit.

»Er kann aufs Gut zu den Raitzolds, das ist besser«, sagte der Doktor.

»Ja. Das ist besser«, wiederholte Elisabeth.

»Da kann er mit seiner Schauspielerin poussieren; wird beiden guttun«, setzte der Doktor fort. Daraufhin verstummte Elisabeth. Sie würgte etwas Scharfes, Brennendes, Bitteres hinunter. Da sie noch nie eifersüchtig gewesen war, erkannte sie es nicht. ›Die Flasche mit der Sublimatlösung ist schon wieder leer‹, dachte sie. Sie ging hin, ließ Wasser hineinrinnen, nahm die Schachtel mit den Sublimatpastillen und warf sechs der rötlichen Dinger in die Lösung. Sie mußte irgend etwas unternehmen, um über den grellen Augenblick wegzukommen. ›Das geht mich doch nichts an, das geht mich doch nichts an, das geht mich doch nichts an –‹, dachte sie dazu.

»Kann ich jetzt Ruhe haben?« fragte der Doktor, schon über seiner Arbeit, nicht unfreundlich.

»Wenn es meinetwegen ist, kann er auch noch hierbleiben. Mir macht es nichts«, sagte Elisabeth schließlich. Der Doktor drehte sich um und schaute sie an. ›Muß wieder mal ihre Lungenspitzen untersuchen‹, dachte er angesichts des fieberhaften Glanzes in ihrem Wesen. Sie stand noch da. »Ich meine – wenn es bei Raitzolds Schwierigkeiten macht – ich pflege ihn gern –«, sagte sie noch. Er schaute sie lächelnd an.

»Genau wie das Rehle. Kranke Puppen pflegen. Na – gute Nacht«, sagte er, und diesmal wendete er sich endgültig von ihr ab und der Versuchsperson mit dem Wasserhaushalt und der unkontrollierbaren Hautatmung zu: Die Frau, draußen in der Diele, nahm den Treppenpfosten in die Arme wie etwas Lebendiges. Das abgeschliffene Holz war gut zu ihrer Wange und gut zu ihrer Hand. Manchmal war man so mutterseelenallein auf der Welt, daß man bei den Dingen Zuflucht suchen mußte. »Du –«, sagte sie ins Uferlose, wußte selber nicht, ob der schlafende Gast gemeint war oder der arbeitende Mann oder der stumme Balken aus jahrhundertealtem Eichenholz...

Der Mittwochmorgen beginnt mit einem unbändigen Krach zwischen dem empörten Doktor Persenthein und dem verkaterten, in Alkoholdünsten billiger Sorte hinduselnden Lungaus. Es wird von beiden Seiten mit einer zähneknirschenden, einer schlechthin verzweifelten Leidenschaft geschimpft; es geht um mehr als um einen schlichten Rausch. Lungaus kämpft um seine menschliche Freiheit, er kann es nicht ausdrücken, aber es geht ihm gegen die Menschenwürde, immer nur Objekt zu sein. Für den Doktor aber steht wieder einmal alles auf dem Spiel, weil seine Idee auf dem Spiel steht. Die Deckenbalken knistern im ganzen Haus, der Mörtel rieselt, das Telefon klingelt, die Pneumonie im Priel ist gestorben, achtundsiebzig war sie alt, das Telefon klingelt wieder, Frau Lania läßt fragen, ob heute die Fäden herausgezogen werden, die Wasserspülung im Klosett geht wieder mal nicht, Lungaus läßt Sodom und Gomorrha hinter sich, geht nicht zur Fabrik, bringt kein Brennholz, legt sich wieder aufs Bett und döst ein. Frau Persenthein schippt die letzten Kohlen in den Küchenherd; Jesus Maria, wenn Klingers bloß noch einmal Kohlen schickt, bevor die letzten bezahlt sind, Kakao für Herrn Karbon, Herr Karbon schläft noch, nein, ich höre ihn schon lange herumgehen, Kola, kannst du nicht die Pumpe im Keller anstellen, das

Wasser will nicht laufen, Rehle, renne mal schnell zur Frau Psamatis, sie soll in die Prieler Straße 34 kommen, vor zwölf werde ich heute die Sprechstunde nicht anfangen können – na, adjüs, Kleines.

Frau Psamatis will nicht in die Prieler Straße kommen, die tote alte Dame zu waschen und feierlich anzukleiden; sie hat das vierzig Jahre lang getan, plötzlich ist sie aufwieglerisch und weigert sich. Ihr eigener Junge ist krank; seit er Sonntag den Fußball in die Leiste gekriegt hat, kommt er nicht recht hoch. Frau Psamatis hat nun auch genug von ihrer Sorte Leben, das muß anders werden, ganz anders muß das werden, laß doch die Leute ihre Toten selber waschen, sollen sie mal sehen, wie schwer so ein Toter ist.

Herr Oertchen, Besitzer von Oertchens Gastwirtschaft, hängt ein buntes Plakat an seinen Zaun: ›Heute abend große Kinovorstellung. Die weltberühmte Künstlerin Leore Lania in ihrem besten Film: »Abenteuer in Monte Carlo«. Reichhaltiges Beiprogramm. Musik. Für Jugendliche unter achtzehn Jahren verboten!!!‹

Ein zweites solches Plakat wird am Angermannstor befestigt, schräg unter dem heiligen Georg, ein drittes trägt Herr Oertchen persönlich in den Laden zum Juden.

Herr Markus jedoch ist nicht anwesend, sondern befindet sich gegenüber in der Rasierstube von Herrn Kuhammer und läßt sich wahrhaftigen Gottes maniküren. »Spitz oder oval?« fragt das Fräulein mit dem geschminkten Mund und dem schlechten Ruf. »Mehr oval, aber doch ein bißchen spitz«, bekundet Herr Markus. »Wo war man Sonntag?« fragt das Fräulein; sie ist zu taktvoll, um du, und zu intim mit Markus, um Sie zu sagen. »Ach – nichts ... Gearbeitet.«

»Was denn? Ein Gedicht?« fragt das Fräulein, hört erwartungsvoll zu feilen auf und schaut ihn an. Sie hat so einen starken Hang für das Höhere, und da sitzt sie nun in Lohwinckel.

»Ja – so ungefähr«, erwidert Markus hochmütig. Er trägt die Brille, hat einen schwarzen Rock an am frühen Vormittag, und kurz und gut, heute wird er aufs Gut hinausgehen und Leore Lania seine Aufwartung machen.

»Sieht man sich im Kino?« fragt das Fräulein in ihrer umschreibenden Art. »Möglich. Bitte noch etwas mehr polieren. Ich habe diesen Film schon vor einem Jahr in Berlin gesehen –«, antwortet Herr Markus und verfällt dann in Schweigsamkeit. Noch immer kann er an die große Stadt nicht denken, ohne das Heulen zu kriegen – Herrgott, die Kollegs bei Fahrenwaldt, Herrgott, die Galerie im Deutschen Theater, die Sonntagssegelschiffe auf der Havel, die Fahrten auf dem Autobusverdeck – die Säle alle, Konzertsäle, Museensäle, Bibliothekssäle …

»Morgen, Herr Behrendt! Morgen, Morgen«, sagt er und träumt an mehreren Honoratioren vorbei, quer hinüber zu seinem Warenhaus.

»Der wird auch täglich eingebildeter«, sagt der Apotheker Behrendt zu dem Bürgermeister, Herrn Doktor Ohmann, der seinen Hund spazierenführt. Herr Doktor Ohmann ist Ehrenvorsitzender der Brüderschaft ›Einigkeit‹, feiner Kopf, hat das elektrische Licht eingeführt seinerzeit und den Anbau beim Gymnasium durchgesetzt. »Finden Sie? Er soll sehr gut Geige spielen; ich überlege schon immer, ob es nicht doch möglich wäre, ihn zu meinen Kammermusikabenden beizuholen.« »Nein – das geht doch wohl nicht – obzwar – Ein sehr gebildeter Mensch. Wenn auch – was macht übrigens das Fräulein Tochter? Alles wohl? Der Herr Verlobte auch, ja? Wird er denn nach der Hochzeit in Darmstadt bleiben oder sich hier niederlassen? Wir könnten einen andern Arzt brauchen, weiß Gott.«

»Na, diesmal soll unser Doktor es ja ganz gut gemacht haben, wie man hört.«

»Allerdings, es war ja auch eine große Chance für ihn. Na,

fünfundzwanzig Prozent sind ihm immer noch gestorben, statistisch betrachtet, jawohl.«

»Na, Sie sind gut, Behrendt. Also Wiedersehen, ich schaue mir noch Burhennes Zaun an–«

Um zehn Uhr haben sich sämtliche Schüler der Anstalt in der Aula zu versammeln. Es riecht nach Wasserscheiteln, Wurststullen, geschmierten Stiefeln, es riecht undefinierbar nach Schule und Vierzehnjährigen. Putex hält eine Rede, die nicht so übel ist.

»... Daß ihr euch weigert, den Täter anzugeben, will ich nicht unbedingt verurteilen. Ich selber habe euch im Sinne der Gemeinschaft herangebildet und immer betont, daß die Schülerschaft des Gymnasiums eine Einheit bilden soll. Trotzdem kränkt es mich; es kränkt mich, daß ihr eine so rohe Tat, wie es die Vernichtung eines Obstbäumchens ist, mit eurem Schweigen, das heißt mit eurer Zustimmung deckt. Es kränkt mich –« Es kränkte ihn wahrhaft und tief, Herrn Direktor Burhenne, diesen fanatischen Züchter seltener Obstsorten, der allerdings bei der Aufzucht junger menschlicher Wesen mehr auf das Normale und Durchschnittliche aus war. Sein Quittenbäumchen war hin, Kummerfalten hingen kreuz und quer in seinem Bismarckgesicht... »Da denn der Täter nicht genug Ehrhaftigkeit besitzt, sich selber zu melden und für sich einzustehen, hat heute nachmittag ab vier Uhr das ganze Gymnasium Strafarbeit. Jede Klasse hat sich in ihrem Klassenzimmer vollzählig einzufinden und bis sechs Uhr...«

Hinten beim Harmonium meldet sich der Vertrauensmann der Obersekunda: »Dürften wir Herrn Direktor vielleicht bitten, die Strafarbeit auf morgen zu verschieben? Heute ist unser Spiel.« »Spiel? Ich habe Wettspiele jeder Art verboten. Wie ich höre, muß ich außerdem das Rauchverbot für die Oberstufen in schärfste Erinnerung bringen! Wer heute um vier nicht antritt, der–«

Plötzlich mischt sich Doktor Kreibisch dazwischen, Doktor Kreibisch, siebenundzwanzig Jahre alt, Turnen, Englisch, Erdkunde, der fortschrittliche Bürgermeister hat ihn von einer Waldschule hergeholt, die Buben lieben ihn, es geht das ungeheuerliche Gerücht, daß er drei Oberprimanern gestattet hat, ihn zu duzen – Doktor Kreibisch, unter dem bunten Glasfenster der Aula stehend, mischt sich also ein: »Es ist nämlich der vorgeschriebene Spielnachmittag, Herr Direktor. Die Buben hatten eine Art Schauturnen vor, Kürturnen am Reck, Faustball, Hundertmeterlauf. Sie haben den Boxmeister eingeladen, sie sind natürlich sehr aufgeregt. Wenn ich mich zum Fürsprecher machen darf –« »Das scheint mir völlig indiskutabel. Der Boxmeister – Sie sehen, wohin ohnedies die Verrohung der Jugend führt. Ordnen in Zweierreihen. Abtreten.«
Die beiden Jungens Otto und Paul Profet haben dicke rote Ohren. Kolk ist dem jüngeren bisher auf dem Fuß gestanden, denn der ist ein Pimpelkind, eine Heulliese, ein Petzschwein, man ist nie sicher, daß er dichthält. Auf der Treppe zeigt der Oberprimaner Gürzle ihm überdies seine riesige verschwitzte Faust. Ein blutrot getuschter Aufruf geht von Hand zu Hand: Geheime Versammlung nach ein Uhr am Ententümpel.
Indessen sitzt der Boxer Franz Albert in Profets Villa beim zweiten Frühstück – man frühstückt dort immerzu. »Ich versaue hier ganz«, sagt er melancholisch, vor seinem beladenen Teller sitzend und bedrängt von Frau Profets gehaltvollen Blicken.
Franz Albert war der unselbständigste Mensch, den es auf der Welt geben konnte. Er stand seit seinem siebzehnten Jahr unter der Zucht und Obhut seines Managertrainers Simotzky, er wurde gewogen, gefüttert, zum Ab- und Zunehmen gezwungen, für Kämpfe fertig gemacht, er wurde in den Ring gestellt, er wurde zurückgehalten, je nach der Konjunk-

tur. Simotzky lief mit ihm, aß mit ihm, schlief mit ihm, Simotzky packte ihn ein wie ein Paket, verfrachtete ihn nach Spanien, nach Holland, nach Amerika, Simotzky beschaffte ihm die Muskeln, die er brauchte, das Geld, das er verdiente, Sparringpartner, Eisenbahnbillette, in weiten Zeitabständen sogar ein Mädchen. Simotzky wußte, was gut für ihn war, wann er essen, trinken, schlafen, schwitzen, trainieren oder Beruhigungsskat spielen sollte. Simotzky war gut wie eine Amme und streng wie ein Galeerenaufseher mit Franz Albert.
An diesen Simotzky hatte Franz Albert einen ganz ordentlichen Brief geschrieben, folgenden Inhalts:

Herrn Alexander Simotzky, Sportschule,
Berlin, Kaiserallee 14a.

›Lieber Alex!
Muß Dir mitteilen, daß wir mit dem Auto Pech gehabt und umgeschlagen haben. Erschrecke jedoch nicht, lieber Alex, denn es ist noch gutgegangen, und bin ich toi, toi toi heil geblieben. Nur hat mir der Schreck die Nerven kaputtgemacht und bin vorläufig zu schlapp zu trainieren. Der Doktor meint aber, daß ich in wenigen Tagen wieder hoch sein werde. Die andern haben mehr abgekriegt, vor allem die Lania soll furchtbar hergerichtet sein. Mit der ist es wohl vorbei, das Gesicht kreuz und quer geflickt. Ich habe nur ein kleines Ding an der Nase, linken Daumen verstaucht, und der Riß am Ohr hat wieder etwas geblutet. Befinde mich sonst gut, wohne bei netten reichen Leuten hier in einem ganz kleinen Nest, finde das sehr gemütlich. Nur ist mir das Essen zuviel und zu schwer, und die Dame nötigt immer, was man wegen Höflichkeit doch beachten muß. Fürchte nur, daß mich das viele Fressen aus der Form bringt, aber sei be-

ruhigt, Franz hält sich schon. Wenn Du den Kampf mit Kid Rowmies fest hast, telegrafiere mir sofort. Mit mir kannst du sicher rechnen. Habe mir aber geschworen, daß ich nie wieder ohne dich losziehe.

Verbleibe mit Gruß Dein
treuer Franz.‹

Da Franz Albert daraufhin noch keinen Befehl von Simotzky erhalten hatte, saß er vorläufig still in Lohwinckel, gesund, aber ratlos und völlig unfähig, sich kraft eigenen Entschlusses zur Bahnstation Lohwinckel-Düßwald und von dort nach Berlin zu transportieren.

»Ich versaue hier vollständig«, sagt er an diesem Mittwoch, geht hin, schneidet sich in der Küche ein Stück von der Wäscheleine ab und springt erst mal drei Runden Seil, ganz leicht, man sieht seine Füße gar nicht zu Boden kommen. Frau Profet wohnt mit schwimmenden Augen dem Schauspiel bei. Rund um den Boxer riecht es so heftig nach gesundem Schweiß, daß Frau Profet sich im Innersten zu schämen beginnt. Herr Profet telefoniert indessen mit seinem Freund Kramsch in Schaffenburg: »... Tjawohl, kannst du rechnen damit. Ich übernehme die übrigen Hypotheken, 38000 Mark zuzüglich der fälligen Zinsen seit Mai, riskiere ich, jawohl, ich riskiere es. Der Weinberg war zweihundert Jahre in der Familie Raitzold? Schön, dann wird er die nächsten zweihundert Jahre meiner Familie gehören, Fräulein, Fräulein, die Verbindung ist heute ganz schlecht –«

Ein napoleonischer Zug. Davor hat Herr von Raitzold Angst gehabt, mehr als vier Jahre lang. Dazu hat Herrn Profet der Mut gefehlt – bis heute. Plötzlich ist er in Schuß geraten und hat den Mut. Es ist wie bei einem Bergrutsch. Erst zittern nur kaum merklich die Baumwipfel, dann erfaßt es die Wurzeln, dann gleitet der ganze Boden rasend davon. Lohwinckel glitt; Lohwinckel war in Bewegung geraten.

Wo ist Müller mit dem Auto? Müller ist da, das Auto nicht. Das Auto ist nicht in Ordnung, tut Müller verbissen kund, etwas mit der Kardanwelle, langwierige Geschichte, man muß auf Ersatzteile warten. Undurchschaubare Geschichte. Herr Profet ist genötigt, zu Fuß zur Fabrik hinaus zu gehen, vierundvierzig Minuten lang, und manche Leute grüßen ihn nicht einmal.

Die Fabrik war in einem ähnlichen Zustand wie das Auto: Sie funktionierte nicht. Die Arbeiter waren da – mehr als zwei Drittel zumindest waren da, und es sah so aus, als ob sie arbeiteten, aber es war nur Scheinarbeit. Im Formationsraum ging die elektrische Leitung nicht, und Schuppen drei ebenso wie der Kistenlagerraum lagen stockfinster da. Ein Kurzschluß, dessen Ursache man achselzuckend für zunächst unauffindbar erklärte. »Wir haben ja immer verlangt, Fenster müssen in die Bude hineinkommen; haben wir ja immer verlangt –«, sagte Birkner, der in strammer Haltung seine Meldungen abgab. Herr Profet, der den nackten Hohn und die Widersetzlichkeit spürte, trat den Rückzug an. »Ich mache Sie verantwortlich dafür, daß bis morgen alles wieder in der Reihe ist –«, sagte er, es war eine sinnlose Phrase, und er richtete sie auch nicht an den scharfen Vorsitzenden des Betriebsrats, Birkner, sondern an den alten, unschuldigen und verwirrten Werkmeister Hockling, der sich bestürzt den Hosenboden kratzte.

Es ist ein verrücktes Wetter an diesem Mittwoch, heiß wie im Sommer, Mitte Oktober, dünnste, blauweiße aufgefaltete Wolken über dem Himmel, die Luft dampfig, die letzten blauen Zichorienblüten am Straßenrand sehen zäh und ermüdet aus. Zwölf Uhr auf dem Kirchturm, der Mittwochsmarkt löst sich auf, niemand kann sagen, warum die Eier um zwei Pfennig gestiegen sind, Zwiebelschalen und zertretene Porreeblätter bleiben zurück, bis Herr Schmittbold mit seinem Besen erscheint und in kleinen Staubwolken alles zur Ordnung wirbelt. Der alte Pfarrer kommt aus der Kirche, die Schneiderin Ritting aus der Wassergasse hat ihm eine läßliche Sünde gebeichtet, sie nimmt ihn allzu oft in Anspruch, es ist das einzige Vergnügen ihres leeren Jungfernlebens. Die alte Frau Markus trägt ein lebendes Huhn, in ein Tuch gebunden, an den oberen Wall zu dem alten Flickschneider und Schächter Popp, der es nach jüdischer Vorschrift durch einen Schnitt in die Gurgel abschlachtet. Die Frau Bürgermeister, in verspätetem Weiß, geht die Prieler Straße hinauf zum Tennisplatz, sie tut es wegen der Figur. Aus dem Haus der Kreissparkasse kommt der erhitzte Herr Profet, kreuzt den mittagswarmen Platz und verschwindet im Tor des Rathauses, erbaut MDCXV, renoviert MDCCCCVII, er muß den Bürgermeister Doktor Ohmann sprechen, sofort, es ist von äußerster Dringlichkeit.

»Als wenn die ganze Stadt auf dem Kopf stünde – ich lasse bitten –«, sagt Doktor Ohmann zu seinem Faktotum Haberlandt. Vor dem Papier- und Buchladen der Witwe Seelig drängt man sich, dort hängen Ansichtskarten von Leore Lania aus, süß, dunkelblickend und zauberfremd. Die Herren Beamten, auf dem Heimweg zum Mittagessen, verweilen nachdenklich davor, merkwürdig angebohrt von dem Gefühl, daß diese Frau, diese Diva, diese Person sich in faßbarer Nähe befindet. Persentheins Rehle schiebt über die Straße, mit einem Korb voll Suppenknochen, in ihrem blauen Overallchen – verrückt.

»Haben Sie gehört, daß der Doktor die Lania operiert hat? Dreitausend Mark soll sie ihm geboten haben, wenn nichts zurückbleibt –«

Im ›Weißen Schwanen‹ wird ein Bett frisch bezogen und ein Zimmer gebohnert, für Herrn Karbon, er hat es telefonisch für zwei Uhr mittags bestellt, die Schwanenwirtin ist in rasender Aufregung, sie legt weiße Strickdeckchen hin, wo immer sie einen freien Platz findet.

Vier Minuten nach eins: Aus dem Gymnasium schießen die Buben, die geheime Versammlung beim Ententümpel kann beginnen. Melancholisch lächelnd reicht das Madönnchen am verstopften Stadtbrunnen ihrem Kindchen einen steinernen Apfel. Das zweite Postauto kommt durchs Tor, das Angermannshaus bebt, Herr Lungaus leidet an Kopfschmerzen, und im Schlafzimmer steht Peter Karbon und packt seinen zerbeulten Autokoffer, um das Haus zu verlassen.

Peter Karbon war an diesem Mittwoch mit einem freien Kopf erwacht, ein gesunder Mann. Die Schulter schmerzte noch leicht, es war jene Sorte Schmerzen, die Karbon gern hatte, Reste überstandener Anstrengungen oder Abenteuer. Es gab wenig Zeitläufe in seinem Leben, in denen er ganz ohne solche Rückstände lebte – wie Buben immerfort zerschlagene Beine haben – und er fand solche Lebensstrecken immer langweilig. »Jetzt kann's losgehen«, sagte er sich demnach schon beim Zähneputzen.

Der Entschluß, aus dem Angermannshaus auszuziehen, hing vage schon in der Luft. Eisenfest aber wurde er kurz nach neun Uhr morgens, als Peter am Verschlag vorbeikam und fand, daß Frau Persenthein seine Stiefel putzte.

Sie kauerte da auf dem Boden, mit Streifen halben Lichts über ihrem Gesicht, das ein wenig abgeblaßt aussah, und hatte seinen breiten, braunen linken Schuh über die linke Hand gezogen, strich Schuhkrem darauf und rieb ihn mit gesammelter und ernsthafter Miene blank.

»Was fällt Ihnen ein?« sagte er, unfreundlich vor Beschämung, nahm ihr den Schuh weg und machte sich selber über die terpentinduftende Arbeit. Übrigens nutzte das nicht viel, denn sie griff sofort nach dem nächsten Exemplar der Stiefelkolonne, die vor dem Verschlag aufgereiht stand, und kratzte den Straßenschmutz von Kola Persentheins strapazierten Absätzen. Sie wurde ein wenig rot dabei.

»Weil das Mädchen seit zwei Tagen nicht kommt – sie ist aus Obanger, und da hat man sie aufgehetzt – und Lungaus ist nicht wachzukriegen – das Rehle hilft ja auch –«, sagte sie voll Verlegenheit und Herzensnot.

»Ich bin gewöhnt, mir meine Stiefel selber zu putzen; das ist englisch. Kein Lord in ganz England würde erlauben, daß ihm jemand andrer die Stiefel putzt«, behauptete Peter mit einiger Kühnheit, machte seinen Braunen summarisch fertig und nahm sogleich die schwarzen Damenschuhe in Arbeit, die außer der Reihe standen. Elisabeth wurde so plötzlich übermütig, daß sie sich selber nicht begriff. Sie hatte einen ihrer Blitze.

»Das mit den Lords ist ja allgemein bekannt«, sagte sie. »Ich wußte nur nicht, daß die Lords auch den Ladies, auf deren Castles sie eingeladen sind, die Stiefel putzen.«

Peter pfiff. Er kroch mit der Hand ganz tief in den Schuh hinein, mit einem durchtriebenen und tief zärtlichen Gefühl. Der Schuh war lang, er hatte die auffallende Schmalheit von Elisabeths Fuß angenommen. Er hatte einen flachen Absatz und war vorne durchgerissen und mit gewachstem Schusterzwirn wieder gestopft. Peter liebkoste den Schaden ein wenig, mit einem hurtigen Blick zu Elisabeth. Sie sah es – sollte es auch sehen – und wurde tiefernst. Es lag ein halber Meter Luft zwischen ihrer Schulter und seiner, aber diese Luft war voll einer ziehenden, zerrenden, gefährlichen Spannung. Im Verschlag dahinter hockte Rehle und schabte pflichteifrig den Schmutz von ihren eigenen kleinen, immer nassen Stiefeln.

»Ich habe von Ihnen geträumt«, sagte Karbon.

Pause. Das nächste Paar Stiefel.

»Jawohl«, setzte er hinzu, als ob sie ihn etwas gefragt hätte.

»Etwas Wunderbares.« –

»Sagten Lady etwas?« fragte er nachher.

Elisabeth nahm ihren Blick hoch und schaute ihm senkrecht in die Augen. ›So geht das nicht weiter‹, dachte sie. »Sie bringen mich ganz durcheinander«, sagte sie mutig.

»Ja? Tue ich das?« fragte Karbon und nahm ihren Blick auf. Langsam wurde auch er ernsthaft. »Tue ich das?« fragte er langsam noch einmal. Er wünschte heftig, ihre Hand zu nehmen und wieder auf sein Herz zu legen, aber sie hatten beide Stiefel auf den Händen. »Mutter hat geheult«, äußerte das Rehle im Hintergrund. Jetzt legte Karbon die Bürste fort und strich zart über Elisabeths Knie, dreimal. »Das darf Mutter nie mehr tun«, sagte er leise. Gleich darauf schien er in größter Eile zu sein. »Ich muß sofort telefonieren«, verlangte er und war schon unterwegs. »Was denn – warum denn?« fragte Elisabeth verwirrt. »Weil ich gesund bin. Wissen Sie nicht, daß jeder gesunde Berliner morgens erst mal eine Stunde telefonieren muß?«

Sie stand jetzt auch auf und schüttelte ihre Schürze, es war nicht die verzauberte von gestern, sondern die mit den Marienkäferchen. »Der Apparat ist im Sprechzimmer. Wird es Sie stören, wenn ich – ich muß nämlich jetzt dort aufräumen –«

»Merken Sie es denn nicht?« fragte er, schon hinter ihr in das Zimmer eintretend, das voller Hinterlassenschaft von Persentheinschem Zigarrenrauch, gefüllten Aschentellern, geleerten Kaffeetassen und verstreuten Schriftstücken war.

»Was denn, Herr Karbon?«

»Daß ich hinter Ihnen herlaufen möchte wie ein kleiner Hund, Frau Doktor Persenthein. Daß ich –«

Er brach ab und machte sich über das Telefon her. Das Rehle half ihm bei der Bedienung der altmodischen Kurbel und brachte das Telefonbuch herbei, Mainz und Umgebung, Lohwinckel, siehe unter Düßwald-Lohwinckel. »Kannst du es jetzt allein? Ich muß nämlich arbeiten«, sagte Rehle nicht ohne Würde. Rehle hatte Missionen in diesem Zimmer zu erfüllen.

Zum Beispiel mußte sie den Papierkorb ausleeren. Rosa, grüne und blaue Glasschälchen – Benützen Sie als moderner Arzt nur Kliemanns farbige Blockgläschen! – in Reih und Glied stellen. Die Post hereinbringen. Die durcheinandergeworfenen Zeitschriften nach Nummern ordnen, denn Nummern konnte man schon tadelfrei lesen. Elisabeth ging hin und her, zu den geöffneten Fenstern atmete der warme Morgen herein, die Kirchenglocke läutete schon wieder, diesmal galt es der verstorbenen alten Dame, Prieler Straße vierunddreißig.
»Glocken – wie katholisch das klingt!« rief Karbon in das Telefon, er sprach mit Leore Lania draußen auf dem Gut. Elisabeth, die es nicht hören wollte, hörte es doch mit: »Pittjewitt, wie geht's dir?« und »Pittjewitt muß vernünftig sein!« und: »Heute nachmittag besuche ich das arme unglückliche Pittjewitt.«
Das tat schon wieder auf diese niederträchtig kochende und beißende Weise weh, diesmal erkannte Elisabeth schon, daß es Eifersucht war. Es gab einen Riß von Klarheit in ihr, während sie vor dem Sterilisator stand und mit der Pinzette die ausgekochten Specula aus dem heißen Wasser fischte. Karbon indessen hatte schon ein Zimmer im ›Weißen Schwanen‹ belegt, kurz mit Franz Albert gesprochen und durch dringenden Fernanruf irgendeinen Herrn Drögemann in seinem Berliner Büro erreicht. Sein Gesicht schaltete sich um, es zog sich zusammen zu der angespannten Maske, die alle Männer der Welt im Beruf tragen, es schwirrte von Daten, Konferenzen, Kabel nach London, Rede des Außenministers, Gegenversicherung, dann kamen noch Vorwürfe wegen der schlechten Übersetzung eines Inseratentextes – und wie steht die russische Angelegenheit? – Danke, Schluß bis morgen.
»So«, sagte er gleich darauf mit entspanntem Gesicht. »Jetzt habe ich ein bißchen Luft geschafft. Jetzt kann ich hierbleiben, solange es nötig ist.«

»Wann wollten Sie denn abreisen?«

»Es hängt nicht von mir allein ab –«, antwortete er vieldeutig, schaute begeistert auf den rosa Schatten, der an Elisabeths Nacken aufstieg – ›Herrgott, Herrgott, eine Frau, die erröten kann‹, dachte er – ›Er muß ja auf seine Schauspielerin warten‹, dachte sie –, nahm ohne weiteres den Besen, den sie hatte stehenlassen, und trabte hinter ihr her durch die Diele, in der sich die ersten Patienten eingefunden hatten.

Um zehn Uhr hilft Peter Karbon im Keller unten bei der elektrischen Pumpe, um halb elf hockt er in der Küche und spaltet Holz, nachher nimmt er Lungaus' Platz auf der Kohlenkiste ein und hilft Kartoffeln abbürsten, er macht auch Brote für Doktor Persentheins zweites Frühstück zurecht, während Elisabeth Tee kocht und Spinat verliest. Karbon amüsiert sich großartig dabei, es ist lächerlich und blödsinnig, daß er so gern in der Nähe dieser Frau ist, aber so steht es nun einmal, und er hat beschlossen, vorläufig keine Minute von ihrer Seite zu gehen. Was Frau Doktor Persenthein betrifft: Es ist ganz sicher, daß sie in ihrem ganzen Leben noch nie so glücklich war wie an diesem Vormittag. Es ist dieses tanzende und schmerzende Glück, dieses transparente, leuchtende, schwebend über einer Tiefe von Angst und Abschiedswissen, mit dem Liebe beginnt: Goldener Nebel vor Sonnenaufgang; betaute Frucht vor dem Gepflücktwerden; Herz in der Knospe.

Dazwischen tauchte einmal der Doktor in der Küche auf, gespensterte herein mit seinen überwachten Augen, bedrückend, schlecht gelaunt, Depression und Vorwurf: »Warum sind keine Spateln hergerichtet? Wo sind Spateln? Im Wandschrank sind auch keine! Das ist doch wohl das wenigste, daß für die Praxis alles in Ordnung ist. Wenn ich nicht einmal Spateln habe –«

Elisabeth stürzt ins Sprechzimmer, die Spateln sind im Wandschrank, Rehle hat sie rechts hingelegt statt links.

»Bitte, da sind die Spateln, Kola, sei nicht böse, Kola« – aber Kola ist nur ein schwerer, unfreundlicher Schatten zwischen seinen dunstigen Patienten.

Kurz vor zwölf Uhr fand im Wohnzimmer ein merkwürdiges Gespräch zwischen Elisabeth und Peter Karbon statt.
»Wenn Sie drei Wünsche frei hätten, Elisabeth, und jeder ginge in Erfüllung; was würden Sie wünschen?«
»Achthundertzwanzig Mark«, sagte sie ohne Besinnen. Es war die Summe, die sie in ihrem kleinen Wirtschaftsbuch hundertmal herausgerechnet hatte: die Schulden bei Markus, die Schulden für Kohlen, Fleisch und Butter, drei Raten für den Pantostat, ein Bluttransfusionsapparat, Stiefel für das Rehle, vier Bettbezüge, zwölf Glasteller, den Klavierstimmer, einen Wintermantel. Achthundertzwanzig Mark.
Peter zuckte ein wenig mit den Händen, als wäre jemand sogleich aus dem Wasser zu ziehen, legte sie dann aber wieder vor sich hin auf die Tischplatte.
›Ich kann doch nicht die schauerliche Geschmacklosigkeit begehen und ihr jetzt einen Scheck ausschreiben‹, dachte er. ›Ich kann darauf auch gar nichts sagen. Herrgott, und da sitzt sie und sorgt sich –‹
»Das ist kein Wunsch«, sagte er schließlich. »Ich bin Ihrem Mann mindestens viermal soviel schuldig. Weiter. Drei richtige Wünsche.«
Elisabeth schaute ihn aufmerksam an; sie hatte diese Antwort, diese Aussicht, diese genauer umschriebene Summe erst eine geraume Weile in sich zu verarbeiten. Sorgen sind die hartnäckigste Gewohnheit der Welt. Der arme Mann, der den Haupttreffer macht, wird noch monatelang aus dem Schlaf gestoßen werden von der Angst um Brot und Dach. Elisabeth konnte sich ausreichend Geld nicht vorstellen, und dann lag da auf dem Grund der Erleichterung eine wunderliche und

verteufelte kleine Bitternis. Herr Karbon ist ein reicher Mann. Herr Karbon bezahlt und zieht seiner Wege. Wir bleiben in Lohwinckel sitzen. Was gehen wir Herrn Karbon an? ›Wie sie atmet!‹ dachte Peter entzückt. Nun, Frau Doktor Persenthein atmet wie jeder Mensch, natürlich tat sie das. Es gehörte die närrische Freude der Verliebtheit dazu, daran etwas Besonderes zu finden. Die Oberlippe ihres sonst fest geschlossenen Mundes hatte sich aufwärts geschoben, das gab ihr einen staunenden und gelösten Ausdruck, ihre Kehle bewegte sich leise, dazu krabbelten fünfhundert Marienkäferchen über die blaue Schürze.

»Weiter. Drei richtige Wünsche«, forderte Peter. Diesmal dachte sie lange nach, es kamen immer falsche Dinge dazwischen, die sie von der Hauptsache abtrieben, nochmals die Bettbezüge, neue Nähmaschine, Radioapparat, einmal die Sache mit dem Badeofen gründlich reparieren – aber sie bohrte sich durch bis zur Hauptsache.

»Ich möchte wieder so sein wie früher –«, sagte sie schließlich, ihre Schulterblätter, die schon wieder müde waren, sanken ein wenig vor dabei.

»Wie waren Sie denn früher?« fragte Peter lächelnd. Sie begann gleichfalls zu lächeln. »Ich weiß nicht. Lustig. So – bißchen dumm und leichtsinnig, aber sehr lustig. Ich bin doch zwischen lauter Jungen aufgewachsen, mein Vater wollte, ich sollte studieren. Na, dazu habe ich nicht gepaßt. Aber mit den Buben jeden Streich ausgefressen. Hätten sie mir gesagt, ich soll auf den Kirchturm klettern, ich wäre raufgeklettert. Dann war ich ein halbes Jahr in München. Mein Gott, wenn ich noch mal so sein könnte, wie ich in München war –«

»Ja? Und wann sind Sie dann anders geworden?«

»Wie ich geheiratet habe, natürlich«, sagte sie rasch. Gleich darauf tat es ihr leid. »Ich bin sehr glücklich verheiratet«, setzte sie hinzu, mit eigensinniger Miene, und nachher sah sie ihre Hände an. Auch Peter Karbon schaute in die aufgefalteten Handmuscheln. Sie hatte seit zwei Tagen begonnen, ihren Fingern mit Cold-Cream und Nagelpolitur zu Leibe zu rücken. Trotzdem war es während der nächsten zehn Sekunden und während sie beide auf die verarbeiteten, langen, schmalen Hände schauten, als wenn da alle Mühsal und Enttäuschung ihres Lebens in den Rissen der Haut zu sehen wäre. ›Spinat‹, dachte Peter wütend. ›Stiefelwichse, Kohlenstaub! Was für Blödsinn!‹

»Schön. Zweitens.«

»Zweitens – ich dachte immer, ich möchte mal nach Neapel kommen –«

»Herr, du meine Güte! Warum denn gerade nach Neapel?«

»Ist es nicht schön da?«

»Natürlich ist es schön da. Es ist bloß keine Reise, es ist zu nah. Ich will Ihnen etwas sagen, Elisabeth: Schön ist es überall auf der Welt, wahrhaftig, ich habe noch keinen Meter Erde gesehen, der mir nicht gefallen hätte, das kann ich sagen. Aber Reisen, wissen Sie, das ist etwas anderes. Die Unruhe, verstehen Sie das, dieses Fortgerissenwerden, das Bewegtsein – nachts wachen Sie auf, Sie spüren die Räder, die Achsen, Sie sind im Transsibirien-Zug, hallo, zwei Tage von Omsk bis Irkutsk, oder drüben im Pazifik oder auf einem Schiff, Sie stehen auf und gehen ans Heck, so um drei Uhr morgens, das rauscht so um den Bug, und Sie spüren die Schiffsschraube und daß es immer vorwärts geht, wo Sie gerade noch waren, sind Sie nicht mehr, das ist manchmal so stark, daß man schreien möchte vor Vergnügen – warum gerade Neapel?«

»Ach – ich weiß nicht. Wir hatten da so ein Bild zu Hause von Neapel, das habe ich als Kind immer angesehen vor dem Einschlafen. Deshalb vielleicht.«

»Sie müssen nicht so bescheiden wünschen: Neapel. Wünschen Sie mal – sagen wir: Indien.«

»Gut. Indien«, sagte sie lächelnd wie zu einem kleinen Kind.

›Du wirst dich noch wundern‹, dachte Karbon dazu. Elisabeth sah ihn an, unbekannter Mann mit seinem roten Schopf, es war, als hätte er alle Fenster im Angermannshaus aufgerissen, es wehte eine scharfe Luft. Fremde, Welt und Abenteuer. So wie er sah kein Mensch aus in Lohwinckel, alles saß locker auf ihm, Elisabeth staunte, sooft sie ihn unversehens erblickte, daß es diese Sorte unwahrscheinlicher Menschen in Wirklichkeit gab. »Der dritte Wunsch«, sagte er.

»Habe ich denn noch einen frei?« fragte sie so ernsthaft besorgt, als wenn dieser Peter Karbon der Zauberer aus dem Märchen wäre, mit allen Wundern und Erfüllungen in der Tasche. »Ist ja Unsinn«, sagte sie sofort danach und stand auf. »Ich muß in die Küche – mein Gemüse –« Sie hatte ihre Augen gerade vor seinem Mund, wie sie vor ihm stand. Es war eine Deutlichkeit in der Zeichnung seiner Lippen wie unter dem Mikroskop, und das schmerzte ganz dünn in der Herzgrube.

»Sie sind die erste Frau, die in der Größe zu mir paßt«, sagte er, es ließ eine Perspektive auf einen langen Zug von Frauen in ihr erstehen. »Wir werden herrlich zusammen tanzen. Tanzen Sie gern?«

»Leidenschaftlich.«

»Oft?«

»Niemals.«

Daß er ›wir‹ sagte –, ›wir werden‹ – hatte wieder das Blut in ihrem Nacken hochgetrieben, es war etwas darin wie Verheißung oder Drohung, etwas Andrängendes. Sie begab sich auf die Flucht.

»Halt«, rief Karbon hinterher. »Der dritte Wunsch!« Sie stand an der Tür von Rehles Kammer still, drinnen frühstückte ein friedlicher Teddybär mit zwei schwerkranken Puppen, und das Rehle malte Ziffern in ein altes, vollgeschriebenes Haushaltsbuch. »Stör mich nicht, ich muß rechnen«, sagte es in dem gepreßten Ton, den es hundertmal von seiner Mutter gehört hatte. Peter hielt Elisabeth am Ellenbogen fest, sie hatte eine glatte, kühle, mit vielen Pulsen klopfende Haut. »Also?« fragte er. »Das ist nicht so leicht – es wäre – es müßte alles anders werden«, sagte sie.

»Was, anders?«

»Alles eben.«

»Wie, anders?«

»Anders. Ganz anders. Ich weiß nicht wie. Aber anders.«

»Gut«, sagte darauf Peter Karbon, als hätte er einen Auftrag erhalten, und ließ sie los. Sie verschwand sogleich im Dunkel der steilen Holztreppe. ›Es ist ja schon alles anders‹, dachte sie aufgestört bis ins Innerste. Karbon rief ihr noch etwas nach. »Ich packe jetzt«, rief er oben am Treppenabsatz stehend, mit ein wenig Helle um Kopf und Schultern. »Ich ziehe aus. Ich möchte nicht mehr bei Ihnen wohnen.«

»Warum denn – um Gottes willen?« fragte Elisabeth, angenagelt auf der vierten Stufe.

»Weil – das kann ich hier nicht hinunterbrüllen. Ich erkläre es Ihnen heute nachmittag. Wir gehen zusammen spazieren.«

»Dazu habe ich keine Zeit.«

»Doch«, rief Peter einfach und verschwand. Elisabeth fand in der Küche einen übergekochten Spinat und ein erlöschendes Herdfeuer. Sie stürzte sich in die Arbeit wie in eine Rettungsaktion für ihre taumelnd gewordene Seele. Sie wäre gern für zehn Minuten in die Kirche gelaufen, aber sie kam nicht dazu. Sie plättete schnell zwischendurch ein paar Wäschestücke aus, und nachher kam der Doktor und holte sie. Die Diele war gestopft voll, obwohl es schon gegen Mittag ging, und die murmelnde Unruhe von Lohwinckel schlug mit undefinierbaren Wellen bis ins Angermannshaus. Im Sprechzimmer war einem widerspenstigen und zu Tode geängstigten Kind ein Panaritium zu schneiden. Elisabeth nahm den kleinen strampelnden Menschen, dieses Bündelchen Herzklopfen, auf den Schoß und hielt seine Arme fest.

»Höher«, kommandierte der Doktor. »Mehr zum Licht. Fester. Du zuckst ja selber. Wenn du nicht ruhig halten kannst –« Elisabeth spannte sich, sie atmete vorsichtig den Geruch ein, der aus seinem Kittel aufstieg: Jod und sehr viele billige Zigarren. Eiter quoll aus dem geöffneten Geschwür, ihr wurde wolkig und ein wenig ungut. Sie erschrak davor, wie zuwider ihr plötzlich Kolas Klinikgeruch geworden war. Hinterher begann das Kind fassungslos zu weinen, das nasse Gesicht in ihren Hals gelegt.

»Raus«, sagte der Doktor. »Der Nächste.«

Für Elisabeth brachten die fremden kleinen Arme um ihre Schultern ein wenig Erleichterung. Rehle weinte nie und umarmte nie und brauchte niemals Trost, sie hielt ihr festes kleines Herz in glatten Muschelschalen verschlossen. ›Was habe ich nur?‹ dachte sie, während sie das Kind seinem Vater übergab, ›es ist doch alles gut, es ist doch alles in Ordnung?‹

»Hier ist noch ein bißchen Wäsche von Ihnen«, sagte sie eine Viertelstunde später, ins Schlafzimmer eintretend, wo Karbon seinen Koffer packte. »Aber warum wollen Sie plötzlich weg? Bei uns – wir haben wenigstens Badezimmer, das kriegen Sie sonst in ganz Lohwinckel nicht.«

Es war ein armseliges Argument, das in keinem Verhältnis zu dem flehenden Ausdruck ihrer Augen stand – von dem sie übrigens selbst nichts wußte. Karbon hörte sogleich zu packen auf und kam über die schrägen Dielen zu ihr gewandert. Bei Tag besehen war dieses Schlafzimmer einfach scheußlich. Die ererbten Betten des verstorbenen Onkels Burhenne, die dunkle, drückende Balkendecke, der Waschtisch mit dem Wandschoner und der marmorisierten Wachstuchplatte, das alles preßte ein wenig den Atem zusammen.

»Sie wissen ja selber, warum ich ausziehe. Finden Sie es nicht richtig?« »Nein«, sagte Elisabeth, aber ›Ja‹ dachte sie. »Wir wollen uns doch nichts vorschwindeln«, erwiderte darauf Karbon rasch. »Erstens paßt es mir nicht, von Ihnen bedient

zu werden, gar nicht. Ich schaue mir diese Quälerei nicht länger an, das ist sicher, ich nicht. Und dann stehen wir beide so, daß ich nicht mehr im Haus Ihres Mannes wohnen möchte. Ich schätze Ihren Mann sehr –«, setzte er mit einer kleinen ritterlichen Verbeugung hinzu. An Elisabeth zischten diese Sätze vorbei wie Klingen, das Herz blieb ihr stehen.
»Wir beide – das ist ja Unsinn«, stammelte sie schwach. Karbon stand mit dem Gesicht zur Tür, ihr abgewandt. »Man kann da nicht viel darüber reden, Elisabeth«, sagte er. »Uns fehlen heutzutage ein paar Vokabeln. Ich kann nicht hier anrücken mit ›Ich liebe dich‹ und ›Liebst du mich?‹ Aber wir wissen ja beide, was los ist. Du weißt, daß ich dich nicht hierlassen werde. Und ich weiß, daß du mit mir gehen wirst. Was noch?«
»Das ist ja nicht wahr – das ist ja nicht wahr«, flüsterte Elisabeth, »das ist ja nicht wahr.«
Erdbeben, Einsturz, Explosion. Karbon kam schnell von der Tür her zu ihr an den Bettrand. Er wünschte mit rasender Heftigkeit, sie zu küssen, sie so zu küssen, daß sie neu wurde, sie aus sich selber herauszuschälen zu ihrer eigentlichen Form. Sie kam ihm verkleidet vor, seit er sie zum erstenmal mit Bewußtsein erblickt hatte, ihre Hand auf seinem Herzen, adelig und in ihrer Aschenbrödelschürze. Das alles hat keine Worte und keine Gestalt, während er sie schon in die Arme nahm, ihren bittenden Mund unter dem seinen, eine steil in den Himmel jagende Rakete von Gefühl. Ihr wieder war es, als hätte sie ihr ganzes Leben nur auf dies gewartet, auf dieses Hinuntersinken und Übersiehergebreitet sein und Insiehineindringen wie aus tiefgeträumten Träumen.
»... so wahr ist das – so wahr ...« sagte er atemlos, als er sie aus dem Kuß entließ. Sie ging mit blinden Augen zum Fenster. Peter Karbon, rückwärts im Zimmer, streckt das Kinn aufwärts, klopft auf seine Rippen, frißt sich tief voll Luft. Er hat ein Gefühl, als wenn seine nächste Zukunft bunt und leicht

vor ihm aufschwebte wie ein Bündel von Luftballons. Er nimmt verständig seine Schuhe in den Seidenfutteralen, seine zusammenlegbaren Reise-Kleiderbügel und packt weiter.
»Und wie soll es mit uns beiden weitergehen, Elisabeth?« fragt er die Frau am Fenster.
»Weitergehen? Gar nicht. Sie werden abreisen – und ich werde hierbleiben.«
»Ich denke nicht daran«, sagt Peter und kommt schon wieder näher mit seiner brennenden, vibrierenden Nähe.
Gerade wie er mit seiner Schläfe bei ihrer Schulter angelangt ist, klopft es. Lungaus erscheint, Lungaus, verkatert, mit schlechtem Gewissen, aber störrisch, wenig gewaschen und in Kolas Hosen-Gespenstern.
»Ich wollte nicht stören, Mutter«, sagt er gewandt. »Ich wollte bloß nach das Frühstück fragen.«
»Im Ofenrohr steht noch Kaffee«, sagt Elisabeth, ohne hinzusehen.
»Kaffee ist nicht in die Diät drin. Wegen Vermeidung von Gifte.«
»Dann warten Sie bis Mittag. Ich habe nichts für Sie gerichtet, Lungaus.«
Über dieses erstarrte Lungaus unter der Tür. »Ich muß doch essen«, sagte er weinerlich. »Ich fühle mir ohnedies nicht.«
Elisabeth versucht ihre Hände zur Ruhe zu bekommen oder ihre Lippen oder ihre Stimme, aber alles zittert noch.
»In der Speisekammer liegt Wurst. Machen Sie sich ein Brot«, sagt sie angestrengt.
»Wurst? Ich? Wurst?« fragt Lungaus und schlappt ins Zimmer herein voll erschrockenem Staunen. Plötzlich hat Elisabeth genug von ihm, genug von allem, genug von den drei Jahren Sorgfalt für Lungaus und Martyrium für die Idee. Sie dreht sich scharf um. »Wenn Sie sich vollsaufen können, dann können Sie auch Wurst essen!« schreit sie, sie hat blasse Lippen, blasse Nägel, sogar die Iris ihrer Augen ist hell ge-

worden vor Erregung. Karbon beginnt zu lachen, unaufhaltsam, hinter dem Deckel seines Koffers. Lungaus nickt bedeutsam mit dem Kopf.

»Ich sage ja nur, was wird der Doktor dazu sagen. Und Wurst?« bemerkt er.

»Der Doktor braucht es nicht zu wissen«, sagt Elisabeth und wendet sich wieder dem Fenster zu. Lungaus schaut sie an, schaut Herrn Karbon an, schaut wieder die Frau an.

»Ach so, Mutter, der Doktor braucht es nicht zu wissen? Ach so. Von mir – ich sage nischt«, sagt er noch und zieht sich zurück.

Ein bißchen Mörtel rieselt, als die Tür zufällt. Der heilige Georg, steife Holzfigur mit großem Kopf, bohrt seine Lanze einem unbeholfenen Drachen in die Delphinschnauze. Die Anarchie im Angermannshaus hat begonnen.

Als Leore Lania diese Erholungstour angetreten hatte, war es unter anderm ihre Absicht gewesen, sich die Schlafmittel ein wenig abzugewöhnen. Aber nun, da sie mit Schmerzen in der dumpfen, kühlen Gaststube des Gutes lag, den Kopf erfüllt mit einem Schmeißfliegengesumm von Sorgen, konnte davon nicht die Rede sein. Sie schickte ein paar Nachrichten in die Welt, an ein paar Menschen, die ihr ergeben waren, aber sie hielt zu wenig von menschlicher Gemeinschaft, um davon Hilfe zu erwarten.

›Doktor Marta Stein, Neubabelsberg‹, telegrafiert sie zum Beispiel. ›Nicht erschrecken Liebling ich lebe noch stop sende Zeitungsausschnitte über Unfall per Adresse von Raitzold Lohwinckel stop Küsse vom armen Lolein‹

Und dann kamen Dienstag auch ein paar Zeitungen, die von schrecklichen Verwundungen ihres Gesichtes berichteten. Inzwischen jagte sie einen Brief hinaus an Herrn Erich von Mollzahn, Kiel-Holtenau, Seeflugstation:

›Lieber, ich liege in meinem Himmelbettchen und bete zu Gott, daß mein Brief Dich antrifft und daß Du nicht mit Deinem Vogel Gott weiß auf welchem Schiffsdeck sitzt oder von irgendeinem Katapult in irgendeinen Ozean abgeschossen wirst, wo kein Bibi-Hilfsschrei zu Dir dringt. Es geht mir natürlich schlecht, sonst würde ich nicht zu Dir kommen. Du weißt ja, daß Du der einzige bist, wenn es mir schlecht geht. Hast du's in der Zeitung gelesen? Sie werden ja wohl Lärm genug machen mit Tatarennachrichten über das Unglück. Nun höre zu: Du mußt mir einen Arzt verschaffen, den besten Mann für Gesichts-Chirurgie, den Du auftreiben kannst. Ich bin hier einem Mann in die Hände gefallen, zu dem ich nicht das geringste Zutrauen habe, er hat riesige Hände, und wo er hingreift, tut es weh und wächst kein Gras mehr. Die Leute, bei denen ich untergebracht bin, halten auch nichts von ihm, er hat auch gerade einen ihrer Knechte zu Tod operiert. Nun, Bibi lebt vorläufig wenigstens noch, aber, wie Du Bibi kennst, lebt sie nur, so lang es ihr paßt und ganz bestimmt nicht mit verpatzter Fresse. Ach, lieber Erich, wärst Du doch nur eine Stunde bei mir, so breit und vernünftig und mit so warmen Händen. Karbon, mit dem ich diese verdammte Tour gemacht habe, ist ganz nett, aber selber verletzt, und wie egoistisch jeder einzelne bei so einem Unfall wird, das glaubst Du nicht. Plötzlich merkt man, mit wie fremden Kerlen man in der Welt herumzieht. Bibi hat einen Moralischen, merkst Du was? Bibi wird mit einem kleinen Glasröhrchen und flüssiger Nahrung gefüttert und hat das halbe Gesicht mit einer Sache verkleistert, die dieses Ekel von Doktor ›ein Girlandchen‹ nennt. So was mag Bibi gar nicht. Man lebt hier drei Stunden hinter den Brettern, mit denen die Welt vernagelt ist, auf einem melancholischen Gutshof, kurz vor der Pleite, ›Untergang des Hauses Usher‹, Du erinnerst Dich? Vor den Fenstern sind Pfützen, Wolken, Abreiseschwalben. Mein Bett hat Vorhänge, die muffeln so

komisch. Im Zimmer ist es kalt, sie heizen mit nassem Fichtenholz und jammern über ihren ausgeholzten Wald und über die Steuern und über einen Weinberg, den sie verpfändet haben. In vier Tagen will der Doktor die Fäden herausnehmen, dann wird man weiter sehen. Komischer Gedanke, daß ich nun gerade in einem Ort namens Lohwinckel den alten Revolver gebrauchen sollte, mit dem Du mir das Scheibenschießen beigebracht hast. Ich möchte nicht hier begraben sein. Kümmere Dich um mich, schick mir einen Arzt, der was kann und mir die Wahrheit sagt, hol mich hier fort, Freund, Freund, guter Freund! Von Pertöffy bin ich endlich geschieden, weißt Du das? Es ging aber nicht so einfach wie bei uns, und er ist böse auf mich.‹
Sie rechnete aus, wann dieser Brief abreisen, ankommen, Hilfe bringen könne; es kamen Ewigkeiten dabei heraus. Zwar kämpfte sie sich ganz ordentlich durch die Stunden hin, machte Licht, machte dunkel, las in Zeitschriftenbänden aus den neunziger Jahren, die gelbes Papier hatten und nach Tabak rochen, horchte auf den Hund, auf Wipfel, Regen, Wind, Nacht, auf den immer gleichen dicken Flötenton eines unbekannten Vogels in der Finsternis. Schließlich gab sie nach, nahm um drei Uhr ein Veronal, um halb vier ein zweites, dann ließ sie noch tausend Schafe über die Hürde springen, wurde dumpf und entschwand sich selbst. Sie schlief ein, während das Gut erwachte.
Zwei Hähne begannen, einer konnte schon krähen, der andere lernte es erst, dann ging die Stalltür, eine Laterne pantoffelte über den Hof, ein Eimer stieß an den steinernen Brunnentrog; der Wind sprang um und kam nun beladen mit dem Duft von Streu und Mist feucht an die Fenster, im Haus hustete Herr von Raitzold, die wilden Weinranken an der Mauer zitterten zart vor Sonnenaufgang, jemand nahm den Hund mit beruhigenden Worten an die Kette. Es hellte schon mit einem dünngrünen Streifen am Horizont, aber Fräulein

von Raitzold nahm noch die Laterne mit, um die letzten Blumen in den Beeten zu schneiden und für den Versand in die flachen Rohrkörbe zu packen.

Das Fräulein kämpfte auf verlorenem Posten und wußte das auch. Das Gut war verschuldet, verpfändet, belastet bis an die äußerste Grenze des Tragbaren. Es wurde ein Loch zugestopft und ein anderes aufgerissen seit Jahren. Man war in ein verzweifeltes Experimentieren geraten, das übel auslief. Man hatte Schweine gezüchtet, und die Schweinepreise sanken, hatte es mit amerikanischer Weizensaat probiert – fünffacher Ertrag, empfohlen von der landwirtschaftlichen Versuchsstation –, und der Boden nahm ihn nicht an. Zwei Weinjahre waren schlecht gewesen, und in diesem, das ausgezeichnet schien, hatte Herr von Raitzold die Ernte vom Stock weg verkaufen müssen; der Gedanke daran machte Herrn von Raitzold schwersinnig. Es fehlte an Dünger für die Herbstbestellung, das Vieh war zu wenig für den großen Besitz und Kunstdünger unerschwingbar. Die Versicherung blieb unbezahlt. Die Steuer war zweimal gestundet worden, jetzt drohte Pfändung. Die Kartoffelernte war noch in Gang, am letzten Sonnabend hatte man die Leute mit einer letzten Anstrengung noch auszahlen können. Diese Woche näherte sich in nackter Aussichtslosigkeit dem Zahltag. Panik hatte den Gutsbesitzer ergriffen, er war herumgejagt nach allen Richtungen. Es ging um das Sonnentreppchen, um das beste Stück Wein der ganzen Gegend, um Kern und Herzpunkt des Raitzoldschen Gutes. Herr von Raitzold hatte die Orientierung in seinen Finanzen verloren, er saß über Büchern, rechnete Zinsen und Zinseszinsen, Verzugszinsen, Zuschlag von acht Prozent für verspätete Abgabe der Steuererklärung, Hypothekenzinsen, deren Höhe mit der Benennung ›Provisionen‹ verschleiert wurde, rechnete, verrechnete sich, begriff nicht, wagte nicht, jemand Einblick in seine Papiere zu geben, und irrte labyrinthisch zwischen gelben, grünen, roten Aktenbogen, Rekursen und Mahnungen herum. Das Fräulein indessen schickte Blumen nach Schaffenburg, dreißig Liter Milch nach Düßwald, fünfundachtzig Eier auf den Wochenmarkt von Lohwinckel. Die Schulden ihres Bruders betrugen rund und gut gerechnet 250000 Mark. Sie hatte eine Wocheneinnahme von 54 Mark. Sie konnte nichts tun als melancholisch lächeln, aufrecht und mager, wie sie in ihren Reitstiefeln dastand.

An diesem Mittwoch nun, der bald nach Sonnenaufgang mit solch einer dampfenden, bedeckten Wärme anging, als sei August anstatt Oktober, schien es mit den Blumen vorbei zu sein. Astern und Gladiolen hatten die Leute selber, die lohnten den Versand nicht. Und Rosen kamen nur mehr etwa zwanzig oder fünfundzwanzig Stück zur Blüte, eine gelbliche Sorte mit leise rötlich eingerollten Blattsäumen. Das Fräulein griff unter eine Blüte und schaute sie an, es war die Gebärde, mit der man einem müden Kind das Köpfchen hebt, um sein Gesicht zu sehen. Einen Augenblick überlegte sie, ob man für diese letzten Exemplare mit dem Preis hinaufgehen könne, aber dann sagte sie zu sich selber: »Nein. Ich werde sie alle ihr schenken. Alle.« Sie nahm die Rosenschere aus dem Korb und schnitt die Blüten ab, es lag etwas Unruhiges und Abruptes in der Bewegung, das anders war als ihre sonstige Beherrschtheit. »Sie schläft noch«, sagte das Fräulein weiter zu sich, während sie am Weinkeller vorbeischritt, den säuerlich gärenden Geruch einatmete wie etwas, das Erleichterung bringen konnte, und dabei die linke Hand in die kühle Taunässe der Rosenblätter hängen ließ. Sie hatte die Gewohnheit, halblaut mit sich selbst zu sprechen, wie übermäßig einsame Menschen es tun.

Wirklich lag Leore Lania mit geschlossenen Augen im Bett, als das Fräulein vorsichtig eintrat und die Blumen hinschüttete, feucht und lose, wie sie waren. Sie schlief aber nicht, trotz Veronal, sondern stellte sich nur so. Sie hatte die un-

verletzte Seite ihres Gesichtes in den Ellenbogen geschmiegt, und die andere, die noch immer leise brannte und zerrte, lag frei. Die Wunde war mit einem schmalen Streifen Verbandstoff zugeklebt. Der Mundwinkel war nach unten gezogen mit einem Ausdruck von Schmerzlichkeit, der das Fräulein heftig bewegte. Eine Weile stand sie da und schaute die Schauspielerin an. Die Lania spürte den Blick auf sich, spielte aber weiter Schlafen und bemühte sich, die Lider unbeweglich zu halten wie bei einer Aufnahme. Schließlich schlich das Fräulein vom Bett fort, Leore machte sofort hinter ihrem Rücken die Augen zu einem Spalt auf und beobachtete sie. Das Fräulein hatte die Stiefel abgetan, wahrscheinlich eigens für diesen Morgenbesuch, und wanderte in braunen Strümpfen bis zur Tür, dort blieb sie stehen und drehte sich wieder um. Sie hob beide Hände mit einer sonderbar leidenschaftlichen Gebärde vor ihren Mund und flüsterte sich selber zu: »Mein Gott. Mein Gott –« Es klang dringend wie ein Hilferuf. Die Lania verdrückte ein verschmitztes Gefühl in sich. Das Fräulein indessen hatte jetzt ihren Anzug ins Auge gefaßt, einen schwarzen, warmen Trainingsanzug, in dem die Lania ihre Rekonvaleszenz verbrachte, und starrte nun mit verlorenen Blicken dieses Häufchen seidenglänzender Wolle an. Der Anzug lag auf dem Boden, denn die Lania war nicht gewöhnt, irgendein Ding an seinen richtigen Platz zu bringen. Fräulein von Raitzold hob ihn auf, stand noch eine Sekunde so und preßte dann mit einem sonderbar huschenden Ausdruck von Entschlossenheit ihre Stirne in das schwarze Stück Stoff in ihren Händen. Die Lania entschloß sich, aufzuwachen. Sie tat es, innerlich amüsiert und mit kleinen, vorbereitenden Tönen, die dem Fräulein Zeit gaben, den Anzug wieder auf den Boden fallen zu lassen.
»Guten Morgen«, sagte Leore und drehte die gesunde Seite ihres Gesichtes ins Licht. Seit dem Augenblick der Verletzung trainierte sie schon daran, die verletzte Seite zu verbergen.

»Guten Morgen. Haben Sie gut geschlafen?«

»Danke. Herrlich geschlafen.«

»Ohne Schlafpulver?«

»Ja. Ohne«, sagte die Lania. Sie war immer umschwirrt von einem Gewirbel solch kleiner Lügen ohne Sinn und Grund. Es war wie eine verrankte Schutzhecke, hinter der sich ihre zarte, gefährdete wirkliche Person versteckte. Das Fräulein blieb am andern Ende des Zimmers stehen und schaute zu der Schauspielerin hinüber, wie man von einer Insel zur andern schaut.

»Die wunderbaren Blumen. Für mich?«

»Sie sind nicht mehr schön genug für den Verkauf –«, erwiderte das Fräulein unfreundlich. »Wollen Sie baden?«

»Wenn es keine Umstände macht –«

Zwar machte es Umstände. Auf diesem verfallenen Besitz machte alles und jedes Umstände, die Klingeln gingen nicht, die Schornsteine waren baufällig und feuergefährlich, und den elektrischen Strom für die Pumpe hatte man wegen zu hoher Kosten abgestellt, den alten Brunnen im Hof wieder in Gebrauch nehmend. Aber Fräulein von Raitzold sockte sogleich auf ihren Strümpfen davon, zog draußen vor der Tür ihre Stiefel wieder an und fuhrwerkte mit solchem Feuer in die Küche hinüber, daß die Lania eine halbe Stunde später schon ihren Tub mit heißem Wasser und ihr Frühstück bekam. Fräulein von Raitzold selber deckte den Tisch auf der kleinen Veranda, stellte Honig hin und die Butter, die mit Wassertropfen besprengt aus dem alten Holzmodel kam, das Gutszeichen und Wappen der Raitzolds in ihre sahnige Weiße gepreßt.

»Fein«, sagte Leore und rieb ihre Nase an einer herabpendelnden roten Weinranke. »Ich muß hier immer an meine Kindheit denken. Mein Großvater hatte auch ein Gut, pensionierter General, drolliger alter Herr.«

Kein Wort davon war wahr. Die Lania spielte nur ein bißchen mit sich selber: Morgen auf dem Gut. Unten trug eine Katze ihr Junges im Maul über den Hof, die spielte mit. Das Fräulein, das ein wenig gelächelt hatte, zog plötzlich ihre Hände vom Tisch fort. Sie mißfielen ihr so sehr, sie hatte im ganzen ein so miserables Gefühl von Häßlichkeit und Benachteiligtsein; sie steckte die Hände mit den Nägeln voll Gartenerde schnell in ihre Jackettasche, sagte »Na«, und machte sich auf den Weg. »Bleiben Sie doch ein bißchen bei mir!« rief Leore, erwischte gerade noch einen Arm des Fräuleins und legte mit einer Bettelbewegung ihre Schläfe daran. Ihre kleinen Liebkosungen hatten Berühmtheiten erlangt bis nach Amerika –

»Leider – keine Zeit –«, murmelte das Fräulein belegt, ließ sich aber noch einen Augenblick festhalten.

»Ich weiß. Ich bin Ihnen so im Wege. Sie werden froh sein, wenn Sie mich los sind.«

»Aber nein. Das – gar nicht. Im Gegenteil –«, sagte das Fräulein erschrocken. »Nein«, sagte sie und setzte sich nun doch im Amazonensitz auf das Geländer der Veranda. »Sie sind – ich glaube, es ist ein Segen, daß Sie da sind. Ich weiß nicht, wie wir ohne Ihren Besuch über diese Woche gekommen wären. Auch mein Bruder –«

»Ich habe ihn husten gehört, die ganze Nacht, und herumgehen.«

›Du hast also doch nicht geschlafen‹, dachte das Fräulein und empfand eine wunderliche Freude daran, die Lania bei einer Lüge zu erwischen. »Mein Bruder wäre mir zusammengeknackst ohne Sie. So hält er sich. Er hält Disziplin Ihretwegen. Gott sei Dank.«

»Sie halten viel von Disziplin?«

»O ja«, sagte das Fräulein ausatmend. »O ja. Wie sollte man sonst leben –?«

Leore Lania zog Honigfäden mit ihrem Löffel und ließ die Sonne hindurchscheinen. »Sie sind so gut zu mir«, sagte sie plötzlich und griff spontan zu dem Fräulein hinüber. Aber das Fräulein war damit beschäftigt, eine kleine Pfeife in Brand zu kriegen. Die Lania zog die Augen ein wenig zusammen, sie hatte immer und ewig Neugier auf Menschen, Lust, mit ihnen zu experimentieren. Wie allein sie alle waren hinter ihren sauber geputzten Fassaden –

»Ich habe es oft beobachtet, daß maskuline Frauen so besonders gut sind«, sagte sie, ohne hinzusehen. Das Fräulein zog an der Pfeife, warf einen raschen Blick hinüber, sagte nichts.

»Ich habe viel für diesen Typus übrig«, setzte die Lania das Gespräch fort, in Form eines beiläufigen Monologs. »Die Freundin, mit der ich zusammen wohne, ist Ihnen sehr ähnlich. Architektin. Merkwürdiger Mensch. Bevor ich sie kennenlernte, war sie drei Jahre mit einem jungen Mädchen zusammen, Malerin, wunderschöne Person. Wie meine Freundin sich von ihr trennte, hat sie sich erschossen. Knall, bums, mitten ins Gesicht, es muß eine grausame Geschichte gewesen sein. Seitdem hat meine Freundin einen kleinen Knacks weg. Man möchte manchmal denken, daß wirkliche Leidenschaften, so das, was man früher mal ›große Liebe‹ nannte, heutzutage nur mehr bei solchen außenseitigen Geschichten vorkommen.«

Die Lania aß ihr Honigbrot. Das Fräulein schaute in den Hof hinunter, während sie zuhörte. Das stäubte auf wie Federn und hatte gar kein Gewicht …

»Ich habe auch schon gehört, daß es so etwas geben soll«, sagte sie schließlich, wollte auch so leicht scheinen, aber ihre Stimme schleppte Ketten mit.

»Geben soll – na, und ob es das geben soll. Ich könnte Ihnen davon erzählen, denn, wissen Sie, ich habe Glück bei Frauen. Auf mich fliegen sie – man kann da allerhand erleben. Ich mag es übrigens ganz gerne. Ich gehe ganz gerne mit in ihre Klubs – ich mache bloß die Mode nicht mit.«

›Klubs‹ – dachte das Fräulein. ›Mode‹, dachte es. Da saß diese Lania, diese vogelhafte kleine Person und zwitscherte ein Schicksal weg, dieses ungeheuerlich vereinsamte, bodenlos einzelne und tief vergrabene Anderssein.

»Sie sagen: maskuline Frau«, sagte sie eine Weile später mit einem trockenen, kleinen Lächeln. »Das klingt ganz hübsch und einfach. Hier in der Gegend nennt man das: die verrückte Schraube, die verdrehte alte Jungfer. Haben Sie Schmerzen?« fragte sie noch schnell, denn Leore schob mit einer resignierten Bewegung das Frühstück beiseite und hatte ein flüchtiges Zucken im Gesicht, rund um die Wunde unter dem Gazestreifen.

»O nein«, sagte die Lania eigensinnig. Sie tupfte mit den Fingerspitzen auf ihre Augendeckel, die ihr geschwollen vorkamen, es war die typische Bewegung der Leute, die zuviel Schlafmittel nehmen und an schlechtem Gewissen leiden.

»Ich war einmal verlobt«, sagte das Fräulein und wartete dann. Leore wartete auch. Sie hatte eine besondere Technik des Vorbeisehens an Menschen, die Geständnisse machen wollten. »Ich war verlobt«, sagte das Fräulein leiser; »mit einem jungen Mann hier aus der Gegend, sein Vater hatte die größten Weingüter in Rheinhessen damals. Es wurde nichts daraus. Ich hatte – ich konnte mich nicht entschließen. So eine Art Angst. So etwas wie Erschrecken – ich konnte nicht. Na. Dann sitzt man so herum, man wird ein altes Arbeitspferd. Ja.«

Pause.

Das Fräulein grub noch ein wenig in sich herum. ›Ich habe als Siebzehnjährige eine Ohrfeige von einem Bauernmädchen bekommen; ich verstand damals gar nicht, warum. Erst viel später‹, dachte sie; sie glaubte es auch auszusprechen, aber es ging dann doch nicht, obwohl sprechen alles leichter machte – sie erfuhr es zum erstenmal. »Später versteht man manches«, sagte sie nur. Die Lania kam mit ihrer

zärtlichen Wange zu ihrer Hand, die jetzt entspannt herunterhing, und schmiegte sich hinein. Das Fräulein griff in Leores Haare wie in ein Hundefell, sie war Wärme nur von Tieren gewöhnt. »Die Leute laufen alle herum mit einem so selbstverständlichen Anteil am Leben oder am Glück oder wie sie das nennen wollen«, sagte das Fräulein. »Jeder Kuhjunge kommt irgend einmal zu seinem Teil. Ich –? Ich bin vielleicht ein bißchen zu kurz gekommen, glaube ich«, sagte sie noch und stand vom Geländer auf. Die Lania drehte mit einer raschen Wendung ihr Gesicht in der Hand des Fräuleins und drückte einen Kuß in dessen Handfläche. Der Gazestreifen scheuerte zart die feste Haut, die nach Tabak und Erde roch. Das Fräulein blieb einen Augenblick in schlaffer Haltung stehen, als höre sie entfernte Musik. »Klubs – Sie sagen, daß es Klubs gibt. Sind denn die Frauen in diesen Klubs glücklich?« fragte sie. Die Lania zuckte die Achseln.
»Ich habe mir nie Gedanken darüber gemacht. Das ist kein Problem für mich.«
»Vielleicht ist das kein Problem – dort – wo Sie leben. Hier ist es ein Problem«, sagte das Fräulein, stand noch einen Augenblick so, dann errötete sie plötzlich tief, was sich auf ihrer braunen, wetterharten Haut sonderbar genug ausnahm. »Entschuldigen Sie diesen burst-out«, sagte sie noch und verzog sich hastig. Die Lania lächelte hinter ihr her, mit einem klopfenden, brennenden Schmerz in der gespannten Wunde.
Kurz nach zehn knallte Doktor Persentheins Motorrad mit offenem Auspuff in den Gutshof, mit dem abgejagten Doktor, der das Beileidsgesicht aus der Prielerstraße 34 noch nicht ganz abgelegt hatte. Er kam, um die Fäden aus der Wunde zu nehmen, die Lania hatte schon seit einer Stunde Energie in sich gesammelt für den unangenehmen Augenblick. Die Lania haßte den Doktor, weil sie sich ihm ausgeliefert fühlte, und dem Doktor war die Lania unsympathisch

– hauptsächlich deshalb, weil eine kleine Stelle zu eitern begonnen hatte und er Angst vor einer schlechten Narbenbildung hatte. So oft er das Gesicht der Schauspielerin unter die Finger bekam, schienen ihm seine Hände schwer, ungeschickt, verdorben durch die Werkelei der Landpraxis. Sie wiederum begab sich jedesmal in den Jodoformgeruch dieser Doktorenfinger wie zu einer Hinrichtung. Sie konnte sonst stundenlang zwischen drei gegeneinandergestellten Spiegeln mit sich spielen. Jetzt aber hatte sie Angst vor dem Spiegel, eine unterirdische, herzabschnürende Angst.
»Hat's weh getan?« fragte der Doktor, als die Prozedur vorüber war.
»Ziemlich«, antwortete sie, und zwar aus dem einzigen Grund, um ihn zu ärgern. Sie hatte gar nichts gespürt. Der Doktor betrachtete sie mit dem verbohrten und gegenständlichen Blick, mit dem ein Handwerker seine Arbeit ansieht, ein Tischler einen Stuhl und ein Schuster einen Stiefel.
»Sieht nicht schlecht aus«, fand er. »Wollen Sie sich's ansehen?«
»Nein«, sagte die Lania heftig. Sie suchte mit der Zungenspitze ihren Lippenrand ab, fand einen rauhen Schorf und setzte sich still in einen dunkleren Winkel des Zimmers. Persenthein empfahl sich mürrisch, um seine Tour durch das aufgestörte Obanger anzutreten. Ihm fehlte das Rehle auf dem Soziussitz, er war verstimmt, weil das Kind ihm in den letzten Tagen entzogen zu sein schien. »Mit diesem Durcheinander muß Schluß gemacht werden«, verhieß er sich; zwei von seinen Leuten hatten Rückfälle erlitten trotz umgestellter Disposition, von dem exzessiven Lungaus nicht zu reden. ›Du hast Nerven, Kola‹, sagte Elisabeth sanft. Schön, er hatte Nerven. Er fuhr die Düßwalder Chaussee entlang, mit dem Kopf immer wie durch Mückenschwärme.
Der nächste Besuch, der bei der Lania erschien, war Herr von Raitzold. Er machte ihr jeden Vormittag seine Aufwar-

tung, pflichtschuldig, ob es ihr paßte oder nicht. Er begab sich zu diesem Zweck in Kleidungsstücke von verschollener Eleganz und führte ein Gespräch im Offizierston vergangener Jahrzehnte. Dunkel erinnerte er sich noch, wie man mit Schauspielerinnen umzugehen hatte und welcherlei Anekdoten ihren Ohren angenehm sein konnten. Die Lania hörte ihm zu, dankbar für die Komplimente, die er ihrem Aussehen zollte, und weil er keinen Anstoß an der Wunde über ihrem Mund zu nehmen schien. Sie schaute ihn an mit hochgezogenen Augenbrauen, wie sie einen Edelstatisten angesehen haben würde, der in Spiel und Maske übertrieb. Dazwischen gab es immer kleine Löcher, Pausen, während deren Herr von Raitzold in sich zusammensank zu einem zerfurchten Sorgenbündel. Er hatte große Hände mit verrauchten Fingern und hohen blauen Adern.
Herr von Raitzold seufzte. Er brachte ein paar Drohungen gegen den Herrn Profet vor, diesen Proleten, diesen Kerl ohne Verantwortungsgefühl, der von irgendwoher zugelaufen war und die Gegend tyrannisierte. Die Lania zollte seinen erregten Reden Beifall. »Sie müssen etwas dagegen tun, Herr von Raitzold«, sagte sie entschieden. Das richtete den Gutsbesitzer auf, es richtete ihn mehr auf, als sie ahnte. Eine dumpfe Entschlossenheit sammelte sich an ihm aus vielen Quellen, wie in ein Staubecken. Er starrte Leores Beine in den Trainingshosen an, er fand die kleine Person tief unanständig und zigeunerhaft, aber gerade deshalb wurde in ihrer Gegenwart alles Hahnenmäßig-Männliche in ihm locker.
»Man wird ja sehen – Herr bleibt Herr, und Schieber bleibt Schieber«, verhieß er.
»Wo ist der Herr?« schrie jemand unten auf dem Hof. »Wo der Herr ist! Soll ebe nunnerkomme, 's hat telefoniert aus Schaffeburg.«
Dem Gutsbesitzer schoß Blut unter die Stirnhaut, er rannte

davon, die Hände flogen ihm auf dem abgeschliffenen Treppengeländer.

»Wie?« schrie Herr von Raitzold in das Telefon. »Die Landwirtschafts-Bank? Wie? Was? Warum? Ich verstehe nicht!« Sein Blutdruck war nicht ganz in Ordnung, er litt an Ohrensausen. »Das ist ja nicht möglich!« schrie er in das Telefon. »Das ist ja nicht möglich. Das ist ganz und gar unmöglich. Absurd ist das«, sagte er nachher leise zu sich selber, als das Gespräch von den Gegenseite aus beendet wurde. Er setzte sich in den Lehnstuhl, denn seine Knie wurden unzuverlässig, und dort blieb er dann zunächst sitzen.

Etwas später klingelte das Telefon abermals, Herr von Raitzold starrte in die Muschel wie in eine Revolvermündung, bevor er sich meldete. Diesmal aber war es Peter Karbon, der Frau Lania zu sprechen wünschte. Sie war zur Stelle, noch bevor man sie holen konnte. ›Endlich, endlich, endlich‹, schlug das Blut in ihrer Kehle den Takt, während sie die flachen, abgeschliffenen Treppenstufen hinabjagte. »Ich will nicht stören«, sagte Herr von Raitzold chevaleresk; es gab nur diesen einzigen Apparat in der Diele, die eigentlich sein Arbeitsbereich war, mit Schreibpult und Gewehrschrank.

»Sie stören nicht im geringsten«, entgegnete die Lania. Wirklich bekam Herr von Raitzold nur den kühlsten Ton und die alltäglichsten Worte zu hören, solange Leore mit ihrem Freund sprach.

»Wie geht's, Pittjewitt?«

»Danke, gut. Wie geht's selber?«

»Allright. Sind die Fäden herausgenommen? Ja? Hat es sehr weg getan?« »Nicht der Rede wert.«

»Und wie sieht es jetzt aus? Bist du zufrieden?« … ›Wenn ich ihr das Gesicht zuschanden gefahren habe, werde ich sie zunächst mal heiraten müssen …‹, dachte Karbon drüben in Lohwinckel, in Doktor Persentheins Ordinationszimmer, wo Elisabeth Staub abwischte.

Leore Lania, in der Gutsdiele, holte eine Sekunde Atem für ihre unsichere Stimme und um das Lachen herzuschaffen, das sie brauchte.

»Danke. So ähnlich wie ein Pfannkuchen, in den ein Droschkengaul hineingetreten hat. Aber doch schon besser als vorgestern.«

»Na, wenn du schon Witze machst –«

»Um Toilettenfrau im Bahnhof Zoo zu werden, bin ich immer noch schön genug, weißt du.«

»Armes, unglückliches Pittjewitt. Ich werde dann Stammkunde bei dir, wenn's soweit ist. Darf ich dich heute nachmittag besuchen?«

»Nein. Das – nein.«

»Sei nicht albern, Zwerg. So eitel darfst du nicht sein. Ich muß dich sehen –«

»Ich bin so scheußlich –«

»Scheußlich warst du immer. Das stört mich nicht. Ich komme also nachmittags aufs Gut. Du kannst mich doch nicht so völlig abhängen! Pittjewitt!«

»Also dann – bitte!« sagte die Lania mit einem trockenen und entschlossenen Ton. An der Wand hing ein Empirespiegel, quadratisch zusammengesetzte Platten von grünlichem altem Glas. Die Lania sah ihr krankes Gesicht geisterhaft darin verschweben, als sie das Zimmer verließ.

Kurz nach zwölf Uhr, zur korrekten Besuchszeit, erschien dann Herr Markus auf dem Gut. Er kam mit dem Rad, das er im Gutshof an die Mauer lehnte, um zwei Metallklammern abzunehmen, mit denen er die gestreifte Hose seines dunklen Anzugs für die Fahrt zusammengehalten hatte. Herr Markus war, wie man weiß, frisch rasiert, frisiert und manikürt. Sein Anzug stammte aus Berlin, er entzog auf eine hochmütige und beleidigende Weise dem Schneider Krainerz seine Kundschaft, und der Schneider Krainerz nahm, nebenbei gesagt, dafür Revanche, indem er seinen Bedarf an Kolonialwaren und Dingen des täglichen Bedarfs nicht im Warenhaus Markus kaufte, sondern in der alten Handlung von Gustav Keitlers Sohn. Markus fühlte sich richtig auf der Höhe. Seit dem Unfall und der Anwesenheit der Berliner in Lohwinckel hatte sich eine erregte Gehobenheit seiner bemächtigt. Dies war nun seine Angelegenheit, dies waren seine Menschen, dies betraf ihn, den verbannten Großstädter, ganz direkt. Trotzdem stand er unter dem Druck einer kleinen Befangenheit, während er den Gutshof überquerte, er konnte den Respekt seiner Knabenzeit vor der Gutsherrschaft nicht ganz aus den Knochen kriegen. Er äugte hinter seiner Brille her an Türen und Fenstern entlang. Dann reichte er einer Magd seine Visitenkarte hinein und fragte nach Leore Lania. Cand. jur. stand auf der Karte. Cand. jur. Heinrich Markus, ein toter Mann, der für eine halbe Stunde auferstanden war und im mittagswarmen Gutshof stand, um auf eine berühmte Schauspielerin zu warten.

Die Lania wurde erst nach einigem Suchen aufgefunden, und zwar durch das Fräulein selber, rückwärts im leeren Stall. Sie hatte sich da mit einem neun Tage alten Kalb eingelassen, halb erheitert, halb trostbedürftig und auf jeden Fall auf der Flucht vor den Stunden bis zu Karbons Besuch, deren Unrast ihr kaum erträglich schien.

»Will mich besuchen? Wieso denn? Wer ist denn das?« fragte sie, während sie etwas Stroh aus ihrem Anzug zupfte.

»Ach, nur der Jude. Der Kaufmann vom Ort«, gab das Fräulein Auskunft. »Der kommt zu mir?«

»Ja. Er hat sich täglich nach Ihnen erkundigt. Er hat in dem Düßwalder Anzeiger für Stadt und Land einen großen Bericht über das Autounglück gemacht. Der Assistent Munk erzählt, daß er mindestens zwanzig Telegramme fortgeschickt hat. An alle Zeitungen in Deutschland.«

»Wer? Munk? Wer ist das?«

»Munk ist der Beamte auf der Post. Markus ist der Kaufmann.«

»Wer hat die Berichte geschickt?«

»Der Jude eben.«

Leore, die bisher vor dem Kälbchen gekniet hatte, im warmen Muttergeruch der Kuh, erhob sich jetzt. ›Mit der Presse gibt es immer Komplikationen‹, dachte sie. Ganz plötzlich bekam sie Lust, sich einem Menschen zu zeigen, irgendeinem, bevor Karbon sie sah. Sie mußte sehen, ob man erschrak, wenn man sah, was mit ihr geschehen war. Daß jeder Mensch ihr Gesicht kannte, das unzerstörte von früher, und Vergleiche ziehen konnte, das nahm sie als selbstverständlich an.

»Gut. Ich komme«, sagte sie und verließ schon den Stall. Sie trat in den Sonnenschein hinaus, der mit solcher Genauigkeit um alle Konturen lag wie in ein eiskalt feindliches Element. ›Ich bin nicht einmal gepudert‹ – dachte sie dabei, blieb aber mitten im Hof vor Herrn Markus stehen, mit dem automatenhaften Lächeln der Diva, und prüfte seinen Blick. Keineswegs hatte Markus ohne weiteres den Mut, auf die Wunde der Lania zu schauen; er murmelte etwas, verbeugte sich, und seine Augen wichen aus. Während die Lania noch lächelte, wurde der Schnitt groß, zwei bis drei Meter lang, und die Narbe hoch wie ein Gebirge. Sie spürte es sehr deutlich in ihrem kleinen Gesicht. »Kommen Sie, wir setzen uns in den Schatten; wollen Sie mich interviewen?« fragte sie routiniert und lotste Markus zu einer Bank, die unter einem schadhaften Holzvorbau stand. Als sie ihn neben sich untergebracht hatte, betrachtete sie ihn nicht ohne Spott. Bei dem zweimal wiederholten ›der Jude‹, ›der Kaufmann‹, mit dem Fräulein von Raitzold Herrn Markus bei ihr eingeführt hatte, war sie sogleich zu dem Bild eines bärtigen Patriarchen, einer Art Shylock gelangt. Was aber neben ihr saß, war ein kleiner, junger Mensch, hölzern und etwas zu gepolstert, mit kleinen Schweißtropfen auf der Stirn, die wegzuwischen er zu delikat war, mit einem Rand von Straßenstaub an seinen Hosenbeinen und in einem zu eng gewordenen Nachmittagsjackett nach der Mode von vor drei Jahren. Daß er dem Augenblick besondere Feierlichkeit beimaß, war klar zu sehen. Die ersten fünf Minuten stammelte er im Kampf mit allen Konsonanten so viel törichte und unvollendete Sätze, daß sie ihre ganz liebenswürdige Gewandtheit brauchte, um ihn in Gang zu halten.

Mit Herrn Markus seinerseits war es so: Als intellektueller Mensch hielt er nicht viel vom Film, er war nicht weit davon, ihn zu verachten. Trotzdem ging er fleißig ins Kino, und ein paar Gebärden der Lania hatten sich in seiner Erinnerung festgehakt als etwas besonders Zärtliches, Süß-Aromatisches. Außerdem verkörperte sich in ihrer kleinen Person für den Augenblick das ganze Draußen, die große Welt, nach der er sich so miserabel sehnte. Kam dazu, daß sie Trainingshosen trug. Markus war in seinem Leben noch nicht neben einer Dame in Trainingshosen gesessen; es lähmte sein Benehmen, dem er sonst Gewandtheit und Weltläufigkeit zutrauen zu dürfen glaubte. Außerdem fand er sie in Wirklichkeit viel schöner als auf den Filmen mit den geklebten, gekohlten Augenwimpern. Daß sie, die er nur von der Fläche her kannte, außerordentlich echt und wirklich war, ein dreidimensionaler Körper, der schwach nach Stall roch, verwirrte ihn besonders. Er redete sinnlos darauf los, voll Herzensangst, daß sie aufstehen und weg sein könne, der bedeutende Augenblick vorbei und erledigt. Er saß da wie auf der Insel Salas y Gomez, Signale gebend, und das Schiff fuhr vorbei, fuhr vorbei, nahm ihn nicht mit...

»Ich sitze da in Lohwinckel wie auf der Insel Salas y Gomez – Sie erinnern sich?« – sagte er schon zum drittenmal. Die Lania, deren zickzackhafter Bildungsgang das Gedicht von

Chamisso nie gestreift hatte, wußte gar nicht, wovon die Rede war. ›Mensch, sei nicht so aufgeregt‹, dachte sie ungeduldig.
»Hören Sie, Herr Markus«, verlangte sie plötzlich und ohne Übergang, denn ihre Geduld war aufgebraucht. »Sie sollen mich anschauen, ganz genau. Wie finden Sie es?« Sie hielt ihm ihr Gesicht hin und spürte in der Wunde den Pulsschlag schneller und heftiger klopfen. Herr Markus schaute hin. Erst jetzt bemerkte die Lania, daß dieser kleine Provinzler Menschenaugen hatte, traurige, kluge. »Ist es schlimm?« fragte sie einen Atemzug später und wartete.
Um das Gesicht der Lania war es so bestellt: Nach den Novokainspritzen der örtlichen Betäubung war es drei Tage lang gedunsen und verschwollen gewesen, verschoben und fremd. Seit Dienstag lockerte sich erst alles wieder, und an diesem Mittwoch hatten Augenbrauen, Nase und Wangen wieder einigermaßen Form und Proportion wiedergefunden. Nur der Mund war sehr rot und zeigte einen seltsam gelähmten Ausdruck. Die Oberlippe war ein wenig abwärtsgezogen, und das gab einen Ausdruck von angespanntem Kummer. Von der Lippe zur Nase und noch ein paar Millimeter neben dem Nasenflügel hin lief die Narbe, eingebettet in rot entzündetes Fleisch und zart und unaufhörlich brennend. Eine kleine Stelle neben der Nasenwurzel eiterte schwach und war mit einem kleinen Schutzpflaster bedeckt. Dem Lippenrand zu hatte Doktor Persenthein die Narbe freigelegt, die von dünnem Schorf überkrustet war. Die ganze Oberlippe, noch leicht geschwollen, ragte über die Unterlippe hinaus, was der Lania einen Ausdruck kindlicher Gekränktheit verlieh, einen Zug, den sie ganz gewiß nicht in ihrem bittersüßen Gesicht zu haben wünschte.
Markus vertiefte sich mit Ernst in dies alles, notierte es auch in sich und fand es nicht schlimm. Was ihn bewegte, war vielmehr die nackte Angst, die Leore Lania in die Augen be-

kommen hatte. Seine verdammte Eigenschaft war es, sensibel zu sein, dünnhäutig, daß er alles mitspüren mußte, was andere spürten. So sehr, daß er selber Angst bekam, während er die Angst der Schauspielerin sah.

»Es ist nicht der Rede wert«, sagte er unsicher. Nachher zog er ein bißchen an seinen Fingergelenken, um die stumme Pause auszufüllen, die hierauf folgte. Er strengte sein psychologisches Gefühl an und fand noch etwas Tröstliches. »Ich werde in die Zeitung schreiben, daß man gar nichts mehr von Ihrer Verwundung sieht«, verhieß er.

»In welche Zeitung?« fragte die Lania.

»In unser Blättchen; in den ›Düßwalder Anzeiger‹«, antwortete er mit jenem gezwungen-höhnischen Lächeln, das er für alle Lohwinckler Institutionen hatte.

»Ach so«, sagte die Lania.

»Ich kann natürlich auch nach Berlin berichten – ich werde versuchen –«, sagte Markus hastig. »Ich habe ja den ersten Bericht über das Unglück geliefert. Die Redaktion hat sich bei mir bedankt. Er ist überall nachgedruckt worden. Hier – wollen Sie lesen?«

Die Lania schaute mißtrauisch dem Griff in die Brusttasche zu, den sie von so vielen Leuten mit hoffnungsvollen Filmmanuskripten her kannte. Ein dickes Paket von Zeitungsausschnitten kam zutage. Herr Markus transpirierte stärker; seine gute Hose rutschte hinauf und dekolletierte graue, warme Socken, unter denen ebenso warme Unterbeinkleider Falten schlugen. Herr Markus hatte seinen Hut und ein paar Rehlederhandschuhe neben sich auf die Bank gelegt, wie die eleganten Herren in den veralteten Komödien es immer zu tun pflegen. Sie nahm höflich die Papiere entgegen und warf einen Blick in den Bericht, den sie schon genügend kannte.

»An Ihnen ist ja ein Schriftsteller verlorengegangen –«, sagte sie zerstreut.

Das ist ein Wort, das einschlägt. Das geht Herrn Markus

quer und direkt durchs Herz. Er ist kürzlich sechsundzwanzig geworden. Noch mit achtundsechzig wird er davon sprechen, daß an ihm ein Schriftsteller verlorengegangen ist. Die Lania indessen hält schon bei andern Dingen. »Haben Sie Peter Karbon auch besucht? Wie finden Sie ihn? Hat er viel abgekriegt?«

»Herr Karbon – oh, ich finde ihn ausgezeichnet. Er scheint einen kräftigen Organismus zu besitzen –«

»Kann man wohl sagen –«

»Er ist auch ausgezeichnet gepflegt worden. Frau Doktor Persenthein hat –«

»Ach ja, diese lange Person. Sie ist mir unsympathisch.«

»Ist aber eine sehr schätzenswerte Dame«, sagte Markus; alles, was er redet, ist so drahtig und zugeschnürt neben dem saloppen, freien Klang der Schauspielerin, er hört es selber, kann's aber nicht ändern. Er spürt jetzt, daß sein Anzug zu eng ist; überhaupt tragen alle Leute in Lohwinckel zu enge Anzüge und zu hohe Kragen, geht ihm plötzlich eine Erleuchtung auf. An den Berlinern sitzt alles locker, Kleider, Bewegungen und Gedanken. In Berlin – »Was halten Sie eigentlich von Doktor Persenthein – heißt er Persenthein oder wie?« stört die Lania ihn auf.

»Oh, der ist gar nicht so schlecht, wie die Leute sagen«, antwortet Markus. Das ist ein Trost, auf den der Puls wieder ganz verzweifelt in dem eiternden Stich zu schlagen anfängt.

»Ich habe auch Herrn Albert besucht. Der Herr ist wieder völlig gesund.«

»Wer – Albert? Ach – der Kleine!« sagte die Lania erstaunt; den hatte sie so völlig, so bis zum Auslöschen vergessen, daß es Mühe machte, sich seines Aussehens zu erinnern. Es blitzte auch nur flüchtig das Kampfgesicht auf, geduckt hinter der Deckung der Arme und grell beschienen vom Scheinwerferlicht über den Seilen.

»Dem Herrn ist gar nichts geschehen. Der kann froh sein.«

»Ja. Der kann froh sein. Er ist ja auch so unschuldig, der Kleine. Deshalb geht immer ein süßes kleines Schutzengelchen mit ihm«, sagte die Lania und klopfte ihre Augendeckel. »Wie ich aussehe«, sagte sie. »Scheußlich, wenn man sein Veronal nicht fertig ausschlafen kann. Ich kann hier nicht schlafen. Es ist zu still. Man muß zu viel denken.«
Sie schaute rund um sich, Teegeruch, Schläfrigkeit, abbröckelnder Bewurf neben wildem Wein an der Hausmauer und im Hintergrund das geduldige und beflissene Gackern eines Huhnes.
»Man glaubt, man träumt's nur. Bißchen Angst, zur Besinnung zu kommen. Stillsitzen – das muß man aushalten können, wissen Sie. Für unsereinen – sehen Sie: Ob Sie koksen oder ob Sie arbeiten, das ist ein und dasselbe Malheur. Wenn Sie aufhören, machen Sie schlapp. – ›Koksen‹, dachte Markus. Es klang so selbstverständlich, daß ihn ein kleiner Schauder anging. – Hockt man da und denkt. Etwas denkt in einem, wenn es so still ist, ob man Lust dazu hat oder nicht. Mir sind Dinge eingefallen, kann ich Ihnen sagen! Da ist doch etwas nicht richtig, wenn man mit seiner ganzen Existenz von so einem zwei Zentimeter langen Kratzer in der Visage abhängt. So darf man doch eigentlich nicht leben, so ganz außen nur, so nur mit der Fassade, da ist doch was nicht richtig–«
Die Lania hatte kaum zu Markus gesprochen, oder war er ihr zu unwichtig, um seinethalben ihren Monolog abzubrechen; ein Fünkchen Pose war auch dabei. Aber er kam in Bewegung wie auf ein tieferwartetes Stichwort.
»Ja, gnädige Frau«, sagte er aufseufzend; »aber wer von uns lebt richtig?« Die Lania zog zu dieser Banalität erschreckt den Tuschfaden ihrer ausgezupften Augenbrauen hinauf, aber er hatte das Gefühl, etwas sehr Tiefes ausgesprochen zu haben.
»Ich zum Beispiel, wenn ich von mir reden darf –«, sagte er, plötzlich ganz in Bewegung. »Darf ich von mir reden? Ich bin ja auch nicht an meinem Platz, ich bin ja völlig falsch ein-

gestellt mit meiner Existenz. Gnädige Frau werden ja bemerkt haben, daß ich nicht in die Kleinstadt gehöre, ich bin Großstädter durch und durch, ein Weltbürger, möchte ich sagen, ein Kosmopolit –«, und dabei geriet er in so angespannte Erregung, daß seine Wadenmuskeln unter den grauen Wollsocken zu vibrieren begannen. »Ich stehe auf einem verlorenen Posten; aber ich halte durch, gnädige Frau. Ich lese sehr viel, ich habe Verbindungen mit der ganzen geistigen Welt. Meine Korrespondenz – ich möchte Ihnen gerne meine Korrespondenz zeigen. Ich habe Briefe von den bedeutendsten Menschen – Thomas Mann – Anatole France – Einstein –«

»Ach?« sagte die Lania schwach überrascht. »Wieso denn?«

»Ich schreibe ihnen eben. Wenn ich ein Buch gelesen habe oder einen Vortrag am Radio gehört oder ein Konzert, dann schreibe ich, und dann bekomme ich immer Antwort. Meistens bekomme ich Antwort. Ich habe Fotografien – Bruno Walter – Schaljapin –«

»Ich werde Ihnen auch ein Bild schicken«, sagte die Lania automatisch. Sie wußte jetzt Bescheid über Herrn Markus. Solche Briefe kannte sie zur Genüge.

»Ja, das sind eben große Menschen. Aber in Lohwinckel bin ich isoliert. Nicht den geringsten Anschluß.«

»Wie kommt denn das?«

Herr Markus brauchte eine Weile, bevor er antwortete. »Ja. Ich will es Ihnen sagen, gnädige Frau, wieso das kommt«, sagte er nachher, angespannt und gesammelt. »Sie werden es wahrscheinlich nicht bemerkt haben: Ich bin Jude.«

»Na und?« fragte die Lania, die die Feierlichkeit bemerkte, aber nicht begriff.

»Und? Aber gnädige Frau: Jude sein, das ist ein Schicksal, Das ist – wie soll ich es ausdrücken – man wird so – einzeln dadurch – so –«

»Na – einzeln«, sagte die Lania. »Das kann man nun wirklich

nicht sagen.« Sie mußte lachen. »Da kommen Sie nur mal nach Berlin –«

»Ich war in Berlin; ich habe mehrere Semester in Berlin studiert«, sagte Markus düster.

»So – na, da wissen Sie ja Bescheid. Jude – ich weiß gar nicht, was Sie daran finden. Ich war viermal verheiratet, zweimal mit Juden, Karbon ist ja auch Jude.«

»Karbon?«

»Ja – oder sein Vater, oder sein Großvater. Es kommt wirklich nicht darauf an.«

»Herr Karbon – aber der sieht doch so mehr – der sieht schwedisch aus, finde ich.«

»Schön. Sie können das schwedisch nennen«, sagte Leore, der es eine gelinde Süßigkeit bedeutete, Karbons Namen zu nennen; sie sah einen roten Schopf sehr deutlich brennen in diesem Augenblick und spürte den Geschmack seiner Lippen sogar.

»In einer Stadt wie Lohwinckel jedenfalls ist es ein Schicksal; es ist kaum tragbar, so zu leben«, beschloß Markus indessen, der in Gedanken den ganzen Umkreis seiner verbannten, verkorksten Existenz abgeschritten hatte.

›Die sind hier alle übergeschnappt‹, dachte die Lania. »Kinder, ihr übertreibt«, sagte sie und meinte auch das Fräulein von Raitzold damit. »Ihr nehmt alles so wichtig, vielleicht, weil ihr so wenige seid –«

»Vielleicht. Es bleibt bei uns natürlich manches singulär, was in der Großstadt anders aussehen würde. Wir haben zu schleppen daran. Ach, gnädige Frau, gnädige Frau«, sagte er beschwörend, »wenn ich Ihnen das erklären könnte, es ist alles so schwer, gar nicht auszuhalten manchmal. Zum Beispiel mit der Musik. Ich habe eine Leidenschaft für Musik, ich spiele selber Geige, gar nicht schlecht. Da haben wir nun den Musikverein, Chor, auch ein kleines Orchester, der Regens chorii von Schaffenburg kommt sogar jeden Dienstag zur Probe herüber. Man nimmt mich nicht auf. Man nimmt mich nicht auf, gnädige Frau. Oder die Kammermusik. Es ist da so ein kleiner Zirkel, beim Bürgermeister spielen sie und beim Notar, der Sparkassendirektor spielt erste Geige, miserabel, und die Tochter des Bürgermeisters zweite, Bratsche haben sie sozusagen überhaupt nicht. Aber eher fällt der Angermann ein, als daß ich da hineinkäme – das ist nur ein Beispiel«, sagte er, zitternd in dem Wunsch, das Interesse der Schauspielerin noch eine Minute für sein Schicksal festzuhalten. »Ich könnte erzählen, ich könnte Ihnen Beispiele geben, man hat ja lauter wunde Stellen –«

Aber die Lania hatte nun genug. »Ja – natürlich. Die Musik. Aber Sie haben ja das Radio –«, sagte sie liebenswürdig, aber geistesabwesend. Markus verstummte. Ihm kam es vor, als läge der Hof voll von Steinblöcken, die er von sich abgewälzt hatte, und als lägen ebensolche Gewichte noch auf seiner Brust. Er hatte sich ausgesprochen. Jetzt war ihm schwerer als zuvor. Er räumte die Zeitungsberichte wieder in die Rocktasche. »Ich will aber nicht länger stören«, murmelte er.

»Ja – ich werde auch zu Tisch müssen. Es war sehr liebenswürdig, daß Sie nach mir gesehen haben«, antwortete die Lania mit Glätte. Markus verließ die Bank. »Wenn Sie also für die Zeitung schreiben –«, sagte die Lania, ihn zu seinem Rad begleitend, wobei sie eine leere Konservenbüchse mit dem Fuß vor sich her trudelte; dabei erinnerte sie sich voll Kummer wieder ihres Aussehens und daß sie sich Karbon zeigen mußte. »Hören Sie – so etwas wie Puder gibt es hier wohl nirgends zu kaufen? Mein city-bag, in dem ich das Zeug hatte, ist eine Omelette geworden.«

›City-bag‹, dachte Markus beeindruckt. »Natürlich gibt es Puder, jede Sorte, die Sie wollen, deutschen, französischen, amerikanischen. Da unterschätzen gnädige Frau Lohwinckel wieder.« Jetzt beim Abschied fand er endlich den flotten Ton, um den er die ganze Zeit gerungen hatte. Erst als er zehn Minuten vom Gut entfernt war, stieg er vom Rad, um wieder die Klammern an seinen guten Hosen festzumachen.

Die Lania trödelte noch ein wenig hinter ihrer Konservenbüchse her durch den Hof, dann ging sie zu Tisch. Herr von Raitzold verließ eben mit der Kalesche das Gut durch das rückwärtige Gatter, eine Wolke kam hinter den Rosenbeeten auf, mit einem Metallrand steif am Himmel stehend, sie brachte Gewitterahnung mit, und im Augenblick, da die Sonne sich umzog, kam der stechende Ammoniakgeruch der Jauchegrube vom Wirtschaftshof her. Herr von Raitzold kutschierte selbst, Leore sah noch seinen mutlosen Rücken, grade als der Wagen verschwand. Das Fräulein stand am Gatter und winkte ihm nach, die Gebärde zerfiel leer und ohne Nutzen in der Luft, niemand kümmerte sich darum. »Mein Bruder läßt um Entschuldigung bitten, er hat eine plötzliche, wichtige Unterredung mit den Leuten von der Kreissparkasse«, sagte sie. Bisher waren die Mahlzeiten auf dem Gut mit einer gewissen gesellschaftlichen Gehaltenheit absolviert worden, heute fiel das auseinander. Das Fräulein verschwand in der Milchkammer, Leore, allein vor dem großen runden Mahagonitisch mit den Delphinfüßen, bekam ein gebratenes Hühnchen serviert, das ihr nicht recht schmeckte, weil sie es persönlich gekannt hatte. Dunkelgrau, mit weißen Sprenkeln und einem unternehmend roten, jungen Hahnenkämmchen, war es noch gestern durch den Hof gestelzt. Leore legte Messer und Gabel fort, das Essen mit dem verdammten und vernähten Mund machte Schmerzen und Mühe, plötzlich war sie aller Dinge todmüde und hatte unabweislich genug von sich selbst.

›Ich habe die Nase voll‹, dachte sie, es war ein vulgärer Refrain, der sie manchmal in deprimierten Zeitläufen Stunden und Tage verfolgte. ›Ich habe die Nase voll, ich habe die Nase voll, ich habe die Nase voll.‹

Was weiter? Sie suchte im Telefonbuch die Nummer des Frisörs und telefonierte lebhaft mit dem erregten Fräulein dort, bis sie Puder, Creme und Lippenstift gewählt hatte. Herr Polzer, der abwechselnd mit Herrn Munk am Postamt den Telefondienst versah, nahm starken Anteil daran; es war in Lohwinckel nicht üblich, daß die Damen telefonisch kosmetische Mittel bestellten, obwohl die Damen sonst allerhand für sich taten und montags und mittwochs sogar ein Gymnastikkurs tagte. Das Fräulein im Frisörladen, mit der schnellen Intimität, die zwischen Frauen herrscht, die über Schönheitsgeheimnisse beraten, hakte fest und begann ihre Biographie zu erzählen und was für merkwürdige Umstände sie nach Lohwinckel verschlagen hatten. Die Sache mit dem Kind und der Herr und der Freund und der Prinzipal – es war nicht zu unterscheiden, ob dies drei Personen waren oder eine einzige – Leore hängte ab, als es zu traurig und verwickelt wurde. Sie wollte keine weiteren Ausbrüche von verunglückten Menschen im Winkel hören. ›Bißchen schlafen‹, dachte sie ruhebedürftig.

Aber Schlafen ging nicht. Schlafen hieß stilliegen, und liegen hieß denken. Das Kissen wurde heiß, ein paar Fliegen kamen mit irrsinniger Hartnäckigkeit und Eile in Kreisen immer von der Lampe zum Bett, vom Bett zur Lampe, die an Bronzeketten hing und oberflächlich mit elektrischen Drähten umwunden war. Halb zwei Uhr, dreiviertel zwei Uhr, zwei Uhr. Fünf Minuten nach zwei Uhr. Sieben Minuten nach zwei Uhr. Dann blieb die Zeit vollends stecken, unbeweglich. Leore rechnete nach, seit wieviel Stunden sie Karbon nicht gesehen hatte. Zuletzt vor dem Unglück war er gerade dabei gewesen, den Weltreisenden zu markieren und irgendeine seiner afrikanischen Geschichten zu erzählen. Dann war sie noch taumelig mit dem Kopf auf seinem Schenkel gelegen und glaubte zu verbluten. Aber das hing außerhalb aller Zeit im Irgendwo. Hundertundvierzehn Stunden ohne Peter

Karbon. Hundertundvierzehn Stunden Angst, Schmerzen, Qual, Sorge, Verzweiflung. Sie war durch allerhand Gegenden der Hölle gekommen, die sie vorher nicht gekannt hatte, in diesen hundertundvierzehn Stunden.

Leore Lania war vierundzwanzig Jahre. Sie lächelte uralt zur Decke hinauf. ›Wenn man sie braucht, sind sie nie da‹, dachte sie. Wenn es darauf ankommt, ist man immer allein. Sie – das waren die Männer, mit denen sie zu tun hatte. Hundertvierzehn Stunden. Wenn Peter um vier Uhr kam, dann waren es noch zwei. Wenn er um fünf Uhr kam – aber es war auch möglich, daß er erst um sechs kam. Leore schaute auf die Uhr. Zwei Uhr neun Minuten. Die Fliegen. Der Spiegel. Die Wunde... Peter Karbon kam zwanzig Minuten vor sechs, und zwar hatte ihn auf Veranlassung von Herrn Bollmann, dem Wirt des ›Weißen Schwanen‹, der Gutsbesitzer gleich in seiner Kalesche mitgenommen. Herr von Raitzold war unterwegs so übermäßig gesprächig und aufgekratzt gewesen, wie ernsthafte Leute seines Schlages es nur in der Verzweiflung sind, aber als er die Klinke seines Zimmers in der Hand fühlte, klappte er plötzlich ab und verschwand mit ein paar gemurmelten Worten, es Peter Karbon selber überlassend, ob er sich die Treppen hinauf zum Fremdenzimmer fand.

Leore hatte den langen Menschen ankommen sehen, sie stand schon lange am Fenster, und ihr Herz ging los mit dem dumpfen Schlag einer großen Rakete; sie spürte es geradezu in leuchtenden und zischenden Kaskaden aufstieben in sich und über sich hinaus, aber als Karbon eintrat, machte sie einen übermäßig geordneten und vernünftigen Eindruck. Sie war am Fenster stehengeblieben und hatte mit vielem Bewußtsein die heile Seite ihres Gesichts im Profil zur Tür gewendet, wie für eine Filmaufnahme. Im gleichen Augenblick jedoch, als er die Tür öffnete, änderte sie alle Absichten und drehte ihm schnell das ganze Gesicht entgegen, mit den

Augen dunkler und erregter fragend, als sie selber es wußte, bis sie ihn ganz zu sich hergezogen hatte und ihre Hand in seiner unterbrachte wie in einem großen, durchwärmten und vertrauten Bett. Die Lania hatte merkwürdige Hände, klein und außerordentlich feinknochig und beweglich, aber mit so viel Kraft, daß sie oft auf den verwunderten Blick von Menschen stieß, denen sie die Hand gab. Auch Karbon spürte in diesem Moment mit einer vertrauten Überraschung diese Hand wieder, deren besonderes Wesen ihm sonderbarerweise in den letzten Tagen entfallen war. Er hielt sie fest, nur ganz kurz und wie prüfend, und ließ sie dann los.

»Tag, Pitt«, sagte Leore.

»Tag, Leore«, sagte Karbon. Er sagte nicht Pittjewitt; er sagte Leore, und sie entfernte sich einen Schritt von ihm, mit dem Rücken an das Fensterkreuz gestützt.

»Nett, daß du gekommen bist, Peter.«

»Der Doktor hat mir erst heute erlaubt, auszugehen. Sonst–«

»Ich hätte dich auch früher gar nicht empfangen. Wie geht's dir? Noch etwas kaputt an dir?«

»Danke. Sehr all right. Und du?«

»O – auch.«

Peter Karbon war diesmal nicht in seinem Autodreß, sondern trug einen weichen, grauen Flanellanzug typisch englischer Provenienz. Leore atmete vorsichtig den parfümierten Geruch englischer Zigaretten ein, den ihre Hand von seiner Hand empfangen hatte. Sie litt heftig, weil auch Peters Blick nicht den Mut hatte, fest auf ihrem Gesicht zu bleiben – schon Markus war ausgewichen, schlechtes Zeichen –, sondern an ihr vorbeizielte.

»Rauchen, Pitt?«

»Danke.«

»Wie bist du eigentlich untergebracht?«

»Na – es geht. Ich bin heute umgezogen, in den Gasthof, ist eine komische Bude.«

»Warum denn umgezogen?«

»Ach – so nur. Es war mir ungemütlich im Doktorhaus.«

»Ja – nicht wahr? Der Umstand, den sie machen, wenn man baden möchte –«

Da das Gespräch für den Augenblick nicht recht weiterführte, ging Leore durch das Zimmer und auf den Balkon. Sie hatte wieder den Trainingsanzug an, nachdem sie eine halbe Stunde lang ihre Kleider probiert und wieder verworfen hatte, soweit sie aus dem zertrümmerten Koffer gerettet worden waren. Sie spürte ihre Hüften und den Anschwung des Gehens sehr stark, während Peter Karbon ihr folgte. Sie hatte immer in Peters Gegenwart dieses starke und glückliche Besitzgefühl des eigenen Körpers. In Karbons Gegenwart – und sonst nur in seltenen Momenten bei der Filmarbeit, wenn das Grammophon Stimmung dazu spielte und die Jupiterlampen blind machten und man Tränen der Leidenschaft aus sich herausgraben mußte, auf Kommando, im richtigen Augenblick und zitternd vor Anspannung der Seele.

»Nun laß dich mal anschauen«, sagte Peter, und dann schaute er sie an. Sie spielte mit der Zunge am Innenrand der Wunde, es schmerzte noch. »Nicht der Rede wert, Pittjewitt. Du siehst ausgezeichnet aus«, sagte er, und sie erschrak. Er mußte großes Mitleid mit ihr haben, wenn er ihr Komplimente machte.

»War's schlimm?« fragte er leise und nahm ihre Wangen in beide Hände.

»Ja. Schlimm.«

Peter Karbon rieb seine Nase ein wenig an ihrem Haar. »Man darf dir ja vermutlich keinen Kuß geben, wegen der Hygiene«, sagte er dazu. »Ja. Der Doktor hat es sehr mit der Sterilität.«

Karbon grunzte ein bißchen, ließ sie los und setzte sich wieder. Die Lania spürte das Neue, hoffnungslos Entfernte, sie kannte genau die Zeichen, mit denen eine Verbindung ihre Auflösung anzeigt.

»Bißchen fremd geworden, nicht?« sagte sie munter.

»Ja. Es ist komisch – man lebt bei so einem Malheur wie außer der Zeit. Daß wir von Berlin losgezogen sind, könnte Jahre her sein. Oder kommt das nur mir so vor, weil ich eine kleine Gehirnerschütterung gehabt habe?«

»Nein. Ich merke das auch –«

»Ich fühle mich sehr verantwortlich für die Geschichte. Ich weiß nicht, wie ich –«

»Unsinn. Du hast ja nicht einmal selber gefahren, Peter«, sagte sie.

Das Gespräch verstummte vor der Erinnerung an den toten Fobianke, machte einen Bogen und tastete sich nach einer Pause weiter.

»Ich schlafe sehr wenig, Pitt.«

»Ja, nicht wahr? Zuerst fährt man immer noch mit dem Bett gegen den Baum – aber das wird bald besser. Ich bin schon fast damit fertig, und deine zähen Nerven kennt man ja.«

Leore machte eine gedehnte Katzenbewegung, als dieser egoistische Pitt da ihre Nervenkraft anrief. ›Nun ja, ich bin zäh‹, dachte sie. ›Wer zäh ist, an dem zerrt man, und wer tragen kann, bekommt aufgeladen.‹ Wieder lächelte sie uralt, Peter Karbon kannte das schon. »Makako«, sagte er.

»Was denn?«

»Melancholie der Kreatur. Lächeln aus dem Urwald. Affen sehen dich an«, äußerte er in Schlagworten. Leore änderte sogleich ihren Ausdruck.

»Was vom Kleinen gehört?« fragte sie.

»Ja, er hat mir einen vorbildlichen englischen Brief geschrieben; sie schleifen ihn ganz schön da in seinem College.«

»Wer – ach, ich spreche doch nicht von deinem Sohn. Ich meine unsern Kleinen. Franz Albert.«

»Ja, er hat mich zweimal besucht, begleitet von seiner Madame. War er bei dir nicht?«

»Doch. Fast täglich«, antwortete Leore; es war eine glatte Lüge.

»Siehst du, der durfte dich besuchen, und mich wolltest du nicht sehen.«

»Eifersüchtig?« fragte Leore und öffnete fragend den Mund, mit einem kleinen, affektierten Erwartungsausdruck, dessen Wirkung sie im Film erprobt hatte; aber es sah trübselig aus, mit der roten Narbe über den Lippen.

»Natürlich bin ich eifersüchtig. Scheußlich eifersüchtig«, sagte Peter. Wenn er es wirklich gewesen wäre, hätte er es nie und nimmer zugegeben, und das wußte Leore auch.

»Ach Pitt –«, sagte sie leise und verstummte dann. Er wurde plötzlich ernsthaft. ›Du bist arm‹, dachte er! Er hatte Mitleid mit ihr, das tödlichste Gefühl, das einer Frau begegnen kann. Er schaute sie lange an, prüfend und ein bißchen traurig. Leore versuchte zu lächeln, damit wurde es aber nichts Rechtes, so begann sie zu rauchen.

Leore Lania und Peter Karbon, die da einander gegenübersaßen und sich über eine Leere hin Unaufrichtigkeiten zuwarfen, waren von Berlin abgefahren als Liebende. Ja, so konnte man es wohl nennen, wenn das Gefühl, das sie verband, auch nur die Liebe dieser Zeit war: ohne Voraussetzung und ohne Ausblick in die Zukunft, ganz ohne Bindung, aber mit allem Wissen um die tiefe Fragwürdigkeit jeder menschlichen Beziehung. Schamhaft dem eigenen Gefühl gegenüber, nicht willens, es zu äußern, und mit einem Respekt vor der Freiheit des Partners, der vielleicht kostbarer ist als Treue und Verpflichtung. Sie waren abgefahren, ohne ein Gestern oder Übermorgen als Ballast mitzunehmen, aber dem Heute mit Intensität anheimgegeben, sie hatten einen Unfall erlitten, der Tod war an ihnen vorübergegangen, so nah, daß sein dunkles Rauschen ihre Schläfen

gestreift hatte, und nun saßen sie da wie an zwei Ufern eines plötzlich vertrockneten Flußbettes.
»Ja, Leore – so ist das eben –«, sagte Peter schließlich, es war das Schlußwort einer längeren Gedankenkette. Anständiger Kerl, der er war, überlegte er noch, wie er Leore Lania täuschen könne, während sie schon seit dem ersten Händedruck dieses Wiedersehens sich auf den Weg gemacht hatte, fort von ihm in eine neue, aber vertraute Einsamkeit, und wenn möglich, ohne die Haltung zu verlieren.
Sie trat hinter ihn und legte flüchtig die Hand in seine roten, starken Haare. »Na, Pitt, was ist los?« fragte sie leise.
»Nichts eigentlich. Ein bißchen durchgedreht wieder mal.«
»Verliebt?« fragte Leore hinter ihm und hielt den Atem an.
Peter nickte mit einem Schuljungennicken.
»Ach sieh – er ist wieder verliebt! Kann man sich sogar in Lohwinckel verlieben?« fragte sie, ihre Kehle war plötzlich trocken geworden.
»Ja«, antwortete er ernsthaft. »Es ist natürlich eine andre Sorte –«, setzte er nach einem Besinnen noch hinzu.
»Eine hübsche Sorte, Pitt?«
»Ein andres Format. Ein andres Gewicht, weißt du. Es hat eine andre Bedeutung als für unsereinen, es hängt nicht so in der Luft. Erstens ist es – eine Sünde, das ist natürlich eine großartige Sache. Hast du schon je in deinem Leben gedacht, daß du eine Sünde begehst? Na siehst du. Aber ich bin mitten in der Sünde drinnen, das ist natürlich ganz bezaubernd. Man muß sich anstrengen, man hat gegen Widerstände anzugehen, es ist alles so ernsthaft. Man muß kämpfen um eine Frau, verführen, erobern oder wie diese Vokabeln alle heißen. Lächerlich, ja, Leore, aber man spürt doch dabei, daß man ein Mann ist. Der Liebesbetrieb, wie wir ihn gewöhnt sind, ist ein bißchen lasch, findest du nicht?«
»Ich wußte gar nicht, daß du so ein Gefühlsathlet und Preishahn bist –«, sagte Leore und nahm endgültig ihre Hand aus

dem roten Haarschopf fort. »Es ist ein bißchen Sport dabei, wie, Pitt?«

Peter Karbon überlegte das; er dachte an Elisabeth Persenthein, es war ein sehr genaues, rundes Denken und Spüren. Es senkte sich mit einer starken, glücklichen und erwartungsvollen Wärme tief in ihn ein. »Sport – nein, gar nicht. Das gerade gar nicht. Ich übernehme eine große Verantwortung, darüber bin ich mir klar. Weißt du, diese Frau ist etwas ganz anderes. Du kennst sie ja nur flüchtig, aber du müßtest sehen, wie–«

»Danke. Nichts erzählen, bitte«, sagte die Lania, nahm sich aber sogleich wieder an die Kandare. »Willst du rauchen?«

»Danke.«

Schweigen. Sie dachten beide an Elisabeth. Er an eine Frau, die aus sehr kostbarem und reinem Material gebaut war und die erlöst, aufgeweckt und lebendig gemacht werden konnte. Sie an eine, die mit langweiligem Gesicht in einer Kittelschürze herumlief und eine Atmosphäre von kleinen Sorgen und Kernseifensauberkeit mit sich trug.

»Krankenschwestern sind ja immer bezaubernd«, sagte sie, es war nun einfach nicht möglich, daß sie es bei sich behielt.

»Ich habe das Gefühl, daß mir das Leben da noch eine große Chance bietet in dieser Frau. Ich muß das einfach festhalten, verstehst du das nicht, Pittjewitt?«

»Ach – ich verstehe schon, Peter. Aber es ist noch ein bißchen zu früh bei dir für Torschlußpanik, nicht?«

»Du bist sehr gut. Du bist so anständig zu mir«, sagte Peter Karbon und legte seine ausgebreitete Handfläche über den Tisch hin zu Leore, die aber nichts damit unternahm. »Du machst es mir sehr leicht.«

»Nun, es war ja immer klar, daß keiner von uns beiden dem andern mit einer Vitriolflasche an der Ecke auflauern würde, wenn's mal aus ist«, sagte Leore an der Zigarette in ihrem Mundwinkel vorbei und kniff die Augen ein wenig zu wegen des Zigarettenrauchs, der vorüberzog, und wegen der Trä-

nen. ›Es ist ja nicht aus‹, dachte sie, wartete inständig, daß Peter Karbon sagen würde: Es ist ja nicht aus. Aber Peter hatte die beschäftigte Regenwurmtaubheit aller frisch verliebten Männer. Er kehrte zu Leores Gesicht zurück, das in den letzten zehn Minuten kleiner geworden war. »Wirklich, du siehst ausgezeichnet aus«, sagte er höflich. »Du brauchst dir gar keine Gedanken wegen der Verletzung zu machen. Die Rötung geht noch weg, sagt der Doktor. Mehr als zehn Mark können wir für den ganzen Schaden bei der Insassenversicherung beim besten Willen nicht herausschlagen.«
Die Lania lächelte nicht einmal zu dem Scherz, sie wurde gleichfalls höflich. »Wie geht es deinem Wagen?«
»Danke. Man hat ihn abgeschleppt nach Schaffenburg, angeblich kann er noch geflickt werden.«
»Na siehst du.«
»Ich fahre doch nie wieder damit. Ich fahre überhaupt nie mehr Auto. Ich habe mir einen Komplex angeschafft. So was hat mir schon immer gefehlt.«
»Wie willst du denn da vom Fleck kommen, Mensch?«
»Mit der Bahn.«
»Ach«, sagte die Lania schwach verwundert. Jetzt machte ihr Herz sich selbständig; es lag ganz allein und abgegrenzt in ihrer Brust wie ein kleines Tier, das Krämpfe hat. Jetzt war der Augenblick da, wo sie sich völlig von Pitt ablöste, sie hatte ein paar Sekunden blind hingeredet, um sich so weit zu bringen. Man tat alles so lautlos, man rauchte Zigaretten, während ein ›Wir‹ starb und ein ›Ich‹ und ›Du‹ daraus wurden.
»Wann wirst du abreisen?« fragte sie.
»Ça dépend«, antwortete Peter Karbon langsam und schaute sie aufmerksam an; er spürte jetzt auch die Trennung und Entscheidung in der kleinen, geräuschlosen Frage. »Soll ich mich nicht nach dir richten?« fragte er schwach.
»Danke. Sehr nett von dir, Peter. Aber ich erwarte meinen Mann.«

»Ich denke, ihr seid böse seit der Scheidung?«
»Ich meine ja nicht Richard. Erich.«
»Dein erster?«
»Mein zweiter.«
»Ja, natürlich. Ich bringe das immer durcheinander.«
Sie saßen noch ein paar Minuten unschlüssig und leer einander gegenüber. Ein Auto rollte durchs Hoftor.
»Da wirst du abgeholt«, sagte die Lania und stand auf.
»Nein, das geht nicht mich an. Ich fahre doch nicht mehr Auto. Ich will zu Fuß gehen.«
»Soll ich dich ein Stückchen begleiten?«
»Das wäre sehr nett. Ein Stückchen. Man kommt mir auf der Chaussee entgegen«, sagte Peter Karbon und räusperte sich. Leore fand ihn komisch, es erleichterte so innig, ihn ein bißchen komisch finden zu können mit seinem Rappel für diese spinöse Person aus dem Provinznest. »Ich muß eigentlich auch hier bleiben. Franz Albert wird noch herauskommen«, sagte sie, es war eine Lüge von beschämender Billigkeit.
»Heute abend seh ich dich übrigens noch im Film. Ich gehe ins Kino«, sagte er, schon auf der Treppe.
»Was spielen sie denn?«
»›Abenteuer in Monte Carlo‹. Die ganze Stadt geht hin. Sie sind schon entsetzlich aufgeregt alle.«
»Zum Schießen. Dieser uralte Mist. Wieso siehst du dir das an?«
Peter Karbon zuckte die Achseln. Er schaute verstohlen mit einem Hasenblick auf seine Armbanduhr, die seit dem Unfall manchmal ging und manchmal stehenblieb. Elisabeth mußte schon auf dem Waldweg zum Gut sein, ihm entgegen. »Also der Kleine kommt dich jetzt besuchen?« sagte er eilfertig. »Grüß ihn von mir. Morgen sehe ich wieder nach dir, Leore.«
Die Lania zupfte einen kleinen Faden von seiner Schulter, es war eine der winzigen Bewegungen, in denen eine Frau verrät, daß sie einem Mann zugehört.

»Adieu, du Ehrenbürger von Lohwinckel«, sagte sie lachend und blieb oben an der Treppe stehen, während er davonging, ohne noch einmal zurückzusehen.
Während Leore Lania oben in ihr Zimmer zurückkehrte und sich in starrer Haltung auf ihren Bettrand setzte, so, als wenn diese Starre verhindern könne, daß sie den elenden Schmerz spürte, der sie ganz durchdrang, traf Karbon am Treppenfuß auf einen angenehmen Herrn, der ihn begrüßte und den zu kennen er sich dunkel erinnerte. Es war Doktor Ohmann, der Bürgermeister von Lohwinckel, der nach dem Unfall allen Verunglückten einen Höflichkeitsbesuch abgestattet hatte und der vor einigen Minuten aus besonderen Gründen auf dem Gut eingetroffen war. »Ich habe schon in der Stadt gehört, daß Sie auf dem Gut sind«, sagte er zu Peter Karbon; »ich habe nur eine kurze Unterredung mit Raitzold, wenn Sie noch ein wenig Zeit haben, könnte ich Sie in meinem Auto mit zurücknehmen.«
Peter dankte. Er spürte es geradezu, wie Elisabeth ihm durch den Wald entgegenkam, es zog an ihm, wie seit seiner Jugend nichts ihn gezogen hatte.
Doktor Ohmann klopfte an die Tür zur Diele, die zugleich Herrn von Raitzolds Arbeitsstube war, und trat ein.
»Sie haben mir einen so dringlichen Brief auf dem Rathaus gelassen, daß ich es für das beste hielt, noch rasch zu Ihnen herauszukommen«, sagte er zu dem Gutsbesitzer, der in einer repräsentativen Haltung mitten im Zimmer stand, die Knöchel der rechten Hand auf die Tischplatte gestützt, so daß es aussah, als wenn der Bürgermeister von ihm in Audienz empfangen würde. Allerdings bebte die aufgestützte Hand unaufhaltsam, der ganze Mann zitterte auf eine verheimlichte und ununterdrückbare Weise. »Das ist – außerordentlich, das ist – es wäre gar nicht notwendig gewesen«, sagte er hustend.
»Ich hatte den Eindruck, daß es dringend und notwendig ist,

wenn nicht noch eine Dummheit mehr in der Stadt passieren soll«, entgegnete der Bürgermeister, ein wenig salopp, ein wenig im Dialekt, um den Weg gangbarer zu machen.

»Bitte, nehmen Sie Platz. Eine Zigarre?« sagte Raitzold steif.

»Danke, ich bin Nichtraucher«, erwiderte der Bürgermeister, was die Antipathie des Gutsbesitzers verstärkte. Herr von Raitzold und Doktor Ohmann standen auf dem Boden gegenseitiger Achtung, aber politischer Gegnerschaft, der Gutsbesitzer war dem Bürgermeister zu reaktionär, der Bürgermeister dem Gutsbesitzer zu fortschrittlich.

»Es tut mir leid, daß Sie mich nicht im Rathaus trafen«, sagte der Bürgermeister mit der Höflichkeit des Mannes in der besseren Position. »Ich war in Schaffenburg drüben. Ich habe etwas Polizei angefordert; unser Städtchen gefällt mir nicht. Seit dieser Kommunist da war, steht Obanger auf dem Kopf. Jetzt bekomme ich sechs Mann herüber. Aber das ist uninteressant für Sie. Es handelt sich bei Ihrer Angelegenheit, wie ich annehme, um das Sonnentreppchen?«

»Wie? Ja – das heißt nein – um das Sonnentreppchen natürlich auch, jawohl. Das ist aber nur ein Teil vom Ganzen. Ich habe geglaubt, der Schlag trifft mich, wie ich heute die Mitteilung erhielt, daß alle vier Hypotheken an diesen Herrn Profet übergegangen sind.«

»Es ist allerdings genau das, was wir immer schon fürchteten, Sie ebenso wie ich. Es ist keine Überraschung, Herr von Raitzold.«

»Es ist eine Überraschung, daß die Kreissparkasse einen solchen Vertrauensbruch begeht. Es war ausdrücklichste Bedingung, immer, unverbrüchlichste Bedingung, daß die Hypotheken nicht an Herrn Profet abgeschoben werden dürfen.«

Das Wort ›abgeschoben‹ verursachte, daß der Bürgermeister mit den Brauen zuckte. Er suchte sich einen Blickpunkt an einem der braunen Stockflecken auf dem alten Jagdstich neben dem Gewehrschrank und wurde noch eine Färbung offizieller.

»Die Kreissparkasse hat die Hypotheken nicht an Herrn Profet ›abgeschoben‹. Sie sind teils an die Wollspinnerei Baerwald, teils an Krüger in Düßwald gegangen, von denen hat Kampers sie abgelöst, und erst durch Kampers hat Profet den ganzen Komplex in die Hand bekommen.«

»Daß alle diese Baerwalds und Krügers und Kampers nur Strohmänner waren, ist den Herren von der Sparkasse doch klar gewesen. Das ist Ihnen doch klar gewesen, Herr Ohmann, wie?«

»Für die Sparkasse war die Beibehaltung Ihrer Hypotheken nicht mehr tragbar. Wir können eine Verpflichtung nicht anerkennen, die uns bindet, Detektive hinter den Leuten herzuschicken, um zu sehen, ob es Strohmänner sind, die uns so flaue Werte abnehmen wie Ihre Hypotheken, Herr von Raitzold. Man hat Ihnen Zinsen gestundet, man hat Ihnen Steuern gestundet, sie lassen das Gut verfallen, Sie holzen aus, es ist ja alles über Wert belastet.«

Der Gutsbesitzer sprang auf, er hatte weiße Hände und eine bläuliche Stirne bekommen. »Ich lasse verfallen, Herrgott, ich lasse verfallen – als wenn es in meiner Macht stünde, als wenn ich Ernten herzaubern könnte!« rief er aus. »Lassen Sie doch diesen Herrn Profet auf das Gut, diesen Hufschmied oder was er war, lassen Sie ihn doch zeigen, was er herauswirtschaftet, das ist ja nicht zu halten, eine Quälerei und Schinderei ist das ja, daß man Blut unter die Nägel kriegt, und nichts kommt dabei heraus. Ich lasse verfallen, ich lasse das Raitzold-Gut verfallen, meinen Sie? Aber Sie verstehen das ja nicht, Herr Ohmann. Sie mögen ein guter Jurist sein; was so ein Stück Erde, was so ein Weinberg für unsereinen ist, so ein Sonnentreppchen, das verstehen Sie eben nicht. Wenn ich es an so einen Profet abgeben wollte –«

»Herr Profet hat wahrscheinlich andere Absichten mit dem

Besitz. Er ist der Mann, jedes Stückchen Grund lukrativ zu machen.«

»Lukrativ. Wie denn? Lukrativ – das sind so Worte. Lukrativ!«

»Er will seinen Betrieb vergrößern. Er will bauen. Er kann seine Fabrik nicht ewig in den alten Schuppen der ehemaligen Färberei halten, das ist richtig. Er hat einen Plan für einen Neubau, rückwärts an der Mauer.«

»Wie denn? An der Mauer? Was denn? Da fängt doch der Weinboden an!« fragte der Gutsbesitzer, er nahm die Zigarre aus dem Mund, der Mund blieb starr offen, die Unterlippe hing herunter vor der Unbegreiflichkeit des Gehörten. Der Bürgermeister zuckte die Achseln.

»Das ist doch nicht möglich!« schrie Raitzold und schlug auf den Tisch. »Das ist doch nicht möglich«, wiederholte er leise noch einmal, und nun wurde sein Zittern ganz offenkundig, und auch das Atmen machte ihm Schwierigkeiten.

»So, wie die Sache steht, wird sich nicht viel dagegen tun lassen, fürchte ich«, antwortete der Bürgermeister mit Behutsamkeit. »So, wie die Dinge liegen –«

»Herr Bürgermeister – Herr Doktor – Ohmann – Sie müssen das verhindern, Sie – Sie sind doch aus der Gegend, Sie verstehen doch, daß so etwas nicht möglich ist. Man kann doch nicht einem Größenwahnsinnigen erlauben, seine Schuppen in den Weinberg zu bauen – ein Weinberg – das ist doch ein Weinberg, Herr Doktor, das ist doch nicht – wenn ich mit geschlossenen Augen hundert Weine koste, da kenne ich doch das Sonnentreppchen heraus, da rieche ich doch die Erde, das ist ein Stück Erde, verstehen Sie das denn nicht, was soll ich Ihnen denn sagen? Wenn ich das gewollt hätte – ich hätte ja längst ein Vermögen aus dem Gut herausschlagen können. Profet hat mir Angebote gemacht, jahrelang, ich habe nein gesagt, und nein und nein – wie ist das möglich? Jetzt soll der Mann den Boden plötzlich in die Hand bekommen für nichts? Für einen Pappenstiel von zweihundertfünfzigtau-

send Mark? So weit hat er das geschoben? Dahin hat er es mit allen seinen Manövern gebracht–?«
»Soviel ich weiß, hat sich Profet durchaus nicht leicht entschlossen, diese Summe dranzuhängen. Er hat kein kleines Risiko dabei – wenn Sie es auch einen Pappenstiel nennen. Profet hat auch seine Sorgen, in der Fabrik läuft auch nicht alles, wie es soll«, sagte der Bürgermeister, mit dem Blick auf den alten Jagdstich, der einen gestellten Hirsch mit sonderbar barocken Muskelüberladungen im Mittelpunkt hatte. Das unbehagliche Gefühl bemächtigte sich seiner, einer Sache das Wort zu führen, die ihm innerlich gegen den Strich ging. Er brach ab, denn er hörte den Gutsbesitzer um Atem kämpfen, und das erschütterte und ängstigte ihn auf eine sonderbare Weise. Als Raitzold indessen wieder zu sprechen anfing, machte er einen ruhigeren Eindruck als kurz zuvor. »Sie haben, Herr Bürgermeister, die Freundlichkeit gehabt, selber zu mir herauszukommen«, sagte er gehalten; »ich kann mir nicht denken, daß Sie das nur tun, um Herrn Profet hier das Wort zu reden.« »Ich bin rasch herausgefahren, Herr von Raitzold, weil Ihr Brief so – wie soll ich es ausdrücken – so etwas Drohendes hatte. Ich wollte Sie beruhigen.«
Dazu lächelte Raitzold nur, ein wegwerfendes Lächeln, das hochmütig und sinnlos unter seinem Schnurrbart stehen blieb. Er ging zu dem alten Stehpult hinüber, an dem er den ganzen Nachmittag gearbeitet hatte, und klopfte auf die Papierblätter, die lose aufgeschichtet dort herumlagen. »Ich habe angefangen, ein Exposé auszuarbeiten«, sagte er. »Ich werde es Ihnen übermorgen geben können oder schon morgen. Ich mache der Stadt den Vorschlag, das Gut zu übernehmen, eine städtische Domäne daraus zu machen und mich als Pächter auf dem Gut zu lassen. Ich wäre bereit, unter bestimmten Bedingungen, die ich hier berechnen und ausführen werde, der Stadt das Gut zu überlassen und es in Pacht zu übernehmen. Ich bin überzeugt, daß der Magistrat–«

So vernünftig dies klang, ein so hoffnungsloser und verzweifelter Unsinn war es, im ganzen genommen und von jeder Seite einzeln betrachtet. Nur ein Mann am Abgrund konnte sich an solche Phantastereien klammern.

»Was soll denn der Magistrat mit dem Gut anfangen, du lieber Gott?« sagte der Bürgermeister denn auch sanft. »Wir wissen ja selber nicht, wie wir unsere städtischen Schulden decken sollen.«

»Man könnte einen Musterbetrieb daraus machen mit etwas Kapital. Der Wein – die Milchwirtschaft – die Versuche mit amerikanischem Weizen – meine Schwester hat eine Blumenzucht eingerichtet –«

Da der Bürgermeister eine ablehnende Handbewegung machte, verstummte Herr von Raitzold und verließ das Pult. Er hatte ein weiches Gefühl hinter der Stirne, das kam von der Mühe mit den aufgetürmten und unverständlichen Zahlenkolonnen, die er stundenlang bearbeitet hatte.

»Meine Schwester hat eine Blumenzucht eingerichtet«, wiederholte er nochmals schwach, trat dann ans Fenster und riß es mit einer heftigen Bewegung auf. Sogleich stürzte der Abend ins Zimmer, mit dem fernen Geruch versengten Kartoffelkrautes und dem näheren Duft taunasser Nußbäume. Die Dämmerung war dunkel geworden, mit zinnfarbenen Rändern im Sonnenuntergangswinkel, alle Vögel sangen hinten im Grasgarten zugleich und verstummten zugleich. Herr von Raitzold versuchte Atem zu holen, aber es gelang ihm nicht, denn er litt seit dem Krieg an Asthma und war während der ganzen Unterredung im Kampf gegen einen Anfall, den er heraufziehen spürte. Der Brunnenschwengel knarrte im Hof auf eine ganz bestimmte Weise, es war ein tief heimatlicher Ton, der den Gutsbesitzer von der Kindheit her immer begleitet hatte. Er hatte ihn nie mit Bewußtsein gehört, aber nun, mürbe wie er war, vernahm er ihn. »Eines ist sicher: Lebendig gehe ich nicht vom Gut herunter«, sagte er zum Fenster hinaus und ohne sich umzuwenden, gleichsam, als spräche er mehr mit dem Brunnen als mit dem Bürgermeister.

»Machen Sie keinen Unsinn, Raitzold, wir werden noch überlegen, was sich tun läßt«, erwiderte rückwärts im Zimmer Doktor Ohmann; es war eine Phrase ohne jede Stichhaltigkeit, und das wußte der Gutsbesitzer auch. Plötzlich begann oben ein dünnes und verstimmtes Klavier einen Foxtrott zu spielen, einen pikant verschobenen Schlager, den die Grammophonplatten auch schon in Lohwinckel bekanntgemacht hatten, so daß die Primaner und die jungen Leute von der Post ihn auf der Straße pfiffen.

»Unser Gast«, sagte Herr von Raitzold und kehrte mit einem angestrengten Lächeln ins Konventionelle zurück.

»Ah!« erwiderte der Bürgermeister achtungsvoll. »Ja, bei uns wimmelt es jetzt von Prominenten, wie sie es in Berlin nennen. Wie geht es der Dame?«

»Danke.«

»Wir haben allerhand Unruhe in die Stadt bekommen mit diesem Autounglück«, sagte der Bürgermeister und gewann die Tür. »Die Leute sind wie verhext. Sogar im Gymnasium hat es heute nachmittag Revolte gegeben. Burhenne kam händeringend zu mir, aber ich kann ihm nicht helfen. Er wird eben lernen müssen, mit der Jugend zu gehen. Sehen Sie, so ist es, Sie haben den Besuch und das Vergnügen, und ich habe die Arbeit. Jetzt muß ich noch nach Obanger in die Kinovorstellung...« »Eine hübsche Arbeit«, sagte der Gutsbesitzer im Offizierston. Gott allein wußte, was es ihn kostete, den Flotten zu markieren.

»Ich gehe gewissermaßen als Amtsperson. Es ist ein bißchen verdächtig da draußen. Die Arbeiter haben heute schon zum Teil die Arbeit sabotiert«, entgegnete der Bürgermeister, und damit hatte er den Hof und seinen Wagen erreicht. »Heute haben wir Mittwoch – am – warten Sie – am Sonnabend ist

Magistratssitzung, ich will Ihre Angelegenheit dann nochmals zur Sprache bringen«, sagte er, während er einstieg, mit dem Gefühl, ein Diplomat zu sein und den Gutsbesitzer ein wenig von seinen finsteren, selbstmörderischen und brandstifterischen Gedankengängen abgebracht zu haben.

Das Auto schoß los, die Lichter schnitten Segmente aus dem Abend, oben zirpte der Foxtrott weiter, es klang ein wenig irrsinnig, daß die Lania immer wieder von vorne damit anfing. Als Herr von Raitzold in seine Stube zurückkehrte, fand er seine Schwester darin vor, sie hatte seine alten Uniformhosen angezogen, was auf Arbeit im Stall schließen ließ.

»Ich habe nach dem Tierarzt geschickt. Ich denke, die Zweijährige kommt heute noch mit dem Kalb. Kilker meint es bestimmt. Ich wollte dich nicht stören«, sagte sie, bekam aber keine Antwort. Herr von Raitzold zog eine Lade seines Pultes auf, schichtete sorgfältig seinen Exposé-Entwurf hinein und nahm eine Medikamentenschachtel heraus.

»Willst du bald essen?« fragte das Fräulein. Er schüttelte den Kopf.

»Arbeitest du noch?«

›Nein‹, dachte er. ›Es hat keinen Zweck.‹ Antwort gab er keine. Das Fräulein sah zu ihm hinüber. Er schüttete ein Pulver auf einen Aschenteller, zündete an und begann angestrengt die lindernden Dämpfe einzuatmen. Er hielt die Hände an die Tischecken gekrampft, beugte sich vornüber, mit blauen Adern, Angstaugen, kämpfend um das bißchen Lebensluft. Das Fräulein trat an ihn heran und klopfte ihm den Hals wie einem Pferd.

»Es wird gleich besser sein, Fichli«, sagte sie tröstend und nannte ihn mit dem alten Kindernamen aus den Zeiten, da sie unter den Johannisbeerbüschen gesessen hatten. Wirklich löste sich der Anfall nach einiger Zeit. Immer noch ging oben der Foxtrott.

»Besser?« fragte das Fräulein.

»Besser.«

»Kommst du jetzt in den Stall?«

»Nein.«

»Gehst du schlafen?«

»Nein«, sagte er und knöpfte den Rock zu.

»Was tust du denn noch?«

»Ich gehe nach Obanger. Ins Kino«, erwiderte Herr von Raitzold. Es war die erstaunlichste Antwort, die seine Schwester im ganzen Leben von ihm bekommen hatte. Während sie noch dastand und ihn verwundert anstarrte, öffnete er mit seiner gewohnten Bewegung die Lade des Gewehrschranks, nahm seinen Revolver heraus, steckte ihn in die rückwärtige Tasche – eine Reihe mechanischer Griffe, die er vor jedem Ausgang tat – und verließ die Stube.

Der Dampf des Asthmapulvers blieb mit bitterem Nachgeschmack darinnen schweben.

Um den Saal von Oertchens Gastwirtschaft zu erreichen, in dem die Kinovorstellung stattfand, mußte man einen langen, steinernen, engen Gang passieren, in dem die leeren Bierfässer standen mit feuchtem, säuerlichem Sonntagsgeruch. Am Anfang des Ganges saß vor einem Tischchen der junge Oertchen und verkaufte die Billette, es gab erste und zweite Plätze, das Geld türmte sich in einem Suppenteller aus dickem, weißem Wirtshausporzellan. Am Ende des Saales stand Herr Oertchen selber, kontrollierte die Karten und begrüßte die besseren Kreise, die sich an diesem Abend in überraschender Menge in seinem Lokal einfanden, das sonst im großen ganzen nur den Besuch der Obangerer empfing. Der Beginn der Vorstellung war für sieben Uhr angesetzt, aber schon vor halb sieben hatte sich ein ziemlich heilloses Gedränge aufgetan, und der Eingang zu Oertchens Saallokalitäten mit seinen summenden, aneinandergeklumpten, konzentrisch zuströmenden Menschen glich dem Flugloch eines Bienenstockes. Zunächst einmal fanden sich die meisten Arbeiter der Fabrik ein, sie kamen in Gruppen herangeschlendert, auch die älteren Männer waren dabei, die sonst kein Geld ins Kino trugen. Sogar den alten Werkmeister Hockling konnte man sehen, wie er vor dem ausgehängten Kasten mit Bildern stand und töricht und etwas obszön lächelnd die unterschiedlichen Standaufnahmen der Lania betrachtete. Ihre Frauen hatten sie daheim gelassen, und sie kamen heran wie zu einer Versammlung, einer Angelegenheit für Männer jedenfalls. Es sah aus, als erwarteten sie etwas Unbestimmtes, und das taten sie wohl auch. Aber sie erwarteten außerdem auch etwas Bestimmtes, eine entscheidende Nachricht aus Berlin nämlich, eine Marschroute, die ihnen der Obermetteur Pank vor seiner Abreise versprochen hatte, eine Entscheidung darüber, ob aus der eigenmächtigen und verworrenen Unordnung, in die ein Teil der jungen, radikalen Arbeiter die Fabrik gebracht hatte, ein ernsthafter Streik werden solle. Alles in allem gab das den Obangerern die verhangene und lebensdurstige Stimmung eines Abends vor der Schlacht. Etwas später fanden sich auch die jungen Arbeiterinnen ein, sie kamen in Ketten untergefaßt und kichernd daher, wie Bauernmädchen abends durch das Dorf ziehen und wie sie es in ihrem neuen proletarischen Stand und Wohnviertel beibehalten hatten.

Herr Oertchen hatte an diesem Abend etwas Besonderes getan und aus Düßwald den Klavierspieler Roggenzahn herüberkommen lassen, ein entgleistes und vertrunkenes Subjekt, das Punkt dreiviertel sieben begann, den Hochzeitsmarsch aus dem Sommernachtstraum zu spielen, wobei er sich mit den genußsüchtig geschlossenen Augen des echten Musikanten über das alte Pianino legte und durch übermäßigen Pedalgebrauch den Holzklang der abgeleierten Tasten zu verschleiern suchte. Indessen hatte der Hausknecht die beiden Bogenlampen vor dem Eingang angeknipst, die sogleich von den letzten, dickköpfigen Nachtschmetterlingen dieses seltsam warmen Oktoberabends angeflogen wurden, und Frau Oertchen verabreichte im Extrazimmer Freibier an die zwei Polizeileute, die mit dem Zug aus Schaffenburg gekommen und zum Schutz ihres Lokals kommandiert waren. Zwei andere patrouillierten in der Stadt, und zwei umkreisten die Fabrik, sie waren von den Arbeitern gesehen und ohne Wohlwollen begrüßt worden, und ihre Anwesenheit im Ort gab der allgemeinen Laune eine unklare Geladenheit.

Den ersten Krach setzte es, noch bevor im Saal drinnen der Hochzeitsmarsch zu Ende war, vorne am Kasseneingang. Obwohl nämlich auf dem Plakat groß und deutlich der Vermerk ›Für Jugendliche verboten‹ stand, und obwohl der Kinobesuch außerdem und ein für allemal der Schülerschaft des Gymnasiums durch Putex untersagt war, fanden sich zwanzig oder dreißig Gymnasiasten ein und verlangten Karten. Sie hatten zu diesem Zweck ihre Erwachsensten vorgeschickt, bewährte Sitzenbleiber, die mit dem Stimmwechsel fertig waren und mit rüder Miene erklären konnten, daß sie längst achzehn vorbei seien. Die andern hatten sich – nicht ohne Plan – zu kleinen Gruppen zusammengetan, in deren Mitte die Kleinen und allzu offenkundig Minderjährigen verdeckt gehalten wurden. Sie alle befanden sich schon in einer Art Betrunkenheit, als sie anrückten, denn sie hatten allerhand hinter sich an diesem Tag, und sie waren seit der geheimen Versammlung am Ententümpel nicht zur Ruhe gekommen. Zunächst nämlich hatte die Versammlung einmütig beschlossen, dem Befehl zum Nachsitzen nicht und unter keinen Umständen nachzukommen; sodann waren sie in zwei Parteien zerfallen, von denen die eine für ein einfaches stillschweigendes Schwänzen und Wegbleiben stimmte, während die andere mannhaftes Eintreten und offen ausgesprochene Revolte

gegen Putex' Tyrannei verlangte. Es war zu einer mächtigen Keilerei gekommen, an deren Ende die Mannhaften Oberwasser behielten mit dem Resultat, daß am Nachmittag der ältere Junge Profet, der Primaner Gürzle – stärkster Mann der Anstalt – und Putex' eigener Pensionär Kolk vor den Direktor getreten waren und kundgetan hatten, daß die Schüler sich weigerten, an diesem ihrem vorschriftsmäßig freizuhaltenden Spieltag nachzusitzen. Worauf sie stramm die Dienstwohnung des Direktors, an dem geknickten Quittenbäumchen vorbei, verließen, den atemlos gewordenen Pädagogen seinem Entsetzen überlassend.
Hierauf waren sie in hellen Scharen nach dem Priel zu Profets Villa gezogen und hatten Franz Albert abgeholt, der den Profetschen Buben heilig versprochen hatte, dem Faustballspiel zuzuschauen. Das tat er denn auch, nicht ohne Vergnügen und Anteilnahme, denn alles in allem war er nicht viel älter als der lange Gürzle, und er fühlte sich im gleichen Augenblick zu Hause, als er die kurze Grasnarbe der Spielfläche und den körnigen Aschengrund der Laufbahn unter seinen Füßen spürte. Das Spiel verlief großartig, und nachher hatte keiner der verschwitzten Jungen Lust, nach Hause zu gehen, auch Franz Albert nicht. Er tobte mit ihnen weiter, bis in die Dämmerung hinein, machte einen kleinen Hundert-Meter-Lauf mit, verlor in der schlechten Zeit von 14,8 Sekunden, denn er war auf Ausdauer, aber nicht auf Schnelligkeit trainiert und litt seit seinem Aufenthalt in der Villa Profet an einem schweren und überfressenen Gefühl. Die Buben quittierten die Überlegenheit ihres langbeinigen Gürzle (12,7) über den Meister mit einem geradezu rasenden Geschrei, wurden aber totenstill, als Franz Albert ihnen erst ein paar seiner Trainingsübungen vorführte und ihnen dann noch demonstrierte, wie der linke Uppercut ausgesehen habe, mit dem er sich den Titel geholt hatte. Sie fühlten das deutliche Bedürfnis, sich als Männer zu erweisen; und vor dem Papier-

geschäft der Witwe Seelig, angesichts der Fotografien der Leore Lania reifte ihr Entschluß, das Kino zu besuchen. Sie waren fast gesprengt von Angriffslust, als sie vor Oertchens Saal anlangten, ihre mageren Rippen spannten sich wie bei jungen Tieren, und ihre Bubenkörper dampften geradezu. Gott weiß, wie sie die Fünfzig-Pfennig-Stücke aufgetrieben hatten, die sie in ihren verschwitzten Händen herumdrückten, aber da standen sie nun und wollten bezahlen, zum Donnerwetter, und hineingelassen werden.

Erst gab es Gelächter, dann Geplänkel, schließlich Streit, die Arbeiter hetzten – die Jungen dafür, die Alten dagegen –, und grade als der junge Oertchen überlegte, ob er schon bei dieser Gelegenheit die Polizei zum Eingreifen veranlassen sollte, schritten die Buben zur Gewalt. Die hinten standen, schubsten unaufhaltsam nach vorn, die vorne zeigten die Fäuste, und von zwei und drei Seiten stießen sie mit ihren neuerworbenen Boxerkünsten gegen den jungen Oertchen vor. Plötzlich war ihnen der Durchbruch gelungen, der Kassentisch fiel um, der Suppenteller mit dem Geld klirrte prasselnd hinunter, und die Buben stürzten über die Verwirrung weg in den Saal, die Treppe hinauf und besetzten die Seiten der kleinen Galerie.

So kam es, daß die besseren Kreise, all diese Bürger, Beamten, Kaufleute und Rentiers, die kurz vor sieben anlangten und bei den Klängen des Donauwellenwalzers Plätze suchten, ihre Sprößlinge mit hitzigen Gesichtern über die Galeriebrüstung hängend fanden. Der Schlachter Seyfried beispielsweise, dessen Sohn etwas Höheres werden sollte, drohte ihm ganz offen mit seiner riesigen Handfläche hinauf, während Herr Profet, der mit seiner Gattin und seinem Gast, dem Boxer, eingelaufen war und nicht nur den älteren Otto, sondern auch den zwölfjährigen Paule entdeckte, wütend zu lachen begann. »Diese Schweinehunde«, sagte er, »diese verteufelten kleinen Schweinehunde – genau wie ich selber früher mal war!« Die Gattin warf einen Blick seitwärts zu ihm, einen dieser verheirateten Blicke, die besagen: ›Ach – du!‹ Franz Albert saß mit seinem sanften Engelsgesicht dazwischen und lachte zu den Buben, die seine Freunde geworden waren, hinauf.

Plötzlich gab es wesentliches Aufsehen, denn, von Herrn Oertchen persönlich geleitet, erschien der Bürgermeister Doktor Ohmann mit Frau und Tochter und nahm an der Mittelbrüstung der Galerie Platz, auf gepolsterten Stühlen, die eine Art Balkonloge vortäuschen sollten. Frau Doktor Ohmann war eine gepflegte und tratschsüchtige ältere Dame, die etwas hinkte, aber nicht gestattete, daß man es bemerkte. Bei Abendgesellschaften, die in Lohwinckel mit der limitierten Anzahl von zwölf Gästen stattzufinden pflegten, mußte man sie zum Singen auffordern. Sie war musikalisch und gab zum besten: die Rosen-Arie aus der ›Hochzeit des Figaro‹, den ›Nußbaum‹ von Schumann und den ›Lenz‹ von Hildach, drei Stücke, die sie gleicherweise schön fand. Ihre Tochter, gleichfalls musikalisch, in der Geige gründlich ausgebildet und verlobt mit jenem jungen Arzt, der den Persentheinschen Lebenshorizont so häufig verfinsterte, saß daneben, mit zu dünnen Augenwimpern, unvorteilhaft angezogen und leicht beleidigten Gesichts, wie es die Töchter allzu selbstbewußter Mütter leicht an sich haben.

Doktor Ohmann warf einen raschen Blick auf die drängend überfüllte Galerie, deren Holz vibrierte und die nicht in Einklang zu bringen war mit einer Tafel, die neben dem Eingang hing: ›Höchst zulässige Personenzahl: achtzig Personen‹. Er unterdrückte eine Bemerkung darüber, lächelte sein guterzogenes Beamtenlächeln und fragte seine Frau: »Was spielt der Mann unten?«

Der Mann spielte jetzt das Siegfriedidyll, und zwar ohne Noten und mit verträumtem Ausdruck, aber vielen hineinkomponierten Übergängen. »Das ist – Beethoven«, sagte die

Bürgermeisterin entschieden. »Wagner«, murmelte die Tochter. Der Bürgermeister saß zwischen zwei Feuern, wie stets in seinem Familienleben.

Inzwischen war es fünf Minuten nach sieben geworden, und die Arbeiter, die seit halb sieben auf den Beginn warteten, begannen erst zu klatschen, dann zu trampeln. Einer rief etwas Unverständliches, dann wurde es still, dann begann das Trampeln wieder, stark und mehr vergnügt als zornig, auch die Buben auf der Galerie trampelten, so sehr, daß der Bürgermeister nochmals einen besorgten Blick auf die überlastete Holzkonstruktion warf und sich halb von seinem Sitz erhob, aber es schließlich doch für besser hielt, heute alle Verbotsübertretungen auf sich beruhen zu lassen. Der Klavierspieler Roggenzahn, dem der Kellner ein Glas Bier auf das Pianino gestellt und etwas zugeflüstert hatte, begann etwas Forsches zu spielen, das wie ein Anfang klang, aber dann erfolgte doch nichts.

Draußen vor dem Eingang nämlich schoben sich noch immer Gäste heran, die in den Saal wollten, obwohl drinnen schon alle Plätze besetzt waren und an den Wänden die Leute standen. Im Gang draußen war ein heilloses Gewühl, und alle wollten dabei sein. Die ersten Plätze, von der Saalmitte ab rückwärts, bestanden aus Stuhlreihen, und der Hausknecht kam denn auch und verstopfte noch die letzten Durchgänge mit herbeigeschleppten Eisenstühlen aus dem Wirtshausgarten. Für die zweiten Plätze hatte man lange, lehnenlose Bänke aufgestellt. »Schiebt euch e bißchen zsamme, Kinner«, sagte Herr Oertchen zu den Leuten aus Obanger, »un macht e bißche Platz für anner Leut.«

Dies aber, obwohl freundwillig und im versöhnlichsten Dialekt vorgetragen, mißfiel. Es war ein winziger Anlaß, auf den die zweiten Plätze mit unverhältnismäßig heftiger Ablehnung antworteten. Ein paar standen auf und gestikulierten, einige murrten, einige riefen laut und einige trampelten wieder, es gab einen kleinen Aufstand, der erst abebbte, als Herr Oertchen sich zurückzog; und in das Stillerwerden hinein, das von der Barcarole aus ›Hoffmanns Erzählungen‹ begleitet wurde, hörte man grade noch den Betriebsratsobmann Birkner sagen: »Sag dene annere Leut, sie könne uns ...«

»Was haben die Leute?« fragte die Bürgermeisterin ihren Mann, der die Brauen gerunzelt hatte. »Sie machen nur Spaß«, antwortete er und setzte das liebenswürdige Gesicht auf.

»Da ist ja die Frau vom Doktor«, sagte die Bürgermeisterin. »Mitten zwischen den Arbeitern. Und ohne den Mann. Ist das Herr Karbon, den sie bei sich hat? Findest du das nicht – wie soll ich sagen –«

»Da ist Karbon. Karbon!« rief Franz Albert unten, stand auf und winkte; er fühlte sich bodenlos verlassen mit der ewig vibrierenden und vielsagenden Frau Profet an seiner Seite. Er rief und winkte: »Komm doch zu uns, Karbon!« Peter schaute sich um, zuckte die Achseln und lachte dem Boxer vergnügt zu. Tatsächlich saß er mit Elisabeth auf dem zweiten Platz, vorn in der dritten Bankreihe, und so eingeklemmt, daß an ein Herauskommen nicht zu denken war. Er war unsinnig vergnügt, er hatte eine so blödsinnige Unternehmung wie diese da seit vielen Jahren nicht mitgemacht. Elisabeth neben ihm zitterte ganz zart und warm an seiner Schulter, so fein, daß er es mehr ahnte als spürte; so wie Baumstämme im Frühling von innen her zittern; Karbon, der Jäger, kannte das vom Schnepfenstrich her, wie treibende Bäume zittern, wenn man, an sie gelehnt, in die Dämmerung hineinwartet.

Frau Persenthein hatte das einzige gute Kleid angezogen, das sie besaß, das dunkelblaue nämlich, allerdings mit einer neuen Kragengarnitur und einer hübschen alten Gemmenbrosche von Großmutter Burhenne; ein mißglückter und eiliger Manikürversuch hatte winzige blutige Stellen an ihren Nagelrändern zurückgelassen, die sie von Zeit zu Zeit mit

der Zungenspitze bearbeitete. Im übrigen fieberte die ganze Frau durch und durch auf eine bittersüße Art, denn was sie in die Kinovorstellung getrieben hatte, war nichts anderes als Eifersucht. Sie wollte sehen, das war es, sie hatte einen unbeschreiblich zerrenden Hunger danach, diese Leore Lania zu sehen, stundenlang, sie zu beobachten, während Peter Karbon neben ihr saß und es ganz den Anschein hatte, als wäre sie, Frau Doktor Elisabeth Persenthein, sein Eigentum und er das ihre. Ein kurzes Gespräch auf dem Waldweg, als sie ihm zum Gut entgegengegangen war, hatte sie mit glücklicher Verwirrung und kaltem Schrecken zugleich erfüllt.
»Wie geht es Ihrer Freundin?« hatte sie gefragt.
»Danke. Es ist ganz glatt gegangen.«
»Sind die Fäden heraus?«
»Die Fäden – jawohl. Ich habe mich von ihr getrennt.«
»Sie – wieso – warum –?«
»Deinetwegen natürlich.« Das war eine Antwort, die wie eine heiße Kugel scharf gegen Elisabeths Herz gestoßen war. Sie sagte immer ›Sie‹ zu Peter. Er sagte immer ›Du‹ zu ihr; das gab ihren Gesprächen einen sonderbar atemlosen Rhythmus. Sie hatte ziemlich lange an dieser Antwort zu arbeiten gehabt, an den weißen Meilensteinen der Straße vorbei.
»Geht das bei Ihnen so einfach, sich zu trennen?« hatte sie schließlich fragen müssen und die beiläufige Antwort erhalten: »Wir wollen nicht generalisieren, Elisabeth.«
Am Straßenrand standen wilde Buchweizenrispen mit ihren zähen Stengeln und graurosa Blüten; Elisabeth sagte gar nichts mehr und spielte stumm mit ihnen, während Peter Karbon seinen Arm unter ihren Ellenbogen schob, als wenn es das Selbstverständlichste von der Welt sei, daß eine verheiratete Frau mit einem fremden Mann untergefaßt im Wald spazierenging. Und außerdem war es das Selbstverständlichste, so spürte es Elisabeth, zugleich mit dem drängenden und treibenden Gefühl des Unrechts und der Sünde.

Eine der Buchweizenblüten steckte noch immer in Karbons Knopfloch und duftete zart nach Staub und Feldrain. »Jetzt fängt es endlich an«, sagte er und drängte seine Hand heftig unter ihre Handfläche, im gleichen Augenblick, da der Saal sich verfinsterte.

Der Film, der nun begann, hieß, wie man schon aus den Plakaten erfahren hatte, ›Abenteuer in Monte Carlo‹, und er war, wie alle Filme, die nach Lohwinckel kamen, nicht mehr ganz neu und außerdem ein wenig streifig und abgenutzt. Die Côte d'Azur, die man zunächst zu sehen bekam, machte deshalb einen etwas verregneten Eindruck, obwohl Sonnenschein und schwarzer Schatten sehr deutlich zu sehen waren. Es wurde die Riviera gezeigt, ein paar Stimmungsbilder, die Küste bei Monte Carlo, das Kasino, ein Spielsaal, eine Jacht im Hafen von Villefranche, die Autokolonnen auf der oberen Corniche, die Luxusschaufenster in Nizza: alles Dinge, die weitab von den Lohwinckler Lebenskreisen lagen und gerade deshalb mit genußsüchtigen Augen verschlungen wurden – auch von den Arbeitern, die in Tarifstreitigkeiten lagen. Frau Profet, die Vielgereiste, rief mit lautem, heiserem Flüstern die Namen von Orten, Hotels und Straßen, die sie erkannte, in Franz Alberts Ohr, der seinerseits schon dreimal an der Riviera gewesen war, aber alles wieder vergessen hatte. Man konnte ihn rund um die Welt schicken, er merkte nicht mehr davon als ein Postpaket.

»Ich habe nämlich mal in Spanien Kämpfe gehabt!« berichtete er unbeholfen. »Da haben sie mich nicht schlecht verschoben, aua, Junge! Da hatte ich Simotzky noch nicht.«

An der Seitenwand, im dicksten Gedränge der Arbeiter stand Herr Markus, er kannte die Riviera gleichfalls genau, wenn auch nur aus Büchern, Beschreibungen, Romanen, Fotografien. Das Fräulein aus dem Frisörladen hatte sich zu ihm gefunden, es war eine etwas kompromittierende und unbehagliche Nachbarschaft, aber immerhin besser als gar nichts.

Herr Markus hatte sich am Vormittag mit Heftigkeit und Tiefe in Leore Lania verliebt – »An Ihnen ist ein Schriftsteller verlorengegangen«, hatte sie gesagt – und dieses Gefühl verstärkte sich noch und bekam etwas Wühlendes und Bohrendes, als ihr Bild auf der Leinwand zu erscheinen begann. Außerdem waren da noch seine zarten und leisen, unterirdischen Gefühle für Frau Doktor Persenthein. Da sie in der dritten Reihe saß, erhielt ihr Gesicht den vollen Widerschein der beleuchteten Projektionsfläche, und dem sensiblen Markus entging keineswegs der neue und geöffnete Ausdruck in diesem Gesicht. Für ihn aber blieb zuletzt nur das Fräulein aus dem Frisörladen übrig, sie war es, die er am Ende des Abends nach Hause bringen würde, wenig geachtet, vulgär und allzu leicht zugänglich, wie sie war. ›Faute de mieux –‹, dachte Herr Markus seufzend. ›Mein ganzes Leben ist so ein Faute-de-mieux-Leben‹, dachte er ferner; das schien ihm so gut formuliert, daß es ihn beinahe tröstete.
Mit Leore Lania, der Heldin des Films, die im Titelverzeichnis ›Lore‹ genannt wurde, hatte es indessen folgende Bewandtnis genommen: Sie war auf dem Bahnhof in Monte Carlo angekommen, lächerlich klein und zart und hilflos, und hatte Papiere aus ihrer Tasche gezogen, denen man entnehmen konnte, daß sie eine Stellung als deutsche Erzieherin anzutreten wünschte. Obwohl sie hundearm war, trug sie ein Jackenkleid aus einem erstklassigen Atelier, wie das im Film Sitte ist, und sie führte sich sogleich mit einem außerordentlich niedlichen Zug ein. Sie gab nämlich vor dem Bahnhofsbüfett deutlich zu erkennen, daß sie hungrig sei, kaufte aber dann doch nicht das kalte Kotelett, sondern einen Strauß Parmaveilchen, und zwar für ihre allerletzten Sous. Sodann wurde sie von einer dicken, geschmückten Madame in Empfang genommen, und das heitere Quidproquo nahm seinen Lauf. Leore Lania nämlich, die schlichte kleine, arme deutsche Erzieherin Lore, war einer Verwechslung anheimgefal-

len und hatte sich in die Hände einer Dame begeben, die ein Tanzlokal mondäner Art betrieb, wo Lore als Tanzstar auftreten und Stimmung in den Betrieb bringen mußte. Die Lohwinckler begriffen das nicht alle sofort; die hellen Gymnasiasten auf der Galerie zuerst, nach einer Weile die Arbeiter und ganz zuletzt auch die besseren Kreise, und als erst alle es erfaßt hatten, zog ein breites und zufriedengestelltes Lächeln über die Gesichter.
Es war unbeschreiblich heiß und dunstig im Saal, Herr Roggenzahn wischte von Zeit zu Zeit mit einem Lappen über die Klaviertasten, die Nässe aus sich herausschlugen. Einmal knackte das überlastete Holz der Galerie so laut, daß es fast wie ein Schuß klang und der ganze Saal erschrocken zusammenfuhr und ängstlich hinaufsah. Im übrigen ging es still und nicht unfriedlich zu, obwohl alle Welt aller Welt Ellenbogen in die Rippen und Knie in die Hüften bohrte. Nur als im zweiten Bild des Films Lore ihr Tanzkostüm probierte, begannen die jungen Arbeiter roh und unmotiviert zu grölen, sie taten es teils aus Verlegenheit und teils, weil sie als gute Rheinländer jede Verkleidung lustig fanden. Man hatte für die Lania ein sehr pikantes Kostüm ausfindig gemacht, nur ein paar schwarze Karos, zwischen denen überall ihre Haut in quadratischen Ornamenten zutage trat wie ein seidiges Muster. Der Filmoperateur hatte den seidenen Eindurck dieser Haut dadurch zu verstärken gewußt, daß er raffinierte, kleine Reflexe aus ihrer Glätte hervorlockte. Besonders auf der Rundung der Schulter lag ein Schimmer, der alle Blicke fing.
Elisabeth Persenthein, die zeitlebens mit ihrer eigenen Erscheinung, ihrer Figur der toten Marmor-Sigismunda, unzufrieden war, soweit sie überhaupt Zeit fand, sich darum zu kümmern, hatte so etwas wie diese Schulter noch nie gesehen. Ohne es zu wissen, preßte sie Peters Hand ganz fest an sich, während sie das Spielende, ganz Gelockerte und Schwingende dieser überfeinerten Schulterlinie vor Augen

hatte. Plötzlich begriff sie, daß der fremde Mensch da eine der schönsten Frauen der Welt besessen und aufgegeben hatte, ihrethalben, Elisabeth Persentheins wegen. Ein sanfter, traumdrehender Schwindel überkam sie für Minuten, alles war so unwahrscheinlich geworden; was mit ihr geschah, spielte außerhalb der Welt, in einem Raum mit anderer Luft, auf einem Stern ohne Schwergewicht. Oben tanzte die Lania, ganz allein auf einem beleuchteten Tanzparkett und voll einer kühlen und abseitigen Verlockung. Elisabeth schaute von dem Film fort, ihre Eifersucht war brennend geworden, fast erotisch, wie jede echte Eifersucht in ihrer letzten Tiefe den Tropfen körperlicher Bindung und neidvoller Verliebtheit für die Rivalen trägt. Peter Karbon sah ruhig, fast ein wenig müde zu der Leinwand hinauf. Er kannte den Film schon, fand ihn mittelmäßig und die verkratzte Wiedergabe überhaupt unmöglich. Elisabeth sah seinen Mund, erst jetzt bemerkte sie die auserlesene und sehr männliche Formung seiner Lippen, so stark, daß sie zusammenschauerte.
»Was gibt's?« fragte er.
»Du sollst nicht hinsehen –«, erwiderte sie heftig. Sie sagte ›Du‹, zum erstenmal und völlig ohne es zu wissen. Gleich darauf war das dritte Bild vorbei, und der Saal wurde für ein paar Minuten hell, denn Herr Oertchen wollte Geschäfte machen und Bier verkaufen. Im Hintergrund des Saales und unterhalb der Galerie war zu diesem Zweck ein Ausschank bereitgestellt, an den sich auch sogleich die erhitzten Gäste zu drängen begannen. Der Durst war in der Hitze so groß geworden, daß man den Werkmeister Hockling Schulter an Schulter mit dem Notar sein Bier trinken sah und daß der Sparkassendirektor sich nicht scheute, einen jungen Arbeiter beiseite zu drängen und ihm sein Glas wegzuschnappen. Gerade als die Pause zu Ende ging, Herr Roggenzahn eine Introduktion zu spielen begann und die Lichter im Saal erloschen, trafen noch zwei Männer in der Vorstellung ein. Der

eine, der erschöpft und mit dem Gehabe eines Marathonläufers Oertchens Lokal erreichte, war erstaunlicherweise Direktor Burhenne, Putex selber, zu dem auf Umwegen die Nachricht gedrungen war, daß seine Zöglinge das Maß vollgemacht und sich in die Vorstellung gedrängt hätten. Er kam an als Autorität, als ein Mann, dem die meisten andern Männer der Gegend ihre Humanbildung zu verdanken hatten, und entschlossen, gründlich Ordnung zu schaffen. Ihm auf dem Fuß folgte seine aufgeregte, beschwichtigende und besorgte Hausdame, Frau Bartels. Schon am Eingang des Ganges bekam Putex einen Wortwechsel mit dem jungen Oertchen, dann auch mit Herrn Oertchen selber, man hörte den Streit bis in den Saal, über das Klavier hinweg und mitten in jene reizende Szene hinein, da Lore sich in einen jungen Schofför verliebte. Ein paar Leute zischten, ein paar lachten, und schließlich knallte die Saaltür auf, Putex fiel beinahe herein und rief mit seiner Kathederstimme: »Ich verbiete das! Ich verlange sofortige –«

Er kam aber nicht dazu, sein Verbot näher zu erklären. Denn obwohl die Lohwinckler, soweit sie dem Elternstand angehörten, ziemlich verärgert über ihre Söhne waren und obwohl viele Väter sich versprochen hatten, den betreffenden Filius nach der Vorstellung zu versohlen, so waren sie alle im Augenblick doch zu sehr gespannt und bei der Sache, um eine Störung der Vorstellung zuzulassen. Man brachte nach einigem Brummen, Zischen und Treten den Direktor Burhenne dahinten zum Schweigen. Wie das vor sich ging, kam nie heraus. Doch wurde es nach diesem Zwischenfall nicht mehr ganz ruhig im Lokal, und das lag zum Teil an den Verwicklungen der Filmhandlung.

Lore nämlich hatte sich indessen in einen jungen Schofför verliebt, der im Dienst eines dicken und unsympathischen älteren Herrn stand. Dieser ältere Herr ließ sich in das mondäne Tanzlokal fahren, in dem Lore auftrat, und der junge

Schofför mußte vor dem Portal warten, während der ältere Herr Lore erblickte und sie zu verführen begann. Grade an diesem Punkt der Handlung betrat noch ein zweiter verspäteter Gast den Saal, nämlich Herr von Raitzold, der zu Fuß vom Gut hereingekommen war, nicht ohne, hustend und keuchend und in asthmatischen Qualen Baumstämme umklammernd, sich im dunkelnden Wald verzögert zu haben. Die Luft des Saales schlug ihm stickig entgegen, aller Sauerstoff war aus ihr fortgeatmet, und wenn Herr von Raitzold trotzdem in der Vorstellung blieb, so geschah dies aus unklaren und verzweifelten Gründen. Vielleicht nur aus Unruhe und Rastlosigkeit und dem Unvermögen, es auf dem Gut auszuhalten; vielleicht aber in der Hoffnung, hier irgend jemanden von Einfluß zu treffen, zu sprechen, umzustimmen, zur Hilfe zu bewegen. Äußerlich war von dieser Verstörung nichts zu merken als etwa eine Blässe, die aber nicht auf der Oberfläche seiner braungegerbten Landwirtshaut lag, sondern in den tieferen Schichten seiner Blutgefäße zusammenkrampfte und leerte. Übrigens warf Herr von Raitzold nur einen Blick in den überfüllten Saal und stieg dann, schwer Atem ziehend, zur Galerie hinauf, wo er mit der Selbstverständlichkeit des geborenen Herrn hinter der Tochter des Bürgermeisters Platz nahm.
Gleich nachdem er sich gesetzt hatte, ging unten in den vorderen Reihen ein Lärm los, dessen Ursache er nicht gleich begriff. Der ältere Herr nämlich, von den Filmautoren durchaus als komische Figur gemeint, war von den Arbeitern anders aufgefaßt worden. Er saß dick und zufrieden an einem Tisch und aß, die Kellner liefen und schleppten Gang auf Gang, der Maître d'Hôtel selber brachte Sekt und schenkte ein, und der ältere Herr kaute, schluckte und trank.
»Grad wie unser Alter!« sagte da jemand vorne ganz laut. Es klang ganz friedlich, und es wurde auch gelacht dazu. Der Alte, das war im Jargon der Fabrik Herr Profet, und tatsäch-

lich ließ sich eine ganz entfernte Ähnlichkeit zwischen ihm und der Filmfigur entdecken, mochte es nun an der Speckfalte im Nacken, an der runden Seehundskopfform oder einfach an dem satten und verschmitzten Ausdruck liegen.
»Der schluckt!« sagte jemand anderer ganz unverhohlen. Rückwärts auf den ersten Plätzen wurde gezischt. »Der hat's ja auch dazu!« hieß es vorne weiter. Einer pfiff auf den Fingern. Herr Roggenzahn, der schon ein wenig betrunken war, schaute mit einverständlicher Miene ins Publikum und griente dazu. Plötzlich wurde seitwärts an der Wand, wo die jungen Arbeiter standen, ein Lied angestimmt:

»Der Profet, der sauft Sekt,
Wenn der Arbeiter verreckt.«

Gelächter. Lärm. »Ich bitte um Ruhe.«
»Befiehl ihnen, daß sie ruhig sein sollen«, verlangte die Frau Bürgermeister oben. Der Bürgermeister schüttelte abgeklärt den Kopf. Herr von Raitzold suchte im Saal unten nach Herrn Profet. Herr von Raitzold haßte die Arbeiter, ihm waren sie ein für allemal Proleten, Gesindel, das vom Feld weglief zu den höheren Fabrikslöhnen, das Land und Boden verkommen ließ und selber dabei verkam. Trotzdem war er nicht weit davon entfernt, in diesem Augenblick gefühlsmäßig für sie Partei zu nehmen, aber er verhehlte sich das selber. Profet hielt sich nicht schlecht bei dem Rummel. Zwar zog er die Ohren ein wenig zwischen die Schultern, aber er lächelte nicht ohne Pfiffigkeit, fast zustimmend, als wolle er sagen: ›Amüsiert euch nur, Kinder, das macht nichts. Ich bin ja doch einer von euch.‹ Franz Albert, dessen Arm Herrn Profets Gattin flehend umklammert hielt, saß mit törichter Miene daneben und begriff die ganze Geschichte nicht. Er kam selten ins Kino, und da er nun einmal hier war und da die Lania ihm großartig gefiel, unvergleichlich besser als in

Wirklichkeit, wollte er in Ruhe zusehen. »Haltet's Maul da vorne«, sagte er deshalb laut, stand auf und zeigte unwillkürlich seine Faust an dem gestreckten Gelenk, mit dem Gerade geschlagen werden. Ein bodenloses Getöse antwortete ihm. Man hatte den Kerl erkannt, mit dem der Schofför Müller die Profets Sekt hatte trinken sehen, während er selber mit dem gestorbenen Fobianke in der Stadt herumhausieren mußte. Franz Albert duckte und setzte sich wieder. Er kannte die Stimme des Publikums, aber er begriff durchaus nicht, was sie gegen ihn hatten. Tief sehnte er sich nach seinem Trainingslokal, nach Simotzky und seinem Sandsack. Unaufhaltsam war indessen der Film weiter abgerollt, die dicke Madame hatte die unschuldige Lore gezwungen, bei dem älteren Herrn Platz zu nehmen, und dieser begann so handgreiflich zu werden, daß sich das Eintrittsverbot für Jugendliche begründet fand. Da aber der Lärm im Saal, das Gegröle der Arbeiter und der Protest der Bürger kein Ende nahmen, da Stühle gerückt wurden, eine Bank umgeworfen wurde und einige sogar Miene machten, den Saal zu verlassen, ließ Herr Oertchen wieder eine Pause einlegen.
»Wollen wir jetzt weggehen?« fragte Peter Karbon.
»O nein«, antwortete Elisabeth. ›Wohin gehen?‹ dachte es dumpf in ihr. Ihr Haus machte ihr Angst, ihr Mann machte ihr Angst, beinahe sogar das Kind mit seinen Augen. Sie hatte alles liegen und stehen lassen heute nachmittag, hatte Heim und Küche dem völlig unzuverlässigen Lungaus überantwortet und hatte sich auf die Flucht begeben. Jetzt wußte sie nicht, wie zurückzufinden war. Sie wollte nur, daß es immer so weiter ginge, ein wenig wüst zwar und fieberhaft, aber in der peitschenden Neugierde auf diese Frau da oben und in der angepreßten, stummen Nähe des Mannes. Peter Karbon ließ ihre Hand los, als es hell wurde, aber sie nahm sie wieder und hielt sie fest und dachte, daß niemand das bemerke. Die Frau des Bürgermeisters bemerkte es, die Toch-

ter des Bürgermeisters, die Schneiderin Ritting aus der Wassergasse und der bleikranke Arbeiter Lingel, das Fräulein aus dem Frisörladen sowohl wie Markus bemerkten es und nicht zuletzt der Apotheker Behrendt. Herr von Raitzold, der sich zusammengerissen hatte, als es hell geworden war, begann ein forsches Gespräch mit der Tochter des Bürgermeisters.

»Wie finden gnädiges Fräulein das Stück?« – ›Das Stück‹, sagte er aus völliger Unkenntnis des im Kino Üblichen.

»Ach – etwas banal. Gar nichts Höheres.«

»Darf ich nach dem Befinden des Herrn Verlobten fragen?«

»Danke. Er ist noch in Wiesbaden. Er hat dort eine Kurpraxis.«

»Ah! Hat man keine Aussicht, ihn nach Lohwinckel zu bekommen?«

»Ich möchte es schon, aber er will nicht recht. Es ist noch nicht entschieden.«

»Soso«, sagte Herr von Raitzold und sackte wieder ab. Er atmete dankbar die Luft, die bei einem Galeriefenster hereinstrich, aber seine empfindlichen Atemorgane empfingen mit Befremden einen sonderbaren, bitteren Geruch.

»Merkwürdig, wie die Luft schmeckt«, sagte er zum Bürgermeister.

»Diese Fabrik verstänkert die ganze Gegend.«

»Das ist nicht der Fabrikgeruch«, entgegnete der Bürgermeister, der sich die ganze Zeit geärgert hatte, weil Herr von Raitzold sich so selbstverständlich dazusetzte. »Das können ebensogut Ihre Kartoffeläcker sein; Sie brennen ja schon seit einer Woche das Kraut ab.«

»Das ist kein Kartoffelkraut«, sagte Herr von Raitzold entschieden, verstummte dann und fuhr fort, den befremdlichen Geruch einzuziehen.

Während in den gehobenen Schichten der Balkonloge dieses Gespräch vor sich ging, war unten beim Ausschank fast unbemerkt ein kleiner Zwischenfall eingetreten. Herr Oertchen, gefolgt von dem Postboten Ellinger, war an den trinkenden Betriebsrat Birkner herangetreten, hatte ihm auf die Schulter geklopft und gesagt: »Birkner, 's wäre e Depesch für Ihne da!« Birkner, der nicht gewöhnt war, Telegramme zu erhalten, wischte sich plötzlich hervorbrechende Schweißtropfen ab und sagte unschlüssig: »Das kann nur vom Pank komme«, und sodann stand er da und drehte das Formular erst eine Weile in den Händen, bevor er den Entschluß fand, es zu öffnen, und die Methode, nach der das zu geschehen hatte.

In dem Telegramm stand: ›Streik abgelehnt. Gütliche Verhandlungen empfohlen. Unterstützung des Verbandes zugesichert.‹

»Scheiße!« sagte Birner zunächst ganz laut, so daß Putex, der daneben stand und mit Herrn Oertchen über die Entfernung der Gymnasiasten verhandelte, zusammenfuhr. Die Nachricht, daß die entscheidende Antwort aus Berlin eingelaufen sei, pflanzte sich indessen in Wellen durch den Saal fort, und so kam es, daß die Arbeiter aus den vorderen Reihen nach hinten und zu ihrem Betriebsratsobmann drängten, während Herr Roggenzahn mit Musik das Zeichen zum Fortgang der Vorstellung gab und die Bürger sich vom Bierschank weg nach vorn zu ihren Plätzen durchzuarbeiten suchten. Es ging so hart bei diesem Gegeneinander zu, daß es, von der Galerie aus besehen, fast einer Keilerei glich. Der Bürgermeister jedenfalls hatte diesen Eindruck. Er erhob sich und verließ auf den Zehenspitzen den Saal. Herr von Raitzold warf ihm einen fragenden Blick zu. »Ich glaube, es setzt noch etwas. Ich bringe mal die Polizeileute an die Tür für alle Fälle«, murmelte der Bürgermeister. »Soll ich indessen die Damen hinausbegleiten?« fragte Raitzold ritterlich. »Nein. Das gibt zu viel Aufsehen«, sagte der Bürgermeister nach einem Blick über die Brüstung und ging rasch und unauffällig fort. Auch Herrn Profet unten waren ähnliche Gedanken gekommen,

denn er kannte seine Arbeiter, und er sah sie mit fieberhaften und verzerrten Gesichtern die Leute vom Betriebsrat umdrängen. »Wollen mal heimgehen«, sagte er und schob seine Frau aus der Reihe hinaus. »Vielleicht schafft Herr Albert bißchen Platz.«
Nichts lag dem Boxer ferner als Gewalt. Er schlug nur, wenn er dafür bezahlt wurde. Er hatte die absolute Gutmütigkeit und Schüchternheit aller wirklichen Athleten. Undenkbar für ihn, gegen Leute ohne Boxhandschuhe, gegen Leute, die nicht gegen ihn kämpften, loszugehen. Still und sanft hielt er sich hinter Profets Rücken, und so schoben sie sich an den Knien ihrer Nachbarn vorbei bis zu den verstopften und verstellten Seitengängen. »Hier kann keiner 'naus«, sagte ein junger Arbeiter einfach und drückte sie mit einer Schulter wieder zurück. Profet verstand die Drohung in der kleinen Bewegung und schob mit Gast und Gattin stumm wieder nach hinten auf die verlassenen Plätze.
Im Saal wurde es dunkel, aber nicht ruhig. Birkner war mit einer Anzahl von Arbeitern hinten beim Schanktisch geblieben, und dort stritten sie sich jetzt herum, hart und fanatisch in zwei Gruppen geteilt und um so lauter redend, als es ihnen an der Fähigkeit gebrach, ihre Meinung in richtigen Worten auszudrücken. Herr Roggenzahn, der mit schwimmenden Augen in den Saal stierte, wurde plötzlich von einem infernalischen Einfall überkommen. Herr Roggenzahn war einmal ein guter Musiker gewesen, er hatte eine Vergangenheit als Kapellmeister einer kleinen Hofbühne hinter sich. Die Bitterkeit der verkommenden Existenz schoß mit einemmal in ihm hoch. Er hatte sich eine Weile mit dem ›Wiegenlied‹ von Brahms abgegeben, gleichsam zur Beschwichtigung der enttäuschten Streikhetzer. Plötzlich wurde es ihm zu dumm, und er sprang in ein scharf rthythmisiertes und ungeheuer aufreizendes Musikstück hinüber. Es war der Marsch aus der Pathetischen Sinfonie von Tschaikowsky, die musikalische

Bürgermeisterstochter erkannte ihn sogleich, auch Markus, der das Stück vor kurzem im Radio gehört hatte. Es hämmerte auf eine wahrhaft verteufelte Weise Sturm und Aufruhr in den Saal und paßte nicht im geringsten zu den Bildern, die gleichzeitig auf der Leinwand ihr zweidimensionales Leben führten.

Wahrscheinlich war Frau Persenthein zu diesem Zeitpunkt der einzige Mensch im Saal, der noch mit voller, ja mit immer wachsender und glühender Anteilnahme den Film verfolgte, die Herzklopfen bekam, als sie sah, wie die Lania eidechsenglatt und voll Verlockung dem dicken Herrn etwas vortanzte. Dieser Tanz war Kern- und Mittelstück des Films, und der Regisseur zeigte nicht nur den Tanz, sondern auch seine Wirkung. Gesichter von Männern, aufgerissen und nackt in Begierde, Hände, die sich unter Tischen umklammerten – fast so, wie Elisabeths eigene Hand in diesem Augenblick die von Peter Karbon umklammerte –, einen jungen Kellner, der starr mit dem erhobenen Tablett stehenblieb und die Tänzerin anstarrte; und in einer Großaufnahme die Augen des dicken Herrn, die sich hin und her drehten zugleich mit Leores Drehungen. Sodann aber schnitt ein Bild dazwischen, das den jungen Schofför zeigte, wie er mit dem Wagen vor dem Nachtlokal wartete. Er schaute auf die Uhr – es war spät – er gähnte, er trabte auf und ab, er las Zeitung, er schaute wieder auf die Uhr. Wieder sah man Leore tanzen, und wieder sah man den Schofför draußen warten, jetzt wurde es Morgen, jetzt fror er, stellte den Kragen hoch, nickte ein, riß sich hoch, nickte wieder ein, riß sich immer wieder hoch, durfte nicht einschlafen –

»Fobianke!« schrie hinten plötzlich jemand ganz laut. Es war eine von den grundlosen, aber blitzhaft aufhellenden Assoziationen, wie Irre sie manchmal haben. In der nächsten Sekunde war es totenstill im Saal, und in der übernächsten schon tobte alles zugleich los. Schreien, Pfeifen, Lärm,

Gelächter, Zischen, Ruherufen. Ein Gebrüll: Fobianke! Fobianke! Fobianke! Das Klavier spielte seinen Marsch dazu, immer lauter, es klang wie Krieg, Pest und Aufruhr. Der Bürgermeister oben war aufgesprungen und schrie etwas Unverständliches in den Saal. Die Gymnasiasten kreischten hoch, außer Rand und Band vor Vergnügen. Die beiden Polizeileute rückten aus dem Gang an und postierten sich an die Saaltür. Die Lohwinckler waren zum großen Teil im Aufbruch. Hinten am Schanktisch zerbrachen schon Gläser, da schlugen sie sich schon. Vorne stürzten Bänke polternd um, alle drängten gegeneinander, und jeder war zum Feind von jedermann geworden. Der Kinooperateur hörte auf, seine Streifen laufen zu lassen, er drehte auf ein mißverstandenes grelles Klingeln hin seine Projektionslampe ab, noch bevor die Saallampen angeknipst waren. In einer Finsternis, die nur von zwei rubinroten Notausgangssignalen durchrissen war, tobte der Saal in sich wie schwarzes, aufgewühltes Wasser.

Lange bevor es so weit gekommen war, hatte der nervenempfindliche Herr Markus schon den Kopf horchend zur Seite gelegt, als höre er jenseits der Klaviermusik und hinter dem Lärm noch etwas Entferntes und Umbestimmtes, darin ganz ähnlich dem leidenden Herrn von Raitzold, der mit jedem seiner mühsamen Atemzüge den fremden und sonderbaren Geschmack der Luft empfand.

»Was gibt's?« fragte die Dame aus dem Frisörladen.

»Ich höre etwas – Signale. Feueralarm«, flüsterte Markus. Er war ein leidenschaftliches Mitglied der Freiwilligen Feuerwehr von Lohwinckel, obwohl der Feuerwehrvorstand aus rassepolitischen Gründen ihm keinen Mut zutraute.

»Quatsch«, sagte das Fräulein und klammerte sich an ihn. Aber Markus horchte weiter und hörte weiter das Signal, es wurde lauter und kam näher, und er verfolgte es durch die ganze tobende Sinnlosigkeit des verdunkelten Saales hin-

durch und noch während ungezielte Püffe ihn gegen die Rippen trafen.
Plötzlich wurde es hell im Saal, einen Augenblick trat Stille ein, und dann erblickte man den Schofför Müller, der bleich, verzerrt und schweißüberströmt an der Galeriebrüstung hing, dicht neben dem Bürgermeister, und heiser hinunterschrie:
»Alles zur Spritze! Die Fabrik brennt!«

In der Küche des Angermannshauses befand sich ein uralter Spülstein aus dem rötlich durchsprenkelten Granit der Gegend. Dorthinein hatte Frau Doktor Persenthein alles Geschirr unabgewaschen zusammengeschichtet, bevor sie gegen Abend das Haus verlassen hatte, um Peter Karbon auf der Düßwalder Chaussee entgegenzugehen. Der Wasserhahn leckte ein wenig, und die Tropfen fielen mit eintönig tristem Geräusch auf die ungespülten Teller und Schüsseln des zerrütteten Persentheinschen Haushaltes. Doktor Persenthein, der um fünf Uhr seine Sprechstunde abgebrochen hatte, weil er zu einer Entbindung in die kleine Gasse gerufen wurde, die den Namen ›Am Abzuch‹ führte, und der ziemlich abgekämpft nach sieben Uhr wiederkam, stand mit vorhängendem Kopf eine Weile in der Küche, verstand die Geschichte nicht und hörte dem Tropfenfall zu.
Zwar erinnerte er sich dunkel, daß Elisabeth ihm irgend etwas wegen dieses Abends mitgeteilt hatte, aber da er nie recht zuhörte, wußte er gar nicht, was mit ihr los sein konnte. Er tappte in dem stillen Haus auf und ab, auch Rehles Zimmer war leer. Er suchte im Souterrain und fand die beiden Badezimmer in unbegreiflicher Unordnung, so, wie die Patienten sie verlassen hatten. Beide Wannen noch gefüllt, in einer die getrübten Reste eines Solbades, in der anderen, hölzernen braunes Moor, die Fliesen triefend naß und gleichfalls

triefende Badelaken beschmutzt auf dem Boden liegend. Der Doktor, der sonst die Räume seines Hauses immer erst zu sehen bekam, wenn Elisabeth ihre Arbeit daran getan hatte, fand den Anblick reichlich trübselig und unerfreulich; allerdings kam es ihm zunächst nicht bei, daß es das tägliche und stündliche Amt seiner Frau war, diese schmutzigen Rückstände des täglichen Lebens aus seinem Weg zu räumen. Trotzdem, und während er die Treppen wieder hinaufstieg, hatte er einen Augenblick lang die Vision von Elisabeths müder Rückenhaltung, sobald sie sich unbeobachtet glaubte. Auch beim Essen nahm sie oft eine Haltung ein, die ihm stets auf die Nerven fiel: Sie hielt die Gabel in der rechten Hand und ließ die linke unter den Tisch hängen, zwischen ihre Knie. Es dämmerte ihm schwach, daß auch diese Unart in einer Übermüdung ihren Grund haben könne, aber dieser Gedankengang wurde gekreuzt und überdeckt von einem andern, der sich auf den positiven Streptokokkenbefund bei einer Patientin bezog. In seinem Ordinationszimmer stehend und auf das Glasgefäß mit den Wattetupfern trommelnd, überlegte er die Verordnung von Ölumschlägen auf die Gelenke und wandte sich dann dem Block zu. Hier fand er die Mitteilung, daß sich bei dem Kind des Kaufmanns Keitler trotz Fieber noch kein Ausschlag gezeigt habe, und darunter noch eine Zeile: ›Ich gehe ins Kino. Essen steht in der Speisekammer. Warte nicht auf mich.‹
Auch im Ordinationszimmer herrschte noch die leichte Unordnung der abgebrochenen Sprechstunde; der Doktor warf ärgerlich ein paar Sonden und Specula in den Sterilisator und öffnete dann das Fenster, um den Menschendunst hinaus- und die dunkelnde Abendluft hereinzulassen. Er fühlte sich mehr als unbehaglich in dem verlassenen Haus, hatte aber zunächst keine Lust, diesem Gefühl abzuhelfen, sondern blieb ärgerlich vor seinem Schreibtisch sitzen, zuerst im Finsterwerden, dann im Umkreis der scharfen Lampe, die er

auch zu kleinen Operationen verwendete. Schließlich kam er dazu, das ganze Unbehagen als einfachen Hunger zu agnoszieren, wartete trotzdem noch ein wenig, als wenn seine Unzufriedenheit die Kraft haben müsse, die Frau herbeizuholen, und entschloß sich dann, in die Speisekammer zu gehen. Wirklich fand er dort einen kalten Imbiß auf einem Tablett bereitgestellt, das er mit einiger Mühe ins Wohnzimmer balancierte, in dem auch gegessen wurde. Hier aber zeigte es sich, daß der Tisch nicht gedeckt war, und Doktor Persenthein setzte sein Tablett zunächst an der Tischkante ab und dachte nach, wo Teller und Besteck zu finden sein konnten. Zwar hatte er hundertmal gedankenlos zugesehen, wie seine Frau den Abendtisch deckte, aber es war ihm niemals ins Bewußtsein gedrungen, worin Zweck und Ziel ihrer Hantierungen bestanden, so daß er ziemlich fremd mitten in seiner Wohnung stand und sich unfähig fühlte, etwas zu unternehmen, ein paar Schübe erfolglos auf- und zuzog und es schließlich aufgab, für sich zu sorgen. Dazu kam, daß ihm auch jetzt wieder etwas aus seiner Praxis durch den Kopf ging, nämlich, daß er verabsäumt hatte, den Arbeiter Hahn mit der Duodenalsonde zu untersuchen; er wanderte nochmals in sein Zimmer hinunter, notierte sich dies, schlug im Stehen das Handbuch der inneren Medizin auf, las den Passus über Gallenblasenvereiterung, blieb daran hängen und kam erst wieder davon ab, als er Schritte in der Diele hörte. Er schoß schnell hinaus, erfreut zwar, aber bereit, einige Vorwürfe zu machen, doch er traf draußen nur auf Lungaus, der in seinem Sonntagsanzug die Treppe hinaufschlurfte und dazu ein Selbstgespräch führte.
Lungaus war so in sich selber und sein heiseres Gemurmel vertieft, daß er es nicht hörte, als der Doktor ihn anrief, sondern weiter stockerte, die knarrende Holztreppe hinauf und zu seiner Kammer unter dem Dach; oben angelangt, knipste er die Treppenbeleuchtung ab, so daß Doktor Persenthein

unten im Dunkel stand und sich erst nach ein paar Momenten der Überlegung entschloß, das Licht wieder anzudrehen und Lungaus zu folgen.

Als er die Kammer betrat, fand er sie zwar unbeleuchtet, aber erfüllt von einer schwimmenden Helligkeit, denn es fehlten nur zwei Tage zum Vollmond, und das aufgehende Licht wurde von der dünnen Wolkendecke, hinter der es stand, aufgesogen und überallhin gestreut wie von einem transparenten, ungewiß blauenden Stück Schirting. Ganz schwarz und gespensterhaft vergrößert stand Lungaus als Schatten am Fenster, die Hände auf das Fensterbrett gestützt und monologisierend. »Haben Sie wieder irgend etwas ausgefressen?« fragte Doktor Persenthein, der sein Versuchsobjekt genau kannte.

»Wie meint der Herr Doktor das?« fragte Lungaus und drehte sich langsam der Tür zu. Persenthein ließ es auf sich beruhen. »Wo ist das Rehle?« fragte er zunächst.

»Ja. Wo ist das Rehle?« antwortete der Arbeiter gereizt. »Da fragen Sie mir. Ich wüte mich schon den ganzen Tag, daß Sie das Rehle immerzu abschiebt. Als könnte ich nicht das Rehle zu Bett bringen. Oder könnte Rehle nicht selber. Die ist doch helle, die ist klüger als manche Erwachsene, das Rehle–«

»Na, wo ist es denn?« fragte der Doktor, etwas verwundert über den weinerlichen Ton, den Lungaus zeigte. Allerdings war die Liebe zum Rehle die weiche Stelle im hartgesottenen Organismus dieses vorbestraften, verfinsterten und widerspenstigen Lungaus.

»Vielleicht ist das arme Kind bei ihrem Großvater gegangen, das arme Kind. Wo soll es denn bleiben, wenn die Mutter fortgeht.«

»Na, ich bin doch schließlich zu Hause. Warum marschiert es denn davon, ohne zu fragen?« sagte Persenthein ärgerlich. Das fünfjährige Rehle hatte es so an sich, daß man sich mit ihm auseinandersetzen mußte wie mit einem fertigen Menschen.

»Auf Ihnen ist sie beleidigt, weil Sie ihr nicht mitgenommen haben«, gab Lungaus Auskunft, mit deutlicher Parteinahme für Rehle.

»Herrgott, ich kann sie doch nicht schon zu Entbindungen mitnehmen!« rief der Doktor. Lungaus zuckte die Achseln.

»Ich möchte essen. Ich kann keine Teller finden«, fuhr der Doktor fort. Lungaus setzte sich auf den Bettrand, behielt aber das Fenster im Auge und ging auf Persentheins wirtschaftliche Verlegenheiten nicht ein, sondern folgte seinen eigenen Gedankengängen.

»Das ist nicht recht, sage ich, daß sie das Kind so ein Theater vormacht. Dreimal rein in die Kammer zur Rehle und jedesmal geheult und schleppt das Kind herum und küßt es ab wie verrückt, und dann fragen: ›Rehle, wenn Mutter fortgeht, was tust du dann?‹ Und: ›Rehle, halt mich doch fest‹, und: ›Rehle, nimm mich um den Hals‹, und: ›Rehle, hab mich lieb‹, und all so Sachen, das hat das Rehle natürlich gefressen, wie das Rehle schon mal ist. Die ist doch, wie so 'ne Haselnuß ist die, kommt mir immer vor, da haben Sie lang zu beißen, bevor Sie reinkommen, Herr Doktor. Da kommt das Rehle zu mir und sagt: ›Wenn Mutter weggehen will‹, sagt sie, ›da soll sie doch gehen. Ich hab doch den Kola‹, sagt sie, ›und du bist auch da, ich lerne dir kochen, da brauchen wir Mutter nicht‹, wahrhaftig, das sagt das Kind, ›und Erika ist auch noch da‹, sagt sie – das ist doch die Puppe ohne Kopf, weiß der Herr Doktor. Na, da sage ich: ›Bist klug, Rehle‹, sage ich, ›immer laufen lassen, was nicht bleiben will.‹ Aber recht ist das nicht, daß sie da mit das Kind drüber redet, da soll sie doch türmen, wie sie will, aber das Kind in Ruhe lassen damit, so ein Kind weiß genau, was los ist.«

Zwar war Doktor Persenthein ziemlich zu Hause in der Diktion seines Schützlings, aber diesmal fand er nicht durch. »Wovon ist denn die Rede?« fragte er ungeduldig. »Ist da so ein Aufstand, weil meine Frau mal ins Kino gegangen ist?«

»Jawohl, ein Aufstand«, wiederholte Lungaus und kratzte auf seiner Bettdecke herum. »Ein Aufstand ist. Ein Aufstand.« Das Wort schien ihm zu gefallen, aber er ließ es los, um zu seinen Gedankengängen zurückzukehren. »Man soll bloß nicht glauben, ein Kind hat keinen Verstand. Wie ich grade sechs war, da hab ich einen Kerl bei meiner Mutter im Bett gefunden, grade sechs, grade war ich zur Schule gekommen, da geh ich in die Kammer und will mir Kaffee holen, wir hatten so ein Schübchen im Ofen, da stand immer der Kaffee, und da liegt so ein Kerl bei meiner Mutter im Bett, das hab ich mein Lebtag nicht mehr aus den Knochen gekriegt, kann ich Herrn Doktor sagen«, erzählte er mit unruhiger Stimme. Der Doktor hörte unbehaglich zu.
»Na, Lungaus –«, erwiderte er; »jetzt könnten Sie mir also helfen, Teller suchen.«
»Die sind im Büfett unten im zweiten Fach«, teilte Lungaus mit, nicht willens, sich nützlich zu machen. »Wurst ist in die Speisekammer. Ihnen vernachlässigt sie natürlich auch, natürlich. Keine Bananen im Haus und kein Apfelsinensaft, und die Milch sauer geworden. ›Essen Sie mal Wurststulle, Lungaus«, sagt sie zu mir, ›aber der Herr Doktor braucht es nicht wissen‹. Na, da eß ich natürlich Wurststulle, wenn sie mir so vernachlässigt, und schafft mir extra Wurststulle essen. Was brauch ich das dem Herrn Doktor lang erzählen, das merkt der Herr Doktor morgen ja doch, morgen ist wieder Blutprobe, und der Herr Doktor macht ja Wunderkuren, das muß wahr sein, das gebe ich selber zu –«
»Haben Sie Wurststulle gegessen?« fragte Persenthein heftig und spürte, daß er blaß vor Wut wurde; er bekam immer so kalte Ohrmuscheln im Jähzorn –
»Wenn der Herr Doktor sonst bloß keine Sorgen haben«, antwortete Lungaus, und das klang halb wie nackter Hohn und halb wie Mitleid. Der Doktor rückte auf ihn zu und packte ihn an den Schultern. »Sagen Sie mal: Besoffen sind

Sie wohl auch wieder?« fragte er drohend und spürte zugleich verwundert, daß Lungaus' harte, magere Schulterknochen nervös zitterten.
»O nein«, erwiderte Lungaus ruhig.
Die Bodenkammer lag noch immer ohne Licht, nur angefüllt von dem wolkigen Mondschein draußen, in dem, entfernter als sonst, die Umrisse des Fabrikschornsteins und der Gebäude von Profets Fabrik sich abzeichneten. Lungaus hatte während des ganzen Gespräches das Fenster in der geschrägten Giebelwand nicht aus den Augen gelassen. Jetzt plötzlich drehte er den Kopf zu Doktor Persenthein.
»Immer laufen lassen«, sagte er geheimnisvoll. »Wenn sie mal so weit sind, dann hält sie keiner mehr. Immerzu laufen lassen, Herr Doktor. Wenn ich der Herr Doktor wäre, da täte ich ihr einen Tritt geben, und raus damit. Ist nicht schön für einen Mann, und daneben sitzen und warten, bis sie mit dem andern loszieht. Ich war auch mal verheiratet. Glauben Sie bloß nicht, daß Ihnen leichter wird, wenn Sie dem Kerl die Knochen auseinanderschlagen. Rausschmeißen und fertig. Das sage ich.«
»Wovon reden Sie denn?« fragte der Doktor, ein wenig beeindruckt durch Lungaus' Gehaben, durch das Zittern in dem mageren Proletarierkörper, durch einen dumpfen Ausdruck von Einverständnis und Verbundenheit, der ihm neu war.
Der Doktor ließ den Arbeiter schnell los, wie versengt; Lungaus lächelte ihn starr an. »Daß unsre Mutter uns mit dem Kerl betrügt.«
Der Doktor ließ den Arbeiter schnell los, wie versengt; Lungaus lächelte dazu das weltweise Lächeln des alten Tippelbruders. »Der, den's angeht, wundert sich immer am meisten«, bemerkte er.
»Sie sind ja irrsinnig«, sagte der Doktor, schon an der Tür. »Wenn ich draufkomme, daß Sie heute wieder gesoffen haben, fliegen Sie raus.«

»Heute habe ich nicht gesoffen, heute«, sagte Lungaus.

»Laufen Sie also mal rüber zu Herrn Direktor Burhenne und bringen Sie Rehle heim«, sagte der Doktor noch, ihm fehlte das Kind auf eine durchdringende Weise. »Kann ich leider nicht«, gab Lungaus an und trat ans Fenster.

»Was heißt das?«

»Wegen Leumund, Herr Doktor. Wenn einer keinen Leumund hat, dann muß er achtgeben. Wer weiß, was da heute noch alles losgeht in der Stadt und in Oberanger, da ist allerhand rum, da ist allerhand angesagt und so, da weiß keiner, was heute noch passiert, und nachher ist es der gewesen, der keinen Leumund hat. Wenn Lungaus auf der Straße gesehen wird, dann kann ja jeder kommen und sagen, Lungaus sei es gewesen, aber wenn Lungaus den ganzen Abend in seiner Kammer gesessen hat, da kann ihm keiner seinen Leumund nachsagen.«

Der Doktor hörte sich diese närrische Erklärung nicht bis zum Ende an, er knallte die Tür zu und kehrte in das Wohnzimmer zurück. Sonderbarerweise fühlte er eine Art Schwindel oder Benommenheit, als er aus der dunklen Kammer herauskam, ein seltsames Gefühl, als wären die letzten Minuten außerhalb der Zeit abgelaufen. ›Dieser Idiot kann einen vollständig dumm reden‹, dachte er. Der Hunger war ihm so völlig vergangen, daß er das Tablett auf dem Tisch mit deutlicher Antipathie erblickte, es aufnahm und wieder in die Speisekammer hinausbalancierte. Auf seiner exakten Taschenuhr war es indessen fast acht geworden, während es vom Kirchturm eben dreiviertel schlug, denn die Kirchenuhr blieb täglich etwas zurück und wurde nur Sonnabend aufgezogen, und die Lohwinckler waren es gewöhnt, diese kleine Ungenauigkeit in ihr Leben einzukalkulieren. Gleich danach klingelte es unten: kurz – lang – kurz, was Rehles Signal war, und der Doktor lief erleichtert an die Haustür. Wirklich stand das Rehle draußen, klein, aber langgestreckt und in ihrem Besuchskleid.

»Da bin ich, Kola«, meldete sie, so strahlend zufrieden mit sich, daß der Doktor es im Augenblick aufgab, ihr Vorwürfe zu machen.

»Wo warst du bloß, Nüßchen?« fragte er nur.

»Bei Großvater. Die Jungens haben ihn schrecklich geärgert, da bin ich hingegangen, ihn trösten«, sagte die optimistische kleine Person.

»Wie hast du ihn denn getröstet?« fragte der Doktor, und es wurde ihm viel angenehmer zumute, während er mit der kleinen Hand in der seinen ins Wohnzimmer ging.

»So – mit Zucker und Zitronensaft.«

»Aha«, sagte der Doktor und bekam wieder Hunger. Er wanderte wieder zurück in die Speisekammer, um das Tablett zu holen, Rehle neben sich.

»Schöne Schweinerei ist das«, sagte Rehle vor dem tropfenden Spülstein und machte das Hausfrauengesicht ihrer Mutter nach.

»Weißt du vielleicht, wo Teller sind?« fragte ihr Vater hoffnungsvoll.

»Natürlich«, antwortete sie; sie liebte es, sich gemessen auszudrücken, aber ihre Sprache war noch nicht ganz aus den Kinderkrankheiten heraus. Sie gab sich eine ungemeine Wichtigkeit, während sie ihrem Vater beim Tischdecken behilflich war, zuletzt mit den Knien einen Stuhl erklomm und sich ihm gegenüber setzte.

»Du müßtest längst im Bett sein«, sagte der Doktor, in ihr überwaches Gesichtchen schauend.

»Ich wollte bei Großvater schlafen, aber die sind ins Kino gegangen.«

»Was, die auch? Sind denn alle verrückt mit dem Kino?«

»Ja«, sagte Rehle kopfnickend.

»Höre, Rehle, was hat Mutter zu dir gesagt, bevor sie ins Kino gegangen ist?« fragte der Doktor aufmerksam.

»Weiß ich doch gar nicht mehr.«

»Na, denk mal nach, Mäuschen.«

»Nur so. Ob ich nicht krank werde? Na, ich werde doch nicht krank. Und ich soll brav sein, wenn Mutter verreist; natürlich werde ich da brav sein. Braucht sie mir gar nicht zu sagen.«

»Verreist – will Mutter denn verreisen?« fragte der Doktor, und die Hände fielen ihm flach auf das Tischtuch.

»Ich werde mich heute nicht mehr waschen. Nur Zähne putzen«, gab Rehle sachlich an.

»Ja, ja«, antwortete der Doktor, ohne es zu hören.

So winzig Rehle im ganzen genommen noch war, so hatte sie doch schon den Trick heraus, ihren Kola durch Berufsgespräche aufzuheitern. »Ist das kleine Kind auf die Welt gekommen?« fragte sie.

»Wie? Ja – das ist angekommen.«

»Hat die Frau sehr laut geschrien?«

»Na – es ging«, sagte der Doktor und hielt sich an dem glatten, schmalen Köpfchen der kleinen kameradschaftlichen Frau fest. »Du mußt jetzt schlafen, und ich muß arbeiten«, sagte er dann und schob sie von sich fort. »Ich muß nachdenken. Ich muß nachdenken.«

Aber als das Rehle draußen war, gelang ihm das Nachdenken nicht. Er zündete eine Zigarre an und ging in sein Zimmer hinunter. Dort begann er eine große Geschäftigkeit, tat viele nebensächliche Dinge, wie auf der Flucht vor der Hauptsache. Er nahm die Zettel aus dem Kartothekkasten und schichtete sie wieder hinein, legte im Instrumentenkasten die Skalpelle in eine neue Reihenfolge, schraubte den Operationsstuhl höher und wieder tiefer, umgetrieben und ratlos in dem Haus, das seinem Fragen und Rumoren eine fast boshafte Stummheit entgegensetzte. ›Ich werde arbeiten, bis Elisabeth kommt, und sie dann fragen, was los ist‹, dachte er, und bei dem Gedanken an ihr klares Gesicht wurde er ruhiger. Aber noch während er das Konvolut, an dem er arbeitete, aus dem Fach nahm und gedankenverloren den Titel mit roter Tinte nachzog: ›Das biologische Prinzip der Umstimmung und seine Beeinflussung durch diätetische Maßnahmen‹, wurde es ihm deutlich, daß Elisabeth seit Tagen verändert aussah, fieberhaft und flackernd. Es mußten nicht unbedingt die Lungenspitzen sein, die in ihrem langen, schmalen, erblich nicht ganz unbelasteten Körper stets ein wenig gefährdet waren. ›Sie hat ja Übertemperatur‹, dachte er, ›und Übertemperatur kann auch psychische Ursachen haben.‹

Im gleichen Augenblick aber ergriff ihn ein so nackter und brutaler Gedanke, daß er ganz kalt wurde, kalte Lippen, Ohren, Hände. ›Totschlagen den Kerl, totschlagen, wenn er versucht –‹, dachte er. In seinem ganzen Leben hatte er noch kein Gefühl von so unentrinnbarer Heftigkeit gespürt wie den Mordwunsch dieser Sekunde – der übrigens ziellos und uferlos ins Leere schlug und verebbte. Persenthein lächelte hinterher erschöpft und wischte sich feinen, kühlen Schweiß vom Nasenrücken. »Ich bin ja irrsinnig«, sagte er halblaut zu sich selber. Das Haus fuhr fort, mit stummen Drohungen geheimnisvoll um ihn zu schweigen. ›Arbeiten‹, kommandierte Doktor Persenthein sich; es ging nicht sofort, aber es ging. Fast hätte er die Tappelsohlen überhört, die bei der Tür hereinkamen, Rehle, völlig nackt, hellbraun und mit den gutgearbeiteten kleinen Muskelwölbungen ihres hübschen Thorax.

»Die Post, Kola«, sagte sie und legte ihm ein Paket auf den Schreibtisch. Es war eine ihrer Pflichten, den Postkasten zu entleeren, und sie war eigens noch einmal aus dem Bett gekommen, um dieses vergessene Geschäft nachzuholen.

»Mutter verreist doch nicht, Rehle?« sagte er flehend. »Doch«, erwiderte Rehle. Der Doktor hob sie schnell auf seinen Schoß, er wußte sich gar nicht zu helfen, er suchte Schutz an ihrer warmen Knospenhaut. Rehle bettete sich in ihn ein und lag ganz still, kleines, atmendes, horchendes Tierchen.

»Feuerwehr«, sagte sie, als er eben meinte, sie sei eingeschlafen. Der Doktor, der in Gedanken fortgewandert war, von der übersteigerten Elisabeth der letzten Tage zu der stillen mit dem Lächelgesicht aus siebenjähriger Ehe und weiter zurück, in die Brautzeit, in das Krankenhaus von Schaffenburg, er ein junger Assistenzart, sie eine weißblaue Säuglingsschwester – er erinnerte sich deutlich an eine schwere Eklampsie, von der er herauskam, als ihm Elisabeth zum erstenmal im Korridor der Klinik begegnete –, der Doktor fand sich zurück. Unten liefen Schritte vorbei, hallend unter dem Bogen des Angermannsturmes und eilig verklingend und wieder eingeholt von neuem Getrappel.

»Was ist los?« rief er hinunter.

»Es brennt in der Fabrik!« wurde geantwortet. Vom Spritzenhaus her wurde die Trompete deutlicher. Der Doktor empfand eine wunderliche Erleichterung bei diesem Signal und der erwachenden Unruhe auf der Straße. Gleichsam, als würde seine persönliche und private Geladenheit und Erregung aufgelöst und begründet in etwas Allgemeinem. Er lief mit Rehle auf dem Arm die Treppe hinauf, vom Schlafzimmer aus konnte man nach Obanger sehen. Der Schornstein der Fabrik stand schwarz gegen Rot, das helle, graurötlich wolkende Rot eines Dachstuhlbrandes. Der Himmel war eine gelblich scheinende Kuppel geworden, das Feuer sah aus der Entfernung sonderbar kompakt und unbeweglich aus, nicht wie eine Flamme, eher wie Lava, das kam von den dick ausquellenden Rauchwolken.

»Fahren wir mit dem Motorrad hin, Kola?« fragte Rehle, die todschläfrig, aber voll erregter Unternehmungslust war.

»Nein, ich muß zu Hause bleiben, damit sie mich finden, wenn jemandem etwas geschieht«, antwortete er gepreßt. Es wäre ihm leichter gewesen, Elisabeth zu Hause zu wissen als in der gefährdeten Vorstadt. Er hielt Rehle fest, die nackt auf der Fensterbank kauerte und das ferne Feuer anstarrte wie einen Weihnachtsbaum, der ihr zu Ehren angezündet war. »Fein – nicht, Kola?« murmelte sie einmal und rieb ihre Nase an der seinen, was in ihrer Sprache ein Negerkuß hieß. »Wenn nur Mutter schon zu Hause wäre«, antwortete er dringlich. Rehle blieb still, und nach einer Weile sanken ihr doch langsam die Wimpern wieder über die Augen, und diesmal schlief sie wirklich ein. Der Doktor merkte das Kind in seinen Armen schwer werden, hob es auf und trug es in sein Bett. Erika schlief dort schon, verbunden wie eine Mumie. Gerade als er Rehle auf ihr Kissen legte, murmelte sie noch etwas.

»Kannst die Tür offen lassen, wenn du dich fürchtest, allein zu schlafen«, sagte sie nämlich zu ihrem Vater in dem tröstenden Ton, den sie Erwachsenen gegenüber meistens anschlug.

»Ja, ja. Ist gut, Mäusle«, sagte er lächelnd und hielt ihr Händchen noch fest, bis es ihm schlaftrunken entglitt. »Danke«, sagte er noch hinterher. Neun Uhr vorüber, und in der Fabrik brannte es noch, höher sogar als vorher, und unter dem Angermannsturm wanderten murmelnde und trappelnde Menschen hinaus, auch das Glühwurmgewimmel der Radfahrer zackte über die Straßen wie eine Woche vorher bei dem Autounglück. ›Wir werden die Unruhe gar nicht mehr los‹, dachte der Doktor, und das Wort Unruhe umschloß für ihn einen neuen und weiten Umkreis. ›Arbeiten‹, dachte er wieder, es war Flucht und Egoismus in dem Gedanken und der heftige Wunsch, die Unruhe nicht in die eigensten Bezirke, in die Welt der Idee, eindringen zu lassen.

Als Doktor Persenthein wieder vor seinem Schreibtisch saß und den Stapel der minuziösen Nahrungstabellen aus drei Jahren des Experimentierens vor sich hatte, Hunderte von Notizen über den Fall Lungaus, kam ihm eine plötzliche Erleuchtung. Er besann sich des närrischen, aufgestörten Wesens und daß Lungaus' Schultern vorhin so wunderlich gezittert hatten, als er am Kammerfenster stand und hinaussah. ›Aber der Kerl hat ja das Feuer gelegt!‹ dachte er. ›Man wird ihn einsperren. Man wird ihn mir fortnehmen und wird ihm Zuchthauskost zu fressen geben. Dann kannst du einpacken, Kola. Dann kannst du einpacken!« erzählte er sich ganz laut, sprang auf und rannte rund um den Operationsstuhl. Da hatte er nun etwas zu kauen, das ihn gründlich von der Sorge um seine Frau ablenkte. Wenn Lungaus das Feuer gelegt hatte – und sogar wenn er es nicht gelegt hatte –, wenn man ihn bloß verdächtigte, wenn man ihn bloß in Untersuchung nahm für vier bis sechs Wochen…

Persenthein blieb vor dieser Befürchtung stehen, mitten im Zimmer, wie vor einer dicken Mauer. Unten vor den Fenstern dauerte das nächtliche Reden und Gehen und Schurren von Schritten und das steinerne Widerhallen von Worten an. Jetzt kamen schon welche vom Brand zurück in die Stadt. ›Elisabeth‹, dachte der Doktor bei jedem Schritt, der sich der Haustür näherte, aber Elisabeth kam noch nicht. Er ging ans Fenster, riß es heftig zu, so daß der alte Aristoteles, der immer in der Fensternische lag, zu Boden fiel und seine vergilbten Seiten mit dem winzigen Druck aufschlug. ›Harmonie – schöne Harmonie‹, dachte Persenthein und hatte Lust, mit dem Fuß dem Buch ins Gesicht zu treten. Er ging nochmals an das Fenster und schlug die Holzläden draußen zu. Es war eine Absage an die aufgestörte Welt. ›Bleib draußen!‹ hieß es.

Zurückkehrend zu seinen Notizen, konnte der Doktor trotzdem keine Sammlung finden, so erbittert er sich darum bemühte. ›Schlafen?‹ schlug er sich vor, lehnte aber mit Kopfschütteln ab. Verwundert bemerkte er, daß an Schlafen nicht zu denken war, bevor Elisabeth nicht heimkehrte und alle Unklarheit in ihrer Klarheit zur Ruhe brächte. Zuletzt

und nach vielen Touren rund um den Operationsstuhl und vielen Beschwichtigungszigaretten landete er vor dem Häufchen Post, das Rehle spät noch hereingebracht hatte. Die langsame Kirchenuhr war bei der elften Stunde angelangt, als der Doktor die letzte Nummer der Münchener Medizinischen Wochenschrift aufblätterte und im Inhaltsverzeichnis an einem Titel hängenblieb. ›Experimentelle Konstitutionsänderung, hervorgerufen durch veränderte Ernährung und Lebensweise‹, hieß der Artikel, den Doktor Persenthein mit einem leichten, stoßenden Stocken seines Herzschlags aufsuchte, nicht gleich fand und den er dann zu lesen begann, wobei seine schweren Schulterknochen nach vorn sanken und seine empfindlichen Lidränder sich röteten.
Der Bericht hatte wie fast alle derartigen Berichte den Vortrag irgendeines Arztes in irgendeiner Medizinischen Gesellschaft zum Thema – Persenthein blätterte zweimal zurück, um sich den Namen einzuprägen. Wolland hieß der Mann, Oberarzt an der städtischen Klinik in Essen an der Ruhr, wo er ja allerhand Menschenmaterial an der Hand gehabt haben mochte – und er behauptete nichts anderes und nichts geringeres, als daß es ihm gelungen sei, durch eine besondere Lebensweise, strengst durchgeführte Diät und etappenweise gesteigerte Gewöhnung der bedrohten Organismen an Gefahren eine grundlegende Umstimmung der Disposition hervorrufen zu können. Er behauptete und bewies dies nicht nur auf ziemlich einleuchtende Weise; er machte nicht einmal viel Aufhebens davon, sondern gab an, daß seine Arbeiten fußten und sich anschlössen an die bekannten Arbeiten von Krokius in Oslo und Professor Williams vom Bros Mayo-Institut, Boston. Zuletzt bezog er sich sogar auf eine ganze, von der Freiburger Universität ausgehende Schule, die in Theorie und Praxis seit Jahren die gleichen Wege ging, und nannte seine Erfahrungen an hundertsiebenundsechzig Patienten bescheiden, wenn auch verheißungsvoll für den Beginn.

Es konnte keine geräuschlosere Katastrophe geben als die, welche Doktor Persenthein erlitt, während er diesen Bericht las, noch einmal und ein drittes Mal las, zurückblätterte, nachsuchte und die in großen Zügen angegebene Methode und Therapie mit seinen eigenen Notizen verglich. Im Detail mochte dieser Wolland in Essen an der Ruhr manches anders angepackt haben, aber die Idee war die gleiche. Es war Persentheins Idee und Wollands Idee, und die Idee der Doktoren Krokius in Oslo und Williams in Amerika und die Idee der Freiburger Schule auch. Es war, mit einem Wort, niemandes Idee oder die Idee von allen. Eine von jenen Ideen, die in der Luft liegen und aufgegriffen werden, da und da und überall.

Es wurde Mitternacht, und so langsam die Turmuhr auch ging, es wurde ein Uhr, zwei Uhr, und Elisabeth war noch immer nicht heimgekehrt. Allerdings war dies Doktor Persentheins Bewußtsein auf bodenlose Weise entfallen, aber in der Tiefe saß es doch wie eine dunkle Gefahr und Warnung. Er saß so abgrundeinsam in dem stummen Angermannshaus, die ganze Nacht durch, die Dielen knackten manchmal, und der Mörtel rieselte im Fachwerk.

Er hatte den dünnen Triumph, daß seine Wege richtig waren und seine Idee stichhaltig, und dann war da vielleicht noch das schwache, entfernte Wärmegefühl, daß er mit andern Männern am gleichen Strang zog. Wenig für einen Mann, der insgeheim so von Ehrgeiz ausgehöhlt war wie dieser kleine Landarzt in seinem Winkel. Arm wie Hiob saß er da, vor der vergeblichen Arbeit vieler Jahre, mit seinem Lungaus, mit diesem einen, einzigen Fall, den er unter tausend Lebensopfern studiert und aufgezeichnet hatte. Doktor Wolland in Essen an der Ruhr hatte hundertsiebenundsechzig Fälle und nannte das ›eine kleine, wenig beweiskräftige Anzahl‹.

Doktor Persenthein hatte im Krieg einen Mann gekannt, dem fünf Söhne gefallen waren, einer nach dem andern. In

dieser Nacht kam es ihm vor, als wenn es eine einfache und überwindbare Angelegenheit sei, Kinder zu begraben. Er saß da, die ganze Nacht, zwischen seinem ›Biologischen Prinzip der Umstimmung und seine Beeinflussung durch diätetische Maßnahmen‹ und der ›Experimentellen Konstitutionsänderung, hervorgerufen durch veränderte Ernährung und Lebensweise‹ von Doktor Wolland, Essen. Und er hatte eine so vollkommene Leere vor sich wie ein Blinder.
Er ist ein Querkopf, ein Sonderling, ein krauses Gewächs, dieser Doktor Persenthein; ein Mann des Gedankens, ein deutscher Mann durch und durch – und zudem ein Mensch, der einsam und in aller Stille seinen Lebensinhalt einsargen muß...

An tausenden Tagen hatte das Fräulein von Raitzold die immer gleiche Bewegung gesehen, mit der ihr Bruder den alten Armeerevolver einsteckte, bevor er das Haus verließ. Aber an diesem Abend war es so, als ob diese gewohnte Bewegung erst ihr Auge erreichte, als er schon längere Zeit das Haus verlassen hatte. Und so, im Geist sie nochmals vor sich sehend, schien ihr plötzlich etwas Außergewöhnliches darin gelegen zu sein, eine Gefahr, eine Drohung, eine Finsternis. Aber daß sie etwas Alltägliches so empfand, hatte keinen andern Grund als eben die allgemeine Erregung, die Auflockerung und Übersteigerung, die in ganz Lohwinckel Platz ergriffen hatte, immer wachsend, seit der Unfall auf der Düßwalder Chaussee geschehen und die Großstädter in den geschlossenen Kreis der Kleinstadt eingebrochen waren.
Das Gut lag außerordentlich still im Abend, denn ein großer Teil des Personals war nach dem Kino abgewandert, und nur der alte Kilker, der sich eine Stellung zwischen Vorknecht und Verwalter erarbeitet hatte, hockte mit der noch älteren Magd Genofefa im Stall bei der Kuh, die zum erstenmal ge-

bären sollte. Oben, im sogenannten Salon spielte die Lania noch immer ihren Foxtrott, immer wieder von vorne, dreißigmal, vierzigmal, es war eine vollkommen irrsinnige und herzabschnürende Unternehmung. Das Fräulein tapste die Treppen hinauf, klopfte auch und öffnete vorsichtig die Tür zu dem dreifenstrigen Raum mit den hartgelben, schleißigen Damasttapeten und dem gazeumwickelten Glaslüster, aber die Schauspielerin bemerkte sie nicht. Sie saß mit gerecktem Kinn und völlig geistesabwesendem Ausdruck vor dem alten Nußbaumflügel und schaute unverhältnismäßig klein und schutzlos aus. Die Leere, inmitten der sie sich zu befinden schien, war so undurchdringbar, daß Fräulein von Raitzold stumm die Tür wieder schloß, draußen ihre Stiefel wieder antat, die sie abgestreift hatte, und sich zurückzog.

Kurz nach halb neun – der Tierarzt war eben eingelaufen und hatte sich mit Fräulein von Raitzold zu der kreißenden Kuh begeben – wurde antelefoniert. Eine hastige Stimme meldete den Brand in der Fabrik und forderte die Pferde, denn das Gut war verpflichtet, Vorspann für die alte Spritze zu stellen, die zur Unterstützung der neuen Motorspritze gebraucht wurde. Das Fräulein erschrak unmäßig, ihr schien ein dunkler Zusammenhang zwischen dem flackernden Wesen ihres Bruders und diesem Brand zu bestehen. Sie lief schnell in den Hof und suchte den Pferdejungen. Der Junge war auf das Gatter geklettert und starrte angestrengt in den Abend, zwar konnte man vom Gut die Fabrik nicht sehen, aber hinter dem schwärzeren Rand des Waldes lag der Himmel rötlich aufgehellt. Im Gemüsegarten zirpten hundert Grillen, das gab ein sonderbares Gefühl von Stille und Weitabseitssein. Fräulein von Raitzold jagte den Jungen mit den Pferden nach der Stadt, die Tiere waren müde und unlustig, sie wurden zu allem und jedem gebraucht und hatten allen Charakter verloren. Zehn Minuten später hielt es das Fräulein nicht mehr auf dem Gut aus, die Grillen zirpten, die Kuh hatte dumpf zu klagen begonnen, im Salon spielte die Lania noch immer ihren verzweifelten Foxtrott. Fräulein von Raitzold schleppte das alte Herrenrad aus der Gerätekammer, zog die Kutschierhandschuhe über und fuhr nach Obanger.

Der Brand hatte in den Schuppen zwei und drei begonnen, den gleichen Gebäuden, in denen am Morgen das Versagen der elektrischen Leitungen und der vermutliche Kurzschluß sich gezeigt hatten. Der Nachtwächter war erst aufmerksam geworden, als der dicke Qualm sich in einer Stichflamme, die aus dem Dach von Schuppen zwei schoß, Luft suchte. Er und der Schofför Müller waren mit den Handlöschapparaten dem ersten Aufflammen zu Leibe gerückt, ohne Erfolg. Die Düßwalder Feuerwehr war früher zur Stelle als die von Lohwinckel. Schuld daran trug die Kinovorstellung in Oertchens Lokalitäten, die dann allerdings im Tumult abgebrochen wurde, ohne daß man erfuhr, was mit den drei Hauptpersonen weiter geschah. Die ersten zwanzig Minuten der Löschversuche gingen ziemlich kopflos hin, das Feuer hatte seinen Weg durch glimmendes Dachgebälk zu jenem Anbau genommen, den der Schofför bewohnte; unter dem Kommando des Geschirrhändlers und Spritzenhauptmanns Vögele wurde das Wasser dorthin konzentriert, und heldenmütige Freiwillige schleppten den Müllerschen Hausrat ins Freie: Muschelbetten, Küchenbüfett, Vogelkäfig, ein gerahmtes Bild von Bebel und eine Madonna aus blauem, besterntem Porzellan. In den brennenden Schuppen hatten sich indessen ungeheure kompakte Massen von schwärzlichrot durchzucktem Rauch gebildet, der Mangel an Fenstern und die schlechten Lüftungsanlagen ließen keinen Abzug, und es war den Löschenden nicht möglich, einzudringen. Indessen fraß das Feuer von innen her in die Dachstühle hinauf und schoß wie mit ungeheuren Armen hoch in die Luft, überall dort, wo es Sauerstoff bekommen konnte.

Auf den schwarzen Skeletten des Gebälkes stehen schwarze

Menschen mit Schläuchen in den Händen. Unten schlagen sie Löcher in die Mauern. Manchmal fliegt ein Fetzen Brand taumelnd und schwerfällig von einer Stelle zur andern. Die Lohwinckler stehen draußen an der Mauer, mit dem Widerschein des Brandes auf ihren aufgerissenen Gesichtern und empfinden die sonderbare Befriedigung und Urfreude, die es macht, brennen zu sehen. Es ist alles in allem ein ziemlich großer Brand, jedenfalls ein Schauspiel, das nicht heute und morgen mitzunehmen ist, sondern nur alle zehn Jahre.

»Die Garage! Das Benzin!« schreit jemand und rennt mit schwarzem Gesicht über den Hof, den Oberkörper fast waagerecht vorgebeugt vor Eile und stürzender Hilfsbereitschaft. Es ist Birkner, der radikale Obmann des Betriebsrates und Führer der Streikpartei. Ein heller Kopf und ein Mann, der anfaßt und keine Angst hat. Er veranlaßt die Feuerwachmannschaft der Fabrik und die Düßwalder dazu, zuerst das Benzin in Sicherheit zu bringen. Das Garagendach, das sehr heiß ist, wird unter Wasser genommen, die Schuppen sind nicht zu retten. Sie sinken in ihr eigenes Brennen hinein, Balken nach Balken, es sieht aus, als zerschmelze langsam das schwarze Holz in der gelben Glut, auf der blaue, bewegte Räder tanzen. Obwohl es stiebt, prasselt, dort einstürzt, hier krachend aufschießt, macht alles zusammen doch den Eindruck einer sonderbaren Geräuschlosigkeit. Das kommt von dem stetigen und immergleichen Sausen und Kochen der Flammen unter den vorübergehenden Tönen, von der Stummheit der Löschenden und der Einsilbigkeit der Zuschauenden. Seltsam sind dabei die Fledermäuse. Sonst hingen sie zu Hunderten in den Dachbalken der beiden Schuppen, die feinen Krällchen in das Holz gebohrt und mit schlafenden Mäusegesichtern. Ein Instinkt hat sie beizeiten aus den gefährdeten Gebäuden gescheucht, nun aber, in der durchhellten Nacht sind sie ratlos, und ihr weicher Zackenflug wischt sie immer wieder gegen die Gesichter der starrenden Leute von Lohwinckel.

Es gibt wenige, die Herrn Profet die Geschichte nicht gönnen. Aber, du lieber Gott, es ist kein übermäßiger Grund zur Schadenfreude. Selbstverständlich ist Herr Profet versichert, und wahrscheinlich wird er, der Mann, der alles lukrativ zu machen versteht, aus dieser Katastrophe noch mit einem kleinen Nutzen hervorgehen. Neue Arbeitsräume an Stelle der alten, helle, hygienisch einwandfreie, deren Baukosten nun nicht er, sondern die Versicherung zu tragen hat. Zwar der Fabrikbetrieb natürlich ist fürs erste gestört, aber den Schaden daraus könnte unter Umständen die Arbeiterschaft zu tragen haben. Die alten Arbeiter, die flauen und besorgten, stehen schon in Kummergruppen beisammen und murmeln von Abbau und zeitweiser Stillegung. Aber auch die Radikalen denken nicht an ihre Streikabsichten, solange es brennt, sie stehen in Ketten vor dem Hauptgebäude, triefend von rußigem Schweiß, und schützen die wichtige Gießerei, in der zwei Schichten zu fünfundzwanzig Mann Beschäftigung und Brot finden.
Herr Profet selber hält sich gut bei der Sache. Erstens einmal tut er als einfaches, chargenloses Mitglied der freiwilligen Feuerwehr seine Pflicht und pumpt abwechselnd mit Herrn Markus aus Leibeskräften Wasser in die alte Spritze mit ihrem vorweltlichen System, es ist eine harte Arbeit für einen beleibten Mann. Sodann aber verliert er weder Kopf noch Laune, er macht sogar Späße mitten im einstürzenden, niederkrachenden, sengenden, qualmenden Malheur, er verspricht eine Stiftung für die Feuerwehr, lobt die Arbeiter, ruft Freibier aus und sorgt für Ablösung unter den Mannschaften. Es ist, alles in allem, eben doch ein kleiner Napoleon, ein Mann der geringen Anfänge und der großen Erfolge. An einem Abend wie diesem zeigt sich die breite, volkshafte Tüchtigkeit seines Wesens und läßt es verstehen, warum er es ist, der hochkommt, und nicht Herr von Raitzold – um ein Beispiel aus der Gegend zu nehmen.

Herr von Raitzold stand zwischen den andern Lohwincklern und schaute dem Brande zu, ein wenig bedrückt durch das Gefühl, daß er Herrn Profet damit zuviel Ehre erweise. Aber die Anziehungskraft des Feuers war so stark, und dieses Aufbrechen und Niederprasseln kam seiner inneren Verfassung so entgegen, daß er sich nicht davon losreißen konnte. Wie alle andern, wurde auch er nach einiger Zeit heiser von der durchrußten Luft und bekam beißende, tränende Augen, und seine Haut überzog sich mit einer dünnen schwarzen Schicht, während er fortfuhr, fasziniert in das Brennen zu starren. In dem Maß, wie das Feuer in sich zusammensank und kleiner wurde, lichtete sich auch der Kreis der Zuschauenden, und der Gutsbesitzer gelangte langsam aus der vierten Reihe in die vorderste. Die gleiche verhohlene Enttäuschung, die die meisten hatten, als nach etwa drei Stunden der Brand gelöscht war und nur mehr dünne helle Rauchwolken aus den verkohlten Dachstühlen aufzogen, teilte sich auch ihm mit. Es blieb über dem ausgebrannten Fabrikhof eine fröstelnde Stimmung liegen.

Herr von Raitzold stand noch dort, als es schon ganz leer geworden, die Brandwache zwischen die Fabrikgebäude verteilt war und die Spritzen zur Abfahrt bereit gemacht wurden. Er stand da, und sein verblichener Kavalleristenschnurrbart war in ständiger Bewegung, als spräche er mit sich selbst. Fräulein von Raitzold, die ihren Bruder während des Brandes überall und in wachsender Angst gesucht hatte, erblickte ihn erst in diesem Moment und näherte sich ihm. Die Gutspferde vor der Spritze drehten ihr die Köpfe zu, als sie vorüberging, und sie hielt sich einen Augenblick bei ihnen auf, prüfte den Sitz des schweren Geschirrs und klopfte ihnen die Hälse. Herr Profet, wiewohl ohne Hemdkragen, triefend aufgelöst und völlig schwarz, machte ihr eine tiefe Verbeugung. Er brachte eben den Bürgermeister zu seinem Auto, das etwas abseits wartete.

»Na, das ging ja noch gut«, sagte Doktor Ohmann.
»Ja, es hätte schlimmer sein können. Wenigstens ist keinem was passiert.«
»Versichert sind Sie auch.«
»Na, das muß man doch erst mit Prozeß aus den Leuten herausquetschen.«
»Haben Sie irgendeine Ahnung, wie das Feuer entstanden ist? Ich meine – irgendeinen Verdacht – es war doch etwas Unruhe auf Ihrem Werk.«
»Was heißt hier Verdacht, Herr Bürgermeister? Man hat mir meine Leute aufgehetzt, das ist alles, da müßte ich alle im Verdacht haben oder keinen. Mit den Leitungen war ja was los – ich hatte vormittags schon an einen Sabotageakt gedacht. Man will einen von den Leuten, Lungaus, schlecht beleumundeter Bursche, herumschleichen gesehen haben – aber wo ich nichts beweisen kann, verdächtige ich auch nicht. Und dann: Warum sollen die Kerle den Ast absägen wollen, auf dem sie sitzen? Sie sind ja froh, daß die Fabrik existiert. Sie sollen mal das Geschrei hören, wenn ich einen Monat Arbeitseinschränkung machen muß.«
»Wollen Sie? ...« fragte der Bürgermeister erschreckt.
»Mal sehen«, erwiderte Herr Profet. »Wenn ich es irgend durchhalten kann –«
»Soll ich Sie in meinem Wagen mitnehmen? Ihrer ist wohl noch immer kaputt?« fragte der Bürgermeister, vor seinem Auto anlangend.
»Danke, ich möchte hierbleiben bis morgen früh. Wenn Herr Bürgermeister aber Frau Müller mitfahren ließen, die Frau meines Schofförs, sie hat einen Schreck gehabt, der arme Teufel. Soll in meiner Villa übernachten. Ihre Betten hat man in den Hof geschleppt.«
Nein, er ist nicht der schlechteste Mann in der Gegend, dieser Profet, es gibt schlimmere Herren und härtere Betriebe, die Wollspinnerei in Düßwald zum Beispiel oder die Ma-

schinenfabrik in Schaffenburg. Die heimgehenden Arbeiter reden davon, müde und erregungssatt, wie sie nach dem Brande sind. Die Hitzigkeit ist verflogen, als hätte das Feuer alles auf einmal in die Luft verpufft, der Wind springt um, es ist eine kühle, klare Nacht, und der Obermetteur Pank aus Berlin hat auch nur das Maul aufgerissen und nichts geschafft...

»Fichli«, sagte das Fräulein von Raitzold, leise an ihren Bruder herantretend und ihn von rückwärts her auf den Ellbogen tupfend. »Fichli, alle Leute sind schon fort. Wenn du heimfahren willst, ich habe dein Rad da, ich kann nachher mit dem Jungen die Pferde vom Spritzenhaus hinausbringen.«

Der Gutsbesitzer erschrak vor der beruhigenden Stimme seiner Schwester wie vor einem Einschlag. »Ich, nein. Ich muß noch ein paar Worte mit diesem Profet sprechen«, sagte er hustend.

»Jetzt? Es ist ja längst Mitternacht – und der Mann ist müde und hat den Kopf voll.«

»Ich auch«, sagte Herr von Raitzold störrisch.

»Muß das noch heute sein?«

»Wenn's heute nicht ist, dann ist es niemals«, sagte er, es klang gewaltsam. Tatsächlich hatte dieser Tag vergehen müssen mit seiner Angst, der fieberhafte Abend im Kino, der Brand, das traumhafte stundenlange Hinstarren in Feuer, Rauch und Flamme, um den Gutsbesitzer so weit zu bringen, wie er jetzt war. »Laß – warte nicht – geh nach Hause«, sagte er rauh und zog den Arm unter dem beschwichtigenden Griff seiner Schwester fort. Sie waren bei dem kurzen Gespräch in den Schatten der Fabrikmauer zurückgetreten, so daß Herr Profet, der in sein Anwesen zurückkam, sie nicht bemerkte. Der Mond beschien ihn jetzt hell, auch brannten zwei weiße Bogenlampen, eine am Gittertor, eine am Hauptgebäude, und kleine wachende Laternen patrouillierten zwischen den schwarzen Skelettschuppen. Herr Profet, der sich bis hierher tapfer geschlagen hatte, sah wie ein ziemlich geschlagener Mann aus, als er durch den kalt-bitteren Brandgeruch den Fabrikhof überquerte, um zu seinem Kontor zu gelangen.

Herr von Raitzold ließ seine Schwester da hinten im Mauerschatten im Stich, er fegte hinter dem Fabrikanten her und langte bei ihm an wie ein Geschoß, in einer unberechenbaren Flugbahn dorthin geschleudert, wo er stand.

»Herr Profet – ich muß Sie noch einen Augenblick sprechen«, flüsterte er atemlos.

Profet zuckte zusammen, er verschluckte eine Regung, die mehr Erschrecken als Erstaunen war, er setzte zweimal zu einer Ablehnung an, doch zuletzt zwang ihn etwas in Raitzolds Gesicht. »Bitte«, sagte er und ließ den Gutsbesitzer voran die Stufen zum Kontor betreten. Drinnen hatte der Schofför Müller schon eine Art von Behaglichkeit zu erzeugen versucht, die Schreibtischlampe brannte, eine Kognakflasche stand bereit, auf dem Ledersofa lag eine Autodecke; allerdings waren sämtliche Fensterscheiben durch das Feuer zersprungen, und die Nacht zog unwirtlich durch den Raum; Herr Profet schauderte in seinen naßgeschwitzten Kleidungsstücken.

»Einen Kognak, Herr von Raitzold?«

»Danke. Keinesfalls.«

»Na – ich muß jedenfalls einen haben«, sagte Profet und setzte ohne viel Umstände die Flasche an den Mund. »Bleiben Sie im Vorzimmer, Müller«, sagte er nachher und wies Raitzold auf einen der beiden Klubstühle. Raitzold blieb steif mitten im Zimmer stehen, er hatte das deutliche Gefühl, daß er bei der geringsten Entspannung zerbrechen würde, und starrte blind auf die Wände, an denen koketterweise Fotografien aus Herrn Profets kleinen Anfängen hingen. Profets Eltern, Profet als lächerlich gewandeter Firmling mit einer Kerze in der Hand, Profet als Geselle mit anderen Gesellen um ein Bierfaß gelagert, Profet als Mitglied des Arbeiter-Radfahrvereins ›Frohes Wandern‹.

»Also?« fragte Profet.

»Ich habe heute die offizielle Mitteilung erhalten, daß Sie –«, begann Herr von Raitzold, bemerkte aber sofort, daß er mit formellen Sätzen nie dorthin gelangen würde, wohin er mußte, und brach ab. »Ich wollte Ihnen nur sagen, daß es unmöglich ist«, stieß er erstickend heraus.

»So kann man über Geschäfte nicht reden, Herr von Raitzold«, sagte Profet, nicht unfreundlich. Er war hundemüde, und der gutmütige Untergrund seiner Natur kam in dieser Abspannung zum Vorschein wie bei einem schwach Betrunkenen.

»Für Sie ist das ein Geschäft. Für mich ist das kein Geschäft. Ich bin kein Geschäftsmann. Geschäft –!« rief der Gutsbesitzer ihm entgegen. Profet sah ihn aufmerksam an.

»Ob es für mich ein Geschäft ist, das fragt sich noch. Mit den Zweihundertfünfzigtausend, für die ich Ihr Gut übernehme, ist es nicht getan, das wissen Sie besser als ich. Wenn ich nicht hinterher noch Hundert- bis Hundertfünfzigtausend hineinbuttere, dann kann ich gleich die Hände von dem verwahrlosten Stück lassen.«

Als Herr von Raitzold sein Gut ein verwahrlostes Stück nennen hörte, spürte er wieder jenen kalten Krampf der Blutgefäße, der sein Erbleichen anzeigte – um so mehr, als Herr Profet die Wahrheit sagte. »Dann weiß ich nicht – wenn – dann – warum hetzen Sie mich dann von meinem Gut herunter?« fragte er, es war als Anklage gemeint, klang aber fast wie ein Weinen. »Sie machen Treibjagd auf mich – seit Jahren«, setzte er noch hinzu und biß dann auf seinen Schnurrbart, der ins Zittern geraten war.

»Ich habe Ihnen früher einmal ein paar sehr anständige Angebote gemacht.«

»Jawohl. Sie gehören nämlich zu den Leuten, die glauben, daß alles für Geld zu haben ist.«

›Jawohl. Das ist es auch‹, dachte Herr Profet, sprach es aber nicht aus.

»Lassen Sie's gut sein«, sagte er und setzte sich schwer hin, Herrn von Raitzold mitten im Zimmer stehen lassend. »Feindschaft bleibt Feindschaft. Sie haben mir geschadet, wo Sie konnten in der Gegend, und ich schade Ihnen auch, wenn ich kann.«

Auf dies hin sackte der Gutsbesitzer ein wenig in sich zusammen, und der Fabrikant sah dem aufmerksam zu. Tatsächlich hatte Herr von Raitzold die Lage ziemlich richtig gekennzeichnet, als er von einer Treibjagd sprach. Profet hatte sich oft ausgemalt, auch seiner Frau und seinen Freunden davon vorgeprahlt, wie es sein würde, wenn diese Raitzolds zur Strecke gebracht und Profet der unbestrittene Herr von Lohwinckel sein würde. Leider fühlte er sich in dieser Nacht etwas mürbe, so daß der Genuß an der Situation nicht so triumphal und durchdringend war wie in der Erwartung.

»Ich bin heute zu müde für Verhandlungen«, sagte er plötzlich.

»Ich verhandle nicht«, erwiderte Raitzold schnell, stand dann da und starrte dem Fabrikanten mit vorgerecktem Kopf in die Pupillen.

»Ich verhandle nicht«, wiederholte er leiser. »Ich wollte Ihnen mitteilen, daß ich nicht vom Gut heruntergehe, ich gehe nicht vom Gut, Sie bekommen mich nicht herunter, mich nicht. Bevor ich Sie auf das Gut lasse – bevor ich Sie – da schlage ich alles kaputt. Bevor ich Sie auf das Gut lasse – ich schlachte das Vieh, ich holze den Wald ab, ich ersäufe die Wiesen, ich zünde das Haus an, ich zünde das Haus an –«

»Sie zünden das Haus an? Aber Sie sind ja nicht einmal versichert!« rief der Fabrikant aufspringend.

»Wenn ich versichert wäre – dürfte ich es doch nicht anzünden!« schrie der Gutsbesitzer. Zwei Welten hatten gesprochen. Im nächsten Augenblick schwiegen sie beide, schwer atmend, Kopf gegen Kopf gestemmt, zwei kämpfende Tiere, unversöhnbar.

Herr Profet setzte sich wieder hin, er hatte so etwas wie Herzklopfen bekommen, eine Neuheit bei geschäftlichen Verhandlungen. Allerdings lag diese da, diese Auseinandersetzung in tiefer Nacht, in der ausgebrannten Fabrik und bei der es um den Schlußpunkt einer alten Feindschaft ging, außerhalb alles Gewohnten. »Sie sind ja verrückt«, sagte er und atmete ebenso schwer wie der asthmaleidende Raitzold.

»Bevor ich Sie auf das Gut lasse«, begann dieser von neuem, »– ich ruiniere alles. Ich richte alles zugrunde. Kein Strauch, kein Gitter, die Blumen – meine Schwester hat eine Blumenzucht eingerichtet – ich reiße die Rosenstöcke heraus und schmeiße sie auf den Misthaufen, ich stopfe den Brunnen zu, ich – ich –

Und das Sonnentreppchen«, sagte er nun so schnell und heiser und leise, daß es völlig irre klang, »glauben Sie, daß ich Ihnen das Sonnentreppchen lasse? Ich lasse die Reben herausgraben, ich grabe die Stöcke heraus, ich selber, hier, mit meinen Händen, jeden einzelnen Rebstock.«

Herr Profet begann zu lächeln. »Die Rebstöcke« sagte er. »Aber die Erde bleibt ja. Um die Erde geht's beim Sonnentreppchen.«

»Ja!« schrie Herr von Raitzold plötzlich heraus und hob beide Hände hoch in die Luft. »Um die Erde geht's! Das wissen Sie also, daß es um die Erde geht? Und dann wollen Sie kommen, dann will ein Kerl wie Sie kommen und die Erde verbauen, Lagerschuppen, Nebengeleise, was? Parzellen, Bodenspekulationen, wie? Ihr ganzes elendes Dreckzeug wollen Sie hinstellen auf die Erde von meinem Sonnentreppchen –« Jetzt weinte Herr von Raitzold unverhohlen, nicht weich, nicht mit Tränen, sondern mit einem lauten, heulenden Atemziehen nach jedem Wort. Ohne Zweifel machte dies Eindruck auf Herrn Profet. Er dachte gar nicht daran, das Sonnentreppchen als Baugrund zu benutzen; im Gegenteil, es hatte ihm immer vorgeschwebt, daß Besitz und Pflege dieses uralten Weingutes ihn zu einer andern, höheren Schicht Menschen einordnen würden. Aber weil die lauten Klagen des Gutsbesitzers ihm mit starker Bewegung ans Herz griffen, sträubte er sein Fell und sagte: »Wenn ich Lust zum Bauen habe, weiß ich nicht, wer mich daran hindern soll. Sie ganz gewiß nicht.«

»Doch. Ich. Doch. Hund!« brüllte Herr von Raitzold und riß den Revolver hervor, der sich an der Hosentasche verfing und erst eine Sekunde später zum Vorschein kam. In dieser Sekunde erblaßte Profet zwar, verlor aber den Kopf nicht. Er lächelte sogar, ein lippenweißes Lächeln, nicht aus Mut, sondern aus Schreck. Er tat einen glücklichen Griff gegen Raitzolds rechten Arm, drehte ihn kurz weg und nahm den Revolver aus der erschlaffenden Faust.

»Sie sind ja verrückt. Sie sind ja lebensgefährlich«, sagte er nachher keuchend. Die Knie zitterten ihm jetzt, er sackte ab in seinen Klubsessel. Herr von Raitzold fiel gleich darauf in den andern, stützte die Ellenbogen zwischen die Knie und warf das Gesicht in die Hände.

Schweigen. »Kann ich – kann ich – jetzt einen Kognak haben?« flüsterte Raitzold etwas später.

»Bitte«, murmelte Profet und schob ihm die Flasche hin.

Raitzold fand sie hinter Nebeln, seine Augen waren voll roter Adern, in denen das Blut und die Bewußtlosigkeit langsam verebbten. »Einen Augenblick – ich gehe gleich«, flüsterte er, tastete auf dem Schreibtisch, bis er seinen Revolver wiederfand, und steckte ihn dann in die Tasche. Beide Männer waren totenblaß, schweißbedeckt, ausgewunden wie schlappe Tücher.

»Ich empfehle mich Ihnen«, sagte Herr von Raitzold.

»Leider ist mein Wagen nicht in Ordnung; Sie müssen zu Fuß –«, sagte Herr Profet.

Als der Gutsbesitzer schon draußen auf der Treppe stand, fügte Profet noch einen Satz hinzu: »Die ganze Angelegenheit schwebt noch. Vielleicht können wir uns einigen«, sagte er an seinem Todfeind vorbei. An der Mauer stand das Fräulein von Raitzold, wartend, rauchend und betend.
»Wie steht's?« fragte sie, und ihre große Stirne war breit über das Licht der Fahrradlaterne gebreitet.
»Ich glaube, wir behalten es – vorläufig«, antwortete ihr Bruder.

»Wohin jetzt?« fragte Peter Karbon, als er Elisabeth aus dem kochenden Tumult der abgebrochenen Kinovorstellung herausgerettet hatte, seine lange, durchgearbeitete Gestalt immer zwischen sie und das Gedränge stemmend.
»Ich weiß nicht«, sagte sie fieberhaft, aber mechanisch schlug sie dennoch die Richtung nach dem Angermannshaus ein. Karbon ließ ihre zitternde Hand los und setzte sich in Bewegung; nach einer Weile schob er seinen Arm unter den ihren, es war für ihn eine selbstverständliche Geste. Für sie hieß es das Loslassen aller Zucht und Gesittung und das Abgleiten ins Uferlose. Der Himmel war flach, licht, zweifarbig, hellrot im Osten über der brennenden Fabrik, graublau durchmondet im Westen, über der Stadt und nach dem Priel zu. Auf der Hauptstraße von Obanger begegneten sie den Zügen aufgestörter und ermunterter Leute, die hinauspilgerten, um dem Brand beizuwohnen.
»Komm«, sagte Karbon und zog Elisabeth in eine Seitenstraße, wo schwärzlich gewordene Reihenhäuser aus Backstein standen, alle gleich und vor jedem zwei Quadratmeter Garten mit einem Fliederstrauch, der braune, traurige Samendolden von verkohltem Aussehen emporstreckte. Es roch nach Brand und Rinnstein – denn in Obanger war die Kanalisation noch nicht ganz durchgeführt, und die Later-

nen blühten mit spärlichen gelben Lichtkreisen an wenigen Ecken.

Sie gingen, jetzt enger aneinandergedrängt, durch die ganze Vorstadt, gelangten bei einem kleinen Schwibbogen an die Stadtmauer und in die kleine, alte Gasse, die den Namen ›Am Abzuch‹ führte. Der Abzuch war ein kleiner, heftig strömender Bach, der auf der Prieler Seite eine kleine Sägemühle in Gang hielt und hier mit unverhältnismäßig lautem Rauschen an den geduckten Fachwerkhäusern vorbeischoß. Sie gingen und sprachen, gingen und sprachen, folgten dem Bach bis zur Mühle und kamen so von der Prieler Seite her wieder zum Inneren Lohwinckels zurück. Sie gingen an der Hofseite des Gymnasiums vorbei, sahen das Reck stehen und die kleine Kuhle, die die Jungen sich für ihre Weitsprungübungen gebuddelt hatten, und standen einen Augenblick am Gitter still. »Da drinnen bin ich geboren«, sagte Elisabeth mit einer flüchtigen Handbewegung zu dem kleinen Haus mit den Obstspalieren. Karbon fand es rührend und unbegreiflich, in Lohwinckel geboren zu sein und immer hier gelebt zu haben. »Manchmal, wenn man mit dem Auto durch so ein Nest fährt, denkt man: Wie sind die Leute eigentlich, die in solchen Häusern leben, so abseits und so –?« sagte er.

»Nun, sie sind auch nicht anders, die Leute«, sagte Elisabeth.

Er schaute in ihr aufwärtsgewendetes Gesicht, in dem das sehnsüchtige und hingegebene Frauenlächeln stand, das er auf der ganzen Welt gleich gefunden hatte, und begann auch zu lächeln. »Ja. Natürlich«, flüsterte er.

Sie gingen über den Markt, an der Kirche vorbei, kehrten um, als es eben halbzehn schlug, und umkreisten die Kirche, an den alten Grabsteinen der Außenmauer vorbei, sie standen atmend vor dem trüben Geruch des Ententümpels still und sahen im Schein einer einsiedlerischen Laterne ihre beiden Gestalten im schwarzen Nachtwasser spiegeln und verzittern, dann kamen sie zur Apotheke und erreichten mit immer zögernderen Schritten das Angermannshaus. Sie brauchten fast eine halbe Stunde für diese letzte Strecke, die Laternen verloschen Punkt zehn und etwas früher, als die Kirchenuhr die Stunde schlug, denn auf dem winzigen Gasometer in Obanger draußen herrschte korrekte Zeit.

Elisabeth stand mit hängenden Armen unter dem Angermannshaus und fand nicht heim. Ihr Wille reichte nicht für die fünf Schritte, die notwendig waren, um die Schwelle ihres Hauses zu gewinnen. Weil Doktor Persenthein die Holzläden geschlossen hatte, lag das Angermannshaus finster in der Finsternis, und der Spruch, der seine Fachwerkfront umlief, war unleserlich geworden: ›Der ohne Abgunst lebet und nennt Kinder eigen, gleicht einem Bündel Pfeile in der Hand des Starken!‹ Elisabeth hatte zuweilen versucht, eine Beziehung zwischen diesem Spruch und ihrer Existenz zu bauen, so wie sie die täglichen Sprüche, die im Abreißkalender standen, mit geheimer Wichtigkeit und Prophetie erfüllte, aber es war nichts damit. Sie zögerten eine Weile unter dem Turm, oben spielte der heilige Georg mit dem delphinnäsigen Drachen, und es wurde immer unmöglicher für die beiden, sich voneinander zu lösen. Zwar hatte Karbon Elisabeths Arm verlassen und sich mit dem Gesicht ihr zugewendet, die an der feuchten Mauer des Turmdurchganges lehnte. Aber die vibrierende Anziehung ihrer Körper war so stark, daß sie einander gleich darauf wieder näher kamen, Brust an Brust, jedes mit einer Ahnung vom Herzschlag des andern. Auch nahm Karbon dann Elisabeths Hand und legte sie auf sein Herz, in die Wärme zwischen Rock und Hemd, es war eine Berührung von erschreckender Nähe und Süßigkeit für sie beide. »Es schlägt ja«, flüsterte Elisabeth schwebend. Peter lächelte trunken in ihr Haar und atmete nur. Es gingen auch Leute vorbei, und Elisabeth spürte verworren und sehr nebenbei, daß sie da unterm Angermannsturm mit einem Mann stand, wie sie ihr kleines Dienstmädchen zuweilen mit dem

Bahnarbeiter Zuschkau angetroffen hatte, aber das blieb undeutlich und nebensächlich.
Karbon, der spürte, daß sie nicht heimfinden wollte, zog sie mit sich und wieder hinaus auf die Straße, die nach Obanger zurückführte, fort von der Stadt.
»Noch fünf Minuten«, murmelte er.
Sie sagte traumwandlerisch: »Es brennt ja noch immer«, als wenn dies Entschuldigung und Erklärung genug sei.
Es war so unsinnig und so jung, dieses Herumwandern bei Nacht, wie mit dünnen, heißen Ketten aneinandergehängt; Peter Karbon, der Dreiundvierzigjährige, spürte es mit Bewußtsein und brennender Genauigkeit, daß es eine von den Nächten war, in denen er Extrakt lebte. Er sagte auch etwas davon zu Elisabeth.
»Es gibt nur eines«, sagte er, »das: dieses Spüren, daß man lebt, dieses ganz durchdringende, dieses – es ist der einzige Sinn, den das Leben hat.«
Elisabeth begriff ihn nicht ganz, sie blieb hinter leuchtenden Nebeln. Sie gehen und gehen, nun sind sie wieder in Obanger, kreuzen zum zweiten Male die Backsteinstraße, in die sie eineinhalb Stunden zuvor einbogen, sie erreichen die Stelle, die ›An der Mauer‹ heißt und Herrn Profets Besitz eingrenzt, da stehen sie dann und starren in den Brand, lange Zeit, reden nichts, warten auf noch höhere Flammen, noch höhere. Gehen spät weiter, wie das Feuer zusammenzusinken beginnt, als ob ihnen kühl dabei würde; ihre Hände sind ganz ineinander eingewohnt, und manchmal fühlt Elisabeth einen feinen Schmerz, wenn Karbons Nägel sich in den empfindlichen Mittelpunkt ihrer Handfläche eingraben. Da sind Nerven, von denen sie nie wußte, es klopfen neue Adern in ihrer Kehle, und ihr Körper wird wie ein Land, das sie zum erstenmal bereist, voll von Entdeckungen und Geheimnissen. Sie umwandern, immer der Mauer folgend, den ganzen Fabrikskomplex, tasten sich an der Rückseite des Profet-

schen Besitzes hin durch nasses Gras, bis zu der schmalen Straße, die in die Weinberge hinein und zur Station hinunter führt. Elisabeth Persenthein ist inzwischen so müde geworden, daß sie immerfort auf Wolken tritt, zugleich aber so wach wie nie zuvor in ihrem Leben. Der Brand scheint gelöscht zu sein, hinter ihnen schlägt der Himmel wieder klar und nachtfarben zusammen, der Mond wandert mit beleidigtem Gesicht zum Kirchturm hin, auf dessen Spitze ein kleines Glänzen sich sichtbar macht. Im Tal unten fährt die Düßwalder Feuerwehr heimwärts; Peter Karbon und Elisabeth stehen am Rand der Weinberge und warten, bis es wieder still geworden ist.

»Der Nebel«, sagt er und zeigt irgendwohin.

»Dort ist der Rhein«, antwortet sie, und jedes Wort kommt ihnen beladen und bedeutsam vor. Karbon erkennt den Brennesselduft der Straße wieder, an der sie sich an dem Unglücksabend verfuhren.

»Hier in der Nähe muß es sein«, murmelt er und wittert in die Gegend. Bergab hat er Elisabeth ganz unter seine Schulter genommen, sie kommt sich beschützt und beheimatet vor in dieser Wärme wie noch nie. In den Düßwalder Forst hinein glänzt das Weiß der Meilensteine, es ist jetzt tiefste Nacht geworden, niemand mehr unterwegs, nur Karbon und Elisabeth gehen, gehen, gehen, flüstern, halten an, schmelzen zu einem Kuß ineinander, gehen wieder.

»Hier muß es geschehen«, sagt er und erkennt im Dunkeln den Baumstumpf wieder, auf dem er damals unmeßbare Zeit saß, mit der ohnmächtigen Leore Lania auf den Knien. Er holt sogar sein Feuerzeug hervor, und im Schein des winzigen Benzinflämmchens betrachtet er die Straße, den Baum, die Kurve. ›Man lebt ja noch‹, denkt er dabei, ›man ist wieder vorhanden – und so stark – mit solchem Genuß wieder vorhanden auf der Welt.‹ Es ist eine Gebärde der Auflehnung, mit der er sich wieder auf den Baumstumpf setzt, genau auf den gleichen Baumstumpf, und Elisabeth in die Arme nimmt, horchend, wie ein Musiker sein Instrument, ein Cellist sein tönendes und vibrierendes Violoncello. Dann beginnt er plötzlich von Fobianke zu sprechen, denn Fobiankes zuverlässiger Schatten ging schon die ganze Zeit neben ihnen her.

»Pflicht«, sagte Peter Karbon und knüpfte damit an einen Einwand an, den Elisabeth lange vorher mit bedrängtem Gewissen geflüstert hatte. »Du sagst Pflicht. Aber noch niemand hat entscheiden können, welche Pflicht die richtige, wichtige ist, die gegen andere oder die gegen sich selber. Fobianke – weißt du, ich muß schon die ganze Zeit an Fobianke denken. Fobianke also ist tot, nicht wahr? Was ist von ihm zu sagen? Er hat seine Pflicht getan. Ich habe ihn gut gekannt, weißt du, so ein Schofför erzählt einem manches, wenn man wochenlang mit ihm auf den Landstraßen liegt. Fobianke wollte früher einmal auswandern nach Kanada. Keine Courage gehabt. Die erste Frau ist ihm weggestorben, während er in ein Mädel verknallt war, Kassiererin in einem Automatenbüfett, hübsches, breites Ding. Er hat sie dann doch nicht genommen, als er Witwer war. Er hat eine mickerige Witwe genommen, älter als er, mit Ersparnissen. Kein Zutrauen zum Leben gehabt, keine Courage. Pflichterfüllung ist eine Sache für zu kurz gekommene Leute, das ist es. ›Ich habe meine Pflicht getan‹, das war Fobiankes Leibspruch. Plötzlich ist er tot. Glaubst du, daß ein Toter sich freut, seine Pflicht getan zu haben? Nicht lachen, Elisabeth, ich bin kein Philosoph, ich drücke es falsch aus. Ich halte nichts von diesen ungelebten Fobianke-Leben, von ihnen allen. Glaub mir, wie ich hier auf diesem Platz gesessen habe, mit dem Rauschen im Schädel, und nicht wußte, ob ich davonkomme: Nur die ungelebten Dinge habe ich bedauert, aber nicht eine Dummheit, nicht eine – na ja, sagen wir also – Sünde, nichts davon. Ich war schon öfter so nah dem Abkratzen, einmal hat mich eine Speischlange gebissen im Urwald, ein Negerdoktor hat mich durchgekriegt – und einmal war ich der einzige von vierundzwanzig Mann in einem Unterstand, der übriggeblieben ist – nein, ich finde, man muß aus dem Leben herauspressen, so viel es hergibt, etwas anderes gilt nicht, wenn's darauf ankommt. Das ist wie beim Schwimmen. Wenn du kein Vertrauen hast, daß das Wasser dich trägt, dann trägt es dich nicht. Wenn du kein Vertrauen hast, daß das Leben dich trägt, wirst du immer absacken – Pflicht! Pflicht! Geschirrwaschen, Bettenmachen, Stiefelputzen, aber wo bist du, du, du, du selber, Elisabeth?«

Da Elisabeth sich so dringlich angerufen hörte, öffnete sie für eine Sekunde die Augen, die sie während der verworrenen, aber durch ihre Heftigkeit dennoch überzeugenden Worte Karbons geschlossen hatte. Sein rechter Arm lag unter ihrem Nacken, seine linke Hand auf ihrer Brust, an ihrem schwimmenden Blick entlang wuchs der Wald mit zwei schwarzen Mauern an den Straßenseiten hinauf, und oben, nah, waren jetzt Sterne.

»Vielleicht«, flüsterte sie. »Vielleicht.«

Er begrub sie schon wieder in einem Kuß. »Ich muß nach Hause«, flüsterte sie schwach, aber als sie aufstand, schlug sie nicht die Richtung nach Lohwinckel ein, sondern begann der Station entgegenzugehen, als würde sie immer wieder weggezogen vom Angermannsturm und Angermannshaus und dem kämpfenden heiligen Georg, der keine Bedeutung mehr hatte. Sie war jetzt so leicht vor Müdigkeit geworden, daß sie ihre Schenkel und Beine nicht mehr spürte, alle Glieder schliefen oder waren bewußtlos. Die Zeit war ihnen beiden völlig abhanden gekommen, Karbons lädierte Armbanduhr stand, und da nun noch die Nachtnebel aufstiegen und sie einhüllten bis zu den Knien, wurde alles unwirklich. Sie tauchten aus einer unmeßbaren Zeittiefe zuletzt an dem kleinen Holzbau der Station Düßwald-Lohwinckel auf, zwischen den Schienen hockten ein weißes und ein rotes Licht zu rätselhaften Zwecken, denn nachts ging kein Zug auf dieser Seitenstrecke. »Sieht es nicht aus, als ob da Zwerge arbeiteten, mitten bei Nacht?« fragte Elisabeth, es klang ziemlich betrunken.

In dem kleinen Stationsgarten hoben die letzten Sonnenblumen ihre breiten Gesichter in die Höhe, der Mond war klein geworden, und seine Kurve senkte sich schon. »Komm, komm«, flüsterte Karbon und zog Elisabeth in die winzige, offene Wartehalle, die wie eine Veranda aussah und wie ein Blockhaus duftete, nach feuchtem, frischem Holz und bitterer Rinde. Da die Nacht ins Kühle umgesprungen war, zog Karbon seinen Rock aus und steckte Elisabeth hinein, er war warm und zärtlich wie etwas Lebendiges. »Komm, wir müssen jetzt alles in Ruhe besprechen«, flüsterte Karbon, worauf Elisabeth so heftig zu zittern begann, als wenn er eine Drohung ausgesprochen hätte. Dann saßen sie lange da, mitten bei Nacht in dem lächerlichen Stationshäuschen und besprachen alles. Es war eine irrsinnige Situation, das spürte Karbon deutlich, und es machte ihn selig, daß er noch immer Schwung genug besaß, in derartige Situationen zu kommen. Sie saßen, sprachen, schwiegen, flüsterten, standen auf, sie gingen wieder, gingen noch weiter, kehrten um, gingen jetzt endlich der Stadt zu, sie gingen schon die ganze Nacht, sie gingen jahrelang, immer. Sie erzählten einander die ganze Vergangenheit und die ganze Zukunft. Das Morgengrauen war noch nicht da, als sie beim Angermannshaus anlangten, aber der Morgentau fiel schon. Er lag in winzigen Perlen auf Elisabeths Haar und kühlen Lippen.

»Komm gut heim, komm gut heim, komm gut heim«, flüsterte Karbon ungezählte Male, als sie schon auf der Schwelle ihres Hauses stand und den Schlüssel in das Tor steckte. Es war entsetzlich schwer, sich von ihr zu trennen. »Komm gut heim. Sei mir treu. Bis morgen.«

»Morgen«, sagte Elisabeth. Es war ein geisterhaft schwebendes Lächeln, mit dem sie das Rieseln des Mörtels vernahm, als die Tür sich in das Schwarz der Hausdiele öffnete.

›Ich werde auf der Chaiselongue schlafen‹, dachte Elisabeth, als sie in der Diele stand, mit dem traumhaften Gefühl, von einer langen, weiten Reise, von einer Art Weltumseglung zurückzukehren. Während sie die Klinke zum Sprechzimmer hinunterdrückte – im Angermannshaus gab es noch schwere, sonderbar geformte Klinken aus dem 16. Jahrhundert –, wunderte sie sich fast, daß die Tür noch mit dem alten, tausendfach gehörten Klang antwortete. Da drinnen noch die Lampe brannte, wurde sie starr und blieb so auf der Schwelle stehen, mit dem Morgentau im Haar, dem geisterhaft blassen, großäugigen Lächeln und mit einer winzigen Wunde auf der Unterlippe, die nun zart zu brennen begann.
Doktor Persenthein saß mit einer Zeitschrift in der Hand da, merkwürdigerweise nicht vor dem Schreibtisch, sondern auf dem Untersuchungsstuhl, ganz vorn an der Kante, las aber nicht, sondern ließ Hand und Zeitschrift zwischen seine Knie hängen und dachte nach. Er hob erst den Kopf, als schon eine Sekunde vergangen war, und sagte: »Ach, du bist es –?«
»Ja – ich«, antwortete Elisabeth, es war ein leerer und überflüssiger Austausch von Worten. In dem Zimmer hing eine lastende, drückende Atmosphäre von Kummer und schlechter Laune, Zigarrenrauch zog dicht um die hartweiße Lampe auf ihrem biegsamen Stiel, eine Phiole mit Tabletten lag geöffnet auf dem Glasständer, ein Zeichen, daß der Doktor eine seiner häufigen Kopfneuralgien zu bekämpfen versucht hatte; feuchte, schmutzige Handtücher im Winkel auf dem Boden, der Abfalleimer ungeleert und eine graue Kälte und Traurigkeit über Mann und Raum geschichtet. Elisabeth erkannte dies alles wieder, ach, sie erkannte es wieder als die Luft und den Kreis, in dem ihr Leben und ihre Ehe hingegangen waren bis zu diesem verzauberten Heute.

»Schläfst du denn noch nicht, Kola?« fragte sie mitleidig und ohne Sinn.

»Ist es denn spät?« fragte er zurück, erinnerte sich vor ihrem ungewissen Achselzucken erst wieder, daß er am Abend zuvor, Ewigkeiten zuvor, Sorgen um seine Frau gehabt hatte, und setzte hinzu: »Wo warst du denn so lang?«

»Es hat ja gebrannt«, gab Elisabeth leise an. Mechanisch nahm sie die gefüllten Aschenschalen, öffnete Fenster und Fensterläden und schüttete die Asche hinaus, schichtete ein paar hinuntergefallene Papiere auf den Schreibtisch und hob die schmutzigen Handtücher auf. Persenthein schaute ihr zu, den Kopf von seinen schweren Schultern nach vorne gezogen.

»Der Brand ist ja lang vorbei«, murmelte er.

Elisabeth kam zu ihm, und gewohnt wie alles andere war der Griff, mit dem sie seine Schläfe umfaßte und seinen Kopf für einen Augenblick an ihre Schulter nahm; er schloß die Augen und atmete tief.

»Komm, Kola«, sagte sie. »Du hast Kopfweh. Du mußt schlafen gehen.«

»Wo warst du denn?« fragte er eigensinnig, todmüde dabei wie ein Läufer, der sein Äußerstes hergegeben hat und dennoch als Letzter angekommen ist.

»Wo – ich bin mit Herrn Karbon spazierengegangen.«

»Die ganze Nacht?«

»Ja«, sagte Elisbeth gestreckt und schaute ihren Mann an.

Er schüttelte den Kopf. »Versteh ich nicht«, sagte er. »Paßt nicht zu dir. Was ist denn los?«

Er trat zu ihr hin und lehnte seine Stirne gegen die ihre, auch das war eine gewohnte Bewegung, wenn er Kopfschmerzen hatte; sie spürte seine überanstrengten Adern klopfen. »Ist denn etwas los?« fragte er, so nah an ihrem Gesicht, daß sie ihn nicht mehr sehen konnte. »Ja«, flüsterte sie. Der Doktor hatte ein Nein erwartet. Seine Knie wurden plötzlich schwach, er hatte Ähnliches noch nie gespürt.

»Was ist denn los mit dir?« flüsterte er noch einmal, kaum hörbar.

»Nicht jetzt. Wir sprechen noch darüber. Komm jetzt schlafen«, sagte Elisabeth mitleidig, nahm ihre Stirn noch von seiner fort, legte aber den Arm um seine Schulter. Sie hatte die Idee aufgegeben, hier unten zu übernachten, der Mann tat ihr unbeschreiblich leid, müde, beschwert und ahnungslos, wie er da stand.

»Bist du meinetwegen so lang aufgeblieben?« fragte sie, hinter ihm die Holztreppe hinaufsteigend.

»Nein«, antwortete er zu ihrer Erleichterung. »Da war etwas anderes.«

»Ein Patient bei Nacht?«

»Nein«, sagte er, das Treppenlicht abdrehend und die schrägen Dielen des Schlafzimmers betretend. »Ganz etwas anderes. Ich habe da einen Schlag bekommen – das Schlimmste ungefähr, das mir passieren konnte. Ich gebe dir's morgen zu lesen.«

›Ein anonymer Brief‹, dachte Elisabeth sogleich. »Hängst es – hängt es mit mir und Karbon zusammen?« fragte sie, zweimal ansetzend.

»Es ist wegen meiner Idee«, sagte der Doktor, biß aber die Lippen rasch zusammen, denn ihm kam es vor, als müsse er weinen. Einen Augenblick später erst war es, als ob Elisabeths Frage ihn eingeholt hätte, und er erwachte. »Ach so – mit dir und Karbon – ach so«, sagte er. Er saß auf seinem Bettrand, der mit gewohntem Knarren unter ihm schaukelte, und zog die Stiefel aus. Er wendete den Kopf und die entzündeten Augäpfel langsam nach Elisabeth und schaute sie stumm an. »Was ist denn mit dir und Karbon?« setzte er hinzu und wendete sich wieder ab. Elisabeth gab keine Antwort.

Die Fenster waren hier offen, und eine straffe Kühle lag im Raum. Elisabeth stand mit gerecktem Kinn und hängenden

Armen eine Weile in der dunkelsten Ecke, bevor auch sie begann, sich auszukleiden. Die Astlöcher in der Balkendecke schlossen sich zu seltsamen Gesichtern zusammen. Wenn Elisabeth die Augen schloß, sah sie immerfort noch Flammen, blaue, bewegte Flammen über schwarzen Dachstühlen. Sie trat in die tiefe Fensternische und schaute hinaus. Es dämmerte noch immer nicht. Sie hätte gern gebetet, aber es gelang nicht. Sie spielte mit der Zunge an der kleinen Liebeswunde an ihrer Unterlippe und hatte eine unmeßbare Sehnsucht danach, allein zu sein und an Peter Karbon denken zu können. Doktor Persenthein, langsam wie er von Natur aus war, brauchte Ewigkeiten, um endgültig in sein Bett zu kommen. Endlich vernahm Elisabeth das allabendliche Stöhnen der Sprungfedermatratze, das die Landung ihres Mannes im Bett anzuzeigen pflegte, und sie wendete sich wieder dem Zimmer zu.

»Kann ich auslöschen, Kola?« fragte sie.

Es war eine der Umständlichkeiten und Unzulänglichkeiten ihres häuslichen Lebens, daß man keinen Lichtschalter am Bett hatte, sondern immer an die gegenüberliegende Wand wandern mußte, um an- und abzudrehen. Diesmal antwortete Persenthein nicht. Elisabeth löschte aus und legte sich im Finstern zu Bett. Mehr als je glich sie der toten Sigismudna von Raitzold auf ihrem Steinsarkophag, sie spürte es selber, wie sie da lag in ihrem kühlen Nachthemd aus Leinen, Knie und Zehen lang gestreckt, Arme und Hände eng an den Körper gelegt, alles bereit zur Abwehr und Verteidigung unbestimmter Dinge.

Es sind Winzigkeiten, an denen verheiratete Menschen nachts erkennen können, ob der andere schläft oder wach im Bett liegt. Elisabeth brauchte nur die Atemzüge ihres Mannes zu hören, und sie wußte, ob er schlief, weil sie doppelt so langsam wurden im Augenblick des Einschlafens. Sie wieder pflegte, wenn sie wach war, mit ihren auf- und zugeschlagenen Wimpern ein zierlich bürstendes Geräusch auf dem Kissen zu vollführen, das Persenthein zuweilen mit zärtlich-unterhaltsamer Rührung belauscht hatte, ohne jemals darüber zu sprechen. Die Stummheit, die nach der letzten Frage entstanden war, dauerte so lang und legte eine solche Weite zwischen sie, daß der Doktor es angstvoll so spürte, als wenn gar kein Weg mehr von ihm zu Elisabeth zu finden wäre. Er tastete mit der Hand nach ihrem Gesicht. Ja, ihre Augen waren geöffnet.

»Warum hat Lungaus eigentlich seine Diät nicht mehr bekommen?« fragte er nicht unfreundlich; es war etwas ganz anderes, als er fragen wollte – aber es war doch ein Anfang. Elisabeth bekam Mut bei der unerwarteten Sanftheit seines Tones. »Ach Kola«, sagte sie still. »Ich habe es nicht mehr geschafft. Ich schaffe es einfach nicht mehr.«

›Ja‹, dachte er und nickte im Dunkeln sogar mit dem Kopf dazu. ›Sie schafft es nicht mehr. Die Quälerei damit hat sie genauso ausgehöhlt wie mich. Aber jetzt ist es vorbei damit.‹

»Jetzt ist es ja vorbei damit«, sagte er. »Womit?« fragte sie atemlos, halb in der Angst, halb in der Hoffnung, er wüßte nun schon alles von ihr und es bliebe ihr erspart, zu sprechen, zu erklären, zu zerbrechen, was zerbrochen werden sollte.

»Mit der Arbeit. Mit meiner Idee und allem. Es ist nichts damit. Was ich da gemacht habe, ist alter Kohl«, sagte er. »Heute steht ein Artikel in der ›Medizinischen‹. Andere Leute wissen das alles schon längst. Nur ich in diesem verdammten Winkel habe mich noch wie ein kompletter Narr damit herumgequält.«

Sie richtete sich schnell auf und beugte sich über ihn, mit den Händen auf sein Bett gestützt. »Aber Kola –!« rief sie erschreckt. Sie war der einzige Mensch auf der Welt, der ungefähr verstand, welchen Zusammenbruch diese Worte umschrieben. Der Mann schloß die Augen und gab sich einen Augenblick der Nähe, der Wärme, der Geborgenheit hin, die darin lag, daß die Frau bei ihm war. Dann schaute er sie an, aufmerksam und stumm und lange. Es war jetzt etwas heller geworden, gerade so viel, daß die Fenster sich abzeichneten und die Möbel begannen, mit Umrissen aus der Nacht herauszuwachsen.

»Wie kommt das Kind darauf – Rehle sagt – du willst fort – das ist doch nicht möglich?« flüsterte Persenthein plötzlich zu dem geneigten Schatten ihres Gesichtes hinauf, und dabei hatte er ein völlig unbekanntes, fast verwundertes Gefühl von Angst, das ihm beinahe den Brustkorb zerbrach.

»Doch«, antwortete sie fast unhörbar und mit äußerster Anstrengung.

»Bist du denn nicht zufrieden? Sind wir denn nicht zufrieden?« fragte er etwas später und so unwissend, daß Elisabeth zu lächeln begann.

»O nein«, erwiderte sie.

»Du hast mir das nie gesagt.«

»Ich habe es ja nie gewußt.«

›Jetzt weißt du es, warum weißt du es jetzt?‹ dachte Persenthein, und erst in diesem Augenblick schossen seine Gedanken zu dem andern Mann hin, zu diesem Karbon, zu diesem Kerl mit seinen seidenen Pyjamahosen und den Globetrottermanieren, zu diesem faulen und saloppen Burschen aus einer andern Welt, den man auf der Straße aufgelesen und der dafür die Stadt und das Haus auf den Kopf gestellt hatte und durch nichts als sein bloßes lockeres und genießerisches Dasein und Anderssein. Persentheins Kehle wurde heiß, und ein paar Augenblicke hindurch hatte er Karbons Hals zwischen seinen Fingern und würgte ihn. Er biß in seinen Daumenballen wie in einen Knebel, trotzdem kam noch der Rest eines Mordlautes, eines Stöhnens aus ihm; Elisabeth wandte ihm schnell das Gesicht zu, spähend in der Dämmerung. Der Doktor lockerte sich.

»Das ist ja alles Unsinn«, sagte er. »Wovon sprechen wir

überhaupt. Wir sind nur müde. Du bist überreizt und ich auch. Komm – es ist ja Blödsinn, alles zusammen.«

Merkwürdigerweise und während Elisabeth gehorsam ihre Hand in die ihres Mannes legte, der nach ihr griff, schien es ihr beinahe richtig, was er sagte. Der kleine Spiegel drüben fing schon die erste Helle des Morgenhimmels. Hier, in den schräg abwärts stehenden Betten ihres Schlafzimmers, unter den billigen Steppdecken aus rotem Satin, verlor es seine Stichhaltigkeit, das alles mit Karbon. Aber sie hielt sich noch daran. »Ich habe noch so wenig vom Leben gehabt. Ich möchte auch etwas vom Leben haben...«, flüsterte sie. Persenthein, der ihre Handknöchel geknetet hatte, bis es weh tat, nahm jetzt diese Hand und brachte sie in ihr Bett zurück wie einen Gegenstand.

»Elisabeth – das bist gar nicht du, die so etwas sagt«, flüsterte er erschreckt. Darüber dachte sie nach, ziemlich lange. Er hatte sich von ihr fort zur Wand gedreht, die in der Dämmerung zögernd mit ihrem unschönen Tapetenmuster zum Vorschein kam.

»Dann habe ich es falsch ausgedrückt«, begann Elisabeth und suchte die endlosen Gespräche der letzten Nacht zusammen, das Schweben, das Aufschwingen, das Fliegenkönnen wie aus Träumen. »Das sind so viele Sachen – so neue Sachen. Ich habe das doch nicht gewußt, Kola. Ich dachte immer, ich habe dich lieb. Mit Karbon – das ist ganz anders, ganz. Jetzt weiß ich erst – nein – warte. Du kennst mich ja gar nicht, du siehst mich nie an, du brauchst mich gar nicht. Warst du schon jemals glücklich mit mir? Ach Gott, Kola, du kannst überhaupt nicht glücklich sein, wozu brauchst du mich denn, wenn du nicht einmal glücklich sein kannst. Ich könnte es – aber du nimmst mir das alles weg. Ja, alles nimmst du mir weg«, wiederholte sie heftiger, obwohl er nichts erwidert hatte. »Du brauchst mich fürs Haus, ja, ich weiß, du packst mir auf, du läßt mich schleppen. Aber muß ich es gerade sein, ich? Manchmal komme ich mir vor wie Lungaus, wahrhaftig, Kola; es ist gewissermaßen dasselbe, ich kann es nur nicht ausdrücken. Du benutzt uns alle nur, du bist unmenschlich, das ist es, die Arbeit hat dich unmenschlich gemacht. Wenn ich zur Tür hereinkomme, oft warte ich – du siehst mich nicht an, du machst mir nie ein gutes Gesicht. Du kommst heim, gehst in dein Zimmer – gibst du mir die Hand? Nein, nicht einmal die Hand gibst du mir, Kola, das weißt du gar nicht, das ist dir nicht wichtig. Aber mir. Mir war das wichtig«, sagte sie, und bei dem ›war‹ preßte der Doktor allen Atem in sich zusammen. »Du – zum Beispiel«, fuhr sie fort, »hilfst mir nie in einen Mantel, nie – das alles – du hebst mir nichts auf, das mir herunterfällt, du hilfst mir nichts tragen, das schwer ist, du streichelst mich nie, du bist nie gut zu mir. Du – warte, sei still, ich weiß, was du sagen willst. Du umarmst mich manchmal, ja, aber das kommt so vom Himmel gefallen, so – aus der Pistole geschossen, ich mag es nicht, nein, ich mag es nicht, es tut mir weh, es setzt mich herunter. Wenn das alles ist, wozu du mich brauchst – nein, es ist nicht wert, daß ich dafür mein ganzes Leben hergebe. Es kann alles so anders sein, so anders – so anders – und das weiß ich erst jetzt –«

Persentheim lag in seinem Bett drüben wie am andern Ufer eines unüberquerbaren Ozeans. »Aber Elisabeth«, sagte er leise, »wir sind doch verheiratet.«

»Ja, wir sind verheiratet, aber, mein Gott, mein Gott, Kola, ist denn die Ehe nichts anderes, wirklich nicht? Ich putze täglich deine Stiefel, sie sind vorne immer aufgebogen, weil du einen schlechten Gang hast; ich kann dir nicht sagen, wie ich diese Stiefel oft hasse. Und immer der Zigarrengeruch – oder wenn du Kaffee trinkst; du stellst jedesmal deine Tasse auf den Schreibtisch, da sind immerfort nasse Ränder, immerfort, wie ich das auswendig kenne, wie ich das über habe, immerfort ist alles schmutzig, immerfort putze ich hinter dir auf – wenn das die Ehe ist und sonst nichts – das geht, solange man glaubt: ›So muß es sein, und etwas andres gibt es nicht.‹ Aber wenn dann auf einmal ein Mensch dazwischenkommt, den man – und der alles –. Ach, Kola, ich kann ja nichts dafür, aber wenn Karbon mich aus dieser Misere hier herausnehmen will, alles soll ich haben, alles überhaupt. Keine Sorgen mehr, und Reisen, die ganze Welt, Musik und Kleider, was ich will, was man sich nie zu denken getraut hat, alles geht ganz leicht, und hier ist es so unbeschreiblich schwer gewesen.«

Es war das Wort ›gewesen‹, das den Doktor hochriß. »Elisabeth«, sagte er laut. »Wovon sprichst du überhaupt? Du bist doch fromm?«

»Ja«, sagte sie ungewiß und drehte die Augen nach ihrem Mann. »Ich weiß schon, Kola. Aber das ist es ja gerade: Das Frommsein hilft mir jetzt nicht. Das ist zu stark, das da.«

Der Doktor ließ ihre Schultern aus seinem Griff, behielt aber sein Gesicht nun über das ihre geneigt, und sein schwerknochiger Körper zitterte von der Anstrengung dieser unbequemen Lage, in der er ihr nahe zu sein versuchte, ohne sie zu berühren.

»Elisabeth«, sagte er leise. »Du fragst, ob das die Ehe ist. Ja, ich glaube, so ist sie: nicht ganz leicht, für dich nicht – für mich auch nicht. Du siehst heute alles ein bißchen verzerrt, aber, Elisabeth, ein Vergnügungslokal wird aus einer Ehe nie zu machen sein. Der Wert liegt nicht obenauf, den spürst du vielleicht nicht im Augenblick, aber du spürst ihn in der Zeit. Wir gehören doch zusammen, du und ich, wir halten uns doch, wir helfen uns doch. Das Kind, ich spreche nicht von dem Kind, es liegt mir nicht, das Kind als Argument zu benutzten. Aber es ist doch da, unser kleines Mädchen, und wir wollten doch auch einen Buben haben, später, wenn es uns besser geht. Ja, ich weiß, es sieht nicht hoffnungsvoll aus«, sagte er hastig, als er Elisabeths Mund verneinend zucken

sah, »aber es wird besser werden. Mich bekommt man nicht unter, mich nicht – solange ich dich nur bei mir habe. Weißt du denn wirklich nicht, daß du alles für mich bist, alles, alles überhaupt, der Motor, der Mittelpunkt – auch wenn ich vergesse, dir in den Mantel zu helfen – Elisabeth?«
Sie legte den Arm um seinen Hals und nahm seinen Kopf in die Hand, nicht ohne Zärtlichkeit und Vertrauen, wenn es auch eine Bewegung der Gewohnheit war. »Ach, Kola«, sagte sie leise, »es ist alles so schwer.« »Das Sittliche«, sagte er nachdenklich, und nun ließ er sich neben ihr auf das Kissen gleiten, schob auch den Arm unter ihre Schultern, »das Sittliche ist ja immer das Unangenehme und das Schwere. Kämpfen, Überwinden, Verzichten, Entsagen, Sichbeherrschen – da hast du die Dinge, die auf der Seite des Sittlichen stehen. Die Ehe steht auf dieser Seite; die Treue auch. Das andere – ich verstehe, wie verlockend es ist. Aber es paßt nicht zu uns, Elisabeth. Es ist nichts für Menschen wie wir. Das andere, das, was dir vorschwebt, ist keine Ehe, das ist ein Verhältnis.«
Elisabeth rückte heftig von ihm ab. »Er wird mich heiraten. Es war meine erste Bedingung«, sagte sie rasch. »Ich habe es ihm sofort gesagt. Er heiratet mich natürlich.«
Auf dies hin, das so unwissend klang, begann Doktor Persentheim zu lächeln, und er lächelte selten. Er war ganz zusammengefaßt wie bei einer schweren Operation.
Er hatte ein klares und überwaches, ein seiltänzerisches Gefühl davon, wie vorsichtig er sich bewegen mußte, wie ungeheuer gefährlich es stand, wie alle Zukunft davon abhing, daß er sich in dieser entscheidenden Stunde zwischen Morgentau und Sonnenaufgang bewährte. Elisabeths Haare dufteten nach Brand und Bitternis. Sie war ganz transparent geworden in ihren Kissen, mit dem kleinen Brandmal verbotener Küsse auf der Unterlippe. Er spürte einen Abgrund von Liebe in sich für seine Frau, ein Gefühl, das ohne Boden war,

brunnentief, unabsehbar. Er hatte maßlose Angst um sie und etwas wie eine keimende Freude: denn sie war doch bei ihm, sie sprach mit ihm, sie äußerte in aller Unschuld so ungeheuerliche Sätze, die ihr ganzes Vertrauen verrieten, ihre Zusammengehörigkeit, ihre Unfähigkeit zu lügen. Er legte ihren Kopf an seine Schulter, es war ein ganz bestimmter, ein gewohnter Platz auf dem hübschen Muskel, den er dort besaß, und eine ganz bestimmte Haltung der Ruhe und Entspannung, die sie sogleich einnahm.
»Er wird dich heiraten?« sagte er behutsam. »Aber Kind, Kind – es gibt auch legitimierte Verhältnisse. Glaubst du, daß du dazu Talent hast? Weißt du denn nicht, was für eine Frau du bist?«
»Das verstehe ich nicht«, flüsterte sie.
»Weißt du auch, daß er schon verheiratet ist?« fragte er behutsam. Nach einer Pause antwortete sie: »Ja. Er hat es mir gesagt. Er wird sich scheiden lassen.«
»Geht das so einfach?«
»Ja. Er sagt, es geht einfach. Seine Frau ist irgendwo auf einem Schiff im Mittelmeer. Er sagt, wenn sie zurückkommt – er sagt, sie ist ihm schon lang entfremdet.«
Persentheim hatte eine brennende Wut auf diesen Peter Karbon, für den es kein Gewicht und keine Komplikationen zu geben schien. Wie leicht das lebte, wie obenauf das schwamm mitten im Verfall.
»Und dann hat er doch dieses Mädchen, diese Schauspielerin mit?« sagte er, und es tat ihm unsinnig weh, Elisabeth zwischen all dies Undurchsichtige gemischt zu wissen.
»Er hat sich schon von ihr getrennt.«
»Ach. So schnell? So leicht?«
»Ja, er sagt, es ist ganz ohne Schwierigkeit gegangen.«
»Du hast viel Courage, Elisabeth. Ziehst du denn keine Schlüsse? Siehst du keine Parallelen?«
»Wieso?« fragte sie töricht.

Im gewöhnlichen Leben pflegte Doktor Persenthein nicht viel zu sprechen, immer nur in halben, kurzen Sätzen. Jetzt, da es ihm darauf ankam, Ruhe zu bewahren und sich richtig auszudrücken, hatte alles einen abstrakten, ein wenig erkältenden Klang: Es war die Tonart wissenschaftlicher Werke, mit der ihn Tausende von Arbeitsstunden imprägniert hatten. Er versuchte zu übersetzen für die Frau an seiner Schulter: »Glaubst du, daß ein Mensch, der die Frauen wegbraucht wie – wie Hemden oder wie Anzüge –, daß der nun auf Lebenszeit bei dir bleiben wird?«
»Nein«, antwortete Elisabeth, und es dauerte eine Minute vielleicht, bevor sie ihre Antwort beisammen hatte. »Aber ich habe heute nacht oft gedacht: Wenn ich auch nur ein Jahr so leben könnte, so – oder noch kürzer, ein paar Monate, nur ein paar Wochen – es könnte hinterher geschehen, was wollte. Es wäre mir alles gleich. Ich kann nichts dafür, Kola. Ich habe es mir so gedacht heute nacht.«
Obwohl Elisabeth sich um Sanftmut bemüht hatte, klang dies so leidenschaftlich, so unerwartet aufbrechend, daß ihr Mann vor ihr erschrak. In dem Erschrecken war ein brennender, beißender Zorn. Und in dem Zorn zutiefst die Ahnung einer neuen, nie gekannten Süßigkeit. Wie fremd sie dalag, die Frau, mit ihrem plötzlichen Lebenshunger, wie neu sie war, wie unbekannt nach so vielem Verheiratetsein!
Doktor Persenthein hatte sich bis hierher gezwungen, ruhig zu sein, genauso konzentriert ruhig wie bei einer Operation auf Tod und Leben, trocken beinahe, bemüht um Distanz zu der Verwirrung, die den Kern seines Lebens erfaßt hatte. Aber jetzt ging es auch in ihm zischend hoch; mit geballten Fäusten, Rot vor den Augen, Bitternis in der Kehle. Er warf sich in sein Bett zurück, um seine Frau nicht zu schlagen oder zu würgen. Er hatte eine verrostete Stimme, als er etwas zu sagen versuchte. »Heute nacht – hast du gedacht – aber ich bin dagesessen heute nacht – solche Angst um dich – und

alles ist mir zusammengekracht heute nacht, die ganze Arbeit, alles, was soll denn jetzt...«

Nein, er gab auf. Dies alles ließ sich nicht sagen. Er drehte sich völlig um und legte sich flach auf sein Gesicht, denn es war nun fast hell geworden, und es gab ihm eine winzige Erleichterung, unsichtbar zu werden und sich so in das Kissen zu verbeißen. Elisabeth machte eine kleine, hilflose Bewegung und schwieg: ›Was soll ich denn tun?‹ dachte sie. Sie wollte sich Karbons Gesicht vorstellen oder nur seine Augen, aber das war auf abgründige Weise verschwunden. Sie hielt den Atem an.

Sie verstand nicht gleich, was im andern Bett vor sich ging. Aus schräg gesenkten Augen und etwas erschreckt, sah sie, daß der Rücken ihres Mannes sich in großen Stößen dehnte und zusammenzog. Seine Fäuste zu beiden Seiten des Kopfes führten ein eigenes, wildes und krampfhaftes Leben. Dabei blieb aller Aufruhr völlig lautlos.

»Was hast du denn? Was tust du denn?« fragte sie und legte einen ausgestreckten Zeigefinger in Kolas dünnes, leichtes Haar. Erst hinterher begriff sie, was da geschah.

»Du weinst ja, Kola«, flüsterte sie.

Er schüttelte verzweifelt den Kopf über dem Schluchzen, das er erstickte. Genau wie das Rehle, wenn es großen Kummer hatte.

»Weinst du wegen deiner Arbeit?« flüsterte Elisabeth ratlos. Kola wendete ihr sein strömendes, zerstörtes, durchwühltes Gesicht entgegen. »Wegen der Arbeit? Was für ein Unsinn! Was geht mich die Arbeit an. Nur wegen dir, nur wegen dir, nur wegen dir, nur wegen dir!« schrie er ihr entgegen. Das vierfach wiederholte Wort schlug in ihr ein. »Wegen mir?« wiederholte sie, spürte sich sonderbar kühl und schwach werden, wie zu einer Ohnmacht, und begann zu lächeln, während alle Erregung und alle Müdigkeut und alle Weglosigkeit zu Tränen wurde. Sie nahm ihren Mann in die Arme, wie sie Rehle genommen hätte, er sah auch Rehle überaus ähnlich mit seinen nassen Augen, die ihr Unglück nicht zugeben wollten, und mit seinem Mund, der schon wieder verstockt wurde, während er sich in ihre aufgehaltene Hand preßte. Sein Haar lag an ihrem Hals, warm und bekannt. Es roch nach Zigarren und Jod wie immer, natürlich tat es das – Elisabeth lächelte stärker, während sie mit einem fast tödlichen Schmerz spürte, daß etwas in ihr zerbrach. Sie dachte es so ganz deutlich: ›Da geht etwas in mir kaputt‹, dachte sie, ›eine Feder oder etwas; das kommt nie mehr wieder, das –‹, aber sie streichelte dabei Kolas Kopf und seinen Nacken, der mit deutlichen Wirbeln und mager aus dem blauen Rändchen seines Nachthemdes hervorkam. »Sei gut, sei gut, sei gut, sei gut«, sagte sie, »es geschieht ja nichts, sei gut, sei gut –«

Eine Frau ging mit Peter Karbon eine Treppe hinauf, eine Frau stand mit ihm auf dem Deck eines Schiffes – es war ein fotografiertes Schiff aus einer Kaffeereklame –, eine Frau tanzte mit ihm, eine Frau, die nicht Elisabeth war.

»Ich brauche dich, ich gebe dich nicht her, ich halte dich, ich halte dich, du bleibst bei mir, niemand darf dich wegnehmen, ich halte dich, ich halte dich, ich halte dich«, murmelte Persenthein in ihre Hand hinein.

»Ja, ja, Kola, ja, ja«, sagte sie dazu und streichelte ihn.

Er hob seinen Kopf auf und stieß seinen Blick in den ihren, er sah auch wieder dem heiligen Georg ähnlich. »Ich liebe dich, ich liebe dich ja, ich liebe dich«, sagte er heftig, wie eine Drohung. Es war ein erstaunliches Wort, das da im alten Angermannshaus aufstieg und unter der Balkendecke hängenblieb wie mit Flügeln.

»Ja, ja, Kola, ja«, sagte Elisabeth wieder. Sie war sehr erschöpft, sehr unglücklich, aber auf eine unbeschreibliche Weise zufrieden dabei. ›Ich habe geglaubt, ich kann es‹, dachte sie. ›Aber ich kann es nicht. Ich gehöre nicht dorthin – ich gehöre hierher ...‹

Als hätte sie versucht, eine schwere Tür zu heben und ließe sie wieder zufallen; als wäre sie gegen die Strömung geschwommen und ließe sich wieder treiben. Als wäre sie im Gewitter gestanden und käme heim.

Es ist eine merkwürdige Sache um die Ehe, wie sie ist, alt, älter als der Angermannsturm und baufälliger als das Angermannshaus. Eine Ehe wie die von Doktor Persenthein und seiner Frau, gewiß keine schlechte Ehe, aber auch nicht gerade ein Lebensfest oder eine Illumination. Nicht glücklich, nicht unglücklich. Eine von den hunderttausend mittelmäßigen Ehen, in denen der Mann mürrisch ist und die Frau überanstrengt, in der viel von Sorgen und wenig von Liebe gesprochen wird, eine Ehe mit vielen Selbstverständlichkeiten und gar keinen Überraschungen, ein wenig hoffnungslos, nicht wahr, mit verhängten Horizonten, ohne Ausblick, wie ein Haus ohne Türen und Fenster. Mit der täglichen Nähe und der unentrinnbaren Fremdheit geschlagen, zu der Männer und Frauen seit Paradieseszeiten her verurteilt sind; ein merkwürdiges Ding, die Ehe, angegriffen und angreifbar, brüchig und absurd in den Fundamenten, gefährdet von allen Seiten. Ein Kartenhaus, wenn es gut geht, eine Galeere für Freiwillige in schlimmen Fällen.
Laßt irgend etwas daherkommen, das an die Ehe rührt – es braucht kein großes Wunder zu sein, ein kleiner Zwischenfall müßte genügen, eine flüchtige Störung, ein Licht, ein Wegweiser in andere Richtungen, ein anderer Mensch, eine andere Hoffnung, ein anderer Weg ins Leben hinaus: Die Ehe müßte zusammenfallen, nicht wahr?
Aber sie hält, Doktor Persentheins Ehe hält, hunderttausend Ehen halten, sie haben den Lebenswillen und die Unverwüstbarkeit und den zähen Bestand von Pflanzen, die auf Steinen wachsen und harte Bedingungen lieben – und so bleibt denn

nur anzunehmen, daß dennoch und trotz allem tiefere Kräfte in der Ehe wirksam sind, tiefere und höhere und Kräfte jedenfalls, die das Beste im Menschen angehen: Kräfte, die man ewig nennen kann – solang die kurze Ewigkeit auf diesem kühlen, kleinen Stern eben dauern mag, der unsere Heimat ist...

Die Kirchenuhr schlug sechs. Im Kinderbett nebenan atmete Rehle tief und gleichmäßig. Oben begann Lungaus strebsam zu rumoren. Und gleich darauf klingelte unten das Telefon, und die aufgeregte Stimme des Kaufmanns Keitler heischte nach dem Doktor.

Zu ungewohnter Zeit fuhr ein Auto durch das Stadttor, und das Angermannshaus begann zu zittern. Frau Persenthein, die im Wohnzimmer aufräumte, trat mit dem Besen in der Hand ans Fenster und sah hinunter. Sie hatte das alte, dreieckige Wolltuch umgebunden und die Enden am Rücken verknotet, denn der Tag war von einer klaren Kühle, und sie fror nach der durchwachten Nacht. Es war ein Schaffenburger Wagen, der unten in die Stadt einfuhr, und es saßen drei fremde Herren darin. Frau Persenthein begab sich geistesabwesend wieder ans Fegen, in ihr war ein Zustand völliger Leere, wie er zuweilen eintritt, wenn eine Seele an die Grenzen ihrer Kraft gegangen ist und sich erholen muß. Sie trat auf die Treppe hinaus und rief hinunter: »Die Milch nicht anbrennen lassen, Marie!«

Denn Marie, die kleine, unzuverlässige Aushilfe, hatte sich an diesem Morgen wieder angefunden, und sie war nicht die einzige in Lohwinckel, die sich bei der Arbeit einstellte. Auch Lungaus war rechtzeitig abgetrabt, eine gute Viertelstunde bevor die Fabriksirene über den ausgebrannten Schuppen zu heulen begann. Ohne daß die Arbeiterschaft sich besprochen hätte, waren sie vollzählig da, und die, deren

Arbeitsplatz abgebrannt war, standen abwartend im Hof, schnüffelten die bittere Luft und sprachen wenig. Für zehn Uhr vormittag hatte Herr Profet eine Verhandlung mit dem Betriebsrat angekündigt. Birkner war ein wenig blaß und trug die linke Hand verbunden, denn er hatte beim Löschen etwas abgekriegt, das ziemlich weh tat und mit dem er am Morgen beim Doktor vorgesprochen hatte.

Auch im Gymnasium herrschte Ordnung. Die Buben waren alle da, sie brüllten etwas weniger laut als sonst bis zum Ertönen der Anfangsglocke, und es kam auch niemand zu spät. Der Primaner Gürzle, Vertrauensmann seiner Klasse, fand sich in der zweiten Pause bei Putex ein und bat im Namen aller um Entschuldigung für jene unerklärlichen und aufrührerischen Dinge, die geschehen waren und die er, stotternd und mit roten, dicken Ohren vor seinem Direktor stehend, als ›Vorkommnisse‹ bezeichnete. Vorher hatten sie sich alle zusammen hinter den jungen Lehrer Kreibisch gesteckt, und der hatte denn wohl auch bei Putex vorgearbeitet und eine gewisse mürbe und einlenksame Stimmung erzeugt. Zwar wurde über die gesamte Schülerschaft ›Kindergesellschaft‹ verhängt, wie das Nachsitzen am Sonnabendnachmittag im Schuljargon hieß – aber, du lieber Gott, es hätte schlimmer kommen können, und sie hatten doch das Ihre weg. Der Mittelgewichtsmeister von Deutschland war auf ihrem Sportplatz gewesen, und sogar die Dreizehnjährigen waren einer für Jugendliche verbotenen Kinoaufführung teilhaftig geworden und hatten den Fabrikbrand noch obendrein bekommen: Eindrücke von solcher Heftigkeit, daß sie noch zwanzig Jahre später als Jugenderinnerungen in den Berichten inzwischen gereifter Lohwinckler Bürger auftauchen mochten …

»Passen Sie auf, es legt sich wieder«, sagte der Bürgermeister, Doktor Ohmann, zu seinem Faktotum, dem Magistratsdiener Haberlandt, während er Hut und Mantel ablegte, seiner Morgenzigarre die Spitze abschnitt und nach dem ›Anzeiger

für Stadt und Land‹ griff. »Ich spüre das, es legt sich wieder.«
»Drei fremde Herren sind in einem Auto aus Schaffenburg gekommen«, erzählte die Schneiderin Ritting dem kleinen Kommis im Laden von Heinrich Markus' Nachfolger. Markus selber stand an der Tür seines Geschäftes, lehnte den Kopf an die Glasscheibe und starrte auf den Platz hinaus – was eine durchaus unziemliche Haltung für einen Kaufmann war. In ihm ging der Beginn eines Gedichtes in Klabundschen Rhythmen um, gedieh aber nicht über einen schwierigen Punkt.

Nüchterner Tag tropft von den Fensterscheiben,
Das Karussell dreht gleiche Melodie.
Raketenhülsen liegen schwarz und bleiben,
Doch kranke Sterne –

Kranke Sterne – kranke Sterne – und dann mußte etwas mit ›nie‹ kommen, aber da ging es eben nicht weiter. »Ob wieder von den roten Zwiebeln bestellt werden soll?« fragte seine Mutter schon das dritte Mal. »Ja, von den roten. Drei Zentner. Auf Wiedersehen, Fräulein Ritting.«
»Sagen Sie, Herr Markus, Sie wissen auch nicht, wer die drei fremden Herren in dem Auto aus Schaffenburg sind?«
»Leider nein, Fräulein Ritting.« –
»Es ist ja kein Wunder, wenn gnädige Frau Herzgeschichten bekommen, bei diesen Aufregungen«, sagt der Apotheker Behrendt zu Frau Profet, die schwarzgekleidet und weißgepudert auf einem Stuhl in der Apotheke Platz genommen hat, ein Wasserglas in der Hand schwenkt und Tabletten einnimmt. »Die Tablette zerkauen, gnädige Frau, dann geht sie schneller in die Blutbahn, und die Herzbeklemmungen hören auf, garantiert«, sagt er. »Jetzt scheint es ja auch wieder ruhiger zu werden in unserm Städtchen. Aber da mußte erst eine Katastrophe eintreten, bevor die Leute zur Vernunft kommen.«
»Wissen Sie denn, daß sie uns gestern Fensterscheiben einge-

schlagen haben, während wir im Kino waren?« fragt Frau Profet und zieht die Mundwinkel klagend hinunter über dem bitteren Geschmack der Tabletten. »Was alles vorkommt, wenn die Leute erst einmal aufgehetzt sind! Es ist der Neid, natürlich. Ich verstehe das ja auch, man hat doch soziales Gefühl, nicht wahr? Wenn man so exponiert dasteht wie wir. Aber was man alles erlebt – die Fensterscheiben! Herr Albert mußte in dem kalten Zimmer schlafen, und er ist so empfindlich, man begreift ja, wie kostbar seine Gesundheit ist.«
»Ach? Empfindlich – man stellt sich so einen Athleten ganz anders vor. Er ist sehr sympathisch, nicht?«
»Sehr sympathisch, Herr Behrendt, sehr. Ein Kind. Ein Heiliger, wahrhaftig. Wir werden uns schwer von ihm trennen. Aber jetzt ist ja sein Trainer angekommen.«
Und Frau Profets schlaffes Kinn beginnt verhohlen zu zittern aus Kummer darüber, daß der letzte Aufschwung ihrer inhaltlosen Existenz sich verabschieden will.
»Mit Essig nachspülen, Frau Bürgermeister?« fragt das Fräulein beim Frisör Kuhammer die Bürgermeisterin, denn das Fräulein ist perfekt und beherrscht ihr Handwerk. »Weiß Frau Bürgermeister schon, daß drei Herren mit einem Auto aus Schaffenburg angekommen sind? Sie sind beim ›Weißen Schwanen‹ abgestiegen, der Kellner war hier, sich rasieren lassen, der hat es erzählt. Einer davon soll ein berühmter Medizin-Professor sein. Sie gehören zu dem Herrn Karbon aus Berlin, sagt der Kellner.«
»Ach, das ist ja interessant«, erwidert die Bürgermeisterin und hebt den gewaschenen Kopf mit den nassen Haaren aus der Waschschüssel. »Ein Professor? Hat denn unser Doktor wieder etwas verpatzt, daß sie einen andern kommen lassen?« Achselzucken des Fräuleins. »Die Frau Doktor scheint sich ja besonders gut mit dem Herrn Karbon zu stehen, nach allem, was man sieht und hört.« Achselzucken der Bürgermeisterin. »Tja – gestern im Kino jedenfalls ...«

Peter Karbon war noch im Pyjama, als die drei fremden Herren ihn aufgesucht hatten. Ein Breiter mit quadratischem, rotbraunem Freiluftgesicht und der scharf abschneidenden weißen Stirn des Offiziers und Fliegers: Erich von Mollzahn, der zweite der vier Ehegatten, die Leore Lania bisher geheiratet hatte. Ein schwarzer Riese mit Haaren auf den Händen, gebrochenem Nasenbein, mit russischem Akzent und russischem Baßlachen: Franz Alberts Trainer Simotzky. Ein schlanker, mittelgroßer Herr, an dessen Vorderseite sich unvermittelt ein kleiner Bauch vorwölbte und der kluge Augen über einem eiteln und dekorativen Spitzbart besaß: der berühmte Dermatologe Geheimrat Professor Raiffeisen. Den Arzt und den Flieger kannte Karbon flüchtig von irgendwelchen gesellschaftlichen Anlässen her, und mit dem Trainer duzte er sich sogar.

»Wir haben uns in Schaffenburg die alte Karre gechartert, ich war zu ungeduldig, um auf den Bummelzug hier herüber zu warten«, berichtete der junge Mollzahn. »Bibi hat großen Alarm geblasen, ich war schwer besorgt um sie. Da bin ich aus Holtenau losgesockt, sobald ich konnte, Ihr Herr Bruder war so freundlich, mich an Herrn Geheimrat von Raiffeisen zu empfehlen – ja. Da sind wir nun, und die Lebensrettung kann losgehen. Wie steht es heute mit Bibi?«

»Heute – Bibi – ich habe mit Pittjewitt heute noch nicht gesprochen«, antwortete Karbon und schaute mit getrübtem Gewissen seine roten Saffianpantoffeln an.

»So«, sagte Herr von Mollzahn nur darauf. Er war sechsundzwanzig Jahre alt und hatte klare, runde, ungemütliche Vogelaugen. »Wenn Bibi SOS signalisiert, dann hat sie es bitter nötig, daß man ihr zu Hilfe kommt, soweit ich Bibi kenne«, sagt er noch.

»Wir können in zehn Minuten zu Pittjewitt hinausfahren«, entgegnete Karbon darauf. »Ich glaube, daß es ihr besser geht, als Sie annehmen.«

Der Geheimrat, an die Fensterscheibe trommelnd, äußerte: »Ich bin nur Ihrem Herrn Bruder zuliebe hierher gekommen. An und für sich gibt es nichts Undankbareres, als eine verkorkste kosmetische Operation zu verbessern. Wenn die Dame nervös ist – sie muß wahrscheinlich darauf gefaßt sein, daß ich die ganze Nacht exzisiere und eine neue Naht anlege. Ich begreife in diesem besonderen Fall ja die Wichtigkeit, die das ästhetische Resultat des Eingriffes besitzt – aber...«

Der Trainer Simotzky, der sich auf unaufgeklärte Weise der kleinen Rettungskolonne nach Lohwinckel angeschlossen hatte, fand, daß zu viel Wesens von der Lania hergemacht wurde. Die behaarten Hände auf die Schenkel gestützt, zog er unwirsche und besorgte Erkundigungen über seinen Boxer ein, über dessen Nervenzustand, Appetit, Schlaf, Lebenswandel, Muskelverfassung und Gewicht. »Junge, Junge«, bemerkte er finster, »in drei Wochen soll mein Kleiner in den Ring gegen Kid Rowles. Wie soll ich den Jungen in drei Wochen fit machen, wenn du ihn erst gegen Baum fährst und dann noch er frißt sich an sechs Pfund über Gewicht?«

Peter Karbon, von so viel Verantwortlichkeit belastet, bat die Herren, einige Minuten in der Gaststube auf ihn zu warten, bis er sich angezogen haben würde. Er war reichlich schläfrig und spürte ein schweres und unbefriedigendes Gefühl in der Magengrube. Zwei Stunden morgendünner Träume hatten sich zwischen ihn und die Brandnacht geschoben. Er empfand Sehnsucht nach einem englischen Frühstück, einem ordentlichen Teller Porridge als Unterlage. Statt dessen verbrannte er sich den Mund an dem heißen, aber gehaltlosen Kaffee des ›Weißen Schwanen‹.

Telefongespräche. Der Trainer Simotzky mit dem frenetisch erregten, ungeduldigen Boxer Franz Albert, der ihm hilflos entgegenwimmerte wie ein Säugling seiner Amme. Erich von Mollzahn mit dem Fräulein von Raitzold, das er bat, Frau Lania schonend von dem bevorstehenden Besuch des Professors in Kenntnis zu setzen. Leore Lania, stürmisch ans Telefon stürzend, mit Erich von Mollzahn: Er wäre der Beste, und überhaupt der einzige, der – und es stünde physisch nicht ganz so schlimm, aber psychisch auf Null minus – und sie sollten kommen – schnell – schnell...

Peter Karbon mit Leore. »Morgen, Pittjewitt. Ich habe schlechtes Gewissen. Ich komme nachher mit dem Chirurgiebonzen hinaus, darf ich? Hast du geschlafen? Darf ich kommen?«

Herzklopfen auf der andern Seite. Sehr kühle Antwort: »Meinetwegen. Wenn du Zeit hast...?«

Anruf bei Doktor Persenthein, mitten in der Sprechstunde: »Hier Doktor Raiffeisen, Berlin. Ich bin auf Wunsch meines Freundes Michael Karbon nach Lohwinckel gekommen, um nach unsern Verunglückten zu sehen, und wollte mich zunächst mit Ihnen in Verbindung setzen, Herr Kollege, da Sie als behandelnder Arzt...«

»Wer ist dort?«

»Doktor Raiffeisen, Berlin.« (Nicht Geheimrat, nicht Professor.) »Da meine Zeit beschränkt ist und ich Ihre Patientin natürlich nicht allein aufsuchen möchte, wäre es sehr liebenswürdig, wenn Sie mich noch vor Tisch zu der Dame begleiten könnten. Es ist, wie gesagt, nur ein Wunsch meines Freundes Michael Karbon, Sie wissen, der Bruder von Peter Karbon. Ich bin überzeugt, daß Sie, Herr Kollege, alles getan haben, was zu tun war. Ich weiß nicht, ob Ihnen mein Name geläufig ist. Raiffeisen. Vielleicht ist Ihnen gelegentlich mein Kompendium der kosmetischen Chirurgie unter die Nase gekommen...«

Doktor Persenthein ließ seinen Patienten stehen, es war wieder einmal eines von den Kaninchen, der Arbeiter Lingel, der trübselig und ergeben neben dem Schreibtisch auf einem Stuhl hockte und sein entartetes Zahnfleisch vorwies.

Doktor Persenthein bekam Trommelfeuer in seiner Brust,

die hohl und groß geworden war. Er schmiß den Kittel von sich, er wusch die Hände, er zog die Windjacke an, er zog die Windjacke aus und suchte ein würdigeres Kleidungsstück, er schrie nach Elisabeth, und als sie auf die Treppe kam, war er nicht fähig, ihr das Ereignis zu erklären, er umarmte das Rehle, er stieß sich den Ellbogen an der Tür des Verschlages, er hatte Angst, Höllenangst wie vor dem Staatsexamen, er rannte davon, er kam zurück, er hatte die Tasche vergessen, er stopfte Papiere hinein, schob davon, er trompetete in die dunstige, wartende Diele, daß heute keine Sprechstunde sei, vormittag nicht und nachmittag auch nicht – und alles in allem und bei größter Eile dauerte es zwölf Minuten, bis er unterwegs war, um die Kapazität im ›Weißen Schwanen‹ zu begrüßen. Die Kapazität, von der er zuweilen geträumt hatte und die nun in voller Wirklichkeit in Lohwinckel eingetroffen war – obwohl der Ententümpel hinter der Kirche lag und abends die Ziegen durch den Ort getrieben wurden...

»Und Sie haben das Glück gehabt, ohne die geringste Verletzung davonzukommen?« fragte der Geheimrat Peter Karbon in der Gaststube des ›Weißen Schwanen‹.

»Ein paar Kleinigkeiten, Herr Geheimrat, nicht der Rede wert. Die Schulter ausgerenkt, zwei Rippen gequetscht, eine leichte Gehirnerschütterung; aber es ist alles wieder heil.«

»Tatsächlich?« bemerkte der Geheimrat; er sprach bayrischen Dialekt, was er durch äußerst druckreife Satzbildungen wieder ausglich. »Schließen Sie mal die Augen. Stehen Sie still, Sehen Sie geradeaus. Sehen Sie auf meinen Finger, so, jetzt hierher. Und nun...« Er hielt dem zusammenzuckenden Karbon eine grelle Taschenlampe vor die Augen. Aber die Reflexe waren alle in Ordnung. »Na schön. Gut. Ausgezeichnet«, sagte der Geheimrat. »Man kann Ihnen gratulieren, daß bei dem ganzen Malheur nichts Ernsthaftes passiert ist.«

»Mein Schofför ist ums Leben gekommen, Herr Geheimrat«, sagte Peter Karbon einsilbig.

»Ach ja – in der Tat«, murmelte der Chirurg, der gewöhnt war, Beileidsbezeigungen zu äußern.

Karbon schwieg. Fobiankes beflissener und pflichtgetreuer Schatten geisterte in dieser Stummheit durch die Gaststube. Er hatte so leise gelebt, Fobianke, mit den Händen am Steuerrad, mit gezogener Mütze am Wagenschlag, nachts wartend vor Häusern, in denen sein Herr zigeunerte, planmäßig in der Schnelligkeit, überschauend im Gewühl. Karbon spürte noch den Griff, mit dem ihm sein Schofför die Pelzdecke über die Knie legte. Später hatte Fobianke eine Tankstelle haben wollen, ein kleines Haus und einen Gemüsegarten, alles zwischen Rheinsberg und Globsow. Er war so still geworden, ganz ohne Aufhebens davon zu machen.

›Wie geht's, Fobianke?‹

›Danke, gut.‹

›Haben Sie Schmerzen?‹

›Nein, jetzt nicht mehr.‹

Aus. Fobianke blieb in Lohwinckel zurück mit seinem Kranz aus Glasperlen, und der junge Weichert, der schon lange auf die Stelle gespitzt hatte, wurde sein Nachfolger. Peter Karbon seufzte. Er hatte, verflucht noch einmal, einen melancholischen Morgen heute.

»Da kommt der Doktor«, sagte er und trat vom Fenster fort; er mußte sich bücken, denn es hingen überall geleimte Fliegenfänger von der Decke.

Weder war Doktor Persenthein von Mordgelüsten gegen Peter Karbon erfüllt, noch empfand dieser Schuldbewußtsein oder bedrücktes Gewissen gegen den Arzt. Um die Wahrheit zu sagen, hatten beide Männer in dem Moment, da sie zusammentrafen – was zwischen den beiden Oleanderbäumchen vor dem Tor des ›Weißen Schwanen‹ geschah –, wichtigere Dinge im Kopf als den Gedanken an die Frau, die zwischen ihnen stand. Persenthein war bis an den Rand gefüllt mit Aufregung, als er dem berühmten Kollegen vorgestellt wurde.

Karbon hingegen wurde angesichts des Autos von Schwindel und Ohrensausen befallen, von einer schwachen Wiederholung seines Nervenschocks, und er mußte sich ganz ordentlich zusammenreißen, um einzusteigen und neben dem ungeduldigen Herrn von Mollzahn Platz zu nehmen.
»Na, nun hoppla, nun dalli!« sagte dieser und schaltete bereits.
»Wo ist Simotzky?« hieß es.
»Schon bei seinem Kleinen«, wurde geantwortet.
»Na also – dann los«, sagte Peter Karbon und biß die Zähne zusammen; der Benzingeruch brachte eine kleine, schwankende Übelkeit in ihm hoch, aber das verzog sich.
»Ich habe nämlich geglaubt, daß ich mich nie wieder in ein Auto setzen werde«, sagte er nachher zu Herrn von Mollzahn, weil er spürte, daß er blaß war und diese Blässe einer Erklärung bedurfte.
»Kenne ich. Wie ich zum erstenmal Bruch machte mit meiner Maschine, habe ich auch das Fliegen abgeschworen. Man läßt's ja doch nicht. Es gibt kein zäheres Tier als den Menschen«, antwortete der Flieger. »Gott sei Dank«, antwortete Peter Karbon.
Die beiden Ärzte hatten sich auf dem Rücksitz miteinander eingerichtet. Doktor Persenthein war nach einigem Gestammel automatisch in den Ton seiner Studenten- und Volontärzeit verfallen, mit ›Haben Herr Geheimrat‹ – und ›Herr Geheimrat werden auch der Meinung sein‹. Professor Raiffeisen fuhr mit der glatten Liebenswürdigkeit des berühmten Mannes mechanisch wie auf Schienen ins Gespräch. Er benahm sich wie bei jenen Konsilien, wo unbegüterte Familien in verpfuschten Fällen die teure Kapazität für ihr letztes Geld zu Rate zogen. Doktor Persenthein erklärte den Fall Lania; es lag eine Ruptur der Oberlippe vor, er hatte vier Nadeln gebraucht, der Verlauf war soweit zufriedenstellend –

»Eventuell muß eine neue Schleimhautplastik gemacht werden«, vermutete der Geheimrat.
»Ich denke nicht –«, sagte Persenthein.
»Haben Sie die Schleimhautinsertion durchtrennt?« fragte der Geheimrat.
»Nein – das – allerdings – ich dachte –«, stammelte Doktor Persenthein kleinlaut.
»Da wird aber vermutlich eine Einziehung am Lippenrand bleiben«, sagte der Geheimrat.
Doktor Persenthein verstummte daraufhin.
»Hm«, machte der Geheimrat.
»Da kann man schon das Gut sehen«, sagte Karbon vorne zu Mollzahn. »Sieht Bibi – sieht es – sehr schlimm aus?« fragte Mollzahn im letzten Moment, als sie schon in die ausgefahrene Kurve zum Gattertor einbogen, und hatte mehr Angst in den Augen, als er wußte.
»Kann ich nicht finden. Aber ich bin nicht objektiv«, antwortete Karbon bockig. Ihn wurmte es schon die ganze Zeit, daß dieser Junge so tat, als wäre Pittjewitt sein spezielles Eigentum und als hätte er, Pitt, Pflicht und Verantwortung gegen sie sträflich vernachlässigt. Dabei stand es nicht einmal klar, wie dieser herbeigeeilte Flieger dem korrekten Herrn von Raitzold vorzustellen sei, der sich vor dem niedrigen Herrenhaus bereithielt, die Gäste zu begrüßen. Problematische Stellung: Herr von Mollzahn, der Mann von Frau Lania? Nicht mehr. Der verflossene Mann? Geschmacklos. Der Freund – Aber Leores Freund bin ich selber, hatte Peter Karbon innerlich einzuwenden. Übrigens ging die Schwierigkeit ohne sein Zutun vorüber, denn die Raitzolds und die Mollzahns hatten gemeinsame Vettern zu entdecken, irgendwelche Dohnas in Schlesien, nicht die gräfliche Linie, sondern die andere mit den vielen Beamten und Oberförstern.
Die Lania hatte geschwankt, welche von den zwei Masken sie tragen sollte, die zur Diskussion standen – anders konnte

man ihre Vorbereitungen auf den Doktorenbesuch nicht bezeichnen. Erstens war es entscheidend, ach, in einem endgültigen und abgründigen Sinn entscheidend für sie, wie dieses große Tier, Geheimrat Professor Raiffeisen, über sie entscheiden würde. Dann aber lag ein heftiges Prickeln in der Erwartung, mit der sie dem Zusammentreffen mit Mollzahn und Karbon entgegensah. Verknotete Zustände dieser Art waren nun einmal das Element, in dem ihre erregungshungrige Seele sich wohl und zu Hause fühlte.

Sie konnte sich häßlich, schlaff, hoffnungslos und mitleiderregend zeigen – mit der Aussicht, daß in den Männern einige bessere und schutzgebende Instinkte sich möglicherweise rühren würden. Oder sie konnte sich schminken, sich schön, straff, über den Dingen stehend und unzerstörbar präsentieren. Sonderbarerweise lagen die Möglichkeiten zu beiden Zuständen in ihr, und alles, was sie tat, war deshalb halbe Wahrheit und halber Schwindel. Wie allzu facettiertes Glas jedes Licht in viele Teile bricht und schillernd macht. Schließlich war sie vor den Spiegel gegangen und hatte alles an Schönheit an die Oberfläche ihres Wesens gezaubert, was sie während der Rekonvaleszenz auf dem Gut hatte versinken lassen. Das war – sie kannte Männer – dümmer, primitiver, aber leider sicherer. Sie hielt auch der Tür, durch die sie kommen mußten, die unverletzte Seite ihres Gesichtes entgegen und hatte die Genugtuung, auf allen vier Gesichtern der Eintretenden jenen Ausdruck zu sehen, den sie zu sehen wünschte. Sogar dieses hölzerne Stück von einem Landarzt schien sich zu beleben, als er sie zum erstenmal in voller Aufmachung erblickte.

»Ich habe, gnädige Frau, niemals eine Schwerverletzte gesehen, der ihre Wunde so gut gestanden hätte wie Ihnen –«, sagte der Geheimrat denn auch sogleich in dem bezaubernden Ton, den er bei Luxusoperationen anwendete, und dann packte er seine Instrumente aus und begann mit der

Sonde die kleine Naht abzutasten, von der an einigen Stellen schon der Schorf abgefallen war. Persenthein, den Gaumen kalt vor Aufregung, gab seine Erklärungen dazu. »Es ist vielleicht akademisch nicht richtig, daß ich die Wunde schon am vierten Tag freigelegt habe«, sagte er zum Beispiel. »Aber ich habe da meine eigenen Ideen, ich habe Erfahrungen über den rascheren Heilverlauf bei unverpflasterten kleinen Wunden gesammelt, die bestätigen – wenn Herr Geheimrat sich dafür interessieren würden – meine Idee nämlich –«, sagte er, und seine helle Kopfhaut wurde rot unter dem dünnen Haar.

»Hm«, erwiderte der Geheimrat, der die eine, eiternde Stelle durch ein Monokel betrachtete, das eigentlich schon eine Lupe war und seinem schwachen linken Auge nachhalf. »Na«, sagte er, »mal sehen«, und: »Tja.« Nach diesem Tja entstand eine Pause, für die jede Zeitberechnung aufhörte und die Doktor Persenthein und Leore Lania mit dem gleichen Sturm von Angst und Herzklopfen und wilder Hoffnung anfüllten. Karbon und Mollzahn waren nicht mehr anwesend, ein höflicher Blick des Geheimrates hatte sie schon nach den ersten Begrüßungsworten hinausverwiesen, sie hockten unten bei Herrn von Raitzold in der Diele, tranken Gutswein und sprachen ungeduldig über das Wetter. Oben im Gastzimmer steckte der Geheimrat sein Monokel in ein Lederfutteral und das Futteral in die Westentasche. »Gut«, sagte er. »Sehr schön. Ausgezeichnet. Prächtig. Es könnte gar nicht besser sein, gnädige Frau. In vier Wochen wird man überhaupt nichts mehr sehen. Vielleicht bleibt an der Nasenwurzel noch eine winzige Narbe, ein weißes Pünktchen, ein Stecknadelkopf, eine Pikanterie mehr in Ihrem pikanten Gesicht. Man kann Ihnen gratulieren – und meinem Kollegen auch. Wollen wir Ihre Freunde mal heraufrufen und ihnen erzählen, wie überflüssig wir uns Sorgen machten?«

Da Doktor Persenthein plötzlich feuchte Finger bekommen

hatte, scheute er sich, die Hand zu ergreifen, die ihm von der Kapazität hingehalten wurde.

»Also sind Herr Geheimrat einverstanden – fanden Herr Geheimrat –?« stammelte er, während sie die Treppe hinuntergingen in Fräulein von Raitzolds Schlafzimmer, wo Wasser und Handtücher zum Händewaschen bereitstanden. Und hier unten, wo es halbdunkel und kalt war, und während sie beide dastanden und mit zurückgeschobenen Manschetten in der typischen Haltung aller Ärzte die Hände wuschen, die bei ihnen beiden etwas rauhe Haut hatten von allzu vielem Säubern und runde, kurzgehaltene Nägel, und während der Geheimrat sagte: »Die kleine Eiterung macht ja weiter nichts, Herr Kollege, aber wissen Sie, ich pflege solche Sachen mit Pferdehaar zu nähen und habe eigentlich immer gute Resultate damit gehabt. Ist übrigens nicht auf meinem Mist gewachsen, sondern vom Kollegen Zulauff empfohlen« – während der berühmte Mann so von Kollege zu Kollege sprach und zugleich verbesserte – da bekam Persenthein plötzlich Schwung und Mut und begann zu erzählen.

Er erzählte alles auf einmal, von der Praxis, von dem Versanden im Winkel und der Auflehnung dagegen und von der Bleikrankheit; und dann, während sie in den Hof hinausgingen, immer auf und ab, an dem Gitter entlang, hinter dem Fräulein Raitzolds Blumenzucht ihr herbstliches Leben fristete, kam er auf seine Idee zu sprechen, auf sein biologisches Prinzip der Umstimmung der Disposition durch diätetische Maßnahmen, auf die Angleichung des Organismus an Gefährdungen, auf den Fall Lungaus, auf die Tabellen, Notizen und Aufzeichnungen – von denen er einige in seine Tasche gerafft hatte und nun mit zitternden Fingern vorwies –, er berichtete von der geheilten offenen Flechte und dem abgeklungenen Schützengrabenrheumatismus, er erwähnte einige andere, wenn auch nicht ganz so stichhaltige, so doch hoffnungsreiche Fälle aus seiner Arbeitserpraxis in Obanger und kam sogar auf das Rehle zu sprechen, Rehle, geliebtes Objekt und blühendes Resultat seiner Gedanken über richtige Lebensführung. Und zuletzt, nachdem der Geheimrat auf seine altmodisch an langer, dünner goldener Kette befestigte Uhr gesehen und angegeben hatte, daß ihn dies alles interessiere, wärmstens interessiere und daß man mit dem Auto nicht vor fünf Uhr nachmittag abfahren würde, um den Abendzug in Schaffenburg zu erreichen, bat Doktor Persenthein in einem äußersten Aufschwung den berühmten Kollegen ins Angermannshaus zu Gast, erstens zum Essen und zweitens, um ihm gründlichen Einblick in seine Arbeit zu geben.

Nicht nur hatte der Geheimrat den Artikel von Doktor Wolland in der Medizinischen Wochenschrift gelesen, er war auch ein Duzfreund jenes Professors Mehl, der die Freiburger Schule begründet hatte, auf die Wolland sich mehrfach bezog. Und er fand es durchaus nicht tragisch, ganz und gar nicht schlimm, daß man dort im großen die gleiche Therapie versucht und die gleichen Resultate gezeitigt hatte wie Doktor Persenthein hier so mühevoll im kleinen und in aller Stille. Er verstieg sich sogar zu wärmeren Worten: »Im Gegenteil«, sagte er, »Hut ab. Alle Achtung vor einem Arzt, der unter solchen Umständen eigene Wege geht. Bravo, Persenthein! Solche Leute brauchen wir. Wenn Ihre Resultate stimmen – ich werde mit Wolland sprechen. Assistenz kann man immer brauchen. Wenn Ihre Resultate stimmen –«, und dann erklärte er sich bereit, im Angermannshaus zu essen und Einblick in den Fall Lungaus zu nehmen. Doktor Persenthein stürzte, illuminiert mit tausend Lichtern, in die Diele, an das Gutstelefon, um seine Frau von dem Gast für das Mittagessen in Kenntnis zu setzen. Der Geheimrat kehrte indessen in das obere Stockwerk zurück, um seine Tasche zu holen und sich von der Lania zu verabschieden.

Er fand sie zwischen den beiden Männern an den merkwürdigen, riesigen Kachelofen gelehnt, der vom Korridor aus ge-

heizt wurde. Man hatte zwar an diesem kühlen Tag ein Holzfeuer angesteckt, aber die Gaststube war ungemütlich geblieben, und sogar Fräulein von Raitzolds Rosen zeigten ein verfrorenes Aussehen in ihrer Vase. Die Lania sprach von ihren Augen. »Denk dir, Pitt«, sagte sie, »daß Erich nie bemerkt hat, daß meine Augen verschieden sind. Pitt hat das vom ersten Tag an gesehen, Erich. Pitt ist eben ein Homme à femmes. Das rechte ist grün, das linke ist braun. Ich halte ja mehr von dem grünen, aber das braune fotografiert sich besser. Ich drehe schon immer die linke Seite für die Aufnahme vor das Objektiv hin. Gott sei Dank ist es die Hälfte, auf der keine Narbe bleibt, kein pikanter Stecknadelkopf.« –
Sie machte schon Späße über ihre Verwundung, und alles andere lag schon hinter ihr.
Die Männer hörten zu.
»Freut ihr euch denn?« fragte sie.
»Ja«, gaben die Männer an, Mollzahn etwas übertrieben – im Grunde hätte er Bibi nicht ungern zerschlagen und verzweifelt gefunden, denn eine glückliche, über der Situation stehende Bibi war das, was ihm das Leben schon schwer genug gemacht hatte und nicht allzu erwünscht war – und Karbon etwas trübselig.
»Na – Pitt?« fragte sie ermunternd, stellte sich quer vor ihn hin, und in einem plötzlichen Entschluß, der aber nicht sichtbar wurde, sondern eine leichte und fließende Gebärde blieb, nahm sie seine beiden Hände und legte sie sich auf die kleine, bezaubernde Mulde zwischen Schulter und Brustansatz. Karbons Hände waren zu Hause an diesem zierlich gedrechselten, sanft atmenden Platz, sie erkannten ihn wieder in einem vegetativen Glücksgefühl.
»Na, Pitt?« wiederholte die Lania und sah eine winzige Bewegung seiner Nasenflügel. Sie wußte genug. Sie löste sich ebenso gleitend aus der Liebkosung, wie sie hineingegangen war. »Ich komme mir so blamiert vor«, sagte sie zu dem ein-

tretenden Geheimrat. »Ich habe solches Trara gemacht, und nun bin ich ganz in Ordnung. Da hat dieses Ekel von Doktor also alles ganz richtig geflickt, scheint mir?«
»Scheint mir auch«, sagte Raiffeisen gutmütig. »Sie können sich bei ihm bedanken, gnädige Frau, und abreisen.«
»Abreisen?«
»Dem steht nichts im Weg. Hier ist es etwas ungemütlich, nicht? Ich würde als Arzt vorschlagen, daß Herr Karbon Sie heute noch einpackt und nach Baden-Baden hinüberbringt.«
»Karbon kann nicht«, sagte sie rasch.
»Ach – warum nicht?« sagte Karbon ebenso schnell.
Die Lania spielte nachdenklich mit der Zungenspitze an ihrer Wunde. »Ich habe mich eigentlich mit Franz Albert besprochen«, sagte sie, aus reinem Vergnügen an der unverschämten Lüge – und dann auch, weil sie in Gedanken tatsächlich mit dieser Vorstellung gespielt hatte.
»Die Hauptsache ist, daß gnädige Frau bald nach Baden-Baden kommen«, sagte der Geheimrat und empfahl sich. Den Nachsatz behielt er für sich: Welches von den Mannsbildern mitgeht, ist wurscht.
»Selbstverständlich bringe ich dich nach Baden-Baden«, sagte Mollzahn ziemlich steif. »Ich habe drei Tage Urlaub genommen.«
»Na – fein«, antwortete die Lania und betrachtete Peter Karbon, der etwas überflüssig daneben stand. »In acht Tagen muß ich doch wieder in Berlin sein. Sehe ich dich dann, Pitt?« fragte sie beiläufig. Peter Karbon zuckte die Achseln. ›Herrgott noch mal, jetzt fangen die Komplikationen erst an‹, dachte er, und die Erinnerung an Elisabeth überkam ihn mit großer und sanfter Gewalt. Unten tutete das Auto Abfahrtssignale.
»Was ist denn mit dir und Karbon?« fragte Herr von Mollzahn oben, bevor sie um die Treppenbiegung kamen, hinter der Karbon schon verschwunden war. »Seid ihr auseinander?«

Leore blieb stehen, dämmerig aufglühend in dem roten Licht, das durch die Weinranken hereinkam, und begann zu lächeln.
»Nicht endgültig«, sagte sie langsam. »Nicht endgültig.«

Keine Ahnung hatte dieser Doktor Persenthein davon, in welche Schwierigkeiten er seine Frau brachte, als er zwanzig Minuten vor eins eine Zelebrität zum Mittagessen einlud. Es war kein Geld im Haus, es waren keine Vorräte im Haus, der Herd rauchte auf eine wahrhaft erbärmliche Weise, und von den letzten vier Kompottellern hatte Marie den einzigen zerschlagen, der keine angestoßenen Ränder zeigte. Elisabeth, die bis zum Mittag in einem Zustand halber Bewußtlosigkeit ihr Tagewerk getan hatte, dumpf erwartend, daß irgendein Anstoß, eine Entscheidung von außen sie zwingen würde, zwingen, hierzubleiben, zwingen, fortzugehen – sie selber wußte nicht, wohin es sie zog –, Elisabeth erwachte bei dem Alarm ihres Mannes auf sehr gründliche Weise. Eine halbe Stunde lang glich das Angermannshaus einem Generalstabsquartier bei einer Offensive, aber dann war es geschafft. Frau Bartels borgte Tischgeschirr, Herr Markus, angerufen in höchster Not und Schamlosigkeit, borgte Geld, fünfzig Mark bares Geld, das Aushilfsmädchen plättete Servietten, Rehle lief um Konserven, lief um grüne Petersilie, lief um Schlagsahne. Schlachter Seyfried schickte Filet, und Putex selber stiftete einige Gläser mit Quitten- und Bergamotteäpfeln zum aparten Nachttisch. Elisabeth kochte, briet, deckte Tisch, heizte den Ofen, garnierte die Salatschüssel, heizte wieder den Ofen, der ausgegangen war, das Rehle trabte zum ›Weißen Schwanen‹ um zwei Flaschen Raitzoldschen ›Sonnentreppchen‹, Elisabeth wusch ihre Hände mit Bimsstein, zog das blaue Kleid an, heizte zum drittenmal den widerspenstigen Ofen, wusch zum zweitenmal die Hände, schlug

Sahne, kostete Speisen, zankte mit dem Mädchen und hatte alles in allem und zu ihrer eigenen, wunderlichen Erleichterung keine Sekunde Zeit mehr, an sich oder Karbon oder sonst etwas zu denken, bis zu dem aufregenden Moment, da sie den berühmten Gast in der Diele begrüßen konnte.
Der Geheimrat war indessen so warm geworden, daß er die druckreife und dozierende Seite abgedreht und das bayrische Innenfutter seines Wesens ans Tageslicht gebracht hatte. Er küßte der Kollegenfau die Hand, deren Kernseifengeruch Elisabeth noch schnell durch etwas Kölnisch Wasser zu verdecken versucht hatte, er besah das Rehle mit Verwunderung und steigendem Vergnügen, er aß zerstreut, aber viel, er trank gründlich vom ›Sonnentreppchen‹ und fachsimpelte über Tisch so ausführlich mit Doktor Persenthein, daß fast keine deutschen Worte mehr in ihrem Dialog vorkamen.
Sah man davon ab, daß die Gemüseschüssel einen Sprung hatte, das Filet ein wenig angestochen war – denn Schlachter Seyfried hatte es seit dem letzten Schlachttag hängen – und daß unerwünschterweise das Aushilfsmädchen in Filzbabuschen und mit großen Fersenlöchern an den Strümpfen hereingelatscht kam, um laut flüsternd etwas zu fragen, dann konnte man die ganze Veranstaltung gelungen nennen. Sofort nach Tisch und noch vor der Zigarre zogen die Herren sich in das Sprechzimmer zurück, um den Fall Lungaus und die Ideen des Doktor Persenthein in Ruhe durchzugehen.
Der Doktor kam nachher noch einmal zurück, fand seine Frau, wo sie hingehörte, nämlich beim Geschirrwaschen, er drückte ihr stark und stumm die Hand – obwohl er die Absicht gehabt hatte, vieles und Entscheidendes zu sagen –, murmelte etwas von Kaffee und Kuchen für vier Uhr und entschwand dann endgültig, mit dem durchscheinenden Blick und den tiefgespannten Mundwinkeln, die bei Geburten, Operationen und Todesfällen sein Gesicht zeichneten.
»Ich gehe fort, Kuchen holen«, sagte Elisabeth, die es so

in sich spürte, als werde sie gerufen, irgendwohin gerufen, aus dem Haus hinaus, auf die Straße oder noch weiter fort. Aber vielleicht war dies nur ein Irrtum ihrer angestrengten Nerven.

»Darf ich mitkommen?« fragte das Rehle.

»Nein«, sagte Elisabeth schroff, aus einem Instinkt, der sie Alleinsein suchen ließ. Sie nahm das Einkaufsnetz und verließ das Haus, stemmte die Tür gegen einen Windzug auf, der durch den Angermannsturm geblasen kam, und ging gesenkten Kopfes quer über die Straße, den Marktplatz hinauf und an der Straßenseite entlang, die dem ›Weißen Schwanen‹ gegenüberlag und nebenbei auch zum Geschäft des Bäckers Jännecke führte.

Peter Karbon, der vergeblich versucht hatte, nach dem Mittagessen ein wenig zu schlafen, stand um diese Zeit unschlüssig an dem Fenster des riesengroßen und erschütternd unbehaglichen Zimmers, das er im ›Weißen Schwanen‹ bewohnte. ›Es muß etwas geschehen‹, dachte er, ›und bald. Ich kann nicht für Zeit und Ewigkeit in diesem Nest sitzen bleiben.‹ Er hatte Unruhe in sich, Heimweh nach Geschäft, Büro, Konferenzen, Reisen, Bewegung, Tätigkeit, Betrieb. Er kam sich so eingeschlafen vor, daß er sich schüttelte. ›Ich muß mit diesem Doktor Persenthein sprechen‹, dachte er ferner. ›Das ist kein Kunsstück. Die Sache liegt ja klar.‹

Aber in Wahrheit hatte er das Gefühl, daß die Sache gar nicht klar lag, nicht mehr. ›Ich liebe Elisabeth, ja, ich liebe sie‹, bestätigte er sich, und dabei war dieses große und pathetische ›Ich liebe‹ kein artikulierter Gedanken, sondern ein Gefühl, das sich nicht abgrenzen ließ. ›Dieser Doktor macht keinen unmodernen Eindruck, durchaus nicht‹, dachte Karbon weiter und lächelte leicht und mit Sympathie, indem er sich an die kantigen Besonderheiten Persentheins erinnerte. Unmoderne Menschen waren für Peter Karbon – und für seine ganze Lebensphäre – Menschen, die feierlich nahmen, die

Bedingungen einhielten und Gesetzen treu waren. Moderne Menschen, das waren Menschen so wie er oder Herr von Mollzahn oder Pittjewitt oder seine Frau, sein Bruder und sein Sohn. Bewegliche Menschen, tief durchdrungen von ihrer eigenen Unwichtigkeit, die nichts ganz ernst nahmen und mit sich reden ließen. Es kam darauf an, ob dieser Persenthein modern war und mit sich reden ließ.

›Elisabeth!‹ versuchte Karbon wieder zu denken, aber es gelang nicht ganz.

»Ödes Wetter«, sagte er vorwurfsvoll und laut, als wenn da viel Grund für sein inneres Verlangen läge. Und dann fuhr er fort, unentschieden und etwas stumpfsinnig auf die Straße zu starren.

Wie man weiß, verließ Frau Doktor Persenthein, auf das Prestige ihres Mannes bedacht, nie das Haus, ohne den Hut aufzusetzen – und wenn man sie am gestrigen Abend mit bloßen, glänzenden Haaren an Herrn Karbons Seite hatte beobachten können, so war dies ein Signal, das äußerste Verwirrung anzeigte. So hatte sie auch jetzt den Hut aufgesetzt und den Mantel angezogen, denn es war reichlich kalt geworden. Sie trug den neuen Mantel, der drei Jahre alt war, und nicht den alten, in dem sie noch Rehles Geburt erwartet hatte, und kämpfte sich so in Dunkelgrau mit Perlmutterknöpfen den Platz herauf und gegen den immer stärker wehenden Wind an.

›Ich habe jetzt genug von dieser Aussicht‹, dachte Karbon mißmutig an seinem Fenster. ›Immer die gleichen zwei Hunde und immer der gleiche alte Mann mit Hemdärmeln und Hosenträgern, der aus der Tür kommt, die Mütze abnimmt, die Glatze kratzt, die Mütze aufsetzt und wieder ins Haus zurückgeht. Und wie die Weiber alle aussehen in so einer Stadt, ist denn so etwas erlaubt?«

An dieser Stelle seiner Gedanken aber war es, daß Peter Karbon einen Schlag bekam, ach nein, nichts Zerschmetterndes oder Tragisches, nur eine kleine Ohrfeige – aber etwas, das sich nicht mehr verwischen ließ, so nebensächlich es war. Elisabeth nämlich, die in Mantel, Hut und mit dem Marktnetz unten vorübertrieb, hob in diesem Augenblick den Kopf, sie konnte einfach nicht an dem Gasthof vorbeikommen, ohne zu seinem Fenster hinaufzusehen, und er erkannte sie. Es war ganz unwillkürlich, daß er vom Fenster zurücktrat ins Zimmer und da unbeweglich stehenblieb, als könne er bei einer geringen Bewegung schon entdeckt werden.

›Na was denn?‹ dachte er gleich darauf. ›Sie ist arm, das wissen wir. Sie ist keine mondäne Frau, natürlich nicht. Man wird ihr Kleider kaufen, sie hat eine wunderbare Figur, man kann sie anziehen wie eine Prinzessin. Eine Frau, die noch in der Küchenschürze reizend ist.‹

Es schoben sich Figuren durch sein Unterbewußtsein wie im Schattenspiel. Er merkte es selber nicht, daß Elisabeth, die Frau in der Schürze, sich zurückverwandelte in das Dienstmädchen Betti aus der Knabenzeit, das erste Mädchen, das er gekannt hatte. Der erste Kuß im Wohnzimmer des Angermannshauses wurde zu dem ersten Kuß in der Dienstbotenkammer zu Hause; das Bett, die blankende Petroleumlampe, ein kleiner Fächer an der Wand, das Bild eines Matrosen, und dann Dunkelheit. Alles drehte zurück, zurück, wie eine Zauberformel, die sich wieder löst. »Was denn, was denn, was denn?« sagte er laut, um sich aufzuwecken.

Er stand noch eine Weile mitten im Zimmer, ziemlich lange, fast vier Minuten – dann nahm er Mantel und Mütze, ging hinunter und stellte sich zwischen die beiden Oleanderbäumchen vor das Haustor, entschlossen, Elisabeths Rückkehr abzuwarten.

»Ach«, sagte sie und blieb stehen, mit ihrem Einkaufsnetz voll Kuchen. Sie trug Handschuhe – alle Damen in Lohwinckel trugen Handschuhe –, und er fand die Wärme ihrer Hand nicht, von der er etwas Unbestimmtes erhofft hatte.

»Wie geht's heute?« fragte er und schloß sich ihr im Schlenderschritt an, auch sie war langsam geworden.

»Danke. Gut nach Hause gekommen?« fragte sie zurück, und beide vermieden das Sie und auch das Du. Elisabeths Stimme war etwas höher als sonst, es klang ein wenig arm.

»Wir haben berühmten Besuch«, setzte sie lächelnd hinzu und hob das Netz ein wenig.

»Ja. Der Bonze hat ja Ihrem Mann seinen Segen erteilt«, sagte er leichthin.

Elisabeths linke Braue hatte sich selbständig gemacht und nervös zu zucken begonnen.

»Ist schön, daß wir uns treffen, nicht?« sagte er.

»Ja. Es war nötig«, antwortete sie ernsthaft.

Er faßte ihren Arm unter, sie gingen schneller, weil der Wind hinter ihnen herrollte, mit Staubwirbeln, Papierfetzen und gelben Lindenblättern.

»O nein«, sagte sie und löste sich fast erschrocken von ihm los.

»Komm hier«, sagte er, »hier ist es ruhiger«, und schob sie um die Ecke der Kirche, an die Ostseite, wo es windstill war. Sie gingen schweigend bis zu dem kleinen Kreuzgang mit den Grabtafeln, und dann blieben sie stehen. Elisabeth hob das Gesicht zu ihm auf, lächelte und wußte selber nicht, wie flehend das aussah.

»Nimm doch den Hut ab«, sagte er leise, und dann nahm er selber ihr den Hut vom Kopf, strich auch über ihr Haar, das an diesem Tag weniger Glanz hatte als sonst.

»Ich wollte Ihnen sagen: Das von gestern gilt nicht«, sagte sie und lächelte noch immer.

»Aber Elisabeth – was denn –«

»Das alles gilt nicht. Was wir besprochen haben – gilt nicht«, flüsterte sie. »Ich komme hier nicht los –«

»Nein?« fragte er gedankenverloren und schaute sie an. Erst hinterher besann er sich auf Heftigkeit und Widerspruch.

»Du mußt aber loskommen«, sagte er und hatte gar keinen Schwung. Er stimmte die Arie der vergangenen Nacht an. »Du kommst mir mir, du bleibst bei mir, wir werden unsinnig glücklich sein, Elisabeth«, versuchte er. Es waren falsche Töne dazwischen wie bei einer alten Drehorgel; er verstummte. Sie waren am Rand des Ententümpels angelangt, der kraus unter dem Wind lag, zinngrau glänzend. Eine karmesinrote leer Streichholzschachtel schwamm darauf. Am andern Ufer traf der Straßenkehrer Schmittbold eine tief herbstliche Veranstaltung: Er hatte die kleinen Hügel nassen Laubes angezündet, sie brannten nicht, sie glosten nur. Karbon umfaßte heftig Elisabeth, um sie zu küssen, ihren Filzhut trug er noch in der Hand.
»Nicht!« rief sie leise und zeigte erschreckt zu dem Mann hinter seinem Laubhaufen hinüber.
Karbon sah sich nach allen Seiten um, er zog Elisabeth zurück in den Kreuzgang. Hinter einer kurzen Säule, die uralt und plump ohne Sockel aus dem Boden wuchs, nahm er sie in die Arme. Dann standen sie beide still und hielten den Atem an, als horchten sie auf etwas, als erwarteten sie etwas, das nicht kam – bei ihr nicht, bei ihm nicht. Er suchte auf ihrem Mund noch den berauschten Geschmack der vergangenen Nacht, als sie sich schon von ihm löste.
»Siehst du«, sagte sie ernsthaft, und das klang überaus kindlich, »es ist schon vorbei.« Sie lächelte noch immer. »Wie verrückt man sein kann, nicht?« sagte sie. »Gib mir meinen Hut. Ich muß nach Hause.«
»Was soll denn jetzt sein? Wie geht's denn weiter?« fragte er.
»Jetzt packst du ein und reist ab. Um fünf Uhr fahren sie mit dem Auto fort«, sagte sie, während sie schon zu gehen begann, durch den Kreuzgang, um die Kirchenecke und über die Hauptstraße, wo jeder sie sehen konnte.
»Ist es dir denn lieber, wenn ich abreise?« fragte er.
»O ja«, antwortete sie und nickte mit dem Kopf dazu.

»Schön. Dann reise ich. Aber das bedeutet nichts. Ich schreibe dir. Ich hole dich doch noch, Elisabeth.«
Sie hörte ihm ernsthaft zu. ›Jetzt‹, dachte sie immerfort, ›jetzt, jetzt, jetzt.‹ Einen Augenblick lang tat es tödlich weh, tödlich. ›Das ist ja wie Sterben‹, dachte sie, während sie immer weiterging und mit einer sinnlosen und vertieften Aufmerksamkeit diesen Schmerz verfolgte, der sich in sie hineingrub.
»Nicht weiter. Genug. Ich möchte in die Kirche«, sagte sie plötzlich. Sie konnte nun nicht mehr. Sie ließ ihn einfach stehen, mitten unter dem Portal mit den steinernen Engeln, deren barocke Pausbacken er ratlos anstarrte. Er hatte so zwingend das Gefühl, wie unmöglich es war, ihr in die Kirche zu folgen, daß er zunächst mit gekränktem Ausdruck stehenblieb, wo sie ihn verlassen hatte.
»Schön. Dann reise ich eben«, sagte er sodann laut und bockig, zögerte noch und wanderte dann durch den staubigenWind hinüber zum ›Weißen Schwanen‹.
›Das war doch kein Abschied –‹, dacht er. ›Wie rührend sie gegen das Weinen angekämpft hat. Im Grund ist sie unerotisch. Man braucht ungeheuren Schwung, um Frauen dieser Art auf der Höhe zu halten. Ich weiß nicht, ob ich – – –‹

Es gab für Elisabeth Persenthein nur zwei Orte, an denen sie sich ungestört ausheulen konnte: den Seitenaltar mit der Mutter Gottes in der Kirche und den Verschlag im Angermannshaus. Ihre Wimpern glänzten noch feucht, als sie heimkam. Im Sprechzimmer saßen die beiden Doktoren und hatten unheimliche Mengen von Zigarrenrauch fabriziert. Der triumphale Fall Lungaus bedeckte in Papierstößen den Schreibtisch, die Fensternischen, den Fußboden. Persenthein glühte von innen her, wie ein ewiges Licht. Auch die Kapazität machte einen illuminierten Eindruck.
»Sie haben da einen fabelhaften Kerl zum Mann«, sagte der

Geheimrat, als Elisabeth das Tablett mit Kaffee und Spritzkuchen hereinbrachte. »Einen Prachtkerl haben Sie da erwischt – wissen Sie das überhaupt, Frau Doktor? Viel zu schade für hier, der Mann. Da muß einmal Dampf dahinter gemacht werden – es muß sich doch, verflixt noch einmal, ein Platz finden lassen, und wenn's nur eine Assistenz an einer anständigen Klinik ist, da kriegt er doch Material unter die Hände, da kann er doch arbeiten. Es ist nicht immer ein Honiglecken, wenn man's mit so einem Kerl zu tun hat, nicht wahr, Frau Doktor? Kann ich mir denken. Aber das sind die Leute, die wir brauchen. Kämpfer brauchen wir, Denker brauchen wir, Leute, die lieber verrecken als vom Gedanken ablassen. Der Gedanke – jawohl, das ist es«, sagte er und hob seinen Dozentenfinger hoch. »Der Gedanke ist ein unerbittlicher Herr, Frau Doktor, und macht harte Menschen. Von den andern gibt's genug, solche Blender, solche Genießer, solche Karbons – genug; sympathische Leute, jawohl. Aber sie helfen uns nicht voran. Solche wie der Herr Kollege, die sind es, die uns vorwärtsbringen. Aber die sind rar. Die – Hochachtung, Frau Doktor! Danke für die liebenswürdige Bewirtung. Es wird Zeit zum Abmarsch.«
Elisabeth war nicht in der Verfassung, viel zu antworten. Sie hörte auch nicht alles. Sie stand mit ihrem höflichen Hausfrauenlächeln tapfer auf dem Posten, bis der Geheimrat das Angermannshaus verlassen hatte. Doktor Persenthein begleitete seinen zelebren Grast noch, er konnte sich nicht von den Gesprächen trennen, die ihm nach jahrelangem Hungern da zuteil wurden. Das Rehle, an der Hand des Geheimrats hängend, schloß sich mit großer Selbstverständlichkeit an.
Elisabeth blieb benommen zurück. ›Was nun? Was nun? Was nun?‹ fragte ihr müde klopfendes Herz. Sie suchte auf dem Fußboden die Lungaussche Krankengeschichte zusammen und legte sie sauber wieder in die Schreibtischlade. Sie schob

den Lehnstuhl unter die Tür, zwischen das Schlafzimmer und Rehles Kammer. Es war sehr still im Haus, niemand atmete, niemand. Sie dachte ein wenig darüber nach, ob die Begeisterung des Geheimrats nur durch die Tabellen entstanden war oder ob das Sonnentreppchen ein wenig mitgewirkt hatte. Es klang alles ein wenig sonderbar, was er gesagt hatte, aber es hatte doch ein kleines, entferntes Licht angezündet. ›Kola. Kola?‹ dachte sie; sie rief es in sich hinein, wie auf der Suche nach jemandem, der verloren gegangen war. Sie stand auf, ging ins Ordinationszimmer hinunter, dort war Kolas Luft und Kolas Arbeit und Kolas Wesen eingefangen. Sie stand vor dem Sterilisator, sah ihr Gesicht verzerrt von dem Nickel wiedergespiegelt und versuchte nachzudenken, aber noch war keine Ordnung in ihr. ›Das kommt wieder‹, tröstete sie sich selber. Sie trug das Tablett hinaus, spülte die Kaffeetassen, trug ein paar Zahlen ins Haushaltsbuch ein. Sie ging in den Keller, scheuchte die Spinne Kathrinchen in ihre Ecke, fegte die Spinnweben fort und putzte die blind gewordenen Metallgriffe. Die Zeit verging, sie verging, verging. Man konnte auf ihr so sacht davontreiben wie auf einem Fluß; morgen, in einer Woche, in einem Monat, in einem Jahr war alles anders und vielleicht wieder besser. Frau Persenthein ging hinauf und suchte Flickwäsche zusammen, es war viel liegengeblieben in dieser Woche.
Es klingelte.
Nein, es war nichts, was den letzten, zuckenden und freudigen Schreck quer durch Brust und Stirn verdiente. Unten stand Markus mit dem Geigenkasten in der Hand.
»Guten Abend, Frau Doktor«, sagte er einfach. »Ich dachte, es wäre ein Nachmittag zum Musikmachen.«
»Wieso denn?« fragte sie.
»Ach – ich dachte es nur. Es läßt sich nicht so ausdrücken. Ich dachte: Musik ist gut.«
»Ja –?« fragte sie zweifelnd, aber nicht undankbar für Mar-

kus' Gegenwart, und ging ihm voran die Treppe hinauf zum Wohnzimmer.

»Sehen Sie, Frau Doktor, ich sah vorhin das Auto. Sie sind alle zusammen aufs Gut hinausgefahren, um die Lania abzuholen, Ihr Mann war auch dabei. Ich dachte, daß Sie allein zu Hause sind und vielleicht Langeweile haben. Die fahren nun alle weg, und wir bleiben da. So viel Aufwand, so viel Unruhe, und dann bleibt nichts übrig davon, das macht ein bißchen traurig. Ich dachte – es ginge Ihnen auch so. Ich dachte, es hätte Sie vielleicht auch gestreift...«

»Nein«, sagte Elisabeth und schloß sich zu; aber sie öffnete zugleich schon das Klavier.

»So viel halbe Resultate«, sagte Markus und begann seine Geige auszupacken, erst aus dem Kasten und dann aus einem zimtroten Seidentuch, das sonderbarerweise nach Kaffeebohnen roch. »Was haben wir nun in Lohwinckel, nachdem alles vorüber ist? Die Arbeiter zum Beispiel haben eine kleine Lohnerhöhung durchgesetzt, aber noch immer nicht den früheren Tarif. Und die Buben im Gymnasium sollen jetzt rauchen dürfen, jawohl, Putex hat nachgegeben – aber nur sonntags und nicht öffentlich. Raitzolds bleiben auf dem Gut, hört man. Wie lange aber? Bis zum nächsten Zinsentermin. Herr Profet ist ein bißchen geduckt, ein bißchen, Frau Doktor, nicht richtig. Es sind diese halben Dinge, die einem das Leben verleiden. Kein ganzes Glück, kein ganzes Unglück. Darf ich um das A bitten, Frau Doktor?«

Elisabeth schlug den Ton an, erst das A allein, dann den ganzen d-Moll-Dreiklang, er war etwas verstimmt und klang mehr ärmlich als traurig. Sie drehte sich halb zu Markus zurück und sagte: »Das Klavier muß nächstens gestimmt werden.« Es war ein Satz, den sie schon hundertmal gesagt hatte. Immer, wenn sie zu musizieren begann. Markus hörte gar nicht darauf.

»So eine Lania, zum Beispiel«, sagte er; »jetzt wird sie nie mehr so schön wie vorher. Aber doch auch nicht häßlich, nicht so ruiniert, daß man es tragisch nehmen könnte. Ich habe mich halb und halb in sie verliebt, da denkt man über so etwas nach. Halb und halb, sehen Sie, da ist es wieder. Alles halb und halb. Und nur dieser arme Fobianke ist ganz gestorben, voll und ganz, wie diese Idioten im ›Düßwalder Anzeiger‹ immer schreiben. Ich dachte, unsere Brahms-Sonate, die Meistersinger-Sonate in A, Frau Doktor?«

Und Herr Heinrich Markus nimmt seine Geige mit dem Zimt-und-Kaffee-Tuch unters Kinn und neigt seinen kurzsichtigen, klugen, sensiblen Judenkopf über das tröstliche schwarze Gewimmel der Noten. »Ich bin ein bißchen aus der Übung«, sagt Frau Doktor Persenthein und schaut ihre Hände auf den Tasten an. Sie hat noch eine kleine Wunde da von einem ungeschickten Manikürversuch.

Die Kirchenuhr schlägt fünf, sie tut es um zehn Minuten zu spät. Während Markus seine Quinten anstreicht, fährt unten ein Auto vorbei und durch den Angermannsturm zur Stadt hinaus. Es kann ein bestimmtes Auto sein oder ein anderes, irgendeines. Elisabeth möchte ans Fenster gehen, aber sie tut es nicht, sie hält sich an den Tasten fest, bis das Auto vorüber ist. Das Haus zittert schwach, Mörtel rieselt.

Frau Persenthein steht nachher doch noch auf, nimmt das Staubtuch hervor und wischt venünftig das kleine Häufchen Kalkstaub auf. Sie lächelt dazu; es ist nicht allzu schwer, zu lächeln.

»Es ist nett von Ihnen, daß Sie heute gekommen sind, Markus«, sagt sie und setzt sich wieder ans Klavier.

Mit einem halblauten A-Dur-Akkord nimmt das Leben seinen Fortgang.

Erik Fosnes Hansen
Falkenturm

Roman
Titel der Originalausgabe: *Falketårnet*
Deutsch von Taja Gut

KiWi 406

»Falkenturm« erzählt die Geschichte des jungen Rittersohnes Wolfgang, der versucht, zu sich selbst zu finden, und schließlich durch Mißgunst und Intoleranz seiner Mitmenschen in die Vernichtung getrieben wird.

Der Debüt-Roman des Bestsellerautors von »Choral am Ende der Reise«

KiWi-Paperbackreihe bei Kiepenheuer & Witsch